한국 현대 시어의 탄생

지은이 김용희(金容嬉, Kim Yong-hee)는 이화여대 국문학과를 졸업하고 동대학원에서 석사와 박사학위를 받았다. 현재 평택대학교 국문학과 교수로 재직하고 있으며, 1992년 『문학과사회』를 통해 문학평론가로 데뷔하였다. 김달진문학상(제15회 평론부문, 2004)을 수상하였다. 주요 저작으로는 연구서 『정지용 시의 미학성』, 문학평론집 『천국에 가다』『페넬로페의 옷감짜기』『순결과 숨결』 등이 있다.

한국 현대 시어의 탄생

초판 1쇄 인쇄 2009년 5월 5일 **초판 1쇄 발행** 2009년 5월 10일
지은이 김용희 **펴낸이** 박성모 **펴낸곳** 소명출판 **출판등록** 제13-522호
주소 서울시 서초구 서초동 1621-18 란빌딩 1층
전화 02-585-7840 **팩스** 02-585-7848 **전자우편** somyong@korea.com

값 20,000원
ISBN 978-89-5626-383-0 93810

ⓒ 2009, 김용희

한국 현대 시어의 탄생

The Birth of korean modern poetic diction

김용희

소명출판

시인이 언어를 선택하는 것은 세계를 선택하는 문제와 상통한다. 언어는 세계에 대한 구성력을 지닌다. 인간은 언어체계를 통해 사고하고 세계를 파악한다. 언어를 통해 새로운 의미와 질서를 간취한다. 무엇보다 시적 언어는 세계를 형성하고 창조적 개성을 이룩하는 극단적 분기점이다.

식민지 근대를 거치면서 근대문학이란 근대 언어에 대한 자각적 인식이라 해도 무방하다.

조선이 독립된 주권국가로 자의식을 쟁취하는 길은 어떤 언어를 선택하느냐 하는 문제와 관련 있다. 1894년 갑오경장의 최대 의의는 조선이 중국과 거리를 확보할 수 있게 되었다는 점이다. 여기서 중요한 것은 전적으로 한문에 의존해 왔던 어문생활에서의 변화다. 공식 문서가 한문 대신 국한문으로 작성되면서 국한문혼용체가 허용되었다. 여기서 '국어'의 발견, '민족'의 발견이 생겨나게 되었다.

식민의 경험, 해방과 이데올로기 전쟁, 서양문명의 이입과 민족이데올로기의 강화라는 역동적 한국역사 속에서 시인은 어떤 언어를 선택할 것인가. 어떻게 세계를 구성하고 창조해낼 것인가. 조선어, 일본어, 일어

한자어, 일어번역 영어, 국한문혼용어, 영어……. 식민체험과 새로운 문명의 도입 속에서 한국시에서의 미적 근대성을 어떻게 구성해갈 것인가. 시인은 세계를 바라보는 역사적 정황 속에서 시어를 선택하고 시세계의 경계를 결정짓는다. 역사의 순간과 상황의 순간 속에 시인의 언어는 놓여 있는 것이다.

조선의 근대화 과정에서 시 창작은 시인으로 하여금 언어적 자의식을 주체적으로 갖게 하는 중요한 관건이 되었다. 일제 강점 하 모국어, 토착어를 의도적으로 선택하는 것(백석)과 창조적 감각어와 개성적 조어를 만들어내는(정지용) 선택의 측면, 식민조선의 비극적 문명퇴폐 방식을 전유해서 근대도시 풍경과 군중체험을 시적 풍경으로 옮겨 놓는 경우(오장환), 해방 이후 민족이데올로기 강화 속에서 민족 관습과 전통혼이 깃든 상징어 구사(서정주)와 새로운 서양문명어 명사(名辭), 일어번역 영어를 시 속에 끌고 오는(김수영) 경우, 그리고 다시 잊혀지고 배제된 전통어 속에서 민족어를 발견하는(김수영) 측면. 1920년대에 태어나 제도권교육 속에서 '쓰기 언어'로 일본어를 습득한 이후 해방이 되자 조선어로 글을 쓰지 못해 언어적 공황에 빠지는 경우(김수영, 김종삼), 할 수 없이 '쓰기 언어'인 일본어로 시를 쓴 다음에 다시 그것을 조선어로 고쳐 시를 쓰는 경우(김수영, 김종삼)…….

구상을 일본어로 하되 조선어로 써야 조선 문학이라는 강박 속에 한국 근대문학은 놓여 있었다. 이러한 이중어 글쓰기 문제는 김윤식 교수가 통찰한 바지만, 실제 당시 시인들에게서 조선현실을 조선어로 쓰기보다 일어로 쓰는 것이 더 자연스러웠다면 조선근대문학은 어떤 좌표 속에 놓이는 것일까. 임화(1939)는 문화어인 일본어냐 모어인 조선어냐 하는 선택에서 창작을 조선어로 하든 일본어로 하든 상관없이 어느 쪽이든 자연스럽기만 하면 좋은 말이라고 했다. 만약 일어가 학습언어로 내면화되었을 때 민족적 정서를 드러내는 것은 어떤 언어, 어떤 양식으로 가능한 것일까. 조선의 근대시, 해방 후 한국시의 '모더니티', 전후 새로운 문명제국어가 들어왔을 때 '현대시'는 어떤 방향으로 나아갈 것인가. 이러한 간단치 않은 언어예술문제가 한국 현대 시인들에게 놓여 있었다. 문학언어의 선택과 번역, 재기술의 문제는 결국 문학적 자기동일성, '자기 국어'를 창조하고 '개성적 시어'를 선택, 구사해 가는 시인의 창조적 발현의 문제인 바, 이런 문제의식 속에서 이 연구서는 출발한다.

연구서는 6명의 시인을 다루었다. 각 시인들은 서로 대조가 되기도 하고 병치, 대응이 일어나기도 한다. 어떤 경우 상대적 대응이 아닌 독자적인 시어 창조의 모습을 보여주는 시인도 있다. 의도적인 병치를 위해 시인을 선택한 것이 아니며 대조와 비교를 노린 것은 더더욱 아니다. 무엇보다 의식의 극점에 이를 때까지 '시어'를 선택하고 배치하는 부분에 시인의 가열찬 인식이 놓이는 바, 한국 현대시사에서 시어의 선택과 운용, 배열과 재현을 통해 시적 인식의 새로운 지평을 열고 한국시의 '미적 근대성' 혹은 '모더니티'를 찾고자 한 시인을 선별, 추적해 보았다.

백석의 경우 정주 방언으로 구사하는 구술 현장성, 지방 민속 풍습의 기술은 시각적 문자가 아닌 청각적 음성 언어로 토속적 시적 효과를 찾고 있다. 이에 비해 정지용의 경우 식민 근대화 과정 도시적 일상 속에서 개인적 감각적 수사와 개인어들을 모색, 그 안에서 근대적 심미성의 세계를 보여준다. 유학시절 연애체험, 도시문명 속에서의 신경증이 문학 심미성으로 몰입하게 하는 계기였다. 오장환은 근대지식을 습득한 식민청년의 허무의식과 룸펜적 삶에 대하여 자기분열적인 데카당스의 관점을 재현적 방식, 문명 전유적 방식으로 보여주고 있다. 서정주가 역사적 상황 속에서 어떤 시어를 선택한 것인가 하는 문제는 곧잘 친일의 문제와 연결되기도 하는데 현실에 대한 부역이든 1960년대 민족 이데올로기에 대한 복속이든 이는 '현실적 중인의식'이라는 시인의 세계관에서 비롯되었다 할 수 있다. 하지만 『질마재신화』 시편에 와서 시인은 민중의 비루함 속에서 숭고성을 찾는 창조적 해방, 심미적 개성을 맘껏 보여준다. 이에 반해 김수영과 김종삼은 일제 강점 하 일어 학습자로서 해방이후 이중어 글쓰기의 혼돈 속에서 새로운 한국시의 '모더니티'를 구축하기 위해 의식을 극단으로 몰아간 시인이라 할 수 있다.

이렇게 분류·개별화하고 보니 시인들의 시어와 시세계가 지나칠 만큼 단순화·획일화되는 듯하다. 결과적으로 동어반복적인 결말, 한국 현대시의 양대 흐름, 전통주의와 모더니즘이라는 양대 사조로 나뉘어지는 듯도 하다. 하지만 나는 한국현대시 연구에서 무엇보다 '사조'로 분류, 시인의 시세계를 재단, 규명하는 작업의 지리한 단순성을 경계하는 바, 실제 시인의 시세계 속에서 미세한 균열과 미적 탐색으로서 시어의 '모더니티' 지점을 치밀하게 추적, 분석하는 것으로 시인의 개별적 개성과 창조성을 찾고 싶었다. 6명의 시인들이 시어와 시적 양식 선택하는 것을 통해 한국 현대시 패러다임이 어떤 새로운 지평을 드러냈는가를 살피려 했다. 각 시인들의 현대시사적 계보는 다시 논의되어야 하겠지만 분명한 것은 위 시인들의 언어 의식으로 한국 현대시는 새로운 미적 현대성을 한 단계 선취하게 되었다.

연구서는 하나의 주제 하에 지난 5년 동안 꾸준히 쓰여진 것들이다. 모아두고 보니 부끄러움이 앞선다. 부끄러움을 거름으로 삼고자 한다. 부족한 원고를 기꺼이 출간해주신 소명출판에 감사드린다.

김용희

차례

제6부_ 김종삼, 이중어 글쓰기 세대의 시인

제1부
백석, 모어 복원의 시학

제1장_ 구술과 기억술의 이데올로기

1. 언어와 민족과 계급의 문제

1935년 카프가 해체되고 1942년 '조선어학회'가 검거, 해산되자 '조선어' '조선문학'은 일대 위기에 직면하게 된다. 임화의 말대로 "모어를 수호하는 것이 민족 문화유지의 유일한 방편"[1]이긴 했지만 실제적 진실은 그렇지가 않았다. 이광수·박영희·김광섭·이태준은 강경하게 '순조선어 문학'을 주장했지만 언어적 분열증을 앓고 있었던 것이다. 근대 문명의 이식이 일본을 통한 것이었고 일본어는 근대 이식의 상징적 도구였다. 근대적 질서와 지식의 습득, 문화적 교양과 근대문학의 수용 과정은 일본어를 경유하는 수순을 필연적으로 겪을 수밖에 없었다. 당시 식자층은 일상대화 중에도 일어를 사용함으로써 지식계층임을 드러

---

1) 임화, 「조선 민족문화 건설의 기본과제에 대한 일반보고」, 『건설기의 조선문학』, 조선문학가동맹, 1946.6.

내고자 했다.[2] 문학자 스스로가 '모국어 수호'의 원칙을 배반하는 길을 걸으면서 스스로 계급적 구별을 짓기 위해 일본어 창작으로 나아갔다. 극단적으로 이광수는 "일어와 조선어의 뿌리가 같고, 조선어는 더 우월한 '국어'의 일부이기에 '없어질' 운명을 가진 '지방어'"[3]라 주장하기도 했다. 문학자들은 문학이 조선어의 유일한 보루라는 점을 당위적으로 동의하면서도 근대 상황적 논리 속에서 일본어로 문학작품을 창작하고 읽어 나간 것이다. 실제 1930년대 이후 조선의 '신문학' 독자가 일본어 문학책과 소설을 읽는 것은 전혀 일상한 일이 아니었다.[4] 이것이 1930년대 중반 이후 문단에서의 현실적 정황이었다.

'신문학'으로 개시된 조선 근대문학이 위기에 봉착하면서 조선문학은 스스로 조선의 '전통'과 '조선정조'를 찾으려 한다. 30년대 말『文章』지가 보여준 일련의 고전부흥론이 그것이다. 일본 군국주의의 음험한 정체가 드러나면서 근대에 대한 환상이 분열, 교체되는 과정을 겪게 된 것이다. 이때 '고전적인 것'을 탐구하고 재현하는 일련의 작업은 1930년대 후반 문단의 중심적 움직임이었다.『文章』지의 이병기 · 정지용 · 이태준을 중심으로 시조와 내간체류의 발굴과 창작, 고전세계와 역사에 대한 연구가 왕성해진다. '조선적인 것'의 향토성과 역사성을 강조하면서 '고전적인 것'의 구체적 표상들을 전통으로 끌어올리려는 전략을 내포하는 것[5]이었다. 이에 대해 임화는 고전부흥론에 대하여 현실도피적

---

2) 천정환,『근대의 책읽기』, 푸른역사, 2003, 251면.
3) 장연화,「문학기생의 고백」,『삼천리』, 1934.5; 천정환, 위의 책, 254면에서 재인용.
4) 해방 이후 박완서 선생이 일본어 소설책을 열심히 탐독하면서 문학적 지식과 소양을 습득했다고 고백하는 과정이나 근대 식민주체 지식인청년이 일본유학을 통해 일본어를 지식어, 문명어로 습득하면서 계급적 식자층을 형성하고자 하였다는 점 등을 생각해본다면 한국 근대문학의 형성과 수용 과정에서 '번역된 근대'라는 말이나 '일본근대문학 수입과 영향' 관계를 단순하게 '민족문학'적 차원에서 한계지을 수는 없는 측면이 있다. 문명과 문화, 언어에서의 강경한 순혈주의나 '순조선어문학'만이 조선문학이라는 주장, 그리고 일본어로 문학작품을 창작했다는 사실만으로 친일이냐 아니냐를 가르는 이분법은 불완전한 것이며 식민지상황과 작가의 문학적 경과 속에서 치밀한 천착의 여지가 있는 것이다.

이며 보수반동적 경향이라며 비판을 노골화하기도 했다.[6]

그러나 파시즘적 일본근대에 대한 균열을 체험하면서 등장하게 된 '전통'의 복원을 조선문단의 복고주의라고 단순히 폄하할 수만은 없다. 그렇다면 한국근대시에서 전통적 서정시의 대개가 반동적 민족주의로 치부될 수 있다. 전통에의 회귀는 카프이후 근대성을 대변하는 모더니즘 문학에 대한 반동이기도 했으며 과거 고전을 통해 역사성과 전체적 질서(전통)를 정립해가려는 역사적 심리의 당연한 발로이기도 했다. 근대의 전환기 속에서, 신념체계의 붕괴와 혼돈 속에서 식민주체들은 어떤 방식으로든 새로운 시대의식과 사회의식을 수립하고자 하였다. '고전세계'와 그를 통한 '전통수립'은 근대의 혼류 속에서 사상적 거점을 찾고자 하는 한 방편에서 비롯된 것이다.

문장파 문인들이 사상적 규범으로 삼고자 한 것은 일관되게 유교적 교양이었다. 문인화나 추사 김정희의 글씨체에 대한 집착, 서권기(書券氣) 등에서도 나타나는 바『文章』지는 표지와 내용에서 사대부 문인정신에 대한 지향[7]을 철저하게 드러낸다. 이원조는 "문학사에서 고전이란 과거의 작품 중에서 걸작만을 가리키고, 일반사에서의 역사적 사실이란 과거의 사실 중에서 중요한 사실만을 말한다는 점에서 양자는 서로 흡사하다"[8]고 말한다. 이때 "고전의 작품 중에서 걸작"을 선별하는 문장파의 자세는 철저하게 엘리트주의적 문화관에 연결되어 있다는 점이다. 문장파 문인들은 사대부의 정신적 전통과 문화를 숭상하면서 그 안에서 귀족적 정신주의와 선비정신을 찾으려 했다.

---

5) 황종연, 「한국문학의 근대와 반근대−1930년대 후반기문학의 전통주의 연구」, 동국대 박사논문, 1991, 10면.
6) 임화, 「역사적 반성에의 요망」, 『조선중앙일보』, 1935.7, 5∼16면.
7) 황종연, 위의 논문, 황종연은 문장지의 전통 지향성에 대하여 이병기를 "풍류의 전통과 蘭의 경험"으로 정지용을 "심미적 귀족주의와 隱逸의 정신"으로 이태준을 "조선이라는 폐허를 사는 체념의 심정"으로 특징화, 명명화하고 있다.
8) 이원조, 「고전부흥론시비」, 『조광』 29, 1938.3, 298면; 황종연, 위의 논문, 62면 재인용.

그렇다면 이와 같은 태도는 기실 30년대 식민주체 일본 유학파 지식인들이 일어로 작품을 읽고 문학작품을 창작하는 데서 문명적 계급적 표식을 찾으려 한 점과 일치점이 있다. 근대 진보의 원천이 일본 근대 문학에 있다고 생각했던 유학파지식인이든 근대를 부정하고 고전 전통에서 한국문학의 역사성과 독자성을 찾고자 한 문장파 문인이든 근대성에 대한 신념적 탐색이 여전히 계급적 한계를 내포하고 있었던 셈이다. 이들은 지식어와 제도어로서의 일본어 아니면 기품과 정신으로서의 조선의 고전 속에서 정작 조선문학의 미래를 예감해보려 했다. 이들은 한결같이 근대문명에 직면하면서 민족이라는 추상적 함의 너머에 있는 구체적 민족 현실을 간과했다. 구체로서의 현실 즉 '지금, 이곳'에서의 식민현실, 민족현실에 주목하는 탐구는 무엇보다 필요한 것이다.

그런 점에서 1930년대 백석은 주목되는 시인이다. 백석은 문명어, 제도어로서의 일본어나 선비적 유교정신으로서의 조선어가 아닌 지방어, 정주 방언을 의도적으로 시 속에 들여왔다. 백석은 오산학교를 나와 일본 유학에서 영문학을 전공하고 돌아와 조선일보사에서 편집기자생활을 했다. 백석은 무엇보다 신교육을 받았고 예민한 언어적 자의식을 가진 모던한 인물이었다. 그런 그가 지식계층의 한자어가 아닌 순수한 토박이 말, 방언으로 정주 지방 풍속과 문화를 시 속에서 묘파해냈다는 점이 주목할 만하다.

사실 언문일치 운동에서 글의 주체와 말의 주체는 식자층을 중심으로 이루어질 수밖에 없었다. 글을 쓴다는 것이 일정한 교육과 제도적 혜택을 전제로 하기 때문이다. 언어란 공동체적 소통을 암시하지만 동시에 사회계층의 표지로서 계층을 드러내는 표식이 된다. 언문일치운동 가운데서 일어식 한자어가 무제한적으로 수용된 것은 수용주체의 계급성과 배타성을 드러내기 위해서였다. 이때 지식인층을 제외한 일반 민중은 자기표현의 길을 찾을 수 없었는데 가령 농민들은 민요와 같은 분야에서나 겨우 자기 목소리를 찾을 정도였다.[9]

백석이 시어로서 토착어를 선택한 것은 식민지 피지배층, 기층민중의 말을 시 속에서 전면화시키고자 했기 때문이다. 백석 시에서의 방언은 기표를 우위로 드러내면서 시적 환기를 시도한다.

2. 1930년대 조선문단과 지방어의 발견

1930년대 말 고전부흥운동의 분위기 속에서 백석 또한 고전과 전통에 관심을 보인 것은 사실이다.

> 한해에 몇번 매연지난 먼 조상들의 최방등 제사에는 컴컴한 고방 구석을 나와서 대멀머리에 외얏맹건을 질으터 맨 늙은 제관의손에 정갈히 몸을 썻고 교우 웋에 모신 신주 앞에 환한 초불밑에 피나무 소담한 제상위에 떡 **보탕 시케 산적 나물지짐 반봉 과일**들을 공손하니 받들고 먼 후손들의 공경스러운 절과 잔을 굽어보고 또 애끊는 통곡과 축을 귀에하고 그리고 합문뒤에는 흠향오는 구신들과 호호히 접하는것
>
> 구신과 사람과 넋과 목숨과 있는것과 없는것과 한줌흙과 한점살과 먼 녯조상과 먼 훗자손의 거룩한 아득한 슬픔을 담는것
>
> 「木具」 중에서(이하 강조는 필자)

백석은 제사상에 모시는 갓은 **음식들, 떡, 탕, 감주, 나물무침, 과일**을 나열한다. 절을 하고 잔을 굽어보고 통곡하고 축문을 읽고 흠향하는 귀신과 접하는 제사의 과정을 제시한다. 제상그릇, 나무그릇에는 과거의

---

9) 유종호, 「시와 토착어 지향」, 『동시대의 시와 진실』(『유종호 전집』 2), 민음사, 1995, 15면 참조.

옛 선조 귀신과 사람과 넋과 목숨, 역사의 모든 것들이 거룩한 의식처럼, 슬픔처럼 가득 담겨져 있다. 시인이 "……과 ……과 ……과"로 연결하는 열거는 백석 시가 가지는 리듬의식, 나열방식[10]을 넘어 과거와 현재와 미래의 것들 즉 "조상과 먼 훗자손"의 아득한 것까지의 역사적 질서를 내포하고자 함이다. "……과 ……과 ……과"는 끝없이 연결되는 혈통적 전통적 역사성과 연쇄를 암시하는 언어배열이다. 백석은 고전적 문화 풍속을 나열형식으로 모아 지속적 시간과 민족 삶의 전체적 질서를 보여주려 한다.

이를테면 이와 같은 시, "눈이오는데 / 토방에서는 질화로웋에 곱돌탕관에 약이끓는다. / 삼에 숙변에 목단에 백봉령에 산약에 택사의 몸을보한다는 六味湯 / 약탕관에서는 김이올으며 달큼한 구수한 향기로운 내음새가나고 / 약이끓는 소리는 삐삐 즐거웁기도 하다."(「湯藥」) 윤동주가 시에서 '병원'과 '환자'를 노래하고 있을 때 백석은 한약방에서 곱돌탕관에 끓고 있는 탕약 냄새를 맡고 끓는 소리를 즐겁게 듣고 있다. 시인은 두 손으로 약그릇을 들고 "약을 내인 넷사람을 생각하"면서 마음을 고요하게 다스리고 있는 것이다. 약탕관의 냄새는 마음을 고즈넉하고 편하게 하면서 전통적 위안을 되새기게 한다. 오랫동안 끓이는 이의 정성과 마음, 은근하면서 지속되는 것으로서의 조선의 마음과 풍속이다. 이러한 민족적 풍속도는 문장파 문인들이 관심있어 한 난(蘭)에 대한 심취, 한시문(漢詩文), 문인화(文人畵)와 구별되는 지점으로 조선풍속의 일상성과 친근한 민중적 공유를 유발한다. 목기(木器)에 가득한 역사의 슬픔, 약을 낸 옛사람을 생각하며 마음이 끝없이 고요하고 맑아지는 동양적 심안(心眼)의 세계다.

이와 같은 민중적 풍속도 속에서 백석의 '구술어로서의 음성문자'가 탄생한다. 한국 신문학은 한말 특권 양반층의 언어였던 한문(漢文)을 버

---

10) 이경수, 「백석 시의 반복 기법 연구」, 『상허학회』 7집, 2001. 이경수는 백석 시에서의 반복기법을 미적 효과와 결부지어 설명하려 한다.

리고 한글(우리말)에 의한 문학에서 태동한 것이다. 근세 국가에서 민족문학은 '국어'에 의한 문학형식의 완성이라는 형식문제에서 출발한다.11) 그러나 언급한 바대로 순조선어문학에 대한 신화는 일종의 민족주의적 강박으로만 작용했을 뿐 내면에서는 '언문만으로 된 것'에 대한 폄하가 기실 작용하고 있었다. 한글을 천시한 계급은 일본어로 된 제도에 편입된 식자계급이었다. 문학과 문단은 제도였다. 실제 1930년대는 일본어 창작이 강요된 경우도 적지 않았다.

이와 같은 상황에서 백석이 시 속에 가져온 정주 방언, 이를테면 "무이징게국" "바리깨돌이" 같은 시어는 일본어 / 조선어, '이중적 글쓰기의 고뇌'에 빠져 있던 조선문인들 편에서나 계몽어로서의 일본어 창작행위를 한 문인들 편에서나 '타자의 언어' 임에 틀림없다. 또한 언문일치제가 식자층의 한자어를 중심으로 이루어졌다는 점, 복수적인 언어의 코드화를 일원적인 전달의 코드(문자표현)로 통일하게 해준 역사적 문화적 '제도'란 점을 환기해볼 수 있다. 백석이 시에 차용한 민중어로서의 지방어, 방언은 언문일치제에서 배제된 속어, 표준화 제도에서 밀려난 소수어인 셈이다. 백석은 시 속에 방언을 차용함으로써 소수어로서의 지방어를 재현하려 한다. 구술의 현장성과 지방 민중 전통을 기술하려 한 것이다.

근대가 '청각적 음성'에서 '시각적 문자'로의 이행과정이라는 점은 익히 아는 바다. 근대는 '보는 것'을 통해 근대적 인식과 주체가 구성된다고 본다. 근대 원근법과 기하학이 발달하면서 주체중심의 시각주의가 발생한다. 시각이 다른 감각에 비해 압도적으로 중요해지면서 개인적 공간이 출현한다. 묵독하는 개인은 정독을 위해 조용한 개인적 공간이 필요하게 되었고 독서는 독서집단의 공동체적 문화체험이 아니라 고립된 개인과 텍스트가 만나는 개인적 주관적 교감의 장이 된다. 시각적

---

11) 김기림, 『문학개론 / 문학평론』(『金起林全集』 3), 심설당, 1988, 73면.

독서체험을 위해 '문자' '인쇄'에서의 변화도 이루어지는데 한국 모더니즘 실험에서 보여준 정지용의 형태주의적 실험은 일본 근대문학의 영향하에 이루어진 '시각적 문자의 유표화'라 할 수 있다.

　　…털 크 덕…털 크 덕….

　　나는 나는 슬퍼서 슬퍼서
　　心臟이 되구요
　　(…중략…)

　　…털 크 덕…털 크 덕…털 크 덕…

정지용 「爬蟲類動物」 중에서

"털 크 덕…털 크 덕…" 기차소리는 기차가 궤도를 따라 달리는 시각적 형태로 공간화된다. 각 음운 사이의 띄어쓰기, 말줄임표 등 지용은 기차 소리를 형태적으로 반복, 배열하면서 소리를 시각화한다. 공동체적 독서에서의 음독은 청각에 의한 구술적인 커뮤니케이션을 지향하지만 근대문화에서 묵독은 시각적 재현을 지향한다. 이때 시 텍스트는 문자, 도상기호, 띄어쓰기, 구두점, 단락나누기 등12)에 주목하면서 시각적 텍스트로 발전하게 된다. 근대문학은 묵독을 통해 고독하게 작가와 마주하면서 시각적으로 텍스트와 만난다. 독자는 개인적 나르시즘적 독서를 향유하는 근대문학의 독자가 되는 것이다.

일본유학에서 영문학을 전공하고 조선일보사 편집일을 담당했던 백석이 당시 모더니즘의 세례를 받지 않았다고 말할 수 없다. 그럼에도 백석은 그의 시에서 언문일치 제도어에서 철저하게 배격된 방언, 모더니즘적 시각언어(시각 이미지)와 구별되는 음성문자를 구사한다. '방언 구

---

12) 천정환, 『근대의 책읽기』, 푸른역사, 2003, 119면 참조.

사' '음성문자의 구현'이 단순히 고전적 전통에 대한 동경으로 상실한 고향에 대한 복원을 시도하기 위해서라고 보기는 어렵다. 근대화의 동력에 대한 반작용으로 생겨난 것이라고 단정 짓기도 힘들다. 백석은 민족의 구체로서 '민중어' '방언'을 통해 역사적 전통성을 찾고자 한 것이다. 민족 안에서 타자로서의 민중, 표준어에 대한 타자로서의 지방어를 발견하고 소수자의 언어를 통해 근대의 제도화에 대립하고자 한다.

그런 점에서 소재적 차원에서 곧바로 백석 시를 민족주의 시학으로 승격시키는 것도 문제거니와 지금까지 백석 시의 논의가 민족문학담론의 한 방편으로 지나치게 단순하게 논의되어 온 점도 간과할 수 없는 문제이다. 백석 시 연구는 민족적 민중적 세계에 대한 환기 이전에 시어 특질에 대한 분석적 규명, 언어사적 천착이 우선되어야 한다.13) 그와 같은 전제 속에서 시인의 세계관이 규명되어야 할 것이다. 표현기법을 분석하면서 시인의 미학이나 시적 기법의 의미만을 논하는 것, 그리고 언어분석적 차원을 배제한 채 시 텍스트 소재와 내용 차원을 갖고 민족시학 운운하는 것은 양쪽 모두 다 백석 시가 함축하는 '역사성과 결합된 언어적 복합성'을 충분히 설명해 내지 못한다.

지금까지 백석 시 표현 형식에 대한 논문들은 백석 시가 가지는 샤머니즘적 요소14)와 서사성과 모더니즘의 방식에 주목하는 연구,15) '서사

---

13) 백석 시 연구에서 표현 형태, 기법적 측면에 대한 연구는 김명인, 「백석시고」(『우보 전병두 박사 화갑기념 논문집』, 우보 전병두 박사 화갑기념논문집 편찬위원회, 1983), 이승원, 「풍속의 시화와 눌변의 미학」(『한국 시문학의 비평적 탐구』, 삼지원, 1985), 김영민, 「백석 시의 특질 연구」(『현대문학』, 1989.3), 정효구, 「백석시의 정신과 방법」(『한국학보』, 1989 겨울), 임성조, 「백석 시의 한 이해-형상화 방법과 禪味에 관하여」(『국어국문학』 110호, 1993), 고형진, 『현대시의 서사 지향성과 미적 구조』(시와시학사, 2003), 이경수, 「백석 시의 반복 기법 연구」(『상허학보』 7집, 2001) 등을 찾아볼 수 있다. 백석 시의 형태적 특징을 분석한 논의들이지만 백석 시가 가지는 표현 기법이 어떤 민족문학사적 전통 속에서 연유하게 된 것인지에 대한 규명이 없으며 그로 인해 백석 시의 문학사적 의미를 결론 짓는 부분에도 미흡하다.
14) 김명인, 「매몰된 문학의 제자리 찾기」, 『창작과비평』 1988 봄.
15) 최두석, 「1930년대 시의 표현에 관한 고찰」, 서울대 석사논문, 1982.

적 리듬' '직접화법'에 주목하는 기법적 연구16) 등이 초기 연구로 주목되었다. 백석 시의 문체적 특징과 의의를 드러내는 선행연구들이 있었지만 언어적 형식 내지 추상적 차원의 논의에 머물러 있다. 이 글은 백석 시에서 문자언어와 음성 언어, 시각적 언어와 청각적 언어, 구술의 구비적 전통과 구술의 방법적 탐색을 통해 구체적으로 백석 시 표현양식이 갖는 궁극적 지향점, 역사성과 전통의 문제를 언급하고자 한다. 다시 말해 본 논문은 토속어가 음성문자로 나타날 때의 시적 효과를 살펴보고 그 속에서 백석이 민족적 역사적 기억술을 드러내는 방식을 살펴보려 한다. 한국 현대시에서 시적 형식으로서의 구술성과 이데올로기의 문제, 구술성과 문화, 풍속, 전통의 문제 등에 대하여 밝혀보는 것이 이 글의 목적이다.

3. 구술 음성 복원과 전통

방언은 상투어가 아닌 모어이며 시원의 언어다. 사회적 순응이나 제도화, 교육화 되기 이전의 유년의 언어이다. 백석 시에서 방언은 무엇보다 언문일치제가 가지는 '음성의 투명성'을 넘어서 '음성의 현전성'을 회복한다. '음성'을 불투명하게 전도(顚倒)시킴으로써 기표우위의 욕망을 드러낸다.

이 그득히들 할마니할아바지가있는 안간에들몽여서 방안에서는 새옷의내음새 가나고

---

16) 고형진, 「서사적 기법의 심화와 전개」, 『현대시의 서사지향성과 미적 구조』, 시와시학사, 2003; 고형진, 「백석시 연구」, 고려대 석사논문, 1983.

또 인절미 송구떡 콩가루차떡의내음새도나고 끼때의 두부와 콩나물과 볶은
잔디와 고사리와 도야지비게는 모두 선득선득하니 찬것들이다

저녁술을놓은아이들은외양간섶 밭마당에달린 배나무동산에서
고양이잡이를하고 숨굴막질을하고 꼬리잡이를하고 가마타고시집가는 노름 말
타고장가가는놀음을하고 이렇게 밤이어둡도록 북적하니논다

밤이깊어가는집안엔 엄매는엄매들끼리 아르간에서들웃고 이야기하고 아이들
은 아이들끼리 웃간한방을잡고 조아질하고 쌈방이굴리고 바리깨돌림하고 호
박떼기하고 제비손이구손이하고 이렇게 화디의 사기방등에 심지를몇번이나독
구고 홍게닭이몇 번이나울어서 조름이오면 아릇목싸움 자리싸움을 하며 히드
득거리다잠이든다. 그래서는 문창에 텅납새의그림자가치는아츰 시누이 동세
들이 욱적하니 흥성거리는 부엌으론 샛문틈으로 장지문틈으로 무이징게국을
끄리는 맛있는내음새가 올라오도록잔다.

「여우난곬族」 중에서

  오늘날 우리는 '음성'과 '문자'를 투명한 것이라고, 음성이란 문자에
의해 그대로 기술되는 것이라고 믿고 있다(언문일치에 익숙해진 결과다). 그
러나 표준어가 아닌 방언을 그대로 기술한 기록방언을 보게 된다면 발
화된 말과 문자사이의 큰 간격이 있음을 감지한다. 기록방언은 분명 '청
각적 언어성'을 환기시키며 '음성'의 현전성을 느끼게 한다. 방언은 표
준어보다 구어체의 직접성을 확보한다. 시각적 이미지로 형성된 근대시
의 이미지는 음성과 문자의 투명성을 전제로 전달코드화 되어 왔던 셈
이다. 방언에 의한 '음성언어'의 부각은 독해과정에서의 '불투명성'과
발화되는 말(parole)의 과잉을 환기시킨다. 문자언어가 균질화된 언어, 제
도화된 기호로 독서과정에서 '음성'의 청각적 전달을 유보하고 있다면
방언은 '청각적 음성'을 유표화하는 것이다. 그야말로 불현듯 '음성'의
현전성이 드러난다.

"인절미 송구떡 콩가루차떡의 내음새도나고" "끼때의 두부와 콩나물과 볶은잔디와 고사리와 도야지비게는 모두 선득선득하니 찬것들이다" 여기서 쓰여진 기록은 분명 '음성', '말(parole)'을 공간에 멈추게 한 것이다. 백석은 방언을 기록(script)함으로써 문자언어를 음성화한다. 묵독은 마음 속에서 재빨리 음성화되면서 음독의 목소리를 회복한다.

구술문화 속에 사람들은 '말'에 위대한 힘이 깃들어 있다고 생각했다.[17] 실제 백석이 시에서 목소리로 부르고 있는 것은 사물의 '이름'이다. "인절미" "송구떡" "콩가루차떡" "바리깨돌림" "호박떼기" "제비손이구손이" 시인이 시 텍스트 표면 위로 불러온 이름들은 묻혀진 것들이지만 목소리로 호명, 음성화함으로써 하나의 '사건'이 되고 있다. 이름은 호명되고 사물에 힘을 불어넣음으로써 사물은 마술적인 어떤 경향을 지니게 된다. 특히 「여우난곬族」에서 "두부와 콩나물과 볶은잔디와 고사리와 도야지비게" 혹은 "조아질하고 쌈방이굴리고 바리깨돌림하고 호박떼기하고 제비손이구손이하고"에서 보여주는 열거와 병렬에 주목해 볼 수 있다. 이름의 병렬적 나열은 운율과 반복, 댓구와 배열에서 리듬감을 느낀다.

이와 같은 리듬은 구비적 전승에서 '판소리적 가락'의 나열과 접맥된다.

> 춘향이 주찬을 갖추어 은근히 드리니 갖은 음식 豊盛하다. 팔모접시, 대모반에 江華닭 두메꿩에 대양푼에 갈비찜, 소양푼에 제육, 두 귀 발쭉 송편이며, 먹기 좋은 꿀설기, 보기좋은 花煎이며, 송기떡의 웃기로다. 봉산참배, 양주 밤과, 남양 연시, 報恩 대추, 봉전복, 염통산적, 양볶이, 竹筍나물, 씀바귀를 곁들여 놓고[18]

춘향이 도령을 맞아 음식을 들여놓는 장면에서 음식을 나열하는 장면

---

17) Walter J. Ong, 이기우 · 임명진 역, 『구술문화와 문자문화』, 문예출판사, 1995, 55면.
18) 김기동 · 전규태 편, 『춘향전』, 서문당, 1984, 34면.

이다. 백석 시에서 음식 나열과 열거는 판소리 구술성의 반복과 리듬을 닮아 있다. 이를테면 "섯달에내빌날이들어서 내빌날밤에 눈이오면 이밤엔 쎄하얀할미귀신의 눈귀신도 내빌눈을받노라"(古野)에서 "내빌날"의 반복, "귀신"의 반복, 댓구에 의한 리듬감을 환기해볼 수 있다. 구술성은 분석적이고 단절적인 것이 아니라 연속적이며 대단히 리드미컬한 리듬을 심리적으로 환기하도록 돕고 있다. 판소리의 반복적 운율, 나열과 배열은 구연을 유창하게 만드는 기능을 한다. 「여우난곬族」에서 "인절미 송구떡 콩가루차떡" "두부와 콩나물과 볶은잔디와 고사리와 도야지비게"의 음식명의 나열은 춘향전에서의 음식명의 나열, 나열에 의한 연속적 리듬을 환기시킨다. 판소리 구술에서 전형적으로 등장하는 누적(累積)과 반복현상(反復現象)이라 할 수 있다. 반복적 운율은 판소리가 서사적 진행으로 나아가는 것을 방해하기도 하는데 백석 시에서 반복적 운율은 서사적 진행을 유예시키면서 리듬감에 의한 정서적 분위기를 환기시킨다.

집에는 언제나 센개같은 계산이가 벅작궁 고아내고 말같은 개들이 떠들썩 짖어대고 그리고 소거름 내음새 구수한 속에 엇송아지 히물쩍 너들씨는석 데

집에는 아배에 삼춘에 오마니에 오마니가 있어서 젖먹이를 마을 청능 그늘 밑에 삿갓을 씌워 한종일내 뉘어두고 김을 매려 단녔고

「넘언집 범같은 노큰마니」 중에서

백석 시에서 풍경은 나열하듯 펼쳐진다. 집에는 힘이 센 거위가 야단법석을 떨면서 떠들고 다니고 개들이 떠들썩 짖어대고 소거름 냄새 속에서 송아지가 한가하게 천천히 왔다 갔다 하면서 주위를 맴돌고 있다. 집에는 "아배"와 "삼춘" "오마니"가 있어 "젖먹이"를 마을입구 그늘에 뉘어 두고 김을 맨다. 백석 시에서 사건은 완결되지 않고 풍경은 연접의 관계로 중첩된다. "……고 ……고 ……고"와 같은 장황스런 나열, 장

황스런 말투는 직전에 말해진 것의 중첩을 통해 말을 듣는 청자가 이야기의 핵심에서 벗어나지 않도록 단단히 청자를 결합해둔다. 장황스런 말투는 판소리에서의 특징이며 구술문화에서 특징이다. 시각적인 글은 씌어진 페이지로 되돌아갈 수 있지만 구술적인 말하기는 발화되는 순간 사라지기 때문에 장황한 반복을 늘어놓는 수밖에 없다.[19]

사실 문자언어에 익숙한 사람이 언어를 조작할 때 감각은 언어를 시각적으로 변형하고 문법적으로 체계화시키려 한다. 말(parole), 특히 토속어는 언어적 체계이전에 이미지로서 습득한 것이다. 백석 시에서 구현하고 있는 방언으로서의 모어는 신체리듬과 텍스트 사이에 새로운 관계가 형성됨을 의미한다. "고양이잡이하고 숨굼막질을하고 꼬리잡이를하고 가마타고시집가는 / 노름 말타고장가가는노름을하고"에서처럼 중얼중얼거리게 하는 방언과 음성적 환기는 시 텍스트를 읽어가면서 신체리듬을 만들어 신체를 건들거리게 한다. 전통문화에서 가인(歌人)들의 추임새, 판소리꾼들의 추임새를 생각해 볼 수 있다.

결국 백석 시는 조리정연하거나 분석적인 사고에 의한 언어가 아니라 장황하고 다변적인 구술, 음성언어를 텍스트 표면 위로 부각시킴으로써 감정이입적이고 정서적인 전통의 구술성을 환기한다. 이야기를 공유하고 신체리듬을 경험함으로써 말의 안과 밖에서 공동체의 시간을 회복한다. 목소리로 된 말, 구술적 음성을 복원하는 것은 집단으로서 독자를 불러오는 것이다. 넓게는 일체성에 대한 염원을 담고 있다. 말은 공동체 안에서 신령스러운 것과 결부되면서 결속을 다지게 하는 내면적 힘을 지니기 때문이다. 백석은 구술적 말을 통해 전통과 민족성의 힘을 성스러운 일체감과 일치시키고자 한 것이다.

---

19) Walter J. Ong, 앞의 책, 65면 참조.

4. 구술사로서의 기억과 정치술

백석 시는 산문형태를 취하고 있지만 풍경을 겹쳐놓음으로써 이미지의 중첩을 시도한다. 이미지의 중첩은 오히려 그의 시에서 서정적 울림과 의미를 창조해내는 기법적 응시라 할 수 있다.

호박닢에싸오는 붕어곰은 언제나 맛있었다

부엌에는 빩앟게질들은 八모알상이 그상웋엔 새파란싸리를그린 눈알만한 盞이 뵈였다

아들아이는 범이라고 장고기를 잘잡는 앞니가빠드러진 나와동갑이었다

울파주밖에는 장군들을따러와서 엄지의젓을빠는 망아지도 있었다

「酒幕」 전문

시인은 서사적 진행을 시도하기보다 묘사적 제시를 통해 풍경을 창조하고 있다. 호박잎에 싸먹는 붕어빵에 대한 기억, 개다리소반위에 잔(盞)들, 잔고기를 잘 잡는 아들아이, 엄마 젖을 빠는 망아지, 사물과 사건은 함께 병치되면서 주막의 한 풍경을 만들어낸다. 각 이미지들은 통합되면서 서정적 순간적 한 이미지를 산출한다. 백석 시에서의 사물들은 각각 병치되지만 사물들 사이에서의 연결은 시적 이미지를 통합하려는 독자의 이미지운동에 외해서 다시 결합된다. 백석은 철저하게 시직 내상을 객관적으로 제시함으로써 사물들 사이에 환유적 연결을 남겨둔다. 주막의 한 풍경 속에서 시인은 잃어버린 과거의 풍경들을 추적함으로써 주체의 원초적인 결여와 욕망의 결핍을 드러내고 동시에 숨긴다. 객관적 제시는 주체의 갈증 속에서 고향 백성들을 마음 속의 화석처럼 각인

시키려는 정서 내면화의 과정이다.

그러나 어떤 점에서 보면 백석 시는 이미지의 중첩을 통해 하나의 서사적 이야기를 독자에게 환기시킨다. 사건에 대하여 철저한 거리를 유지하면서 시인은 유년 기억을 보여준다. 서술성이 강한 이야기성의 지향은 이미지와 은유에 집착하던 1930년대 모더니즘 시 운동에 대한 반동이라 할 수 있다. 서술성은 대개 시적 고도의 상징성보다 대중적 이야기성, 구비설화성의 의미를 함축한다.

여기서 이야기의 동력은 '회상'이다. 백석은 기억하려 애쓴 충실한 회상을 역사적 현재로 채용하고 있다는 점이다. 사실 유년의 원체험은 근접감각으로 경험된다. 언어의 세계로 들어가기 전의 풍요로운 신체적 체험, 억압과 금기가 없고 우주와 자아의 분리가 일어나기 전의 세계이다. 신체의 감각기관이 전면적으로 살아난다. 세계에 대하여 전존재적으로 탐닉할 수 있는 시기다. 몸기억으로 회복되는 잃어버린 유년 기억들은 회귀의식과 시원에 대한 실감을 주고 있지만 시인의 기억술은 단순히 몸기억을 넘어서 '의도적 집단적 기억'과 연관된다. 이를테면 "제비꼬리 마타리 쇠조지 가지취 고비 고사리 두릅순 회순 山나물"(「가즈랑집」)에서의 식용 산나물을 남김없이 기억하는 것, 음식과 놀이문화에 대한 구체적이고 세밀한 기억술은 단순한 몸기억을 넘어서 의도적 재현과 관계한다. 사실 유년의 기억은 미각과 촉각과 연관된 몸기억일 뿐 언어적 의식적 기억이 아니다. 그런 측면에서 백석 시의 유년 체험에 대한 기억은 몸기억이면서도 동시에 의식적 재현을 위해 호명된 것들이란 생각을 해 볼 수 있다.

> 어스름저녁 국수당돌각담의 수무나무가지에 녀귀의탱을걸고 나물매 갖추어
> 놓고 비난수를하는 젊은새악시들
> —잘먹고가라 서리서리물러가라 네소원풀었으니 다시침노말아라

벌개늪역에서 바리깨를뚜드리는 쇠ㅅ소리가나면
누가눈을앓어서 부증이나서 찰거마리를 불으는 것이다
마을에서는 피성한눈슭에 절인팔다리에 거마리를 붙인다

여우가 우는밤이면
잠없는 노친네들은일어나 팟을깔이며 방뇨를한다
여우가 주둥이를향하고 우는집에서는 다음날으레히 흉사가있다는것은 얼마
나 무서운말인가

「오금덩이라는곧」 전문

성황당 수무나무에 나물과 밥을 갖다놓고 귀신의 원혼을 달래는 젊
은 새악시들의 모습, 늪지 근처에서 쇠소리가 나 눈병에 찰거머리를 붙
이고 피멍이 심하게 든 팔다리에도 거머리를 붙이는 장면, 여우가 우는
밤에 노인들이 귀신을 쫓기 위해 붉은 팥을 키질하는 풍경, 여우가 우
는 날에는 그 다음날 흉사가 있다는 속설.
　백석의 이와 같은 기억은 경험 자체보다는 경험을 의도적으로 재현
하려는 의지적 기억이다. 대개 5살과 6살까지의 기억은 거의 잊혀질 뿐
만 아니라 그 이후 청년기가 되기 전 유년의 기억도 어렴풋한 감각 속
에서 파편화된 순간들과 함께 기억될 뿐이다. 백석은 유년 기억에서의
인상을 자신의 세계관 속에서 발전시킨 문화에 의해 도식적으로 제공하
려 한다. 백석은 조선 백성의 고유한 풍속을 재현하듯 그려내면서 집단
적 기억으로서의 사회적 기억을 드러낸다. 한 개인의 기억은 비록 개인
적 기억이라 할지라도 결국 가족과 친족, 마을, 집단 그리고 국가와 같
은 사회적 그물망 안에서 만들어진다.[20] 백석은 어린 시절 고향의 풍속
을 집단적으로 체험하고 기억함으로써 집단적 정체성을 밝히고 집단을
통합하는 힘으로서 기억을 끄집어낸다.

---

20) 함한회, 「구술사와 문화연구」, 『한국문화인류학』 25호, 한국문화인류학회, 1994, 5면.

짝새가 밭뿌리에서닐은 논드렁에서 아이들은개구리의뒤ㅅ다리를 구어먹었다

개구멍을쑤시다 물쿤하고 배암을잡은늪의 피같은물이끼에 해볕이 따그웠다

돌다리에앉어 날버들치를먹고 몸을말리는아이들은 물총새가되었다

「夏畓」 전문

　　논두렁에서 아이들이 개구리 뒷다리를 구워먹는다. 뱀잡는 늪지대,
물이끼, 버들개의 풍경, 물놀이를 한 아이들이 몸을 말리는 풍경 등을
담담하게 기억해 낸다. 이와 같은 시 "낡은질동이에는 갈줄모르는늙은
집난이같이 송구떡이오래도록 남어있었다 // 오지항아리에는　삼춘이밥
보다좋아하는 찹쌀탁주가있어서 / 삼춘의임내를내어가며 나와사춘은 시
큼털털한 술을 잘도채어먹었다 // 제삿날이면　귀먹어리할아버지가에서
왕밤을밝고 싸리고치에 두부산적을께었다."(「고방」) 시인은 찹쌀탁주와
삼촌의 임내, 왕밤을 까 먹고 두부산적을 꿰던 기억을 기억해낸다. 집단
적 기억의 재구성과 실행이라는 것은 분명 문학과 문화적 기억을 융합
시킴으로써 민족 정체성 상실에 대한 저항의 실례를 제공하고자 한 것
이다. 특히 기억의 장으로서의 축제적 기억은 상징적인 행사를 통해 민
족 신화를 현재화하려는 국면을 제공한다.
　　백석의 경우 민족적 기억은 거대한 민족대서사시로서의 민족 기억이
아니라 망각되고 전근대적인 것으로 터부시된 민중서민 풍속과 일상적
소역사에 대한 기억이다. 즉 지배계층에 의해 쓰여진 영웅중심의 민족
서사가 아니라 자신의 삶을 문자로 남길 수 없는 피지배층의 삶을 구전
과 민속의 형태로 전해주고 있다. 이것은 사회적 기억으로 선택되어 여
과된 민족역사 기억과 구별된다. 구별된 민중 하위 집단기억이다. 백석
이 전해주는 역사는 문자로 남겨두지 않은 지방민 다수의 목소리를 복
원시킨 것이다. 지방의 풍속을 드러내는 방언으로 지방 일상 민속과 풍

경을 드러내는 것은 표준어로서의 서울중심, 엘리트중심적 역사와 구별되는 변별지대를 만들어낸다. "낡은질동이" "찹쌀탁주" "귀먹어리할아버지" "왕밤" "두부산적"과 같은 문화적 산물들, 성황당 "수무나무" 아래서 여인네들이 비는 행위와 여우 우는 다음날의 흉사와 같은 민담적 속설. 이러한 기억은 진정한 경험에 저장되어 재현된 '개인적 기억'이라 말할 수 없다. 시인의 기억은 집단기억을 전제로 하면서 망각 속에 파묻혀 있던 흔적들을 찾아내려 하는 민족적 기억의 정치술이다. 문자를 가진 자들이 만든 문자역사에 대한 대항역사(對抗歷史)로서의 지방사(地方史)라 할 수 있다. 문자로서 기록되지 않고 목소리로만 전승되는 민중의 역사를, 구어로서 풀어써야 할 풍속과 역사를 시 속에 차용한다. 백석은 구비적 이야기, 구술사로서의 지방풍속을 '목소리적 재현'을 통해 시도하고자 한다. 구술을 통해 타자화된 민족을 발견한다. 묻혀진 전통과 문화의 재발굴이다.

5. 구술성의 선택과 이데올로기─맺으며

1935년 카프가 해체되고 1942년 초 '조선어학회'가 강제 해산되면서 조선어로서의 국어는 심각한 위기에 빠지게 된다. 엘리트 지식인들은 이중언어 글쓰기에 심리적으로 강박적 압박을 받고 있었다. 1930년대 말 『文章』파를 중심으로 일어난 고전부흥운동은 강화된 파시즘 근대에 대한 대항의 논리로 기획된 것이다. 그러나 백석은 조선어와 일본어, 이중 언어에 대한 강박을 벗어난다. 그 스스로가 모더니즘 세례를 받은 일본유학파 지식인이면서 언문일치제에 의해 배제된 정주 방언을 시 텍스트 안에서 실험한다. 방언은 표준어, 한자어에 의해 타자화된 민족어인 셈이다. 백석은 조선 근대 식자계급에서 소외된 방언을 구사하고 문자기록 역사에서 배제된 구술로서의 문화, 민중의 풍속을 재발견하려 한다. 이것은 1930년대 『文章』파 문인들이 보여준 유교적 사대부의식에서의 상고주의와 확연히 구분되는 하위문화로서 민중성의 발견이다.

민중의 무속적 풍속에 대한 객관적 제시, 명절날 먹던 음식물과 즐기던 놀이문화에 대한 구체적 핍진성, 이와 같은 서술성은 당대 모더니즘 시들과 구분되는 독자적인 정체성일 뿐만 아니라 시적 형식을 통한 이데올로기적 국면을 상정하게 한다. 즉 시인에게 있어서 언어의 선택은 타자성을 전제로 일종의 이데올로기적 선택을 시도하는 것이다. 일차적으로 방언의 선택은 제도권 언어에 대한 대항적 시점을 제시한다. 하지만 무엇보다 백석은 시형식, 즉 서술성과 서사의 객관적 제시, 이야기를 '목소리'로 구현하면서 구술 형식으로 집단기억을 끄집어내고 그와 같은 방식으로 '형식의 정치학'을 실천하고 있다는 점이다.

김준오 선생에 의하면 서정 장르는 세계의 자아화, 세계와 자아의 동일화를 지향하는 은유의 제국주의를 드러낸다. 서정적 세계는 "강요된 조화의 감정"21)을 환기시킨다는 것이다. 서정 장르는 동일성과 단일성에 근거하기 때문에 지배계층에 속하며 체제 유지를 위해 언어를 획일화하려는 공식적 독백을 하게 된다. 실제 향가, 경기체가, 시조는 지배계층의 보수적 고백적 자아를 드러내는 방편이었다. 그것을 통해 유가의 가부장적 이데올로기를 전파시키는 장르적 부귀를 누렸다. 그런 관점에서 서사장르는 바흐친의 대화주의와 연관해서 볼 때 상호대화성, 민중적 공동의식을 드러내는 서민장르라는 점이다. 임화를 비롯하여 카프가 실험하고 있는 시에서의 서사성 내지 서술성은 그와 같은 세계와 자아의 국면에서 일어나는 좀더 다양하고 복잡한 세계해석의 문제를 던지면서 '대화주의의 징후'를 읽게 한다.

---

21) 김준오, 「시의 형식과 이데올로기」, 『문학사와 장르』, 문학과지성사, 2000, 131~134면 참조

결국 "문학이 이데올로기를 경험적으로 접근하게 해 주는 가장 계시적인 양식이라는 정의는 형식에 이데올로기적 의의를 부여한 것"[22]이다. 문학에서의 주류장르의 성행에는 사회역사적으로 규정되는 이데올로기적 성격을 생각할 수밖에 없다. 장르란 당대 삶에서 삶과 사물을 통찰하는 인식의 틀로서 이데올로기와의 관계 속에서 선택된다. 텍스트 형식을 매개로 세계와 관계짓고 비로소 이데올로기와 연관된다고 볼 때 백석 시는 시어의 선택, 공동체적 전통적 율격, 서술성과 이야기성을 통해 민중적 대화주의, 민중의식에 대한 이데올로기를 드러낸다. 백석 시에서 서정적 산문시, 독백적 언어이면서 민중적 집단적 기억을 되살리는 서사성은 분명 사회적 역사적 산물로서의 시적 형식에 대한 시인의 절대적 선택이었다. 무엇보다 백석은 '판소리적 리듬과 구연적 상황'의 차용, 문자역사에서 기록되지 않을 지방 민중 삶의 풍속에 대한 구술사로서의 기억술을 보여준다. 이것은 『文章』파 문인들이 발견한 '전통'과 다른 의미에서의 민중적 민족적 신체리듬과 정체성을 환기시킨다. 잊혀진 전통에 대한 환기라 할만하다. 전통 서정시가 자칫 빠질 수 있는 민족의식에 대한 보수적 회귀에 반하여 백석 시는 오히려 율격과 배열에서, 구술적 제시와 풍속의 발견에서 '민중적 대화주의'를 드러낸다. 백석은 시적 담론의 선택을 통해 전통의 응집력을 보여준다. 시어와 담론의 선택은 이데올로기적 선택으로서의 민족시학이었던 셈이다.

---

22) 위의 책, 129면.

제2장 도가적 상상력으로서의 동양적 신질서
1930년대 말 동양주의의 한 방향

1. 백석과 도가적 사상

1930년대 말(1935~1940 초반) 백석 시가 보여주는 '옛것'에 대한 취향은 한국시문학사연구에서 여러 가지 관점들을 제공하고 있다. 백석은 일찍이 개화한 집안 분위기 속에서 정규 신식교육을 받으면서 오산학교를 졸업하고 일본유학에서 영문학을 전공할 정도로 근대문물의 수혜자였다. 백석 시는 감각적 이미지와 풍경의 재현적 묘사 등, 시적 형상화를 통해 문학적 근대화를 보여주고 있지만 근대 유학파 지식인으로서 백석 시가 민중 공동체에 대한 유년 집단 기억이라는 '전통적 옛것'에 집중한다는 점은 특이한 사실이다. 부족 집단어로서의 정주방언, 민속의 절기와 풍습과 마을 풍물들, 백석 시는 민중생활의 구체적 일상세목을 통해 훼손된 고향의 근원성을 회감하고자 한다. 백석 시에 대하여 신화적 민족정서, 모태회귀의 장소애, 근대에 대한 전통의 실현방식[1]이라는 지금까지의 논의들은 이러한 백석시의 특질에 값한다. "옛날"(「月林장」), "태고"(「榴」), "넷말"(「고방」), "넷적"(「木具」「湯藥」) 등과 같은 '옛것'에 대한 추구²)는 아득한 과거와 조상들의 삶의 시간을 현재화, 물질화함으로써 역사적 전통성과 자아정립의 질서를 획득하고자 한 것인지도 모른다.

사실 1930년대 말 조선은 불안한 세계 정세의 전환기를 충분히 인식하고 있었고 '동양의 신질서'³)라는 주체 문제가 정면으로 부상하고 있었다. 김기림⁴)에 의해 모더니즘에 대한 뼈아픈 자기각성이 제기되었고 파시즘의 극단적 부상 속에서 동양의 고전 세계에 대한 관심이 높아졌다. 1939년 2월 『文章』의 등장은 우리 정신의 실체를 우리 고전, 전통에서 찾아내 우리 문화의 가치를 되새기려는 민족정신 모색의 결과였다. 이병기는 풍류의 전통과 난(蘭)을 통해 고완의 생활화에 이르려했고 정지용은 후기로 오면서 동양적이고 고전적인 체취의 정관적 자연세계에 침잠하면서 귀족적 심미주의와 은일(隱逸)의 정신으로 빠져들었다. 그러나 사실 문장파가 보여주는 서구문명에 대(對)한 '신문화 탄생'으로서의 '동양적 정신'은 전아한 고전정신⁵)이며 고전정신은 법도와 예를 숭상하는 사대부적 문인의식,⁶) 곧 유가적 세계관을 의미하는 것이었다. 이를

---

1) 백석 시에서 전통의 문제는 다음 논문 외에서도 수차례 논의되었다. 신범순, 「현대시에서 전통적 정신의 존재형식과 그 의미」, 『국어교육』 96, 한국국어교육연구회, 1998; 최정례, 「백석 시 연구-근원에 대한 질문으로서의 근대성」, 고려대 석사논문, 2001; 권유성, 「백석 시에 나타난 전통지향의 양상 연구」, 경북대 석사논문, 2001; 박정호, 「전통의 시화 및 시적 변용-백석 시의 전통성 고찰」, 『한국어문학연구』 9집, 한국어문학연구회, 1998.
2) 손진은은 백석 시에서 '옛것' 지향의 예를 추적하면서 잃어버린 근원으로서의 '옛것'의 상상력을 모색하고 있다.(손진은, 「백석 시의 '옛것' 모티프와 상상력」, 『한국문학이론과 비평』 제24집(8권 3호), 한국문학이론과 비평학회, 2004.9)
3) 인정식, 「시국과 문화」, 『문장』, 1939.12; 인정식, 「내선일체의 신과제」, 『문장』, 1940.1.
4) 김기림, 「'동양'에 관한 단장」, 『문장』, 1941.4, 211면. 김기림은 인공적인 물질문명에 대한 항의, 감각적이고 화려한 외피에 대한 환멸 속에서 정체성을 상실해 가는 당대 모더니즘의 급선회를 요구하게 된다.
5) 문장파와 전통의 관련성에 대해서는 이명희, 「『문장』이 보여준 '전통'의 의미와 의의」(『상허학회』 4호, 2001) 참조.

테면 이병기의 시조 「난초」(『문장』, 1939.4)의 경우 "정한 모래 틈에 뿌리를 서려……./微塵도 가까이 않고" 사는 난초의 자태는 "빼어난 가는 닢새"가 은밀한 자존의 자태다. "微塵"도 가까이 하지 않는 고절한 자존은 '내면과 외면이 어우러진 군자'의 모습이다. 예에 상응하는 외모와 외적 계급을 중시하는 유가의 인간형을 상징하고 있다.

1930년대 말 문장파의 '고전'과 동양정신에 대한 탐구가 자존의 강인한 정신력, 세정에 물들지 않는 고절의 지조를 담보한다면 동시대 백석 시가 보여주는 '옛것'에 대한 탐구는 분명 다른 세계관에서 표출된 문학적 징후라 할 수 있다. 백석 시에 나타나는 "옛것"은 옛주거(돌능와집), 옛 탈 것(소달구지), 옛 신발(싸리신), 조상의 목소리(방언), 음식물7)과 음식물 냄새로 간취되는 민간풍속적 일상과 체험과 기억8)이다. 옛 민중 조상들이 따르던 세시풍습과 민속은 외양이 아니라 오랜 전통적 습속 속에서 자연적 천성과 자연의 이치를 따르는 민간신앙의 방식이다. 백석 시에서 샤머니즘적 민간신앙에 대한 관심이 보이는 것은 그 예라 할 수 있다.9)(「가즈랑집」, 「마을은 맨천 구신이 돼서」, 「오금덩이라는 곳」 등)

흥미로운 것은 백석 시에서 두드러지는 점, 즉 집단적 기억 속에서 끝없이 합일을 원하는 근원성에 대한 회귀, 가난과 소박한 정신에 대한 지향, 생명 존중과 연민의식 등이 중국철학에서 도가적 사상의 일면과 매우 유사하다는 점이다. 도가10)는 우주를 살아있는 유기체로 간주하고

---

6) 문장파는 서권기(書卷氣), 문인화, 추사의 글씨체, 도자기, 고서류 등을 완상하는 것뿐만 아니라 자존과 고절의 동양적 정신주의를 찾고자 했다. 이에 대하여 졸고, 「백석 시에 나타난 구술과 기억술의 이데올로기」(『한국문학논총』 제38집, 한국문학회, 2004.12, 145면) 참조

7) 돌나무 김치, 백설기, 마타리, 소조취, 기지취, 고비, 고사리, 두릅순, 회순나물, 물구지우림, 동굴레우림, 도토리묵, 도토리범벅, 인절미, 송구떡, 콩가루차떡, 뿌운 잔디, 도야지 비계, 무우징게국.

8) 쥐잡이, 숨굴막질, 꼬리잡이, 시집장가가는 놀이, 쌈박질이질, 바리개돌림놀이, 호박떼기, 제비손이구손이놀이.

9) 김병택, 「백석시의 특질에 관한 고찰」, 『어문연구』 제24집, 어문연구학회, 1993.10. 김병택은 백석 시에서 샤머니즘의 서사적 전개를 백석 시의 한 특질로 살피고 있다.

생명의 율동에 참여하면서(天人合一) 무명(無名)의 소박한 마음으로 마음을 고요하게 다스리면[11] 대도(大道)와 하나가 될 수 있다고 언급하고 있다. 도가는 마음으로 우주의 기와 상통하면서 인체와 자연과 우주가 합일되는 경지를 추구하려 한다. 백석 시에서 어린아이 화자가 등장하는 것도 이와 유관하다. 어린아이는 자연의 천성의 모습 그 자체이며 사물 그 자체로 사물성을 감각한다. 자연의 기와 교류하는 상태, 자신을 잃어버리는 경지, 즉 '심재'[12]의 경지를 경험하는 존재라 할 수 있다. 또한 백석 시에서 자연물에 대한 자족적이고 초탈한 의식은 소요유로서의 '자유' '물러남'에 대한 추구를 보여준다. 백석 시에 나타나는 가난과 소박함은 유가의 선비가 보여주는 '안빈낙도'와 구분된다. 유가식으로 '궁함을 지키는 것' '절개를 지키는 것'과 달리 백석 시에서의 '가난'과 소박함은 마음을 비우고 외계사물에서 초월하는 도가적 초탈과 연결된다. 유가에서 선비가 은거하면서도 유명(有名)의 사회적 관계에 몰두한다면 도가는 '물러남'에 의해 '내면의 자유'를 찾고자 한다. 결국 1930년대 말 조선 시 문단은 '고전'과 '옛것'을 추구하는 두 갈래가 공존하고 있었고 그것은 유가적 의와 예를 중시하는 사대부적 문인의식과 민중적 민간신앙, 혹은 도가적 삶의 소박함과 자족의식이라 할 수 있을 것이다.

이 글은 백석 시에서 감지되는 도가적 의식을 탐색하면서 조선적 전통의 새로운 의미를 시적으로 형상화한 백석 시의 문학적 의미를 규명

---

10) 일반적으로 도교와 도가를 동일시하는 경향이 있는데 약간 차이가 있다. 도가는 노자와 장자를 중심으로 한 학술이며 철학적 사상이다. 노자, 장자의 사상이나 「도덕경」 「장자」의 내용 등은 모두 여기에 속한다. 도교는 귀신숭배, 巫術과 점술, 전균기한 신선 전설, 방사들의 술수 및 양한 황제와 노자를 교조로 삼아 형성된 중국의 토착종교로서 신앙을 이야기한다. 그러나 도교에서 신봉하는 도와 도가에서 숭상하는 도나 밀접한 관계가 있다. 본고에서는 도교와 도가를 모두 포함하여 도가적 사상으로 언급하고자 한다. 최인정, 『불교와 세계종교』, 서울 : 도서출판 여래, 1998, 267면 참조.
11) 『老子』「第 37章」 참조.
12) 심재는 사려와 욕망을 배제한 정신 수양방법, 곧 마음의 허정(虛靜)함을 지켜야 도를 체득할 수 있으므로 심재란 곧 '마음을 텅 비움'이라 할 수 있다.

하고자 한다. 철학적 종교적 담론과 문학의 접점을 찾는 과정에서 때로 문학작품이 종교 이념의 도그마에 종속될 가능성도 없잖아 있다. 종교적 사상적 논리의 세부적 특징들을 작품해석에서 단순 일대일 대응으로 등치, 환원시킬 수도 없거니와 종교적 이념이 작품해석에 이데올로기적 구속력을 가져서도 안 된다. 종교적 사상적 원리가 시 텍스트의 내재적 의미와 시인의 의식세계를 규명하는 데 참조적 알리바이의 역할을 담당해야 하는 바 문학연구가 사상연구로 전이되는 전도본말을 경계해야 할 이유가 있는 것이다. 무엇보다 백석 시가 전적으로 도교 사상과 완벽하게 일치한다고 말할 수 없고 문학작품이 종교적 사상적 원리와 완벽하게 부합되어서도 안 된다. 그런 점에서 이 글은 백석 시에 나타난 도교 지향의 기미들과 그 지향성이 현실과의 길항 속에서 어떤 방식으로 시인의식에 내면화되는가를 탐색해보고자 한다. 이 같은 작업은 한국시문학사에서 '정신사적 사상적 계보'를 짚어보는 한 진단과 가설의 의미를 가질 수 있다.

2. 북방체험과 노자와 생명의식

백석은 1936년 시집 「사슴」을 출판한 뒤 서울 잡지사 편집 일을 갑자기 그만두고 1939년 만주로 떠나게 된다.13) 만주체험에서 민족정서에 대한 향수, 고향상실에 이은 고독한 유랑의식이 가중되었다 할 수 있는데 흥미로운 것은 만주, 북방에서 '중국인들'을 접하면서(「조당에서」, 「두보

---

13) 만주로 간 후 백석은 유독 '한얼생'이라는 창씨개명과 역행하는 필명을 사용했는데 이는 만주, 북방에서 체험하는 민족의 고난과 이민사 체험에 비롯된 민족의식에 대한 개인적 의지로 보인다.

와 이백같이」) 동양정신과 노장철학에 대한 관심을 갖게 된다는 점이다. 북방체험에서 시인은 중국인들의 여유 있는 모습을 보면서 '도연명'과 '노자' '이백' '안회' 같은 이들을 떠올린다. 무엇보다 '소박한 가난'과 '자족'하는 즐거움, '자연산수 속에서 정(靜)과 허(虛)의 발견' '무위의 느림'에 대해 주목한다. 그전 「사슴」 시편에서 보여준 유년회상에서도 절대적 충족의 세계, 민중공동체의 신화적 충일의 경지를 보여준 바 있지만 노자철학에 대한 구체적 언급을 한 것은 북방체험이후부터이다.

어진 사람이 많은 나라에 와서
어진 사람의 즛을 어진사람의 마음을 배워서
수박씨 닦은것을 호박씨 닦은 것을 입으로 앞니빨로 밝는다

수박씨 호박씨를 입에 넣는 마음은
참으로 철없고 어리석고 게으른 마음이나
이것은 또 참으로 밝고 그윽하고 깊고 무거운 마음이라
이마음안에 아득하니 오랜 세월이 아득하니 오랜 지혜가 또 아득하니 오랜 人情이 깃들인것이다
泰山의 구름도 黃河의 물도 옛님군의 땅과 나무의 덕도 이마음안에 아득하니 뵈이는 것이다

이 적고 가부엽고 갤족한 히고 깜안 씨가
조용하니 또 노고하니 손에서 입으로 입에서 손으로 올으날이는 때
벌에 우는 새소리도 듣고싶고 거문고도 한곡조 뜯고싶고 한 五千말 남기고 函谷關도 넘어가고싶고
기쁨이 마음에 뜨는 때는 히고 깜안 씨를 앞니로 까서 잔나비가 되고
근심이 마음에 앉는때는 히고 깜안 씨를 혀끝에 물어 까막까치가 되고

어진 사람이 많은 나라에서는
五斗米를 벌이고 버드나무아래로 돌아온 사람도

그 넓차개에 수박씨 닦은것은 호박씨 닦은것은 있었을것이다
나물먹고 물마시고 팔벼개하고 누었든 사람도
그 머리 맡에 수박씨 닦은것은 호박씨 닦은것은 있었을것이다.

「수박씨, 호박씨」 전문

　백석 시에서 중국인들은 노장철학의 현신처럼 "어진 사람"으로 등장
한다. 백석에게 있어 중국인들은 도연명과 노장의식의 전통을 가진 동
양정신에서 순박하고 소박한 도(道)의 경지를 지닌 사람들로 나타난다.
백석은 중국에 와 그 어진 사람의 마음을 배워서 "수박씨"와 "호박씨"
를 까먹는다. 참으로 보잘것없고 정작 먹기에 어설픈 작은 씨를 까먹으
며 시인은 "참으로 철없고 어리석고 게으른 마음이냐" "참으로 밝고 그
윽하고 깊고 무거운 마음이라" 노래한다. 시인은 사물을 '분별지(分別智)'
에 의해 '대상적 인식'으로 체득하는 것이 아니라 만물 가운데 내재하
는 생성의 근원과 '그윽하여 보이지 않는' 생명 본질의 '마음'을 찾고자
하는 것이다.

　하잘 것 없이 조그만 수박씨 호박씨를 닦고 또 입에 넣는 마음은 총
명하고 부지런하고 재능이 있는 것보다 "어리석고 게으른 마음"처럼 보
인다. 그러나 이 마음은 소박하게 마음을 비우고 겸허하게 사물과 삶을
받아들이는 스스로 있음의 '자연스러움'을 보여준다. 현실적 분별에 민
감한 사람들의 눈에는 이들이 몽매하게 보인다. 그러나 노자철학은 세
속적 명예보다 자연적 생명을 창달하는 데 본래적 가치를 두고 있다. 노
자철학에서의 이상적인 인간은 도를 체득하고[14] 소박하고[15] 겸허하
고[16] 자유로운 인간[17]을 상정한다. 겸손함과 검소함, 그리고 나서지 않
고 물러감을 근본적인 가치로 여긴다.[18] 그러하기에 "철없고 어리석고

---

　14) 『老子』「第 16章」·「第 33章」·「第 52章」·「第 53章」 참조.
　15) 『老子』「第 3章」 참조.
　16) 『老子』「第 36章」·「第 40章」 참조.
　17) 『老子』「第 44章」 참조.

게으른 마음"은 오히려 "참으로 밝고 그윽하고 깊고 무거운 마음"이 된다. 그 마음 안에는 "오랜 세월"과 "오랜 지혜", "오랜 인정"이 깃들어 있고 "태산의 구름"과 "황하의 물", "옛 임금의 땅과 나무의 덕"이 아득하니 뵈인다. 조그만 수박씨 호박씨 안에 우주만물의 생명과 산물의 원리가 내재해 있고 시원 공간으로서의 절대적 자연의 원리가 숨겨져 있다. '도'의 원리는 모든 사물들 속에 사물 본래의 모습을 찾으려할 때 비로소 생명의 본질과 정령을 찾을 수 있다고 말한다. 시인은 조용하고 다소곳이 수박씨 호박씨를 손에서 입으로 입에서 손으로 오르내리면서 중국의 옛 성인들을 떠올린다. "한 4오천 말 남기고 함곡관(函谷關)을 넘어" 간 사람은 노자[19]이며 "오두미(五斗米)를 버리고 버드나무 아래로 돌아온 사람"은 도연명[20]을 가리킨다. "나물 먹고 물 마시고 팔베개하고 누었던 사람"은 '단표누항(簞瓢陋巷)'의 안회를 암시한다. 이 인물들은 한결같이 세속을 버리고 유유자적함으로써 인간과 자연이 조화롭게 공존하는 세계의 표본이 되고 있다. 백석이 이 사람들에게 관심을 가지는 것은 피폐한 식민지 고향을 버리고 방랑하는 가운데 정신적 표본으로 자기좌표가 필요했기 때문이 아닐까 생각된다. 백석은 때로 유랑의 허허로운 마음을 이들 인물과 일치시키면서 자신의 고독에서 위안을 찾고자 한다.

> 내 쓸쓸한 마음은 아마 杜甫나 李白같은 사람들의 마음인지도 모를것이다
> 아모려나 이것은 넷투의 쓸쓸한 마음이다
>
> 「杜甫나 李白같이」 중에서

---

18) 『老子』「第 67章」 참조
19) 함곡관(函谷關)은 중국의 중요한 관문이다. 노자가 함곡관을 지나면서 가르침을 묻는 문지기에서 도와 덕의 내용이 담긴 오천 말(言)을 남기고 그것이 노자의 「도덕경」이 되었다는 이야기다. 노자는 함곡관을 넘어가 사라져 버림으로써 그가 주장한 시원의 무의 세계로 들어가 버리는 상징이 되었다.
20) '오두미(五斗米)'는 도연명의 월급, 당시 중국 현감의 월급을 의미한다. 도연명은 "나는 오두미(五斗米)를 위하여 향리의 소인(小人)에게 허리를 굽힐 수 없다"고 개탄하면서 스스로 팽이를 들고 농경생활을 영위하며 「귀거래사」를 남겼다.

시를 쓰는 작업 자체가 세상에 대한 "쓸쓸한 마음"이기에 백석은 중국의 대표적인 두 시인 두보와 이백을 떠올리며 세상을 등지고 방랑하며 시를 쓰는 자신의 처지를 되짚는다. 만주에서 백석은 "지나(支那)나라 사람들과 같이 목욕을 하"면서 중국문화와 중국의 옛 인물을 떠올리며 "도연명(陶淵明)21)은 저러한 사람이었을 것이고" "양자(楊子)라는 사람은 아모래도 이와 같았을 것만 같다"(「조당(藻塘)에서」)라고 말한다. 그러면서 백석은 "내가 좋아하는 사람들을 만나는 것만 같"아 "어쩐지 내 마음은 갑자기 반가워지나/ 그러나 나는 조금 무서웁고 외로워진다"라고 우울해한다. 백석은 중국철학과 사유에서 겸허한 우주적 도와 물러나 화해하는 마음을 찾으면서 식민지 청년으로서의 외로움을 동시적으로 체감한다. 백석은 식민지 현실의 실향과 사회적 문화적 속박의 고달픔 속에서 이러한 초연한 초탈의 경지를 찾으며 심리적 모순을 순화하고자 한 셈이다.

그리하여 시인은 세속의 탐욕적 논리를 부정하고 소박하고 남루한 '가난'의 정신을 인간 성품의 가장 순결한 탈속의 인품으로 여긴다. 도가에서 인간이 본래적 품성으로 복귀하게 될 때 그 인격은 소박하고 겸허한 마음이 된다고 말하고 있다.22)

　　해바라기 하기조흘 벼ㅅ곡간마당에
　　벼ㅅ집가티 누우란 사람들이 둘러서서
　　어늬눈오신날 눈을츠고 생긴듯한 말다툼소리도 누우라니

　　소는 기르매지고 조은다

---

21) 도연명은 본래 유가를 신봉했다. 그러다 유가에서 도를 걱정하는 것은 도가에 의거하여 즐기는 것만 못하다 여기면서 벼슬이 아니라 전원을 사랑하는 것이 자신의 본성이라 말한다. 「귀원전거」에서 도연명은 벼슬길이 이제 더 이상 광명의 길일 수 없고 그것은 자유를 가두는 새장에 불과하다고 노래한다. 장파, 유중하 역, 『동양과 서양, 그리고 미학』, 푸른숲, 1999, 264~266면 참조.
22) 김용섭, 「老子에서의 理想的 人間과 社會」, 『철학연구』 제46집, 대한철학회, 1990.

아 모도들 따사로히 가난하니

「三千浦－남행시초(南行詩抄) 4」 중에서

산골로 가는것은 세상한테 지는것이아니다
세상같은건 더러워 버리는것이다

「나와 나타샤와 흰당나귀」 중에서

　시골항구는 지극히 평화로와 "따사로히 가난하"다는 전언, 낭만적 사랑
을 꿈꾸며 "산골로 가는 것은 세상한테 지는 것이 아니"라 "세상"이 "더러
워 버리는 것"이라는 전언, 백석은 가난을 따스하게 생각하는 적극적 초연
의 자세를 지니면서 세상을 더러워 버리는 낭만적 허무의식을 지니고 있
다. 도가에서는 자유와 부조리처럼, 의지함이 없는 소요와 인생의 공허함
이 동전의 양면과 같다. 백석은 세상을 가난하고 따스하고 공허하게 바라
보면서 소박하고 다정한 근원적인 본래로서의 마음을 찾으려 한다.

　아, 이 반가운것은 무엇인가
　이 히수무레하고 부드럽고 수수하고 슴슴한것은 무엇인가
　겨울밤 쩡 하니 닉은 동티미국을 좋아하고 얼얼한 댕추가루를 좋아하고 싱
싱한 산꿩의 고기를 좋아하고
　그리고 담배내음새 탄수내음새 또 수육을 삶는 육수국 내음새 자욱한 더북
한 삿방 쩔쩔 끓는 아르굳을 좋아하는 이것은 무엇인가

　이 조용한 마을과 이마을의 으젓한 사람들과 살틀하니 친한것은 무엇인가

「국수」 중에서

　이 그지없이 거담(枯淡)하고 소박(素朴)한 것은 무엇인가. 「국수」 중에
서 '국수'는 평북 정주지방에서 먹던 토속음식인 국수, 즉 시의 내용으
로 봐서 동치미국물과 육수를 섞은 물에 국수를 말아서 먹는 평양지방
의 토속음식인 평양냉면23)으로 볼 수 있다. 위 인용에서는 생략했지만

시의 전반부에서 "소기름불이 뿌우현 부엌"에서 국수틀로 국수를 만드는 과정과 아버지와 아들이 겸상을 하면서 국수를 먹는 살갑고 정겨운 장면이 묘사된다. 국수는 "곰의 잔등에 업혀서 길여났다는 먼 옛적 큰마니"(할머니)와 "그 집등색이24)에 서서 자채기를 하면 산넘엣 마을까지 들렸다는" 할아버지의 친근감처럼 그렇게 민족 근원적 정서와 역사적 내력의 향수를 지닌 음식이다. 시인은 이 조용한 마을에 "살틀하고 친근한 것이라고는 이것밖에 없다"고 말한다. "그지없이 枯淡하고 素朴한 것"은 이것밖에 없다고 말한다. 국수는 "히수무레하고 부드럽고 수수하고 슴슴한" 그 무엇인 것이다.

도가적 세계관은 풍부한 감정적 변화와 주관을 넘어서는 단계, 담(淡)을 소중하게 여겼는데 이는 감각의 세계로 말하자면 무미(無味)하고 소박(素朴)한 상태이며 무채색(無彩色)의 느낌이다.25) 무위에 이르기 위해 모든 감각들은 아득하고(遠) 경계를 넘어서야 하는 것이기 때문이다. 그런 점에서 모든 감각들은 '맑고 텅 빈 상태(淸空)', 머물렀지만 흔적이 없는 듯한 담백(淡白)의 세계로 나아가게 된다. 국수의 "히수무레하고 부드럽고 수수하고 슴슴한" 그 맛은 미감의 뚜렷한 감각을 희석한 무미(無味)한 맛이다. 모든 감각적 경계를 넘어서 어느 쪽으로도 기울어지지 않은 맛, 초탈의 맛인 것이다. 백석은 오욕칠정의 감정적 감각적 경계를 넘어서면서 고담하고 소박한 맛, 도가에서 말하는 본래적 자연 성품의 미감을 '국수'라는 음식으로 상징화하고 싶어 한다.

이외에도 백석은 아득하고 묽은 냄새의 기억들을 통해 존재의 흔적을 찾는다. '냄새'란 바슐라르에 의하면 존재의 현존과 부재사이 그 간극에 서 있는 것으로 존재의 실체가 있는 듯 없는 듯한 알 수 없는 초월적인 실체를 상징한다. 냄새는 감각되는 순간 대기 중으로 번져가면서

---

23) 고형진, 「白石의 「국수」」, 『시안』 제3호, 시안사, 1999.3.
24) 짚이나 칡덩굴로 짜서 만든 자리.
25) 신은경, 「風流―동아시아 美學의 근원」, 보고사, 1999, 536~537면 참조.

사라지는, 있는 듯 없는 듯한 '존재의 기미'다. 그런 점에서 '체취, 내음, 내음새' 같은 것은 '있는 듯하기도 하고 없는 듯하기도 한' '도(道)'의 경지와 흡사하다. 백석 시에서 이러한 "내음" "내음새"는 가장 특징적으로 나타나는 감각형태다. "아카시아들이 언제 흰 두레방석을 깔았나/어데서 물쿤 개비린내가 온다"(「비」 전문) "女僧은 合掌하고 절을 했다/가지취의 내음새가 났다"(「女僧」 중에서) "나는 가느슥히 女眞의 살내음새를 맡는다"(「咸州詩抄—北關」 중에서) "장지문틈으로무이징개국을끄리는 맛있는내음새가 올라오도록잔다"(「여우난곬族」 중에서) "약탕관에서는 김이 오르며 달큼한 구수한 향기로운 내음새가 나고"(「湯藥」 중에서). 백석 시에서 냄새는 강렬하고 자극적이라기보다 무심한 맛처럼 슴슴하고 구수하고 연하여 아득한 냄새로 드러난다. 현실에 대한 초연한 기운은 담백하고 여유로운 신이한 냄새로 나타난다.

생명있는 것에서 몸 감각으로서의 '내음'을 찾는 과정은 몸과 우주의 연대적 관계를 구성하고 모든 사물에서 그 자체의 천성과 본래적 가치를 찾으려는 도교적 사유와 연관을 지닌다.

낡은 나조반에 흰밥도 가재미도 나도나와앉어서
쓸쓸한 저녁을 맞는다

흰밥과 가재미와 나는
우리들은 그무슨이야기라도 다할것같다
(…중략…)
우리들은 모두 욕심이없어 히여졌다
착하디 착해서 세괏은 가시하나 손아귀하나 없다
너무나 정갈해서 이렇게 파리했다

우리들은 가난해도 서럽지않다
우리들은 외로워할 까닭도없다

그리고 누구하나 부럽지도않다

「膳友辭 — 함주시초(咸州詩抄) 4」 중에서

나의 정다운것들 가지 명태 노루 뇌추리 질동이 노랑나뷔 바구지꽃 모밀국수
남치마 자개집석이 그리고 千姬라는 이름이 한없이 그리워지는 밤이로구나

「夜雨小懷 — 물닭의 소리 5」 중에서

노자는 생명을 모든 가치 가운데 최고의 가치로 간주한다. 공자가 이
념을 생명보다 소중하게 여기는 경향을 보여주었다면, 노자는 이념보다
생명을 중시하는 전통을 마련하였다.26) 우주만물이 모두 존귀하며 존귀
한 생명을 가지고 있기에 서로 존중하고 우애의 친밀감을 가져야 한다
는 의식이다. 백석 시에서 "낡은 나조반"에 놓여 있는 "흰밥과 가재미와
나"는 모두 욕심이 없고 착하디 착하기만한 친구 관계다. 백석은 다함
께 "우리들"이라 부르며 "우리들은 가난해도 서럽지 않"고 "외로워할
까닭도 없다" "그리고 누구 하나 부럽지도 않다"고 노래한다. 「야우소
회」에서 시인은 "나의 정다운 것들"의 이름들을 무수하게 나열한다. 이
들과 "나"는 개인적 비공식적인 관계이기에 자유롭고 친밀하고 가난하
지만 외롭지 않은 친화감을 공유한다.27) 사회적 명분적 공식적 관계를
거부하는 도가적 사유 속에서 백석은 겸허하게 우주만물과 공동체적 원
초성을 회복하고 공생의 연대감을 마련하는 것으로 근대식민지 현실의
피폐함을 위안받고자 한다. 이와 같은 관계성과 배려의 마음은 유가에
서 말하는 '인(仁)'과 달리 타인을 동정하고 이해하는 '자애로움'이라 할
수 있다. 노자가 말하는 '자애로움'은, 어떤 사물에 대해서도 차별하지

---

26) 김용섭, 「노자의 생명 존중 정신」, 『철학연구』 제63집, 대한철학회, 1997.12, 65면. "아침
에 도를 깨우치면 저녁에 죽어도 좋다"와 같은 공자의 말이 생명보다 더 소중한 인간적
이념을 암시한 말이라면 노자는 명분과 이념보다도 생명이 존귀하다는 점을 강조한다.
27) 백석 시에서의 생태주의, 생명의식과 관련하여 이혜원은 「백석 시의 에코페미니즘적 고
찰」(『한국문학이론과비평』 제28집(9권 3호), 한국문학이론과비평학회, 2005) 논문을 상재
한 바 있다.

않고, 모든 사람을 동등하게 대해주는 것을 의미한다.

결국 백석은 자연, 우주만물, 민족에서 공동체적 자존감을 회복하고자 했는데 그 과정에서 도가적 세계관이 가지는 공동체적 평화의식, 소박한 은거와 정신적 초연함, 그리고 만물 생명존중의식이 내재해 있다는 점, 그렇게 하여 세속-현실과 맞서기보다 겸허하게 물러서는 부드러움의 시학을 탐색하고자 했다.

3. 게으름과 부동성과 긴 호흡의 문장

백석의 북방체험은 앞에서 살펴보았듯이 유랑의 상실감에 젖어있었던 것만은 아니었다. 백석은 도연명·노자 등 중국 옛 인물들을 떠올리며 실향의식의 외로움 속에서 여유롭고 자족하는 도가적 세계관에 관심을 드러냈다.

> 그런데 참으로 그 殷이며 商이며 越이며 衛며 晉이며하는나라사람들의 이
> 후손들은
> 얼마나 마음이 한가하고 게으른가
> 더운물에 몸을 불키거나 때를 밀거나 하는것도 잊어벌이고
> 제 배꼽을 들여다 보거나 남의 낯을 처다 보거나 하는것인데
> 이러면서 그 무슨 제비의 춤이라는 燕巢湯이 맛도있는것과
> 또 어늬바루 새악씨가 곱기도한것 같은것을 생각하는것일것인데
> 나는 이렇게 한가하고 게으르고 그러면서 목숨이라든가 人生이라든가 하는
> 것을 정말 사랑할줄아는
> 그 오래고 깊은 마음들이 참으로 좋고 우럴어진다
>
> 「澡塘에서」 중에서

시인은 중국철학의 옛 정신적 유산을 떠올리며 목욕탕에 있는 중국인들의 모습을 바라본다. '도연명'과 '양자'같은 이를 생각하며 그들의 후손인 이들의 마음은 얼마나 한가하고 게으른가를 생각한다. 사리분별이 빠른 사람들은 민첩하고 행동이 재빠르지만 자연의 본성에 편안하게 몸을 맡기는 담백한 심성을 가진 이들은 느리고 한가하고 게으르다. 도교철학에서 '한(閑)'은 '아무 것도 하고 있지 않는 것' 이상의 뜻을 내포한다. 현실적인 관심과 욕망으로부터 마음을 자유롭게 가지고 그 자신과 자연이 함께 평화로운 상태임을 나타낸다. 유약우는 왕유의 시구에서 '한(閑)'을 '평화 속에 있음(being in peace)'이라고 번역한 바 있다.[28] 이와 같은 게으름, 느림, 한가로움의 미학은 도교에서의 '공(空)'이나 '허정(虛靜)'의 의미와 연결된다. 그것은 '적막(寂寞)'이나 '무(無)'의 변주적 표현이라 할 수 있다. 즉 이것은 '아무 것도 없이 고요하고 적막하다'는 의미를 넘어서서 비어 있기에 가득 채워질 수 있다,[29] 혹은 한가하고 느리기 때문에 여유와 평화가 가득할 수 있다는 의미를 내포한다. 시인은 이러한 정신적 유산을 물려받은 중국인들의 "이렇게 한가하고 게으르고 그러면서 목숨이라든가 인생이라든가 하는 것을 정말 사랑할 줄 아는" "오래고 깊은 마음들이 참 좋고 우러러진다"고 말한다.

> 그 맑고 거룩한 눈물의 나라에서 온 사람이여
> 그 따마하고 살틀한 볕살의 나라에서 온 사람이여
> (……)
> 높은산도 높은 꼭다기에 있는듯한
> 아니면 깊은 문도 깊은 밑바닥에 있는듯한 당신네 나라의
> 하늘은 얼마나 맑고 높을것인가
> 바람은 얼마나 따사하고 향기로울 것인가
> 그리고 이 하늘아래 바람결속에 퍼진

---

28) 유약우, 이장우 역, 『中國詩學』, 명문당, 1994, 102면.
29) 신은경, 「'無心'論」, 『風流─동아시아 美學의 근원』, 보고사, 1999, 420면.

그 풍속은 인정은 그리고 그말은 얼마나 좋고 아름다울 것인가

다만 한 사람 목이 긴 詩人은 안다
「도스토이엡흐스키」며 「죠이쓰」며 누구보다도 잘 알고 일등가는 소설도 쓰
지만
아모것도 모르는듯이 어드근한 방안에 굴어 게으르는것을 좋아하는 그 풍속을

사랑하는 어린것에게 엿한가락을 아끼고 위하는 안해에겐 해진옷을 입히면
서도
마음이 가난한 낯설은 마람에게 수백량돈을 거저 주는 그 인정을 그리고 또
그 말을
마람은 모든것을 다 잃어벌이고 넋하나를 얻는다는 크나큰 그말을

「許俊」 중에서

위의 시는 백석과 교우관계에 있던 허준이라는 인물에 대하여 노래
한다. 시에서 허준은 "맑고 거룩한 눈물의 나라에서 온 사람"으로 인정
많고 고결한 비세속적인 인물로 그려진다. 허준은 당시 최고의 소설가
이면서 영문학의 수재이지만 "아무 것도 모르는 듯이 어드근한 방안에
굴러 게으"른 자라는 점에서 오히려 허위가 없이 어린아이처럼 한가하
고 순수하다. 허준은 사랑하는 어린 것과 아내에겐 아끼면서 "마음이
가난한 낯설은 사람에게 수백냥 돈을 거져주는" 인정을 가졌다. "사람
은 모든 것을 다 잃어버리고 넋 하나를 얻는다는 크나큰 그 말." 넋은
인간의 본질적 가치를 추구하는 '도(道)'의 한 경지를 상징할 수 있다.
그것은 고요하며(靜) 비어있고(虛) 부드러우며(柔) 소박한(樸) 넋 하나의
맑음이라 할 수 있다. 백석은 여기서 마음의 가난, 인정(人情), 그리고 게
으름(한가로움)을 소박하고 순수한 가치로 받아들이고 있다.(이와 같은 겸허
하고 탈속적인 초월의지는 「흰 바람벽이 있어」 같은 시에서 "모두 다 가난하고 외롭
고 높고 쓸쓸하게 그리고 사랑과 슬픔 속에서 살도록 만들어졌다"는 싯구에서도 드

러난다.) "아득한 녯날 한가하고 즐겁든 세월로부터"(「국수」)와 같이 시인은 한가로움의 시절을 시원의 시간대를 회복하는 즐거운 시간으로 의식한다.

호흡이 길고 어눌한 문체에서도 '게으름의 미학'은 나타난다. 초기의 「사슴」 시편에서도 열거와 반복이 장황하게 나타난 바 있지만 백석이 만주로 이주한 후에 쓰여진 작품들은 호흡이 긴 장시들이 대부분이다. 또한 종결형 서술어를 피한 채 연속과 연결형 시형으로 이어가거나 시행 말에 잦은 쉼표를 하며 한 문장을 긴 유장체로 이끌어가는 방식들에 주목할 수 있다.[30] 유장체의 문장흐름에서도 백석은 반복과 댓구방식을 보여주는데 '~고~고'로 이어지거나 '~며~고~데~며~며'와 같은 연결체를 보여준다. 이는 연상과 사유가 느리게 흘러가는 방식을 시적 형식으로 보여주고자 하는 것이다.

한가하고 게으르게 가만히 있으려고 하는 까닭은 내 마음을 고요한 상태로 유지하면 만물이 풍성하게 생육했다가 어디로 돌아가는지를 볼 수가 있기 때문[31]이다. 게으름과 한가함은 중국 노장철학에서 핵심적인

---

30) "마을에서는 새불 김을 다 매고 들에서 / 개장취념을 서너 번 하고 나면 / 백중 좋은 날이 슬그머니 오는데 / 백중날에는 새악씨들이 / 생모시치마 천진푀치마의 물팩치기 껑추렁한 치마에 / 쇠주푀적삼 항나적삼의 자지고름이 기드렁한 적삼에 / 한끝나게 상나들 이웃을 있는 대로 다 내입고 / 머리는 다리를 서너 커레씩 들어서 / 시뻘건 고들개댕기를 삐뚜룩하니 해 꽂고 / 네날백이 따백이신을 맨발에 바꿔 신고 / 고개를 몇이라도 넘어서 약물터로 가는데 / 무썩무썩 더운 날에도 벌 길에는 / 건들건들 씨언한 바람이 불어오고"(「칠월백중」 중에서)

"그러나 잠시 뒤에 나는 고개를 들어, 허연 문창을 바라보든가 또 눈을 떠서 높은 천장을 쳐다보는 것인데, / 이때 나는 내 뜻이며 힘으로, 나를 이끌어가는 것이 힘든 일인 것을 생각하고, / 이것들보다 더 크고, 높은 것이 있어서, 나를 마음대로 굴려가는 것을 생각하는 것인데, / 이렇게 하여 여러 날이 지나는 동안에, / 내 어지러운 마음에는 슬픔이며, 한탄이며, 가라앉을 것은 차츰 앙금이 되어 가라앉고, / 외로운 생각만이 드는 때쯤 해서는, / 더러 나줏손에 쌀랑쌀랑 싸락눈이 와서 문창을 치기도 하는 때도 있는데, / 나는 이런 저녁에는 화로를 더욱 다가 끼며, 무릎을 꿇어보며"(「남신의주 유동 박시봉방(南新義州 柳洞 朴時逢方)」 중에서)

31) 『老子』 「第 16章」 참조.

요체인 무(無) 혹은 무위(無爲)를 지향하는 데서 나타나는 것.[32] 장자의 소요유(逍遙游)는 내적인 정신의 자유를 구가하며 유유자적해야 하는 것으로서 거닐기, 낮잠자기와 같은 '게으름'의 행동을 통해 절대 무위에 이르고자 한다. 목적을 따르지 않는 행동인 소요는 절대 무위의 경지에 도달하고자 하는 방법이자 목적 자체인 것, 여기에는 만물이 모두 하나라는 일원론적 세계관과, 인생은 모두 천명이라는 숙명론이 바탕이 되어 있다. 노장철학은 중국인들에게 가장 깊이 심겨져 있는 사상으로서 도연명, 이백과 같은 중국 많은 시인들의 철학적 기반이 되었다.

노장철학에서의 이 한가로운 게으름은 백석의 시에서 전형적인 산수자연에 대한 묘사로 '한적함'과 '고요함'을 드러내기도 한다.

초생달이 귀신불같이 무서운 山골거리에선
첨아끝에 종이등의 불을밝히고
쩌락쩌락 떡을친다
감자떡이다
이젠 캄캄한 밤과 개울물 소리만이다

「향악(饗樂) 산중음(山中吟) 2」 전문

풀밭에는 어느새 하이얀 대림질감들이 한불 널리고
돌우래며 팟중이 산옆이 들썩하니 울어댄다.
이리하여 한울에 별이 잔콩 마당 같고
강낭밭에 이슬이 비 오듯 하는 밤이 된다.

「박각시 오는 저녁」 중에서

---

32) '무'는 '밤', '고요함'의 내용을 포괄하고 있는 것으로 존재의 근원을 보는 것은 존재의 배후에 깊은 본질, 즉 무(無)를 보는 일이라 설명한다. 형체는 일정하지 않으나 뭔가 커다란 혼돈이 천지에 앞서서 생성하고 있었는데, 그것은 소리가 나지 않고 텅 빈 것 같으나 독립하고 변함이 없으며 보편적이고 쇠퇴하지 않는 어떤 상태, 이것이 도의 경지요 무의 경지라 할 수 있다. 무의 경지는 이와 같이 주객이 분할되지 않은 상태를 의미한다.(『老子』「第 25章」)

때로 '게으름의 시학'은 백석 시에서 어떤 행위적 표식을 거절한 채 폐칩하는 부동의 시적 자아를 만들어내기도 한다.

旅人宿이라도 국수집이다
모밀가루포대가 그득하니 쌓인 웃간은 들믄들믄 더웁기도하다.
나는 낡은 국수분틀과 그즈런히 나가누어서
구석에 데굴데굴하는 木枕들을 베여보며
이山골에 들어와서 이木枕들에 새깜아니때를 올리고간 사람들을 생각한다
그사람들의 얼골과 生業과 마음들을 생각해본다

「山宿-산중음(山中吟) 1」 중에서

화자가 산중에 자기 위해 찾은 여인숙은 실은 국수집 뒷방이어서 방 안에 메밀가루푸대와 낡은 국수분틀이 있다. 시적 화자는 국수틀과 함께 방안에 누워 "구석에 데굴데굴하는 목침(木枕)들을 베어"본다. 그리고는 이 산골에 들어와 목침에 새까마니 때를 올리고 간 사람들 떠올려보는 것이다. 그들의 얼굴과 생업과 마음들을 생각해 보는 것이다. 여기서 시인의 움직임이란 '누워 보다' '생각하다'이다. 시인은 사회적 행위라 할 만한 동적인 움직임을 거절한 채 '가만히 그 자리에 있는 것' '가만히 마음으로 생각해 보는 것'으로만 있다. 드러난 현장 자체에 고착되지 않고 이면의 어떤 것(실상, 무)에 집중해 보려한다. 백석의 시에서 '눕다' '생각하다'는 게으름의 극한에서 거의 움직임을 거세한 채 스스로 부동성의 세계로 들어가 버린다. 이는 극단적 내면세계를 드러내는 기표[33]가 된다. 소리는 없고 전혀 움직임이 없는 정적(靜)의 세계이지만 다양한 동(動)의 씨앗을 품고 있는 정(靜)[34]이다. 즉 아무 것도 없이 고요하고 움직임

---

33) 이와 같은 부동성, 자폐적 웅크림은 1930년대 이상 소설 「날개」에서 주인공 '나'와 닮아 있다. 그러나 이상 소설에서의 주인공이 자폐적 폐쇄회로에 과잉된 자의식으로 넘쳐나는 반면에서 백석 시에서의 부동성은 마음을 고요하고 쓸쓸하게 하여 '텅 비어두는 것'으로 세상만물과 교류하려는 동(動)의 씨앗을 품고 있는 '정(靜)'이다.
34) 신은경, 『風流-동아시아 美學의 근원』, 보고사, 1999, 418면 참조.

이 없기 때문에, 적막한 소극성이라기보다는 '비어 있기에 오히려 가득 채워질 수 있는' 역설적 의미를 내포하고 있다. 시인은 가만히 목침을 하고 방안에 누워 산중 국수집에 딸린 여인숙의 방에 누워보는 것으로 그곳을 거쳐 간 남루하지만 마음이 가난한 사람들을 생각한다. 그들과 공감과 연대를 느낀다. 이와 같은 적극적 부동성은 사유의 확장을 위한 한 철학적 방편이 되는 것인데 다음과 같은 시에서도 그 예를 찾을 수 있다. "김치 가재미선 동치미가 유별히 맛나게 익는 밤 // 아배가 밤참 국수를 받으려 가면 나는 큰마니의 돋보기를 쓰고 앉어 개 짖는 소리를 들은 것이다(「개」). 여기서 시인은 밤참 국수를 받으러 간 아배를 가만히 기다리며 할머니의 돋보기를 쓰고 앉아 개 짖는 소리를 듣고 있다. 시인의 부동성(浮動性)은 거의 제한적이고 최대한 행위장력을 줄이는 것으로 고요와 침잠과 기다림 속에서 마음을 비우는 과정이다. 할머니의 돋보기를 쓰고 방안에 앉아 개 짖는 소리를 듣고 있는 것만으로 어린 화자는 영험한 시계(視界) 속에서 우주적 운행의 거대한 섭리 속으로 들어가게 된다.

가무락조개난 뒷간거리에
빗을 얻으려 나는왔다
빗이안되어 가는탓에
가무래기도 나도 모도춥다
추운거리의 그도추운 능당쪽을 걸어가며
내마음은 웃줄댄다 그무슨 기쁨에 웃줄댄다
이추운세상의 한구석에
맑고 가난한 친구가 하나 있어서
내가 이렇게 추운거리를 지나온걸
얼마나 기뻐하고 락단하고
그즈런히 손깍지 벼개하고 누어서
이못된놈의 세상을 크게 크게 욕할것이다

「가무래기의 낙(樂)」 전문

볕을 쬐지 못한 채 집으로 돌아가는 추운 골목길. 시인은 보잘 것 없는 가무래기 조개와 같이 길을 돌아온다. 시인은 "이 추운 거리"를 가무래기 조개와 같은 "맑고 가난한 친구가 하나 있어서" 오히려 "이 못된 놈의 세상을 크게 크게 욕할" 수 있는 새로운 힘을 얻는다. 현실은 그처럼 속악한 것이기에 이에 거절당한 자신은 비관에 빠질 수 있지만 오히려 우쭐대며 기뻐하는 과장된 태도를 보인다. 시인은 "그즈런히 손깍지 벼개"를 하고 누워 여유자적하고 있는 것이다. 이처럼 비극적 현실을 맞은 자의식과 자족적 '한가함'을 통한 현실과의 거리두기는 문득 지나치게 '자족'을 숭배하는 극단적 순수주의처럼 보이기도 한다. 이는 험악한 현실원칙에 대한 초월적 인식의 한 방편이기도 하지만 때로 맹목적 자족이 비현실 반역사성의 혐의처럼 보이기도 한다. 그러나 백석이 추구하는 도교적 한가로움과 자유로움은 현실과의 갈등을 동양정신의 방식으로 해결해 가고자 하는 한 관점이란 점에서 충분히 역사적 의미를 지닌다.

4. '생각하다'와 '쓸쓸하다'와 '현(玄)'의 세계

백석 시에서 '생각하다' 는 동사는 매우 반복적으로 나타나고 있는 바 이것을 단순히 근대계몽의 기획 가운데 이야기되는 '이성의 사고'로 여겨서는 안된다. 이를테면 "나는 문득 가슴에 뜨끈한 것을 느끼며 / 소수림왕을 생각한다 광개토대왕을 생각한다."(「북신」) "이렇게 발가들 벗고 한 물에 몸을 씻는 것은 / 생각하면 쓸쓸한 일이다."(「조당에서」) "손방아만 찧는 내 사람을 생각한다."(「統營」) "외로히 타관에 나서도 이 원소를 먹을 것을 생각하며 그들이 아득하니 슬펐을 듯이"(「두보(杜甫)나 이백

(李白같이」) "이 봄에는 이 밭에 감자 강냉이 수박에 오이며 당콩에 마늘과 파도 심그리라 생각한다."(「귀농(歸農)」) '생각하다'는 그리워하다, 추억하다, 예감하다 등 여러 가지 의미로 파생되겠지만 백석 시에서 '생각하다'는 여유를 가지고 생을 살피는 하나의 관점으로 성립된다.

> 눈이오는데
> 토방에서는 질화로웋에 곱돌탕관에 약이끓는다.
> 삼에 숙변에 목단에 백봉령에 산약에 택사의 몸을보한다는 六味湯이다.
> 약탕관에서는 김이올으며 달큼한 구수한 향기로운 내음새가나고
> 약이끓는 소리는 삐삐 즐거웁기도하다.
>
> 그리고 다딸인약을 하이얀 약사발에 밭어놓은것은
> 아득하니 깜하야 萬年넷적이 들은듯한데
> 나는 두손으로 공이 약그릇을들고 이약을내인 넷사람들을 생각하노라면
> 내마음은 끝없시 고요하고 또 맑어진다.
>
> 「湯藥」 전문

백석 시에 자주 나타나는 계절은 겨울인데 이는 '북방'체험과 관련 있는 듯하다. 추운 날일수록 '사유'와 '기억'은 깊어져 유년과 가족공동체에 대한 회감의 시간들을 마련한다(「여우난골족(族)」, 「수라(修羅)」, 「고향(故鄉)」, 「북방에서」). 추운 지방에서 자주 내리는 눈의 흰빛은 환몽적인 낭만성(「나와 나타샤와 당나귀」)이나 탈속적 세계의 비현실성을 환기하기도 한다.

「탕약(湯藥)」에서 밖에는 눈이 오고 토방에서는 탕관에 약이 끓고 있다. '차가움 / 뜨거움', '흰 눈(雪) / 검은 딩약', '고요한 외부 / 소리가 나는 내부'라는 이항대립적 공간대비를 통해 방안의 공간은 바슐라르의 언급대로 '내부성'이 외부성에 의해 극도로 강화되는 형태로 나타난다. 외부의 날씨가 춥고 또 눈이 오는 것에 의해 철저하게 외부통로가 통제당할 때 내부 공간의 내밀성은 더욱 강화되어 친밀감은 고조된다. 시인은 질

화로 위 곱돌탕관에서 끓고 있는 약을 바라보며 깊은 내밀성의 존재 침 잠으로 이끌려간다. 약탕관에서 "김이 오르며 달크한 구수한 향기로운 내음새가 나고 / 약이 끓는 소리는 삐삐 즐거웁기도 하다." 그리하여 "다 달인 약을 하이얀 약사발에 밭여놓"는 것이다. '검은 탕약 / 흰 약사발' 의 대조적 색감에 의해 무채색의 초탈적 신이한 느낌이 강화되고 시인 은 정신이 아득하여져 "두손으로 고이 약그릇을 들고" 저 아득한 "만년 (萬年) 옛적" "약을 내인 옛사람들을 생각하"는 것이다. 그리하여 백석 시에서 '생각하다'는 감각적으로 직관적으로 우주의 모든 기운을 느끼 며 전체에 집중하려 할 때 나타나는 동사이다. 한편으로 조용하게 집중 적인 상태에 이르고 또 다른 한편으로는 조용한 가운데 움직이고 있는 마음을 표현한다. 그러면서 사물의 정중동(靜中動)에 이르고자 하는 것이 다. '생각하다'는 과거의 시원의 때로 거슬러 올라가 평화롭고 따뜻한 느낌이 들면서 동시에 어떤 집중된 상태에서 자신의 마음의 주관성이 보편적 객관의 세계 속으로 스며들어가는 아득함의 세계를 뜻한다. 하 여 시인은 "옛 사람들을 생각하노라면 / 내 마음은 끝없이 고요하고 또 맑아진다"라고 노래한다. 여기서 "옛 사람들 생각하노라"는 것은 '관 (觀)' 즉, 내관, 정관 등의 조성으로써 정신적 깊이를 지시하는 것. 육체 적 눈으로 보는 것이 아닌 내면의 깊이를 헤아리는 눈으로 사물의 본질 을 꿰뚫어보는 것을 의미한다. 이는 마치 "보이는 경험성의 현상은 보이 지 않는 선험성의 본질을 통해 의미의 깊이에 참여한다"[35]는 것과 같다.

"내 마음은 끝없이 고요하고 또 맑아지"는 경지, 이와 같은 경지가 도 교에서 말하는 현(玄)과 닮아 있다. 노자는 도를 현이라 부르기도 했다. (道卽玄)[36] 현의 의미는 어떤 현묘하고 신비스런 형이상학적 불가사의한 진리를 뜻하는 것이 아니라 음양의 양가성의 한 묶음으로 하는 이 세상

---

35) 김형호, 「도가 사상의 현대적 독법」, 『노자에서 데리다까지』(한국도가철학외 편), 예 문서원, 2001, 26면.
36) 『老子』「第 1章」 참조.

의 사실37)을 지적하는 것이라 할 수 있다. 현(玄)은 근본이며 현상(妙)에 대비한 본질이며 깊고 깊어 말로 나타내려 해도 나타낼 수 없음을 의미한다. '유(幽)'는 현묘하다는 의미로 소박담백하며 작위적이거나 인위적인 것이 없는 사고나 인식작용으로 헤아릴 길 없는 존재의 깊이를 의미한다. 그리하여 유현(幽玄)은 그윽하고 깊고 비어있으면서 가득한 상태, 노자의 말대로 인식이나 사유의 영역으로 포괄할 수 없는 또는 그 경계를 넘어서는 현상의 본질, 존재의 깊이를 형용하는, 만물의 근원으로서의 무(無)의 상태를 나타내는 말로 이해할 수 있다.

그런 점에서 백석 시에서 '생각하다'는 마음을 맑게 가라앉히면서 그윽하고 아득한 내면의 통로로 내려가는 허정(虛靜)의 과정임을 생각할 수 있다. (「故鄕」)

그러면서도 한편 백석 시에서 '생각하다'는 과거 기억을 회감하는 것으로 현재 마음의 '쓸쓸함'과 '쓸쓸한 자신'을 들여다보는, 여전히 자기 회한의 미진을 드러내 보인다.

> 그렇것만 나는 하이얀 자리우에서 마른 팔뚝의
> 샛파란 피ㅅ대를 바라보며 나는 가난한 아버지를
> 내가 오래 그려오든 처녀가 시집을간것과
> 그렇게도 살틀하든 동무가 나를 벌인일을 생각한다
>
> 또 내가 아는 그 몸이성하고 돈도있는 사람들이
> 즐거이 술을먹으려 단닐것과
> 내손에는 新刊書 하나도 없는것과
> 그리고 그 「아서라 世上事」라도 들을
> 류성기도 없는것을 생각한다
>
> 그리고 이러한 생각이 내눈가를 내가슴가를

---

37) 김형호, 앞의 책, 26~27면.

뜨겁게 하는것도 생각한다.

「내가 생각하는 것은」 중에서

밝은 봄날 거리에 사람들도 많이 나다니며 홍성거리지만 시인은 "하
이얀 자리 우에서" 가만히 "가난한 아버지를 가진 것"와 "오래 그려오
던 처녀가 시집을 간 것" "살틀하든 동무가 나를 버린 일"을 생각한다.
그리고 몸 성하고 돈 있는 사람들이 즐거이 "술을 먹으려 다닐 것"과
자신은 "신간서 하나도 없는 것"과 "유성기도 없는 것"을 생각한다.

시인에게 '생각하는 행위'는 끝없이 자기 '존재의 태반'을 들려다 보
려는 자기성찰이며 자기사유의 결과이다. 여기서 생각하는 일은 이성적
논리적 주객분리에서 대상을 과학적 탐구로 상대화하는 데카르트적 사
유가 아니다. 세계를 보다 객관적으로 대하고 또 세계를 시각의 장으로
구성하는 '바라보는 거리'와 구분된다. 시각체험은 질서의 가능성을 드
러내 보이는 일이며 주관을 분명히 하는 행위와 관계가 있다. 백석에게
서 '생각하다'는 주객체의 엄격한 분리 속에서 물(物)의 세계를 대상화하
는 김수영의 '바라봄'[38]의 세계와 구분되는, 고요한 자기집중과 관계한
다. 스스로 자신의 내면으로 침잠하며 마음을 맑고 고요하게 하여 자신
의 근원성으로 회귀하고자 할 때, 즉 마음을 비우고(虛) 고요하게 할 때
(靜) 찾아오게 되는 근원적 쓸쓸함(寂)의 본모습이다.

그러나 시인은 "이러한 생각이 내 눈가를 내 가슴가를 뜨겁게 하는
것도 생각한다"라고 말하며 슬픔에서의 균형을 찾고 있다. 즉 백석에게
서의 '쓸쓸함'과 '슬픔'은 '애이불상(哀以不傷)'으로서의 슬픔이라 할 수
있다. '상(傷)'이란 '애(哀)'가 극단으로 치우쳐 조화를 잃는 것을 의미한
다. 여기서 '애이불상(哀以不傷)'이란 슬픔을 지극히 하되 마음의 성정으
로 스스로를 잘 다스리는 '조화'의 태도를 찾아가는 것이다. 대개 '한'은
슬픔에 어떤 경계, 정도를 두지 않는 개념, 조화에 중점이 있기보다 오

---

38) 김수영 시에서 "똑바로 보마"의 세계.

히려 슬픔의 정서를 더 이상 이를 곳이 없는 극까지 밀고 갔을 때 체험하게 되는 '비애의 공백상태'라 할 수 있다. 이에 반하여 백석 시에서 슬픔, 쓸쓸함은 비통이나 애감이라는 단순정서에 머무는 것이 아니라 슬픔을 통해 사물 인생에 대한 깊은 통찰의 계기를 찾고 보편성과 형이상학적 깊이를 획득하는 미감을 가진다. 자신을 둘러싸고 있는 사랑하는 모든 것들이 떠나갔을 때 오는 결핍과 부재의 절망감이 아니라 삶의 이치가 근원적으로 가지는 상실감(會者定離), 애린(愛隣)과 연민(憐憫)으로서의 슬픔이다. 그런 점에서 백석 시에서 '생각하다'와 '쓸쓸하다'는 삶이 가지는 근원적 연민성을 체감하는 사람의 깊이가 담겨져 있다. 이것은 '유암성(幽暗性)', 즉 그윽하고 어두침침함, 그윽하고 풍성한 쓸쓸함이라 할 수 있다.

> 그러나 잠시 뒤에 나는 고개를 들어,
> 허연 문창을 바라보든가 또 눈을 떠서 높은 턴정을 쳐다보는 것인데,
> 이 때 나는 내 뜻이며 힘으로, 나를 이끌어 가는 것이 힘든 일인 것을 **생각하고**,
> 이것들보다 더 크고, 높은 것이 있어서, 나를 마음대로 굴려 가는 것을 **생각**하는 것인데,
> 이렇게하여 여러 날이 지나는 동안에
> 내 어지러운 마음에는 슬픔이며, 한탄이며, 가라앉을 것은 차츰 앙금이 되어 가라앉고,
> 외로운 생각만이 드는 때 쯤 해서는,
> 더러 나줏손에 쌀랑쌀랑 싸락눈이 와서 문창을 치기도 하는 때도 있는데,
> 나는 이런 저녁에는 화로를 더욱 다가 끼며, 무릎을 꿇어 보며,
> 어니 먼 산 뒷옆에 바우 섶에 따로 외로이 서서,
> 어두어 오는데 하이야니 눈을 맞을, 그 마른 잎새에는,
> 쌀랑쌀랑 소리도 나며 눈을 맞을,
> 그 드물다는 굳고 정한 갈매나무라는 나무를 생각하는 것이었다.
>
> 「南新義州柳洞朴時逢方」 중에서

유종호는 이 시를 일러 "낙백한 영혼이 펼쳐 보이는 비관론의 절창"이며 "한국인의 생활철학과 인생관이 집약된 대표적인 사상시"[39]라고 평하고 있다. 무엇보다 연대기적으로 백석 시세계에서 후기에 씌여진 작품인 만큼 대부분의 논자들이 논의에서 빼놓지 않고 다루고 있는 바, 비극적 자의식의 극복을 위한 성찰과 초월을 향한 의지가 두드러지는 작품으로 알려져 있다. 춥고 누추한 셋방에서 화로를 중심으로 의식의 정점을 모아가던(화롯불을 안고 손으로 쬐거나 재 위에 글자를 쓰거나 누워 구르는 등) 시적 화자는 슬픔과 고독의 시간을 견딘 후 문창과 천장으로 서서히 고개를 들면서 하강에서 상승의 이미지, 갈매나무의 순수의지로 향하는 초월적 존재의 수직적 지향의식을 보여준다.[40]

여기서 주목하고 싶은 것은 그윽하고 풍성한 슬픔(幽暗性) 속에서 마음의 쓸쓸함(寂)을 가라앉혀 가는 과정에서 나타나는 '생각하다'라는 동사다. 시인의 슬픔은 '한'처럼 좌절과 상실 결핍에서 유래되는 원한의 공격성이 아니다. 한은 원인에 의해 전후 사정이 결정되고 한 맺힌 것을 풀기 위한 소망 목적성이 내포된다. 한은 윤리적 지향이 강하며 원망과 상처에 대한 고통이 극심하다.[41] 이에 반하여 백석 시에서의 슬픔은 삶에 대한 근본적 배려, 동정, 감탄, 자기연민을 전제로 하는 것이며 이러한 연민은 삶에 대한 복합적인 '애린(愛隣)'의 성격을 띤다. 그리하여 시인은 "나는 내 뜻이며 힘으로, 나를 이끌어가는 것이 힘든 일인 것을 생각하고, / 이것들보다 더 크고, 높은 것이 있어서, 나를 마음대로 굴려가는 것을 생각"한다. 이는 저 거대한 우주의 운행과 생명 율동의 순리 속으로 자아를 내맡기는 조화와 자기 허여(許與)를 의미한다. 여기서 '생각하다'는 지각하고 감각하고 느끼는 세계 너머의 근원적 세계로 마음을

---

39) 유종호, 『다시 읽는 한국시인』, 문학동네, 2002, 296면.
40) 지금까지 이와 같이 하강이미지에서 수직이미지로의 상승, 수직적 존재로서의 갈매나무 이미지로 해석되어 왔다.
41) 신은경, 앞의 책, 385~388면 참조.

열어놓는(空) 과정을 의미하는 것이며 마음을 고요히(靜) 집중하여 아득하고 가득해지는(玄) 과정을 의미하는 것이다. 이렇게 하여 "내 어지러운 마음에는 슬픔이며, 한탄이며, 가라앉을 것은 차츰 앙금이 되어 가라앉고," 마음은 명경처럼 맑아져 ("외로운 생각만이 드는 때쯤 해서") 어둑신한 곳에서 흰 빛을 맞고 있는 "드물고 굳고 정한 갈매나무라는 나무"에게 다가갈 수 있다. 결국 백석에게서 '생각하다'의 도정은 우주와 자아 사이 여백에서 그윽하게 마음의 소박함으로 고요를 찾고 조화를 찾는 과정이다. 마침내 굳고 정한 마음으로 우주의 기운을 순수하게 받아들이고(谷), 느끼는 조용한 집중적 구도 과정이라 할 수 있다.

5. 도가적 상상력과 현대시사의 계보

백석 시는 「사슴」 시편 이후 만주 체험 속에서 주로 '사랑과 슬픔' '유랑과 고독'의 세계로 논의되어 왔던 바지만 이에 더불어 본 논문은 백석 시에서 무위의 노자철학에 시적 지향점이 닿아 있는 점을 살피고자 하였다. 북방체험에서 시인은 중국의 옛 성현, 노자와 도연명, 이백과 두보, 그리고 이들의 중국고사를 떠올리며 도가적 세계관에 관심을 드러낸다. 시인은 도교 관련 이야기를 차용하면서 시 속에서 가난한 자족과 생명존중의식, 담백하고 소박한 겸허, 한가로운 게으름을 구사하기도 한다. 그럼에도 유랑과 식민체험에서의 마음의 피폐함으로 깊은 슬픔이 밀려올 때 시인은 어지러운 마음을 고요하게 침잠시키며 슬픔에서 균형과 조화를 찾고자 한다. 적막과 슬픔은 고요와 침잠과 더불어 허정(虛靜)의 세계를 향해가는 '아득한 마음의 세계'(玄)를 동시적으로 담고 있다. 하여 백석 시에서 '쓸쓸하다'는 '아득함'을 얻게 되고 '생각하다'는 우주의 만물과 기운을 느끼는 '그윽함'으로 나아가게 되어 마침내 슬픔은 어둑하면서 그윽한 유암(幽暗)의 미학을 성취한다. 만주체험에서 백석 시는 분명 유랑의 고독과 슬픔을 담고 있고 그 슬픔의 여진이 시 전반에 미만하지만 한편으로 이와 같은 도가적 자연주의 삶에 대한 희구가 슬픔의 균형과 미학, 한가로움 속에서의 자유로움, 소박함을 찾아가는 명상('생각하다')이 내재해 있었던 것이다.

이와 같은 무위자연, 겸허한 자기 성찰, 본위를 찾으려는 자연주의적 삶의 태도는 '상고주의'를 향하는 유교주의와 분명 구분되는 지점이다. 1930년대 말 일제 강점의 극단에서 훼절하지 않기 위해 시인들이 선택할 수 있는 두 가지의 정신세계가 있었다면 그것은 유가적 세계관에 의한 고절과 엄격한 지조의 세계가 그 첫 번째고 도가적 세계관에 의해 여유자적하고 자유로움 속에서 적막과 슬픔, 고요와 침잠을 찾으려 한 세계가 그 두 번째라 할 수 있다. 유가적 세계관에 속하는 시인이 정지용·이병기 등 문장파 시인과 이육사라 한다면 도가적 세계관에 속하는 시인이 백석이라 할 수 있다. 가설적 유형화를 해본다면 첫 번째의 계보에 조지훈(「승무」, 「매화송」), 김현승(「눈물」, 「견고한 고독」) 등을 든다면, 두 번째 계보에 박목월이 있다. 이를테면 다음 시,

> 모밀묵이 먹고 싶다
> 그 싱겁고 구수하고
> 못나고도 素朴하게 점잖은
> 촌 잔칫날 팔모床에 올라
> 새 사돈을 대접하는 것.
> 그것은 저믄 봄날 해질 무렵에
> 허전한 마음이
> 마음을 달래는
> 쓸쓸한 食慾이 꿈꾸는 飮食

> 박목월 「적막한 食慾」[42)

에서 '싱겁고 슴슴한 맛'이나 '소박한 음식'에 대한 토속적 정취 등이 백석 음식시에서 담백한 맛이나 냄새와 닮아 있다. 또한 "장갑을 벗으며 / 강 건너 돌을 **생각한다**. / 해질 무렵에 돌아와 눅눅한 장갑을 벗으며 /왜랄 것도 없이 / 강 건너 / 돌을 **생각한다**"(박목월, 「강건너 돌」)와 같은 시를 떠올려 보자. 목월이 실존의 깊이로 가닿고자 겸허하게 '생각한다'라고 말할 때 백석 시에서 아득한 쓸쓸함, 그윽한 여백의 느낌이 되살아나는 '생각한다'는 동사를 떠올릴 수 있다. 목월의 시 「나그네」의 자유로움도 도가적 세계관과 닮아 있다.

1930년대 말 절체절명의 순간 조선 시인에게 동양적 정신주의에는 유교적 지조의식과 도가적 자연 순리에 따르는 삶이라는 두 사상적 흐름의 선택이 놓여 있었는지 모른다. 백석 시가 보여주는 도가적 세계관은 민족 극단의 상황에서 어쩌면 실천적 공허함과 자족적 안위에 젖어 있는 소극적 도피의 극점처럼 보인다. 그러나 격렬한 대결의지로 정신적 인내와 구도의 극점에 가 닿으려한 유교적 내핍의 과정과 달리 도교적 세계관은 근대적 질서화 너머에서 계급적 서열과 경계를 무화시키는 우주만물 섭리의 원리에 순응하여 '저항 아닌 저항'의 모습으로 파시즘적 세계와 대면하려 한 것은 아닌가 생각을 해볼 수 있다. 그런 점에서 탈근대적 모티프는 근대의 대안으로서가 아니라 근대에 대한 자기반성의 지점으로, 통제의 지점을 해체시키는 교란(노이즈)이 될 수 있다.

---

42) 고형진은 백석 시 「국수」가 박목월의 「寂寞한 食慾」에 커다란 영향을 미치고 있다고 본다.(고형진, 「白石의 「국수」」, 『시안』 제3호, 시안사, 1999.3)

제3장 몸말의 민족시학과 민족 젠더화의 문제

1. 민족과 풍속의 발견

조선의 근대화는 식민체제 속에서 '민족'이란 개념을 대타적으로 발견하게 되는 계기였다. 제국주의에 대한 대항 과정이었으며 민족—국가 재건의 출발이기도 했다. 조선은 식민체제에 대하여 저항하면서 비로소 민족 공동체 형성이라는 당면과제를 떠안게 된다. 한국근대 문학연구에서 '민족문학담론'은 민족 독립운동의 일환인 '국학'이라는 측면에서 민족문학사와 그 정전을 수립하려 하였다. 그러나 사실 당시 유학생 지식인 엘리트 개혁자들은 외형적으로 제국의 지배에 대항했지만 내면적으로 적대적이지 않았다. 전근대로 지칭되는 봉건성을 야만으로 여기면서 문명 전파를 정당화하는 근거로 사용했던 식민지배자의 계몽의 논리를 답습하고자 하였다. 거의 대부분 '보편자로서의 서구에 대한 열등의식과 대타의식'에서 결코 멀리 벗어날 수가 없었다. 이광수는 열혈 계몽의

지로 전통사회의 삶과 문화를 부정하고 조선 근대화를 위한 구상에 여념이 없었다. 이때 피식민국가 지식인에게 일어나는 것은 "민족주의의 분열된 비전"[1]이다. 지식인은 식민주의에 의해 이성, 진보 그리고 계몽이라는 서구의 청사진과 협력하도록 강요받지만 외적인 층위에서는 서구의 인식론적 양식을 내재화하고, 내적인 층위에서는 외적인 변화에 영향을 받지 않는 전통적인 정체성을 유지하려고 한다. 즉 전통성에 대한 추구는 식민지 현실에서 민족주체에게 일종의 딜레마였던 셈이다. 식민지 현실에서 지식인 민족 주체가 엘리트주의를 떨쳐버리고 진정으로 자민족에 관한 하층 역사를 생산할 수 있을 것인가.

그런 측면에서 1930년대 백석 시는 놀라운 한 지점을 성취해낸다. 앞에서 언급한 바대로 영문학 지식을 가진 백석이 선택한 문학은 근대 지식인 엘리트들이 염오했던 낡고 소멸해가는 토속적이고 지역적인 방언의 세계였다. 시집 「사슴」에 실린 대부분의 시들이 그러하다. 1930년대 김기림과 정지용 등이 모더니즘에 대한 실험과 지적 탐구를 하고 있던 상황을 생각해 볼 때 백석 시에 나타난 평안도 방언과 시골 풍속의 디테일한 묘사는 매우 놀라운 것이다. 북방지역의 풍물과 방언은 독자들에게 낯설 뿐만 아니라 일차독서과정에서 충분히 독해되지 않는다. 이를테면 "매감탕" "반디젚" "오리치" "조마구" "쇠든밤" "깽제미" "막써레기" "당즈깨"(「가즈랑집」) 등의 시어를 과감히 시 속에서 구사한다. 명절 때의 풍습과 민속놀이, 무속, 속신과 다양한 인물들의 이야기들이 시속에서 그려진다. "머리와 체격과 걸음걸이와 용모가 이국풍정"[2]을 느끼게 하는 모던한 지식인이었던 백석이 토속어와 토속풍물을 시적 대상으로 설정했다는 점은 전략적 선택이었다고 추측을 해볼 수 있다. 또한 어린화자의 관점을 탐색해나가는 지점이나 일관되게 객관적인 제시와

1) Partha Chatterjee, *The Nation and its Pragments:Colonial and Postcolonial Histories*, Princetion University Press, 1993, pp.3~13.
2) 안석영, 『조선문인인상기』, 백광, 1937, 63면.

재현을 하는 방식은 김기림의 말대로 "전설의 나라, 향토의 얼굴을 보여주면서도 그것이 회상적 감상주의나 복고주의에 빠지지 않았"다는 점을 상기시킨다. 백석은 전근대적 풍물을 재현하는 리얼리즘적 일상성을 드러내면서 지적 거리를 유지하는 모더니즘 정신을 보여준다. 백석 시에서 방언과 토속성은 결국 지각의 자동화를 막기 위한 "미적 전복",[3] '기법으로서의 개념'이라는 점을 유념해둘 필요가 있다.

사실 유년시절에 대한 섬세한 재현이 실제 민족적 역사적 형성물로서의 경험을 드러냈다고 생각하지 않는다. 유년시절은 현재의 누적된 환상으로서의 '의식'을 암시할 뿐이다. 그런 점에서 백석이 선택한 '어린아이'의 시선은 실체적 개념이 아니라 방법적 개념이다. 백석은 자연인으로서의 순수한 민족적 혈통을 아이의 시선에서 찾고자 했다. 백석은 북방 변두리 어린아이의 시점에서 민족의 원형을 찾고자 하였고 토속적인 민족어와 체험화된 민족의 감성을 발견하고자 하였다.

이와 같은 개별화를 통한 일반화는 연구사에서 끝없이 양가적 평가를 만들어냈다. 유년으로의 "심정적 퇴행과 그로 인한 허무와 파탄"[4]이라는 부정적 평가와 "토속적인 서민정신"[5]이라는 긍정적 평가다. 이와 같은 평가는 백석 시집 「사슴」의 모더니티를 긍정적인 향토주의로 받아들인 김기림과 박용철, 그리고 백석이 스타일리스트에 불과한 시인이라고 혹평한 오장환[6]의 대립과도 연결된다.

그러나 분명한 것은 백석이 당시의 모더니스트들 중에서도 문학과 현실, 문학과 역사의 관계항을 끝없이 고민하면서 민중, 민족의 일상사, 체험적 현실에 대한 관심을 놓지 않았다는 점이다. 작품 해석에서 식민지적 핍박과 대응을 이념적으로 재현하는 방식으로만 작품을 평가한다면

---

3) 박수연, 「백석의 「사슴」에 나타난 모더니티 연구」, 『어문연구』 제28집, 1996, 4면.
4) 이명찬, 『1930년대 한국시의 근대성』, 소명출판, 2000, 136면.
5) 정효구, 「백석의 삶과 문학」, 『백석』(정효구 편저), 문학세계사, 1996, 194면.
6) 김기림, 「'사슴'을 안고」, 『조선일보』, 1936.1.29; 박용철, 「백석시집 '사슴'평」, 『박용철 전집』 2, 동광당, 1940; 오장환, 「백석론」, 『풍림』 5호, 풍림사, 1937.4.

민족문학담론은 다분히 경직될 수밖에 없다. 이념적 입장에서 볼 때 백석의 자의식적 고민은 '허무' '퇴행' 으로 평가될 뿐 식민지 현실 속에서 시적 대응의 특수성은 배제된다. 백석 시는 민족을 풍속, 풍습 속에서 재발견하기를 원했고 일상성의 시학으로 민족원형을 구현해 내려 했다.

이 글은 백석 시가 발견한 풍습, 방언이 민족의 자기 동일성 회복으로 형성되는 과정과 그 과정에서 드러나는 민족 시학의 딜레마로서 민족 젠더화의 문제와 한계를 살펴보고자 한다. 백석의 시 연구에서 여성에 대한 시각7)이 없었던 것은 아니지만 시인의 전기적 사실과 텍스트를 확인해가는 실증적 작업이거나 '모성성으로 자궁회귀'라는 원형이미지를 단순하게 대입시키는 작업이었다. 유년체험과 시 언어 구현에서 민족성, 모성성이 어떤 방식으로 전유, 변주되면서 접맥하는지 천착해 보는 작업이 필요하다. 특히 이는 백석 시가 민족과 언어의 문제, 민족과 여성의 문제에 특별한 개성을 드러낸다는 점에서 긴요한 연구의 접근인 것이다.

2. 몸말, 모국어로서의 방언

식민지 시대 언어를 선택하는 문제는 제국주의의 언어에 대한 타자로서의 '국어' '모국어'라는 상황을 전제하지 않을 수 없다. 제국주의 언어에 대(對)한 소수자 언어로서 모국어 회복은 조선 문학인들에게 역사적 사명과도 같았다. 그런 의미에서 1930년대 최초의 조선어 표준 표기법인 "맞춤법 통일안"과 최초의 표준 조선어 문법 "조선어 문법 통일안"이 나

---

7) 박민영, 「백석 시 연구—자기 동일성의 인식 양상」, 『한국언어문학』 제37집, 1996.

온 것은 당연한 귀결이었다. 이태준은 『문장강화』에서 이렇게 말한다.

> 글짓기가 아니라 말짓기라는 데 더욱 선명한 인식을 가져야 할 것이다. 우리
> 가 표현하려는 것은 마음이요 생각이요 감정이다. 마음과 생각과 감정에 가까
> 운 것은 글보다 말이다.[8]

글보다 말에 대한 강조는 민족어의 구체적인 심상과 모국어의 생활
문화적 측면에 대한 주목이라 할 수 있다. 여기서 이태준은 언문일치운
동을 통해 방언이 아닌 표준어를 쓸 것을 주장한다. 표준어의 창출은
근대국가를 구상하는 규범화에 대한 시도이다. 민족어, 표준어로서의
조선어에 대한 인식은 1930년대 방송, 신문, 매체를 통하여 조직적으로
계도되고 일반화된다. 표준어로서의 언문일치제는 제국언어에 대응
하는 모국어로서 '국어'의 정립을 가속화했고 근대국가 건설을 유효하
게 하는 기제가 된 셈이다.

그러나 언문일치운동의 주체가 교육받은 지식인층이라는 불가피한
현상을 짚고 넘어갈 필요가 있다. 글을 쓴다는 것이 이미 일정한 교육
과 문화적 혜택을 전제로 한다는 점에서 언문일치운동에서 말과 글의
주체는 편향될 수밖에 없다.[9] 여기서 일반 민중은 자기 표현의 글을 찾
을 수 없다는 점이다. 언문일치 운동과 멀리 떨어져 있던 농민들은 민
요와 구전전승에서 자신의 목소리를 겨우 찾을 수 있었다. 이태준은 조
선어를 강조하면서 "국어에 의해서만 국민이 형성된다는 국어의 논리"
를 전제하고 조선어의 정당한 존속을 호소한다. 그렇다면 결국 여기서
'국민'은 문자를 소유하고 지배할 줄 아는 인텔리들을 상상적 공동체로
전제한 셈이다. 이 지점이 근대국민 국가가 형성되는 부분이다. 근대가

---

8) 이태준, 『증정 문장강화』, 박문서관, 1949, 15면.
9) 유종호, 「시와 토착어지향─한국시의 자기정의」, 『동시대의 시와 진실』, 민음사, 1982,
15면.

형성되면서 생산된 개념들 '민족' '향토' '전통'은 철저하게 타자로서의 대응 속에서 형성되었다. 다시 말해 기원에 대한 발견, 향토에 대한 발견은 근대에 대한 타자로서 도덕적 윤리적 거점, 자아동일화를 위한 본질적 가치를 찾고자 하는 염원에서 이루어진다.

그러나 향토를 심미적 가치, 심정적 기원으로 대상화하는 방식에는 전근대로서의 농촌사회를 계몽시키려 하는 시선이 뒤얽혀 있다. 고향, 향토는 순결한 공간, 원형적 공간을 회복, 보존해야 한다는 전제와 함께 여전히 미개발된 봉건성을 타파해야 한다는 이중적 혼종이 섞이는 상징이 된다. 이것은 결국 '민족' '전통'을 엘리트민족주의자들의 시선에서 재구성해내는 과정이며 그들의 딜레마를 드러내는 국면이다.

이때 백석은 표준어로서의 조선어를 벗어나 방언으로서의 조선어, 변방어로서의 조선어라는 새로운 언어적 시도를 한다. 일종의 소수어라 할 수 있는 지역어, 평북 정주의 사투리를 구사한다. 이와 같은 입장은 단순히 모국어의 순수성을 강조하는 것과 본질적으로 다르다. 왜냐하면 백석이 시에서 보여주는 방언은 오히려 국민적 문화와 조화된 담론에 포함되지 않으려는, 근대국가의 국경을 불안하게 하는 경계선을 드러내기 때문이다. 백석시는 이질적인 언어를 말함으로써 국민국가에서 내세우는 '국민의 삶'이라는 낡아빠진 은유를 시원하게 벗어난다. 조선어의 작위적이고 인습적인 것에서 벗어나 생활 속의 현실감을 도모한다. 실제하는 민족 삶의 구체화, 서민 민중 삶의 직접적 현실감각을 일깨운다.

날기멍석을저간다는 닭보는할미를 차굴린다는 땅아래 고래같은기와집에는 언제나니나차떡에 청밀에 은금보화가그득하다는 외발가진조마구 뒷山 어느메도 조마구네나라가 있어서 오줌누러깨는재밤 머리ㅅ맡의문살에 대인 유리창으로 조마구군병의 새깜안대가리 새깜안눈알이드려다보는때 나는 이불속에 자즈러붙어 숨도쉬지못한다

또 이러한밤같은때—시집갈처녀 망내고무가 고개넘어큰집으로 치장감을가
ㅈ고와서 엄매와둘이 소기름에쌍심지의 불을밝히고 밤이들도록 바느질을하는
밤같은때 나는아랫목의샅귀를들고 쇠듥밤을내여 다람쥐처럼 밝어먹고 은행여
름을인두불에 구어도먹고 그러다는 이불옹에서 광대넘이를뒤이고 또놓어굴면
서 엄매에게 웋목에두른평풍의 새빩안천두의이야기를 듣기도하고 고무더러는
밝는날 멀리는못난다는 뫼추라기를잡어달라고 졸으기도하고

「고야(古夜)」 중에서

이 시에서 "날기멍석" "니차떡" "청밀" "조마구" "샅귀" "광대넘이"10)
는 생소한 평북 정주 방언이다. 백석 시는 대체로 서사성을 강하게 풍미
하고 있다. 이것은 중세문학의 보편성을 허물고 동시대의 풍속과 체험을
당대적 시공간에 담아내려 했던 근대문학의 역동성을 보여준다. 근대서
사는 단순히 세태를 묘사하는 것이 아니라 섬세한 디테일을 보여줌으로
써 진실성을 확보하려 한다. 백석 시에서의 서사성과 세부적 묘사는 진
실에 가까이 가려는 핍진성을 드러내면서 기억의 퇴색화에 대항한다.
어린 시절 밤에는 고래같은 기와집에 인절미와 꿀을 먹고 외발달린
키작은 "조마구"(난장이도깨비)를 상상한다. 오줌을 누러 일어날라치면 유
리창으로 조마구의 새까만 눈알이 자신을 보는 것만 같아 어린 화자는
숨도 제대로 쉬지 못한다. 또 이런 밤에 고모와 어머니가 바느질을 하
고 어린 화자는 은행을 먹거나 이불 위를 구르기도 한다. 엄마에게 새
빨간 청도복숭아 이야기를 듣기도 하고 고모에게 아침에 메추라기를 잡
아달라고 조르기도 한다. 어린 시절 어머니가 있는 방 풍경은 현실세계
로 넘어오기 이전의 순수한 쾌락원칙이 지배하던 시절이다. 어린아이는
삶이 역사화되기 이전 자연인의 모습이다.

---

10) "날기멍석"은 곡식을 널어 말리는 곡식채를 뜻한다. "니차떡"은 인절미, "청밀"은 꿀
을, "조마구"는 외발달린 키작은 난쟁이도깨비를, "샅귀"는 갈대를 엮어서 만든 장판 대
신 쓰는 자리를, "광대넘이"는 광대 흉내를 내며 뒹구는 놀이를 뜻한다.(송준 편, 『白石
詩全集』, 학영사, 1995 참조)

여기서 정주 방언은 언어적 이질성을 드러내면서 국가 언어에 대한 언어적 변형을 적극적으로 감행한다. 언어의 이질성은 민중의 언어, '재발견된 모국어'를 발음하기 위한 불가피한 조건이다. 사실 "날기멍석" "조마구" 등과 같은 방언은 "몸과 마음"의 중간에 위치한다. 왜냐하면 방언은 어린시절 습득한 역사적 시간 이전 몸에 기억된 흔적이기 때문이다. 토착어는 몸으로 기억된 몸언어로서의 감각이다. 방언은 민중의 말이며 고향의 말이며 생활 속의 자연어인 셈이다. 그런 점에서 방언을 통해 시인은 적극적으로 자기동일화를 성취해낸다.

> 낡은질동이에는 갈줄모르는늙은집난이같이 송구떡이오래도록 남어있었다

> 오지항아리에는 삼춘이밥보다좋아하는 찹쌀탁주가있어서
> 삼춘의임내를내어가며 나와사춘은 시큼털털한술을 잘도채어먹었다

> 제삿ㅅ날이면 귀먹어리할아버지가에서 왕밤을밝고 싸리꼬치에 두부산적을 꿰었다

> 「고방」 중에서

송기떡이 출가한 늙은 딸처럼 남아 있는 장면, 윤이나는 항아리에서 삼촌이 좋아하는 찹쌀탁주를 꺼내 삼촌흉내를 내며 몰래 훔쳐먹던 일, 제삿날에 귀머거리 할아비지 댁에서 왕밤을 까고 두부산적을 끼어넣던 기억. 구석 나무못에는 할아버지가 삼던 집신이 많이 걸려 있고 헛간방 쌀독 뒤에 숨어 어린 화자는 저녁 먹으라는 소리를 듣고도 못 들은 척한다. "집난이" "오지항아리" "임내" "나무말쿠지", 시인의 방언은 어린 시절 체험이 자연의 상징인 인체에서 비롯되고 있음을 암시한다. 신체언어는 마음의 기관인 몸에서 나온다는 사실이다. 시골 유년체험에서 갖가지 풍물을 기억하고 발설하는 것은 결국 섬세한 몸 기억에서 건져올린 진동과 떨림, 목청의 울림과 관계한다. 그런 측면에서 방언은 철저

하게 몸의 언어, 구어이며 구어의 직접성과 연결된다.

부족방언은 민족 감정을 전달할 수 있는 가장 예민한 정서지표, 몸의 지표가 된다. 부족방언은 언어를 사유하며 체계화하기 전 몸짓이며 동작이기 때문에 자기반성적인 의식이 기입되기 이전의 것들이다. 의식의 조절권에서 벗어나 있기 때문에 몸 언어 방언은 몸의 반응을 왜곡하는 일이 거의 없다. 곧 몸말로서의 방언은 정직한 원초성이며 몸의 진동이라 할 수 있다. 몸말은 무생물에 생명을 불어넣고 유년을 실제로 재현해내는 신체의 리듬이 된다. 백석은 이렇게 하여 어머니의 언어로서의 모국어를 새롭게 재구성해낸다. 「여우난골族」, 「모닥불」, 「오리망아지토끼」등 사슴시편은 철저하게 방언으로 구사된다.

부족방언은 페미니즘에서 언급하는 대로 상징계 이전의 유년언어, 상상계의 몸 언어의 개념과 겹쳐진다. 표준어가 국가 언어, 아버지의 언어라면 방언은 몸언어, 어머니의 언어라 할 수 있다. 동감과 교감을 남기는 여성적 관계성을 형성한다. 부족방언은 시 언어에서 은유적으로 기능하면서 음감을 만들어낸다. 방언은 시 전체에 특유한 기표로 작용한다.

무당이었던 할머니 이야기에서의 무속신앙과 민간종교의 세계, 부족방언으로 구현되는 풍습, 자연과 인간이 교감하며 삶의 조화로운 완결을 보여주는 완벽한 공동체의 연대. 표준어와 다른 이질적 언어, 풍속은 국가의 지배문화담론에 틈새로, 변이적 계기로 작용한다. 이것은 카프카가 말하는 소수자의 언어, 소수적인 문학의 영역이라는 부분과 접맥되기도 한다. 소수적 문학은 다수적 언어를 전유하면서 번역불가능한 언어학적 자폐증을 드러내기도 하지만 오히려 소수적 언어는 그것을 무기로 다수어 안에 들어가 새로운 언어를 만들어내기도 한다.11) 그렇다면 백석 시에서의 방언은 국민문화와 제국언어의 경계를 해체하면서 잃어버린 대상－민족의 고향－을 목소리를 발화하는 정치적 실천으로 선취한다 할 수 있다.

---

11) Homi K. Bhobho, 나병철 역, 『문화의 위치－탈식민주의 문화이론』, 소명출판, 2002, 44면.

3. 음식기호와 축제의 몸기억

　백석 시에서는 익히 알려진 바대로 먹는 행위, 음식물에 대한 이야기가 상당부분 나온다. 한국인에게 인간의 몸과 마음은 심장을 매개로 하나로 통합되어 있다. 마음이 통한다, 마음을 전한다고 할 때 마음은 몸과 구체적 관계맺기를 한 연후에 소통이 가능하다.12) '먹는 행위'는 한국인에게 있어 몸과 마음이 통합되어 있다는 것을 자연스럽게 드러낸다. 바르트에 의하면 음식은 의사 소통 체계이고 이미지의 구현체이다.13) 음식은 관계와 상황과 행동의 시발점이다. 음식은 단순히 본능을 위한 물리적 실체가 아니라 관계를 드러내거나 소통을 위한 의미작용을 담당한다.

　　낡은질동이에는 갈줄모르는늙은집난이같이 송구떡이오래도록 남어있었다

　　오지항아리에는 삼춘이밥보다좋아하는 **찹쌀탁주**가있어서
　　삼춘의임내를내어가며 나와사춘은 시큼털털한술을 잘도채어먹었다

　　제사ㅅ날이면 귀먹어리할아버지예서 왕밤을밝고 싸리꼬치에 두부산적을께었다

　　손자아이들이 파리떼같이몽이면 곰의발같은손을 언제나 내어둘렀다

　　구석의나무말쿠지에 할아버지가삼는 소신같은집신이 둑둑이걸리어도있었다

---

12) '마음이 아프다' '마음이 쓰리다' '정신이 피곤하다' 등 한국인은 마음의 상태를 몸의 느낌을 빌려서 드러낸다. 몸과 마음이 통합적 관계에 있음을 자연스럽게 드러낸다. "사흘 굶으면 눈에 보이는 것이 없다"는 말은 몸의 문제가 마음의 분별 판단의 기능과 관계함을 드러내는 말이다.(최봉영, 「문화와 욕망의 형성과 실현」, 『주체와 욕망』, 사계절, 2000, 336면 참조)
13) 이경, 「근대소설과 음식의 기호학」, 『현상과 인식』 28권, 2004 봄・여름, 2004, 135면.

넷말이사는컴컴한고방의쌀독뒤에서나는 저녁끼때에불으는소리를 듣고도못
들은척하였다

「고방」 전문

위의 시들에서 등장하는 음식물들 이를테면 "송구떡" "찹쌀탁주" "두
부 산적" "조개송편" 등 음식물은 따사로운 가족과 몸의 상상력을 유발
한다. 따뜻한 훈기는 몸과 유년의 몽상과 연결되어 있다. 그러나 백석
시에서 유별한 음식에 대한 체험, 음식물 종류에 대한 직접적 구사는
무엇보다 구체적 일상성의 힘을 획득한다. 백석 시에서 '음식물'은 단순
한 물질이 아닌 의미 생산 과정, 구체적 삶의 근원적 의미들을 복원한
다. 일상성은 타자화된 몸을 정상적으로 회복시킨다. 몸감각은 본능적
인 것처럼 보여도 실은 거기에 과거의 조상들이 행한 숱한 실험과 판단
과 결단이 스며 있다. 몸의 의식은 정신의 의식보다 훨씬 풍부한 정보
와 유전이 보관되어 있다.14) 몸은 풍토와 풍속 속에서 형성되어 온 몸
의 역사적인 느낌과 과정이 누적되어 있는 집합체인 것이다.

토끼도살이올은다는때 아르대즘퍼리에서 제비꼬리 마타리 쇠조지 가지취 고
비 고사리 두릅순 회순 山나물을하는 가즈랑집할머니를딸으며
나는벌서 달디단물구지우림 둥굴레우림을 생각하고
아직멀은 도토리묵 도토리범벅까지도 그리워한다

「가즈랑집」 중에서

내일같이명절날인밤은 부엌에쩨듯하니 불이밝고 솥뚜껑이놀으며 구수한내음
새 곰국이무르끓고 방안에는 일가집할머니도와서 마을의소문을펴며 조개송편
에 죈두기송편에 떡을빚는곁에서 나는 밤소 팥소 설탕든 콩가루소를먹으며 설탕

---

14) 김용호는 몸의 작용과정이 단순히 '본능'이 아니라고 말한다. 몸 안에는 과거 조상
몸의 역사적 느낌(유전적 DNA)과 판단과 결단과정이 숨어 있다는 점에서 '몸의 의식'
과 '정신의 의식'을 구분하면서 개념을 정의한다.(김용호, 『몸으로 생각한다』, 민음사,
1997, 46면 참조)

든콩가루소가 가장맛있다고 생각한다.
나는 얼마나반죽을 주믈으며 힌가루손이 되어 떡을 빚고싶은지 모른다

「古夜」 중에서

　백석은 어린 시절 먹은 "도토리묵 도토리범벅"을 그리워한다. 명절날 부엌 솥뚜껑에서 구수한 냄새를 맡고 조개송편 달송편을 빚던 일, 설탕 든 콩가루 속을 먹던 일을 생각한다. 장지문틈으로 무국을 끓이는 맛있는 냄새가 올라오면 어느덧 잠이 든다. 백석 시에서는 음식을 끓이는 아궁이 불이 등장한다. 음식이 끓으며 훈기("컴컴한부엌에서는 늙은홀아버의 시아부지가 미억국을끄린다 / 그마음의 외딸은집에서도 산국을끄린다"「寂境」, "시래기를 삶는 훈훈한 방안에는 양염내음새가 싱싱도하다"「秋夜一景」)가 오른다. 백석은 혈족의 삶에 대한 기억을 몸의 기억으로 환기시킨다. 근대이성주의가 각종 배타적 문화권력을 통해 권력화 현상을 드러내려 하였다면 백석 시에서 음식의 풍취는 분명 혈족적 관계성, 몸과 마음의 소통을 동시적으로 보여주며 육체와 정신의 이분법적 사유체제를 허문다. 일테면 음식은 제도화, 질서화와 관계된 사회윤리를 넘어선 몸의 요청이며 다른 윤리를 위한 매개 역할을 한다. 다른 윤리란 곧 '배려의 윤리'를 의미한다. 배려의 윤리는 음식의 기호로 구체적 힘을 얻는다. 그것은 배타적인 관계를 넘어서 통합적 세계의 형식이다. 이와 같은 배려는 당연하게도 '여성성'의 윤리이며 친밀감의 상징이다. 화자는 지금까지도 명절날 흰가루를 하얗게 손바닥에 묻히며 얼마나 송편을 빚고 싶었는지 모른다고 말한다. 음식의 배려와 여성적 친밀감은 시각적 논리와 이성을 넘어서 '접촉'과 '애무'의 감각을 드러낸다.

　어린 시절 음식물을 생각하고 그리워하는 것만으로 백석은 공동체의 강렬한 감각을 시 텍스트 위에 전면화시킨다. 냄새맡고 만져보고 그리워하는 것으로 신체 공통체적 관계를 환기한다. 정신과 몸은 구분되지 않는 '신체공통의 감각'이다. 이와 같은 몸과 마음의 작동은 우주의 모

든 유기체를 거대한 순환 속에서 감각하고 느끼려는 '생명운동'이다. 정
신은 사실 오직 하나의 몸에만 관련되어 있다. 정신은 각각의 다른 신
체들과 개별적으로 관련지어 있을 뿐이다. 그러나 몸은 다른 몸들과 함
께 세계 속에 거처하고 있으며 다른 몸들의 다산성 속에서 작동한다.
몸의 유기성은 우주의 거대한 사이클 속에서 세계 몸의 유기성으로 순
환하면서 다른 몸과 만난다. 생태주의적 시각 속에 몸은 놓여 있는 것
이다.

> 낡은 나조반에 흰밥도 가재미도 나도나와앉어서
> 쓸쓸한 저녁을 맞는다
>
> 흰밥과 가재미와 나는
> 우리들은 그무슨이야기라도 다할것같다
> 우리들은 서로 믿없고 정답고 그리고 서로 좋구나
>
> 「膳友辭」 중에서

　시인은 낡은 쟁반 위에 흰밥과 가자미와 함께 나와 앉아 저녁을 맞으
며 무슨 이야기든 다할 것 같이 정겹고 미덥다고 말한다. 화자는 음식물
과 선한 친구관계가 되어 이야기를 나눈다. 시인은 "우리들은 가난해도
서럽지 않다 / 우리들은 외로워할 까닭도 없다"라고 말한다. 시인은 가자
미와 흰밥과 친구가 되어 기꺼이 "우리"라는 공동체 관계, 상호간의 등
가적 관계가 된다. 지배와 피지배, 착취와 수탈이라는 강압적이고 불평
등한 관계가 아닌 "평등과 조화의 이미지"[15]이다. 음식물과 인간은 하
나의 연결체가 됨으로써 생명을 잇는 존재가 된다. 시인은 음식을 가지
고 말을 하는 것이 아니라 음식물 스스로 말을 하게 한다. 음식물과의
대화, 음식물과 동등한 친우관계는 '유기체의 우주적 연대'를 환기한다.

---

15) 곽봉재, 「백석 시의 이미지 연구—'불'과 '여성'의 이미지를 중심으로」, 『국어국문학』
제24권, 1999, 279면.

봄첨날 한종일내 노곤하니 벌불 작난을 한날 밤이면 으례히 싸개동당을 지
나는데 잘망하니 누어 싸는 오줌이 넙적다리를 흐르는 따끈따끈 한 맛 자리에
펑하니 괴이는 척척한 맛

첫 녀름 일은저녁을 해 치우고 인간들이 모두 터앞에 나와서 물외포기에 당
콩포기에 오줌을 주는때 터앞에 밭마당에 샛길에 떠도는 오줌의 매캐한 재릿
한 내음새

「童尿賦」 중에서

　음식물과의 일체감은 배설물 또한 몸의 한 부분으로 여기는 방식으
로 나아간다. 어린 화자는 봄날 들불 장난을 하고 그날 밤 눈 오줌이 넙
적다리를 따근하게 흐르는 척척한 맛을 느낀다. 첫여름 저녁 사람들이
오이줄기와 강낭콩줄기에 오줌은 누면 밭마당 샛길에 오줌의 매캐하고
재릿한 냄새가 난다. 몸은 다산성의 성격을 지니는지라 음식물과 하나
의 몸을 형성하고 오줌과 하나의 몸을 형성한다. 백석 시에서 몸은 다
른 몸과의 끝없는 연계성 속에 있다. 공동체가 음식을 함께 먹고 음식
물과 사람이 서로가 상호 관계하고 또 배설하면서 몸의 일부를 배출하
는 끝없는 유동성의 흐름을 드러낸다.
　오줌은 원형적 모성 공간, 모체 안에서 얼마든지 배설할 수 있던 것
이 현실계의 공간에서는 비천함과 연결된다. 배설물은 고상하고 깨끗한
몸에 대한 저항과 거부로 읽혀진다. 눈물, 똥, 오줌, 토사물 등은 실은
주체와 객체의 경계선에서 주체도 객체도 아닌 어떤 것[16]이다. 그러나
백석 시에서 자주 나오는 방뇨행위와 '오줌줄기'는 여성적이고 모성적
인 울림을 가진다. 그것은 원형적 욕구와 생리의 시원성을 일깨운다. 음

---

16) 크리스테바에 의하면 이와 같은 분비물, 배설물을 비체(非體)라고 칭하고 비체는 주관
　과 객관 사이의 구분보다 앞선다고 말한다. 비체인 분비물들은 모성적 원형적 매력과
　증오의 장소가 된다고 언급한다.(Julia Kristeva, 고갑희 역, 「시적 혁명과 경계선의 철학」,
　『페미니즘의 오늘과 미래』, 민음사, 2000, 212면 참조)

식과 배설물의 신체적 근접과 배려의 윤리는 지속적인 현재의 결속감을 강화한다. 이것은 '잔치' '명절'이라는 축제 분위기로 연결되면서 흥겨운 몸의 연대와 구체화로 나아간다.

> 명절날나는 엄매아배따라 우리집개는나를따라 진할마니진할아바지가있는큰집으로가면
>
> (……)
>
> 밤이깊어가는집안엔 엄매는엄매들끼리 아르간에서들웃고 이야기하고 아이들은 아이들끼리 웃간한방을잡고 조아질하고 쌈방이굴리고 바리깨돌림하고 호박떼기하고 제비손이구손이하고 이렇게 화디의사기방등에 심지를멫번이나 독구고 홍게닭이멫번이나울어서 조름이오면 아릇목싸움 자리싸움을하며 히드득거리다잠이든다. 그래서는 문창에 텅납새의그림자가치는아츰 시누이동세들이 웅적하니 홍성거리는 부엌으론 샛문틈으로 장지문틈으로 무이징게국을끄리는 맛있는내음새가 올라오도록잔다.
>
> 「여우난곬族」 중에서

명절날 놀이와 음식은 흥겹게 몸을 찬양하는 것이다. 음식을 먹고 웃고 이야기하는 것, 명절은 일상을 전복하고 변형하고 상호주관적인 대화를 하게 한다. '반위계적 성격'을 드러낸다. 즉 명절날 사람들은 이야기를 나누고 웃고 놀이를 함으로써 현실세계를 무너뜨리고 동시에 공동체의 현재를 안온해 하며 미래의 가능성을 생각한다. 밤이 깊어가면서 엄마들은 엄마들끼리 아랫방에서 웃고 이야기하고 아이들은 아이들끼리 온갖 명절놀이를 한다. 명절의 축제분위기는 집단적 조화와 평화를 영속시키는 역할을 한다. 백석은 조선인의 명절, 축제 풍습 속에서 주체와 타자, 개인과 사회의 경계를 허물고 음식과 웃음, 놀이가 가지는 육체화된 풍속[17]을 보여준다. 계급적 위계성을 깨뜨리고 집단적 몸 지각을 회복

---

17) 김남천은 풍속을 다음과 같이 말함으로써 풍속을 육체에 연결시킨다.
  "풍속이란 사회적 습관과 밀접한 관계를 갖고 있다. 그리고 사회적 습관 습속은 사회

시킨다. 풍속은 감각적이고 정서적인 '일신상(一身上)'의 산체험[18]이다. 백석시는 식민화된 조선의 현실에서 조선 풍속과 음식, 오랜 관습으로 축적된 몸 체험의 역사를 통해 민족 삶의 리얼리티를 마련한다.

4. 민족과 젠더, 민족 시학의 딜레마

  백석 시에서 방언과 음식, 방뇨행위, 명절의 풍습에 대한 구체적 일상사는 지금까지 민족문학이 보여준 당위성과 추상화를 넘어서게 한다. 구체적인 것으로서의 '사회적 리얼리티'를 구현한다. 미시사적 재현(소역사로서의 민중의 삶)은 역사적으로 축적된 산 체험을 통해 일상화된 삶의 현장에서 연대감과 통일체를 형성한다. 어린 시절부터 몸으로 체득된 몸 언어인 방언, 축적된 인자로서의 음식물, 풍속은 언어적인 중재 매체나 의식의 관념적 주입을 벗어난 '진정한 육체적 경험', '몸 기억으로의 체험'을 불러낸다.

  그런데 여기서 백석 시의 민족 시학적 의미가 가지는 복합적 딜레마를 제시해볼 수 있다. 백석 시가 근대에 대한 타자로서 민족의 일상적 소역사를 기록화함으로써 식민현실과 근대를 넘어서려 했지만 이 안에서 민족공간이 젠더화되는 것은 아닌가 하는 지점이다. 식민당시 민족

의 생산기구에 기(基)한 인간 생활의 각종 양식에 의하여 종국적으로 결정을 본다. 이것은 일방으로 '제도'를 말하는 동시에 '제도의 습득감'을 의미한다. 풍속, 습속은 생산 관계의 양식에까지 현현되는 일종의 제도를 말하는 동시에 다시 그 제도 내에서 배양된 인간의 의식인 제도의 습득감까지를 지칭한다. ……사회기구의 본질이 풍속에 이르러서 비로소 완전히 육체화된 것을 알 수 있다." 즉 김남천은 제도의 습득감을 포함함으로써 육체화되는 풍속을 이야기하고 있다.(김남천, 「일신상의 진리와 모랄」, 『김남천 전집』 1(정호웅·손정수 편), 박이정, 2000, 358~359면)

18) 김경훈, 「문화와 풍속에 대한 짧은 시론」, 『세계문학』 2004 봄, 221면.

문인들과 마찬가지로 백석은 민족 삶에 대한 재현 구상에서 민족과 여성을 동일시하고 있다. 여성을 외세의 압박으로부터 지켜내야 할 순수한 문화적 본질로 가정하면서 순수하고 탈역사적인 기표로 구성한다. 어머니와 고모가 바느질을 하는 고향 밤의 방안 풍경, 부엌에서 끓고 있는 곰국냄새 등 백석 시는 원형적이고 선험적인 틀로서 여성의 공간을 민족의 공간으로 치환한다. 이것은 민족이 주어진 실체라기보다 '상상적 공동체'라고 말하는 베네딕트 앤더슨의 언급처럼 민족을 여성으로 관념화, 젠더화하는 일방성을 환기시킨다. 백석이 민중의 삶, 하층민의 정서를 드러내는 지점은 분명 민족문학의 정치학을 드러내는 지점이다. 방언의 구사와 음식과 몸기억으로서의 구체적 일상은 민족 주변을 통한 문화정치적 시각을 드러낸다. 민족의식은 음식, 몸기억 등을 통해 모성성의 신화, 초월적 기의로서의 근원적 여성성으로 회귀한다. 백석 시의 공간은 모든 대립과 갈등이 은폐되는 여성성의 환상공간19)으로 치환된다. 이때 여성은 생물학적으로 주어진 정체성과 달리 민족 정체성을 형성하는 문화적 재현물이 된다. 흔히 식민지에서 국가는 '어머니 나라'로 상징화되고 민족은 여성으로 체화하는 방식을 환기해 볼 수 있다.

여기서 작동하는 것이 '집단적 기억'이다. 여성이 민족과 일체화되는 과정에서 '기억의 흔적'이 개입한다. 민족의식은 '민족적 기억'을 불러냄으로써 과거를 통해 현재를 재구성한다. 프로이트에 의하면 인간은 어린 시절 기억에서 일부분만 정신적 과정으로 보존된다는 것이다. 기억은 얼마든지 억압과 반복, 쾌락 원칙에 의해 왜곡이나 수정이 일어난다. 그런데 백석 시에 나타난 유년의 기억들은 매우 정교하여 사실적 고증이 뒷받침된 듯 느껴질 만큼 구체적이며 사실적이다. 기억이란 파편적일 뿐이며 단편적인지라 기억의 내용은 어떻게 통합시키는가에 따

---

19) 대개 유년의 기억이 많이 소실되고 잊혀진다는 측면에서 백석 시에서의 유년 기억의 소서사는 전략적 기억화이며 기록화라 할 수 있다. 여성성의 공간은 백석의 민족적 낙원의식 속에서 환상적으로 구사된다.

른 구체화의 관점에 달려 있다. 기억은 결국 과거에 대한 현재의 재구성물이며 서로 다른 시간대에 이루어진 주관적 경험들이 창조적으로 통합되는 과정이다. 그런 점에서 백석 시에서 기억은 역사적 진실이라기보다는 서사적 진실에 가깝다. 즉 집단 구성원을 함께 묶을 수 있는 의도된 집단적 기억의 재구성이다. 이와 같은 과정은 결국 역사 의식과 민족 이념의 묘사와 중재에 대해 집중적으로 숙고하게 하고 기억의 장으로서의 축제문화, 민족 신화를 호명한다. 음식과 명절, 풍속과 습득된 제도(「名器」에서 나타난 제사의 구체적이고 자세한 풍습)는 민족정체성을 함양하고 민족을 이데올로기적 공동체로 묶기 위한 기억 훈련의 매개가 된다. 백석의 과거에 대한 기억을 '맹목적 전통주의'로 부를 수는 없다. 백석 시에서 의식적 재구성은 민족 기억을 '다시 불러내기'함으로써 역사적으로 망각된 '진정성'을 문학적으로 호명한다. 역사 속에서 민족 기억의 조각들을 찾아내고 기억을 의도화함으로써 반근대 저항의 가능성을 짚어보려 한다.

다만 여기서 여성이 민족을 위한 알레고리가 된다. 이때 여성은 구원적 공간으로서의 모성적 민족의 상징이거나 미개하고 핍박받는 전근대의 상징으로 추상화된다. 백석 시에서 여성은 명절과 음식에서의 훈훈한 생명력을 보여주기도 하지만 동시에 전근대의 후진성, 핍박받는 민족의 상징으로 전경화되기도 한다. 백석의 시 「八院」에서 어린 계집아이는 내지인(內地人) 주인집에서 식모살이를 하다 추운 겨울날 울면서 버스를 타고 떠난다. 계집아이는 겨울 차가운 물로 손등이 다 터져있다. 「女僧」에서 여인은 야생벌로 나간 지아비를 십년을 기다린다. 지아비는 오지 않고 데리고 있던 어린 딸이 죽자 돌무덤을 헤매다 여승이 된다. 핍박받는 여성을 민족과 등가로 두는 것은 "공격적인 남성성으로 연상되는 제국주의와 대조적으로 피식민 경험을 여성적인 희생과 순응과 연결"[20]지려는 의도에서 비롯된다. 즉 여성이 고통당하는 '민족'이라는 대명사가 된다.

민족을 젠더화하는 수사는 여성들의 다양한 차이를 민족의 이름으로 단일화해버리는 우를 범할 수 있다. 민족은 근원적 원형성으로서의 모성적 여성 이미지에 의존하거나 핍박받는 희생적인 여성으로 대치되면서 민족담론에서 비생산적인 모든 섹슈얼리티들을 배제하는 결과를 수반하게 된다.[21] 해서 민족문학과 민족주의문학은 분명히 다른 것이라는 점,[22] '민족'이라는 이름으로 내부의 차별과 갈등을 은폐하려는 위험을 경계하자는 민족문학담론이 있는 것도 사실이다.

그러나 백석 초기시에서 여성성은 모성성으로서 긍정적 대안적 면모에 배타적으로 집중하는 경향이다. 여성의 다양한 변수들에 대한 세밀한 천착이라든가 여성의 구체적 삶의 조건에 좀더 육박해가는 지점이 희박하다. 백석이 민중의 언어와 민중의 음식축제, 문화 풍속을 통해 민족의식을 드러내려 한 점은 민중문화의 정치학으로 충분한 의의를 가진다. 그러나 '여성성'에 대한 신화를 전제함으로써 다시 민족 환상 공간은 젠더화된다.

---

20) 임호준, 「국가로서의 여성-혁명 후 쿠바 영화에서의 페미니즘과 민족주의」, 『이베로아메리카연구』 11호, 서울대학교 스페인중남미연구소, 2000, 111면.

21) 주창규, 「탈-식민 국가의 민족과 젠더(다시)만들기」, 『영화연구』 12호, 2000, 186면.

22) '민족의식'을 부르주아 민족주의에서의 민족 이해와 구분지어 부르고자 제안한 것은 해방 직후의 안함광이었다.(안함광, 「민족문화론」, 『민족과 문학』(김재용, 이현식 편), 박이정, 1998) '민족주의 문학'과 '민족문학'은 분명히 구별되는데 '민족주의 문학'이 민족 특수성을 고려하지 않고 민족일반으로 치환하며 보편주의의 미망에 빠져버린다면(그렇게 하여 '국가주의'에 빠져버린다면) '민족문학'에서의 '민족'은 제국주의의 침략과 분단 및 전쟁으로 이어지는 역사적 과정에서 형성된다. 특히 역사적 형성과정에서 서구에서의 '민족주의'개념이 동아시아에서도 그대로 적용될 수 없다. 한국에서 민족문학에서의 '민족'은 영원하거나 항구불변의 '주체'가 아니며('민족'을 영원불변하고 항구적인 주체로 설정하는 것이 바로 부르주아 민족주의의 '민족'이다), 혈통이나 언어, 지역이나 문화와 같은 추상적이고 관념적인 동원기제에 의해 형성되는 것이 아니라, 엄연히 존재하는 역사적이고 정치적인, 그리고 경제적인 물질연관에 의해 형성되는 개념이다.

5. 근대 대응의 가능성과 한계

결국 백석 시에서 모성성 공간은 식민현실을 위협하기도(퇴행적 나르시시즘의 안전성) 품어주기도 한다. 백석 「사슴」시편에서 모성으로의 귀환, 원형적 어머니로 돌아가려는 욕망은 자아와 타자의 경계가 불명확한 공동체 공간이다. 가족공간은 기억작용에 의해 문학의 원재료인 '이미지'로 존재한다. 이와 같은 이미지는 통합과정으로 자아의 정체성을 형성하는 중요한 기제가 되지만 한편 현실에 대한 무역사성의 상태를 던져줄 수 있다. 이것은 모성성이 내포하는 몸기억을 통한 자아정체성의 환기와 동시에 '환상적 동일시'에 의한 몰현실성이라는 이중성이다. 백석 시에서 모성의 공간은 민족성과 결부되면서 이와 같은 복합성을 띤다.

요컨대 백석 시는 근대라는 총체적 이데올로기에 포섭되지 않는 대응의 방식을 식민지 외부에서 찾는 것이 아니라 식민지 내부 즉 일상적이고 구체적 현장, 변방문화라는 탈근대적 형식에서 찾아낸다. 그럼에도 그의 유년은 타자의 흔적이 없는 모성공간이라는 점에서 오히려 현실성을 추상화하는 것은 아닌가 하는 의아심이 들기도 한다. 민족의 자기동일성 회복의 과정을 변방, 모성, 가족 개념에서 찾는다는 점에서 민족문학의 한 지형을 드러내면서 동시에 민족을 젠더화함으로써 또다시 추상화하는 딜레마다.

제2부
정지용, 감각어와 심미의 시학

제1장 조선 유학생 지식인의 연애시와 조선어 현대시어

1. 연시에서 연애시로

1920년대는 3·1운동 이후 문화정치의 영향으로 일본 유학생이 급증했다. 근대라는 사회적 변화, 역사변혁기의 시대, 근대 주체는 언제나 그렇듯 청년이었다. 조선 유학생들은 근대를 받아들이는 기원이 되면서 동시에 식민지를 내면화하는 과정에서 피식민 정체성의 예민한 바로미터가 되었다. 즉 근대민족국가의 형성이라는 국가형성과정과 개인성의 창출이라는 근대적 감수성은 식민지 유학생들의 내면에서 가장 첨예한 지점으로 드러난다.[1] 일본 유학생은 일본이라는 식민본국에서 비로소

---

[1] 차혜영, 「세계체제 내 식민지 근대의 심상지리－1920년대의 해외 기행문」, 『한국 근대문학의 형성과 문학 장의 재발견』, 소명출판, 2004, 195~199면 참조. 차혜영은 당시 조선 유학생 지식인이 조선 내 현실에 대하는 태도에 '분리'와 '배제'의 입장이었다는 점을 언급하면서 정체성에서 어떤 '억압'과 '은폐'의 문제가 내재해 있었음을 지적한다.

피식민주체로서의 타자체험을 본격적으로 경험하게 되고 동시에 공동체에서 떨어진 한 개인의 차원에서 새로운 문명, 도회체험이라는 근대문화를 접하게 된다. 자신과 조선을 돌아보면서 조선청년들은 비로소 근대라는 제도 속에서 민족과 인종, 계급, 일상을 경험한다. 유학이라는 월경(越境)은 정체성을 구성하는 과정에서 내적 갈등과 봉합이라는 전면적인 자의식과의 대면하게 했던 것이다. 그것은 이국에서 식민지 가난한 주변인이라는 불완전한 정체성에 대한 확인이면서 정치적 타자, 문화적 타자라는 피식민지 근대주체가 형성되는 과정이기도 하다. 봉건제도하의 조선에서부터 벗어나 청년으로서 자유와 독립을 느끼면서 정지용은 "나의 靑春은 나의 祖國!"(「海峽」)이라고 노래한다. 그러나 조선청년의 청춘은 근대의 확고한 주체가 될 수 없는 후발근대국가의 식민 상황이 언제나 전제되는 바였다.

그렇다고 하여 실제 일본내 조선유학생들이 무력감에만 심하게 빠져 있었던 것은 아니다. 실제 유학생들은 근대라는 '일상'을 일본이라는 이국에서 본격적으로 접하는 새로운 체험을 하게 된다. 유학생은 유학생이라는 신분에서 일본 대학의 학제에 참여하고 독서와 동인지 모임, 근대화된 거리에서의 산책, 카페에서의 일상과 도시근교를 여행하는 여가를 즐기기도 한다. 현상윤의 「동경유학생 생활」[2]에서 보면 유학생은 학교 수업과 산보, 독서와 일요일 반가운 목욕하는 일, 친목과 취미에 대하여 기술하고 있다. 이는 비로소 일상성 속에서 근대 세계를 사유하는 것이 가능해진 근대인의 모습이다.

정지용 시의 논의에서 새로운 감각에 의한 이미지나 회화성의 시세계라는 평가[3]는 어쩌면 일본 유학이라는 이국에서 피식민 주체로서의

---

2) 현상윤, 「동경유학생생활」, 『청춘』 2호, 1914.11.
3) 김기림, 「현대시의 발전」, 『김기림 전집』 2, 심설당, 1988, 332면. "정지용 씨의 시풍을 일관하고 있는 어떠한 영탄이 그 속에서 흐르고 있지만 그것은 음분한 센티멘탈리즘과는 다른 근대적 애수의 가장 리얼한 숨결이라고 말할 수 있다…… 이미지의 비약이라든지 결합에서 오는 미라기보다는 메타포어의 미가 더욱 뚜렷하게 눈에 뜨인다.

근대체험, 근대문화 일상체험과 직접적으로 연결된다. 실제 정지용의 경우 그는 1923년~1929년까지 일본 교토 도시샤대학에서 영문학을 전공하게 된다. 그는 그야말로 빨간 벽돌 신식건물이 늘어선 대학에서 공부하고 새로운 형식의 시를 써[4] 활자로 인쇄해 보고 다방에 들어가 커피를 마시고 양장한 여학생이나 카페의 여급과 대화를 나누기도 한다. 간혹 도시샤 대학 근처 가모가와(鴨川)을 거닐며 자신의 고향 옥천을 떠올리며 향수에 젖기도 한다.[5] 즉 정지용은 그 이전에 경험해볼 수 없는 이국땅에서의 '독립'된 개인과 도회지의 고독, 근대적 생활과 일상이라는 근대인의 새로운 정서를 맛본다.

일본은 피식민지 주체를 환기 받는 명확한 공간이지만[6] 동시에 근대적 문화 속에서 근대적 자유연애를 꿈꿀 수 있는 공간이기도 했다. 무엇보다 정지용은 학생 신분이었고 '청년'이었으며 이국땅으로 건너온 완벽한 타자였다. 사랑이라는 열정이 전근대에서부터 있어온 보편적인 감정이지만 그것이 '연애'라는 방식으로 구현되는 것은 근대적 매체/매개를 통한 사회적 제도가 구비되어야 한다. 즉 "사랑이라는 감정에 기반하는 지속적인 의사소통의 관계"[7]를 유지하기 위해 근대 사회적 문화적 재구성이 필요했다. '연애'라는 말 자체도 일본에서 영어 'love'의 번역어로 이식된 새로운 신조어였기에 연애라는 용어로 인해 그에 맞는 새로운 형태의 사회적 관계가 설정되었다.[8] 1920년대 새로운 시대

음악성을 가지고 있다기보다는 아주 명료하고 투명한 화화성을 가지고 있는 것을 발견할 수 있다."

4) 사나다 히로코, 『最初의 모더니스트 鄭芝溶』, 역락, 2002, 33~59면. 여기서 저자는 지용은 하쿠슈의 영향을 지대하게 받았으며 번역된 프랑스 문학을 읽으며 일본어시를 쓰면서 습작기를 보낸 실증적 사실을 살피고 있다.

5) 사나다 히로코, 『最初의 모더니스트 鄭芝溶』, 역락, 2002, 74면. "도시샤대학 시절 정지용이 즐겨 찾던 산책길은 가모가와[鴨川] 강가인데 화려한 번화가 가까운 곳에 있으면서 가모가와는 예나 지금이나 물세가 한가로이 노는 도회지 속의 안식처다."

6) 정지용의 초기시 「카페 프란스」는 피식민 주체로서의 무력감과 절망을 표현한 작품이다.

7) 김동식, 「연애와 근대성」, 『민족문학사연구』, 민족문학사학회, 2001, 300면.

에 대한 열광과 열정은 새로운 정념 '연애의 열망'으로 들끓어 올랐다. 무엇보다 근대 '학생' 신분은 어른이 되기 전의 자유로움과 신지식학문의 지적 고양으로 연애를 하기 가장 접합한 계층이기도 했다.9) 정지용의 초기시편의 감각어와 문명이미지들은 한국근대시에서 근대적 개인화, 조선어에서의 내재적 리듬, 구어체의 발견이라는 점에서 매우 중요한 의미를 지닌다. 정지용의 정서적 개인주의가 가능했던 것은 이와 같은 주체와 객체의 극단적인 사적 체험, 개인적 감각이 극화되는 지점이라 할 수 있는 '연애' 감정의 몰입에서 비롯된다. 즉 새로운 문명, 근대문화에 대한 몰입과 환멸이라는 이중적인 것의 불완전한 공존 속에서 시인은 예술의 심미성과 연애의 열정을 결합하고자 한다. 그리하여 정지용의 시는 '정서적 개인주의'10)라는 현대시사의 중요한 분기점에 이르게 되는 것이다.

일본 유학시절 지용은 스물일곱 편의 일본어 시를 썼다. 그 중에서 열일곱 편은 한국어로 번역을 했지만 열편은 한국어로 번역하지 않았다.11) 주요한은 도쿄 일본 유학시절 일어로 번역된 프랑스 시인들의 작품을 흉내 내서 일본어 시를 지어보았다고 쓰고 있다.12) 당시 유학생들

---

8) 최근 풍속사 연구에서 '연애'에 대한 논문이 한국 근대소설연구 쪽에서 지속적이고 왕성하게 나온 바 있다. 정혜영, 「연애의 동경과 좌절」, 『환영의 문학』, 소명출판, 2006; 김행숙, 『문학이란 무엇이었는가─1920년대 동인지 문학의 근대성』, 소명출판, 2005; 김동식, 「연애와 근대성」, 『민족문학사연구』, 민족문학사학회, 2001; 권보드래, 『연애의 시대』, 현실문화연구, 2003.
9) 김동식, 위의 논문, 313~317면.
10) 이것은 1920년대 백조파 동인이 보여주었던 '관념성' '추상성'과 확연히 구분되는 '개인주의'라 할 수 있다. 백조파 동인들이 보여준 낭만성은 '개인적 정조'의 표출이라 하지만 그것의 과잉성은 오히려 집단화된 패션처럼 천편일률적인 획일화의 방식이란 점에서 혹평되고 있다. 지용의 경우 그것은 시적 주체와 객체의 심미적 거리를 통해 구현되는 정서적 개인화라 할 수 있으며 그런 점에서 지용 시의 '근대성'이 확보된다 할 수 있다.
11) 사나다 히로코, 『最初의 모더니스트 鄭芝溶』, 역락, 2002, 59면.
12) 주요한, 「『창조』시대의 문단」, 『자유문학』 창간호, 1956.6. 당시 일본 유학생들은 시의 근대성을 일어로 습작할 수밖에 없는 필연성이 있었다.

에게 조선어 문학어를 개척하기 위해 일본어 시 창작은 필연적으로 겪게 되는 수순이었던 것으로 여겨진다. 정지용은 일본어 시를 쓰고 당시 『근대풍경(近代風景)』이라는 동인지에 수록한다. 지용의 시는 근대적 일상과 체험을 개인적 감각어와 일상어로 섬세하게 구현해내고자 했다. 지용은 여기서 연애적 국면을 실제 시로 담아내고자 하는데 이는 한국 근대시에서 근대 시 언어 의식에 매우 중요한 의미를 지니게 된다. 지용이 실제 유학시절 연애를 한 것인지 아닌지를 고증하는 것은 문학연구의 본질적인 것이 될 수 없다. 오히려 근대적 시공간에서 '연애적 상황 구성'을 시로 재구성하면서 생겨나는 근대적 시 언어의 문체와 어휘, 내재적 리듬, 감각어, 개인적 일상어들의 발견이라는 측면을 주목해야 할 일이다.

전통적으로 조선에서 사랑, 연심에 대한 시가 없었던 것은 아니다. 1920년대 소월과 만해를 떠올릴 수 있다. 그러나 소월 시에 인유된 설화와 민담류의 풍속사적 자료들 속에서 사랑하는 대상은 '인격화된 개인'으로서의 대상이라기보다 전통적인 문화망 속에서 집단적으로 향수 가능한 '민중적 개인'이라 할 수 있다. 만해의 경우 「자유정조」에서 "기룬 것은 다 님이다"라는 언급은 새로운 자유연애 사상을 전제한 발언임을 환기할 수 있다. 한용운이 1920년대 자유연애론에서 자유와 사랑이라는 현대시의 기축을 마련한 것은 중요한 지점이지만[13] 한용운의 시에서 님은 '사랑하는 연인' '조국' '부처'와 같이 '보편주의적 사랑' 개념으로 수렴된다.

이상화의 시 「마돈나 나의 침실로」에 나타나는 '마돈나'도 애인의 애칭일 수 있겠지만 '구원의 여인'을 표상한다고 보는 것이 좀더 설득력이 있다. 그렇게 본다면 1920년대 낭만적 '연시'에서 연인은 추상화된 대상이다. 이들은 모두 자유연애의 징념의 대상으로 일체의 비합리적

---

13) 권보드래, 『연애의 시대』, 현실문화연구, 2003, 252~255면.

가치를 추방하면서 제한 없는 자유와 정념을 지니기를 원하는 열망의 한 징후들이라 할 수 있다. 그러나 근대적 연애[14]를 가능하게 할 구체적 근대적 시공간을 전제한 인격화된 대상으로 '대상화'되지 못한다. 구체적이지 않은 보편적 대상에 대한 '연모' '그리움'을 담은 것을 '연시'라 명명하고 사회적 제도와 정황에서 구체적 개인과 문화적 알리바이를 표명하는 시를 '연애시'라 정의한다면 한국 근대시는 유학 시절 정지용의 시에 와서 비로소 '연애시'라는 것에 대한 구체적 출현을 보게 되었다 할 수 있다. '연애' '연애적 상황'을 시로 구현하면서 한국 근대시는 근대적 감각, 개인적 창조성, 당대성이라는 근대 일상을 시세계 안에서 비로소 형상화하게 된다.

본고는 이와 같은 전제 속에서 해외체험 시기 식민지 지식인 청년이 근대적 개인으로 성립되어 가는 과정에서 '연애'라는 개인적 체험을 어떤 고백적 태도로 드러내고자 했으며 타자로서 근대 의식을 어떻게 내면화하고 형상화하고자 했는가를 살피고자 한다. 무엇보다 지용의 시세계는 유학시절 근대 연애적 구성을 통해 "조선적인 현대시어"[15]를 만들게 된다. 이로 말미암아 정지용의 작업은 근대 조선시 언어의 현대적 개척을 이루는 선구적 작업이 될 수 있다.

---

14) 전근대사회에서 '사랑'의 의미는 '思' 혹은 '정념'의 개념으로 집단화, 추상화되는데 반해 '연애'는 근대적 소통매체를 통해 지속적인 의사소통관계를 전제하고 근대적 시공간, 문화를 공유하는 근대제도로서 고안된 '명칭'이라 볼 수 있다.(김동식, 「연애와 근대성」, 『민족문학사연구』, 민족문학사학회, 2001, 300면 참조)
15) 백철, 「新文學의 갈림길」, 『新文學思潮史』, 신구문화사, 1980, 1452면.

2. 근대적 탈 것과 연애의 현장성 – 이미지의 직접성, 조선어 구어체

근대 연애는 무엇보다 도회지에서 가능한 것이었고 탈 것으로서의 이동성과 문화공동체로서 구체적 시공간을 필요로 한다. 이렇게 탄생한 근대적 시공간에서 연인은 지속적으로 만남을 계속한다. 1920년대 서울이 근대도시로서 본격화되지 못했을 때 조선유학생들은 일본에서 근대적 문화체험과 조우한다. 익히 아는 바대로 근대적 네트워크, 교통 – 우편 – 통신체계 등은 상호관계성을 추종하는 것들이다. 이중에서 기차와 기선은, 1등석, 2등석 등 다양한 인종과 민족들 사이에 구분과 배제의 논리가 있긴 했지만 물리적 공간에 함께 놓임으로써 식민지 타자성을 느끼는 직접적 공간이 된다. 특히 기차는 속도감 속에서 외부풍경에 대한 파노라마적 시선과 역으로 내부를 성찰하는 폐칩의 시선을 동시에 가지게 함으로써 주객체의 상대적 인식을 가능하게 한다. 즉 기차와 기선은 바깥 외부와 안 내부를 함께 바라보는 근대적 시각을 제공함으로써 자아 / 타자라는 주객체의 근대적 관계를 성찰하는 사유의 공간이 되는 것이다.

　　우리들의 汽車는 아지랑이 남실거리는 섬나라 봄날 원하로를 익살스런 마드로스 파이프로 피우며 간 단 다.
　　우리들의 汽車는 느으릿 느으릿 유월소 걸어가듯 걸어 간 단 다.

　　우리들의 汽車는 노오란 배추꽃 비탈밭 새로
　　헐레벌떡어리며 지나 간 단 다.

　　나는 언제든지 슬프기는 슬프나마 마음만은 가벼워
　　나는 車窓에 기댄 대로 회파람이나 날리쟈.

　　먼데 산이 軍馬처럼 뛰여오고 가까운데 수풀이 바람처럼 불려 가고 유리판을 펼친 듯, 瀨戶內海 퍼언한 물 물. 물. 물.
손까락을 담그면 葡萄빛이 들으렸다.

입술에 적시면 炭酸水처럼 끓으렸다.
복스런 돛폭에 바람을 안고 뭇배가 팽이 처럼 밀려가 다 간,
나비가 되어 날러간다.

나는 車窓에 기댄대로 옥토끼처럼 고마운 잠이나 들쟈.
青만틀 깃자락에 마담 R의 고달픈 뺨이 붉으레 피였다, 고은 石炭불처럼 이
글거린다.
당치도 않은 어린아이 잠재기 노래를 부르심은 무슨 뜻이뇨?

잠 들어라.
가여운 내 아들아.
잠 들어라,

나는 아들이 아닌것을, 웃수염 자리 잡혀가는, 어린 아들이 버얼서 아닌것을.
나는 유리쪽에 가깝한 입김을 비추어 내가 제일 좋아하는 이름이나 그시며
가 쟈.
나는 늬굿 늬굿한 가슴을 蜜柑쪽으로나나 씻어나리쟈.

대수풀 울타리마다 妖艶한 官能과 같은 紅椿이 피맺혀 있다.
마당마다 솜병아리 털이 폭신 폭신 하고,
지붕마다 연기도 아니뵈는 해ㅅ볕이 타고 있다.
오오, 개인 날세야, 사랑과 같은 어질머리야, 어질머리야.

青만틀 깃자락에 마담 R의 가여운 입술이 여태껏 떨고 있다.
누나다운 입술을 오늘이야 싫것 절하며 갑노라.
나는 언제든지 슬프기는 슬프나마,
오오, 나는 차보다 더 날러 가랴지는 아니하랸다.

정지용의 「슬픈 汽車」는 유학 시절 근대 기계문명의 이동 가능성과 대중적 여가 문화의 일면을 드러낸다. 시인은 그야말로 봄나들이 한가로운 봄 기차를 타고 일본 해협 "瀨戶內海"을 지나가고 있다. 시는 처음부터 "우리들의 汽車는"이라고 언급함으로써 동행이 있음을 암시하는 데 그 동행은 "靑만틀 깃"16)을 날리는 "마담 R"이다. 1, 2연에서는 섬나라 일본에서 "마도로스 파이프"를 피우며 "느으릿 유월소"처럼 가는 기차의 움직임을 동사 "간 단 다" 띄어쓰기 형식으로 형태주의적 처리를 하고 있다. 3연에서 시인은 정지용 특유의 시적 역설로서 "슬프기는 슬프나마 마음만은 가벼워" 하는 역설적 고독을 드러낸다. '슬프기 / 가벼운 마음'의 대립 속에서 시적 화자는 "회파람"을 날리며 간다. 시인이 드디어 기차 차창 밖 풍경으로 시선을 돌릴 때 외부풍경은 산이 "軍馬"처럼 뛰어오고 수풀이 바람처럼 불려가고 해협 바다의 물은 손가락을 담그면 "葡萄빛"이 들 정도로 푸르다. 기차의 느린 움직임 속에서 외부풍경은 역동적인 움직임으로 끓어오른다. 해협의 바다에 배는 팽이처럼 밀려가다 나비처럼 날려갈 듯하다.

이에 비해 기차 안은 균질적인 움직임 속에서 가벼운 잠을 자는 장소로 변하고 마담 R은 "고은 石炭불처럼" "고달픈 뺨이 붉으레 피여" 오르며 시적 화자를 위해 어린아이 잠재기 노래를 불러준다. 시적 화자는 잠재기 노래에 대해 "당치 않"다고 말하고 "나는 아들이 아니"라 반박한다. 그러면서도 "유리창에" 입김을 비추고 유리창에 좋아하는 이름을 쓰는 유아적 섬세한 놀이에 빠진다.

이렇게 하여 기차 안과 밖이라는 공간은 '화창한 자연풍광 / 속삭이는 연인' '역동적인 움직임 / 고요한 부동성' '활기찬 생명력 / 가벼운 슬픔'

---

16) '푸른 망토'를 의미한다.(최동호 편저, 『정지용 시어 사전』, 고려대 출판부, 2003, 112면 참조)

이라는 이항대립적인 구조를 드러낸다. 시적 화자는 졸리운 아이처럼 "車窓에 기댄대로 옥토끼처럼" 고마운 잠을 자려하고 유리쪽에 입김을 불며 가슴을 씻어내리려 하기도 한다. 차창 밖 대수풀에 "妖艶한 官能과 같은 紅椿"이 피맺혀 있다. 관능적이고 감각적인 봄날, 시적 화자는 햇볕에 타며 "사랑같은 어질머리야, 어질머리야"라고 낮게 중얼거린다.

즐거운 봄날 기차 밖의 활기찬 풍광 속에서 시적 화자가 가지는 이러한 내적 서글픔과 소극적 연애 풍경은 무엇을 뜻하는가. 푸른 망토를 입은 마담 R의 입술을 탐하면서 여전히 시적 화자는 "슬프기는 슬프"다고 가늘게 떨고 있다. 봄날의 햇살이 솜병아리 털처럼 푹신하면 푹신할수록 개인 날씨가 화창하면 할수록 연애는 혼절할 것 같은 서글픔으로 다가온다. 기차 밖 봄날의 관능적이고 화려한 풍경에 비해 시적 화자는 무력한 잠에 빠지고 그러다 마담 R의 입술을 탐하며 자괴적 슬픔에 빠진다. 유월소가 걸어가는 듯 느리게 하는 기차여행은 슬픈 연애의 현장이다.

기차는 단순한 교통수단이 아니라 근대적 시간감각과 자신을 성찰하는 밀폐된 장소적 의미를 지닌다. 시적 화자는 균질한 속도로 나아가는 시간적 이동성 속에서 근대적 여행의 일상적 제도적 차원을 경험한다. 연애의 대상은 자신과 동일한 수준의 근대적 의식을 갖춘 이어야 하기에[17] 당시 지식인 청년들은 신문물을 받아들인 카페여급, 여학생 등과 연애를 했다. 여기서 마담은 근대적 교양과 미모, 신문화의 관습을 겸비한 신여성이며 신자유 문화를 공유할 수 있는 모던걸이다.

하지만 연애는 감정적 쾌감 이외에 이지적 만족이 들어야 하는 것이기에 마담 R은 시적 화자의 정신적 영혼의 깊이로서 연애의 상대가 될

---

17) "'공부'가 사랑을 형성하고 '공부'가 가정의 행복을 형성한다는 것. '연애'를 제도로서 경험할 수밖에 없었던 근대 초기 다수의 조선의 신청년들에게 있어서는 오히려 당연한 일이었다." (정혜영, 류종렬, 「근대의 성립과 '연애'의 발견」, 『한국 현대문학연구』 제18집, 한국현대문학회, 2005, 239면)

수 없다. 마담 R은 일본카페의 여인이라는 점(일 가능성이 많다는 점)에서 민족적 배제와 분리적 차원이 내포되고 동시에 카페 여급이라는 점에서 순수한 열정과 정신적 차원이라는 '연애'의 숭고에서 벗어난다. 무엇보다 식민지 가난한 유학생이라는 문명 위계의 강박과 자기억압의 내면화는 자기위축을 가져온다. 그리하여 시적 화자는 기차 안에서 서로를 유희하는 장난스러운 슬픔에 빠지는데 여기서 연애와 구분되는 '이키'라는 개념을 떠올릴 수 있다. '이키'는 열렬한 사랑에 빠지지 않고 연애하는 것을 중심목표로 하는[18] 것을 의미한다. 피식민지 주체로서 시적 화자는 일본 본토에서 타자체험을 환기하면서 '연애'모형을 식민지 체험처럼 내면화한다.

그러나 이와 같은 연애적 국면을 정면화하지 못한 채 비껴선 타자체험은 역설적으로 자연풍광과 육체적 감각의 느낌을 극대화하는 예민한 감수성의 심미성을 보장한다. 육체야말로 어떤 경험보다 끈질기게 살아남아 힘든 오처(奧處)에서 최종심급이자 불회귀점이 되고야 마는 결정적인 자력을 지니는 것이다.[19] 하여 연애는 모든 감각적 정조를 살아나게하고 예민한 육체적 지각력을 끈질기게 찾게 한다. '청춘연애의 흥분 /연애 실패가 전제된 체념'의 이중적 공존은 「슬픈 汽車」 전편에 이중적정서를 전제하면서 시적 역설과 감각어의 이미지들을 구현해간다. 관능적 여인과의 근대화의 상징인 기차여행, 연애적 접촉과 환각적 햇빛, 어시럼증이 날 듯한 봄날씨라는 시적 배경은 도회지 보헤미안적 우울괴 낭만("회파람이나 날리쟈")을 드러내면서 내면의 과잉 확대로서 예리한 시적 감각어들을 표출한다. '느린 기차→유월소' '葡萄빛같은 바닷물→끓는 炭酸水' '뭇배→팽이→나비' '잠자는 나→옥토끼' '마담 R의 뺨→고은 석탄불' '요염한 관능→홍춘(紅椿)' '햇볕→솜병아리 털' '사랑→어질머리' 시적 대상들은 모두 '강렬한 감각어'로 비유되고 있다. 붉

18) 가라타니 고진, 박유하 역, 『일본 근대문학의 기원』, 민음사, 1999, 111면.
19) 권보드래, 『연애의 시대-1920년대 초반의 문화와 유행』, 현실문화연구, 2003, 164면.

은 빛과 푸른 빛의 대조, 문명어와 전통소재의 비유적 결합이 강렬한 이미지를 부각시킨다. 이와 같은 생생한 비유들은 서글픔이라는 피식민지 체험을 근대 문화적 향유와 전유를 통한 '구경거리' '여가 문화'로서의 명랑한 도회적 연애 감성으로 드러낸다. 그리하여 근대의 연애는 보헤미안적 슬픔을 미학화하고 심미화하면서 '문명적 문화어' '풍속사적 감각어'("石炭불" "葡萄빛" "靑만틀" "마드로스 파이프" "蜜柑")를 개발하는 하나의 자기장이 되는 것이다. 하여 시인은 "나는 언제든지 슬프기는 슬프나마, / 오오, 나는 차보다 더 날러 가랴지는 아니하"는 근대여행의 일상과 여흥과 문명 수혜자의 문명내면화 과정을 만끽한다.

조선유학생 지식인이 연애행위에 집중하는 것은 연애 자체가 근대의 산물이고 근대성의 표상이기 때문이다. 연애를 가능하게 하는 근대적 조건으로 근대 매체를 공유하고 탈 것의 속도감과 이동성을 함께 누리는 것으로 근대 문화적 표징의 소비적 향유를 누린다. 선박과 기차는 단순한 교통기간이 아니라 근대적 시간과 공간을 공유하는 중요한 근대의 미디어로 볼 수 있다. 배 안은 한 곳에 문명의 공간 질서가 함께 배치되면서 집중적으로 근대 문명의 내용을 체감하게 한다.[20] 선박 위는 근대적 여가와 여로의 상징적 의미망이 된다. 정지용의 연애시는 선박 위에서 연인과 함께 '밀어'를 주고받는 연애의 현장성을 보여준다.

　　나지익 한 하늘은 白金빛으로 빛나고
　　물결은 유리판 처럼 부서지며 끓어오른다.
　　동글동글 굴러오는 짠바람에 뺨마다 고흔피가 고이고
　　배는 華麗한 김승처럼 짓으며 달려나간다.
　　문득 앞을 가리는 검은 海賊같은 외딴섬이
　　흩어저 날으는 갈메기떼 날개 뒤로 문짓 문짓 물러나가고,

---

20) 차혜영, 「세계체제의 식민지 근대의 심상지리─1920년대의 해외 기행문」, 『한국 근대문학의 형성과 문학 장의 발견』, 소명출판, 2004, 165면.

어디로 돌아다보든지 하이한 큰 팔구비에 안기여
地球덩이가 동그랐타는것이 길겁구나.
넥타이는 시언스럽게 날리고 서로 기대슨 어깨에 六月볕이 시며들고
한없이 나가는 눈ㅅ길은 水平線 저쪽까지 旗폭처럼 퍼덕인다.

바다 바람이 그대 머리에 아른대는구료,
그대 머리는 슬픈듯 하늘거리고

바다바람이 그대 치마폭에 니치 대는구료,
그대 치마는 부끄러운듯 나붓기고

그대는 바람 보고 꾸짖는구료.

별안간 뛰어들삼어도 설마 죽을라구요
빠나나 껍질로 바다를 놀려대노니,

젊은 마음 꼬이는 구비도는 물 구비
두리 함끠 굽어보며 가비얍게 웃노니.

「甲板 우」 전문(『文藝時代』 2호, 1927.1)

시인은 갑판 위, 근대적 외부로의 여행공간에 있다. 여기서 시인은 시
적 대상을 감각적 표상으로 구체화한다. '나지익 한 하늘→白金빛' '바
다 물결→유리판' '짠바람→뺨에 고흔 피' '배→화려한 짐승' '외딴
섬→해적' '수평선→하이한 큰 팔구비' '눈길→퍼덕이는 깃폭'. 비유
는 화려하고 원색적인 강렬함으로 사물의 사물성을 표출한다. '백금빛'
'유리판' '고흔 피' '짐승' '해적' '깃폭' 등은 근대도회 체험적 감수성과
배경지식을 담고 있다. 시인은 바다와 하늘과 물굽이와 섬 수평선을 시
각적 촉각적 이미지와 감각으로 생생하게 감각화할 뿐만 아니라 근대적
도시적 감각으로 드러낸다. 시인은 풍경을 선험적 의식으로 관념화하거

나 감상적 정서로 추상화하는 것이 아니라 감정적 반응, 오관에 의해 체험의 감각으로 형상화하고자 한다. 이는 풍경의 구체적 일상을 직접적 체감의 표상으로 드러내는 방식이다. 일테면 연애의 현장성에서 모든 사물들은 구체적 감각들로 살아 꿈틀거리는 생생한 감각으로 육체화된다.

미세한 자각의 움직임을 사물의 감각으로 입체화하는 방식은 분명 1920년대 조선시단에서의 관념적 추상성과 구별된다. 1920년대 초기시에 빈번하게 사용되는 단어는 사물이나 현상과 직접적으로 연결되는 것이 아니라 텍스트와 무관한 외적인 것과 연관된다. 대부분의 관념어들 '죽음' '사랑' '꿈' '폐허' '영혼' 등은 1920년대 시적 특성을 설명하는 핵심어로 이해되어 오지만 이와 같은 언표는 근대적 개인 감정의 진정성과 연결되지 않는다. 이 추성성의 실체는 청년으로 표상되는 근대주체의 정서로 여겨지지만 이와 같은 정서는 당대 패션으로서 집단 정서라 할 수 있다. 시적 자아는 최종 심급으로서의 유일한 '개인' '근대적 정체성'으로서 개인 주체성을 사유하는 근대적 자아가 아닌 것이다. 여기서 자기 현실경험을 내면화하고 그것을 다시 객관화시키며 세계를 형상화하는 주체적 재현력이 부재하다. 그런 점에서 정지용 시에서 연애의 현장성, 배를 타고 연인과의 밀담을 즐기며 세계를 풍경화하는 순간들은 비로소 '시적 개인'이 탄생하는 순간이자 '근대적 개인에 의해 근대 시'가 탄생하는 순간이다. 근대적 '사적 개인'은 일상의 현장 속에서 구체를 실감하되 무엇보다 근대 새로운 문화 일상의 박물지로서의 시적 대상을 향유하는 근대인이다. 시인은 "地球덩이가 둥그랐타는 것이 길겁"다고 느끼는 근대 과학지식의 향유자이며 갑판 위에서 바다를 바라보며 "넥타이는 시언스럽게 날리"는 모던 보이이며 "한없이 나가는 눈길"로 "水平線 저쪽까지" 따라가보는 포오즈의 유학생이다. 시의 전반부는 이렇듯 근대 문화적 향취과 도시적 강렬한 비유들로 바다풍경을 열람하고 있다.

그러다 시의 후반부는 갑판 위에 바람을 함께 맞고 있는 연인과의 직접적 대화와 모습을 장면화한다. 갑판 위에서 함께 있는 여인은 바다 바람에 머리카락을 말리며 치마폭을 날리고 있다. 그들은 서로 대화를 주고받으며 물굽이를 함께 보며 가볍게 웃는다. 정지용 시는 '비애' '비극' '폐허' '죽음'과 같은 감상적 관념을 드러내는 1920년대 시인과 구별된다. 시인은 바다풍경의 감각적 향수를 연인과 공유할 뿐만 아니라 일상성을 경험하는 인물의 내면을 구체적 현장성과 구어체로 구현하고자 한다. "바다 바람이 그대 머리에 아른대는구료" "바다 바람이 그대 치마폭에 니치 대는구료", "별안간 뛰여 들삼어도 설마 죽을라구요" 연애는 직접적 만남을 통해 소통을 주체적으로 이끌어가는 관계형성을 전제한다. 이 근대적 관계 맺음, 근대적 문화 공유로서의 연애행위는 구체적 시공간에서 욕망과 의지를 표출하는 바, 일어시와 조선시를 공동작업해야 하는 정지용에게서 연애시의 실험은 조선어의 '언문일치'를 실험, 개척하는 장이기도 했다. '언문일치의 기획'이 음성언어와 문자언어를 일치시키고자 한 것이라면 자유시의 구상은 철저하게 '언문일치'의 욕망을 드러내는 것[21]이다. 정지용은 조선어 자유시에 대한 개척으로 구어체에 좀더 다가가고자 한다. 문자언어에 비해 음성언어가 시인의 내면을 드러내는 데 더 직접적인 매개자가 되기 때문이다. 구어체의 직접적 노출("아른대는구료" "니치 대는구료" "죽을라구요")은 연애의 현장성과 시인의 호흡을 고스란히 현재화하여 풍경과 내면에 대한 '사실적 발견'을 시도한다. 그들의 연애는 성공할 것인가. "젊은 마음 꼬이는 구비도는 물굽이 / 두리 함끠 굽어보며 가비얍게 웃노니" 연애 풍경의 일상적 재현은 근대적 글쓰기 주체의 '자아 표현'이다. 그것은 "우리 인생의 정력뿐으로 된 세계를 만드"[22]는 데 참여하는 일이기도 하다. 즉 연애와

---

21) 임화, 「조선 신문학사론 서설」(『조선중앙일보』, 1935.10.27), 『신문학사』, 348면. 임화는 '언문일치'에의 지향에서 '현실'을 반영하는 현장의 언어에 대한 문학적 모색을 읽어냈다.

연애의 현장을 통해 시인은 '자아의 실감'을 근대시의 시적 현실로 삼고자 한 것이다.

3. 연애의 자기고백과 내면적 징후 — 산문성과 묘사성

정지용 시에서 연애의 감수성은 근대 문화적 취향, 심성(멘탈리티), 시대성에 대한 고고학적 탐색에 가까운 문화 텍스트 해석의 경계들을 넘나들게 한다. 실제 유학당시 다양한 역사적 문화적 조건들이 있었고 그것은 정지용 시에서 다양한 문화적 표상으로 등장한다. 시 「황마차(幌馬車)」에서 도회의 거리풍경은 근대적 시간 안에서의 고달픔과 함께 카페, 은안경, 붉은 벽돌집, 피뢰침, 야경순사, 전등, 황마차 등으로 나타난다. 1920년대 조선 유학생은 서울이 근대도시가 되기 전 일본에서 먼저 근대도시를 접한다.[23]

이제 마악 돌아 나가는 곳은 時計집 모롱이, 낮에는 처마 끝에 달어맨 종달새란 놈이 都會바람에 나이를 먹어 조금 연기 끼인듯한 소리로 사람 홀러나려 가는 쪽으로 그저 지줄 지줄거립데다.

그 고달픈 듯이 깜박 깜박 졸고 있는 모양이 — 가여운 잠의 한 점이랄지요 — 부칠 데 없는 내맘에 떠오릅니다. 쓰다듬어 주고 싶은, 쓰다듬을 받고 싶은 마

---

22) 김동인, 「목숨」, 『창조』 8호, 1921, 28면.
23) 조선사회는 1930년대 와서 20세기 초 시작되던 현대화된 생활과 감각이 일상화되기 시작했다. 1920년대 말부터 네온으로 치장한 상점, 카페가 등장했고 30년대부터는 영화 등 대중문화뿐만 아니라 공업화가 본격적으로 진전되기 시작한다.(김진송, 『서울에 딴스홀을 許하라』, 현실문화연구, 1999, 244~260면 참조)

음이올시다. 가없은 내그림자는 검은 喪服처럼 지향없이 흘러나려 갑니다. 촉촉이 젖은 리본 떨어진 浪漫風의 帽子밑에는 金붕어의 奔流와 같은 밤경치가 흘러 나려갑니다. 길옆에 늘어슨 어린 銀杏나무들은 異國斥候兵의 걸음제로 조용 조용히 흘러 나려갑니다.

　슬픈 銀眼鏡이 흐릿하게
　밤비는 옆으로 무지개를 그린다.

　이따금 지나가는 늦인 電車가 끼이익 돌아나가는 소리에 내 조고만魂이 놀란듯이 파다거리나이다. 가고 싶어 따뜻한 화로갛를 찾어가고 싶어. 좋아하는 코-란經을 읽으면서 南京콩이나 까먹고 싶어, 그러나 나는 찾어 돌아갈데가 있을라구요?

　네거리 모퉁이에 씩 씩 뽑아 올라간 붉은 벽돌집 塔에서는 거만스런 XII時가 避雷針에게 위엄있는 손까락을 치여 들었소 이제야 내 목아지가 쭐 삣 떨어질듯도 하구료. 솔닢새 같은 모양새를 하고 걸어가는 나를 높다란데서 굽어 보는것은 아주 재미 있을게지요 마음 놓고 술 술 소변이라도 볼까요 헬멭 쓴 夜警巡査가 피일름처럼 쫓아오겠지요!

　네거리 모퉁이 붉은 담벼락이 흠씩 젖었오 슬픈 都會의 뺨이 젖었소 마음은 열없이 사랑의 落書를 하고있소 홀로 글성 글성 눈물짓고 있는 것은 가없은 소-니야의 신세를 비추는 빩안 電燈의 눈알이외다. 우리들의 그전날 밤은 이다지도 슬픈지요 이다지도 외로운지요 그러면 여기서 두손을 가슴에 넘이고 당신을 기다리고 있으렷가?

　길이 아조 질어 터져서 뱀눈알 같은 것이 반짝 반짝 어리고 있소 구두가 어찌나 크던동 거러가면서 졸님이 오십니다. 진흙에 챡 붙어 버릴 듯 하오 철업이 그리워 동그스레한 당신의 어깨가 그리워. 거기에 내 머리를 대이면 언제든지 머언 따뜻한 바다울음이 들려 오더니……

······ 아아, 아모리 기다려도 못 오실니를 ······

　기다려도 못 오실 니 때문에 졸리운 마음은 幌馬車를 부르노니, 회파람처럼
불려오는 幌馬車를 부르노니, 銀으로 만들은 슬픔을 실은 鴛鴦새 털 깔은 幌
馬車, 꼬옥 당신처럼 참한 幌馬車, 찰 찰찰 幌馬車를 기다리노니.

「幌馬車」 전문(『朝鮮之光』 2호, 1927.6)

　「幌馬車」는 근대도시 밤풍경의 일상이 도시인의 전형적인 멜랑꼴리
와 함께 제시된다. 대도시의 우울과 불안한 정서는 산문적 흐름으로 연
결되고 조선어 구어체 문장으로 구현됨으로써 풍경을 통한 시인 내면을
언어로 외재화하고 있다. 흔히 내재율이란 한 시인의 개성적인 내면의
흐름이 깃들어 있는 리듬을 의미한다. 내재율과 내면의 흐름은 고백의
형식에 의해 동시적으로 나타나는 현상이다.[24] 고백의 욕망, 고백의 형
식, 고백의 글쓰기는 이와 같은 산문적 내재율을 지니면서 도시인의 우
울이라는 정신적 병리학적 정서를 토로하는 유미주의적 몽상으로 이끈
다. 이렇게 함으로써 정지용의 시는 도시 고뇌의 자유와 억압과 통제의
기제를 자유시의 리듬과 감각으로 형상화한다.
　「幌馬車」는 지용이 도시샤대학 2년 남짓한 세월을 지낸 후 쓴 것으
로 근대적 도시 비오는 밤거리를 산책하면서 도시 풍경과 쫓기는 듯한
근대 시간에 대한 공포, 실연에 대한 아픔을 고백의 산문적 형식으로
드러낸 작품이다. 도시 거리 모퉁이에 시계집이 있고 시계집을 사이에
두고 "가여운 잠의 한 점"처럼 종달새가 처마끝에서 졸고 있고 "가엾은
내 그림자"는 "검은 喪服"처럼 흘러가기만 한다. 시계집과 검은 상복은
도시적 근대를 상징한다. 여기서 상복이 검다는 것은 상복을 근대화된
것으로 치환해 인식하고 있다는 것을 전제한다(조선의 상복은 흰색이므로).

---

　24) 여태천, 「언어의 안쪽과 보편의 세계」, 『미적 근대와 언어의 형식』, 서정시학, 2007,
135면.

"젖은 리본"의 "浪漫風의 帽子"를 쓴 모던한 시적 화자의 시선밑으로 "金붕어의 奔流"같은 밤경치가 흘러간다. 길 옆 "어린 銀杏나무"는 "異國斥候兵"처럼 조용히 흘러간다. "슬픈 銀眼鏡"이 흐릿하여 밤비는 무지개처럼 흘러내린다. 비오는 밤풍경의 고독함은 지용 특유의 감각적 은유로 근대도시의 뚜렷한 상실의 근거 없는 우울과 권태, 우울한 몽상을 도시적 물상으로 구체화한다. 도시 안에서 사물들은 구체적 감각어로 근대적 인공성의 등가물로 재현된다. '내 그림자→검은 상복' '밤경치→금붕어의 분류' '어린 은행나무→이국척후병'에서 거리의 풍경과 사물들은 모두 '도시적 인공물'로 대체, 비유된다. 도회의 물상들은 이미 '인공적 문양'을 지니는 신문물의 신기함과 이질성을 동시적으로 내포한다. "金붕어" "異國斥候兵" "電車" "코-란經" "南京콩" "壁時計" "夜警巡査" "붉은 담벼락" "소-니야" "傳燈"은 모두 새로운 도시문물, 도시 산물이며 표상[25]이다.

도시는 자유롭고 화려한 문화의 다양성을 보장하지만 동시에 소음, 분주함, 혼잡성을 띠기도 한다. 은(銀)안경을 낀 시적 화자는 관찰자적 시선으로 도시거리를 지나가면서 모든 것들이 빗줄기처럼 "흘러나려가"는 도시의 유동성과 소외감과 뚜렷한 이유없는 상실의 영혼을 환기한다. '흘러 내려간다'는 반복적인 이동성은 부유하는 도시적 특성, 그러면서 우울한 몽상으로 흘러가는 것을 지켜보는 도시적 멜랑콜리를 의미한다. 그것은 결국 황홀하면서도 고독한(외롭고도/ 황홀한 심사 「유리창 1」) 도시적 자아의 자기성찰과 고독의 확인이기도 하다. 도시적 일상의 사물들 중 근대적 시간은 시적 화자를 압박하는 공포의 감시체다. 12시를 알리는 붉은 벽돌집 탑의 벽시계를 보며 시인은 "목아지가 쭐 삣 떨어질듯"한 강박증을 느낀다. 시인은 도시적 감시에 장난적 반항을 하듯 소변이라도 볼까 호기를 부리지만 곧이어 "헬멭 쓴 夜警巡査"가 쫓아

---

25) "코-란 經"과 "南京콩"은 다국적 문물의 이입 속에 있던 근대 일본풍경을 암시한다.

올 것이라 염려한다. 도시는 감시체제적 시선으로 가득하다. 시인은 빨간 전등의 눈알처럼 눈물짓고 싶지만 "뱀눈알 같은" 길이 반짝거리며 시인을 감시하는 듯하다.

시인이 도시적 슬픔에 젖은 것은 결국 사랑하는 대상의 상실에서 연유한다. 빗물에 질척거리는 구두가 "진흙에" 착 "붙어 버릴 듯"한 대도시의 소외는 실제 기다리는 "당신"에 대한 그리움 때문이다. 시적 대상은 "동그스레한 당신의 어깨" 품안에 대이면 들리는 "머언 따듯한 바다 울음"으로 구체화되는 육체적 '인격적 당신'이다. 시적 우울과 그리움은 과도한 자기주관적인 감각과 묘사로 도시의 병든 우울과 심미성을 일깨운다. 시인은 "銀으로 만들은 슬픔을 실은 幌馬車"라고 언급하면서 멜랑콜리26)와 예술적 심미를 결합한다. 슬픔은 '은빛'으로 시각화되고 다시 '황마차'로 사물화, 탐미화된다. 사랑하는 연인에 대한 그리움, 상실의 슬픔은 근대적 우울과 예리한 지성, 예술적 창조성과 연결되면서 비루한 자신의 상황에 대한 자각으로 이어진다. 이것이 근대적 도회 슬픔, 새 문물의 신기로움과 이질감, 연애의 실패와 실연의 슬픔 속에서 확립되는 도시적 정체성 인식이다.

정지용은 멜랑콜리로서의 미학적 슬픔을 동사의 반복과 이미지의 중첩을 통해 산문적 고백체로 나타낸다. "흘러나려가는" "흘러나려 갑니다"의 3번이상 중첩적 반복을 통해 내재적 리듬을 체감하도록 시도한다. '흘러가다'의 동사는 "흐릿하게"에서의 /흐/ 음의 반복으로 연결되면

---

26) 사나다 히로코는 "화자의 '못 오실 니'를 근대화, 식민지화로 잃어버린 것들을 회복시켜주는 존재"로 해석하고 있다(『最初의 모더니스트 鄭芝溶』, 역락, 2002, 144면). 「황마차」에서 시적 화자는 도시 배회자의 모습을 띠고 있다. 여기서의 멜랑콜리는 지젝의 말대로 "대상이 처음부터 결핍되어 있는" 어떤 것으로 없는 실재를 그리워하는 근대적 "멜랑콜리"의 패러독스를 내포하는지도 모른다(최문규, 「근대성과 심미적 현상으로서의 멜랑콜리」, 『자율적 문학의 단말마』, 글누림, 2006, 361면에서 재인용). 그러나 정지용 시에서 '동그스레한 당신의 어깨' '당신처럼 참한 황마차'에서 구체화된 당신은 인격적 주체로서의 연인이다. 시인은 시적 대상을 구체적 객체로 호명하는 것으로 이 시를 연인에 대한 실심을 암시하는 감각적 문명시로 등극시킨다.

서 몽롱하고 몽상적인 도회밤풍경의 자의식을 드러낸다. 이어 "파다거리나이다"(문어체) "가고싶어" "까먹고싶어"(반말) "있을나구요?" "~이외다" "~었소" "~있으릿가"(평상어 구어체)를 혼합적으로 섞어 연결지어 상심과 연인의 부재에 대한 분열적 고백체를 자유스럽게 실험하고 있음을 알 수 있다.

도회적 부유성과 연애의 상실감을 '산문적 고백체', '분열적 서술어', '도회 강박적 인공어'로 구체화, 형상화하는 시 문체는 다음 시에서 또 다른 근대적 별리의 풍경을 묘사체 방식으로 드러낸다.

> 수박냄새 품어 오는
> 첫녀름의 저녁 때……
>
> 먼 海岸 쪽
> 길옆나무에 느러 슨
> 電燈.電燈.
> 헤염처 나온듯이 깜박어리고 빛나노나.
>
> 沈鬱하게 울려 오는
> 築港의 汽笛소리……汽笛소리……
> 異國情調로 퍼덕이는
> 稅關의 旗ㅅ발. 旗ㅅ발.
>
> 세멘트 깐 人道側으로 사폿 사폿 옴기는
> 하이한 洋裝의 點景!
>
> 그는 흘러가는 失心한 風景이여니……
> 부즐없이 오랑쥬 껍질 씹는 시름…….
>
> 아아, 愛施利 · 黃!

그대는 上海로 가는구료……

「슬픈 印象畵」 전문(『學潮』 1호, 1926.6)

   도시적 지성이 시각적 주체를 형성할 때 시각적 풍경은 주체의 원근법
적 시계(視界)안에서 내면적 징후를 드러내는 근대적 풍경으로 탄생한다.
시적 화자가 바라보고 있는 관찰자로서의 주체가 해안 바닷가 부두를 바
라보며 풍경을 '묘사'하는 데서 주객의 분리의식이 개입한다. 근대적 시
각장은 주체와 객체의 '거리'를 만들어내고 여기서 묘사와 풍경의 심경(心
景)이 탄생한다. 실제 1920년대 『태서문예신보(泰西文藝新報)』 4호 연재산
문 기획에서 드러나는 것은 "회화처럼 외부대상을 보여주는(showing) 글"에
대한 새로운 욕망이다.27) 실제 「슬픈 印象畵」라는 제목에서 암시하듯 이
기법은 인상주의 회화에 비길 수 있다. 인상주의 회화의 큰 특징은 "어떤
일정한 거리에서 감상해야 하고 사물을 얼마간의 생략이 불가피한 遠景
에서" 그리는 것이다.28) 당시 일본에는 프랑스 유학에서 화가들이 돌아
왔고 인상파풍의 감각표현이 시단에서 획기적으로 인정되었다.29) 대상을
그림그리듯 인상을 보여주는 것은 대상을 바라보는 새로운 '방법적 시선'
임을 암시한다. 주객체의 이분법은 결국 '사실성'으로서의 근대적 거리,
관찰자적 시선이라는 객관화, 풍경의 집중도를 암시한다.
   「슬픈 印象畵」에서 시인은 첫여름 해안 "異國情調로 퍼덕이는" 항구
를 바라고 있다. 첫 여름의 저녁 때는 "수박냄새 품어 오는" 시간으로
후각화되고 "먼 海岸 쪽" 전등은 헤엄쳐 나오는 "물고기 떼"로 비유된
다. 이 항구에서 시인은 누군가와 이별을 해야 하기에 항구의 "汽笛소
리"는 침울하게 울리고 이국적인 세관의 깃발은 한없이 퍼덕이고 있다.
시인은 멀리서 "시멘트 깐 人道側으로 사뿟 사뿟 옴기는 / 하이한 洋裝"

---

27) 김행숙, 「동인지 담론의 주체와 지형」, 『문학이란 무엇이었는가』, 소명출판, 2005, 183면.
28) Arnold Houser, 백낙청 · 염무웅 역, 『문학과 예술의 사회사』 4, 창작과비평사, 1999(개
   정판), 204면.
29) 사나다 히로코, 『最初의 모더니스트 鄭芝溶』, 역락, 2001, 56면.

의 연인을 본다. 시인은 서구 문명의 상징으로 "오랑쥬 껍질"을 씹으며 "失心한 風景"을 바라보고 있다.

「슬픈 印象畵」에서 연인의 떠나감은 인명을 구체적으로 호명하는 것으로 근대적 연애의 사회적 관계를 표출하고 있다. "愛施利 黃!", 여기서 '黃'은 한국인의 성이며 '애시리'는 여자이며 천주교 신자30)라는 것을 암시한다. "하이한 洋裝"으로 "사폿 사폿" 인도를 걸어간다는 점에서 여성일 가능성이 짙다. "그대는 上海로 가는구료"에서 "愛施利 黃"은 신식교육을 받은 신여성이며 국제적 인텔리 부르주아임을 알 수 있다. 여기서 상해라는 국제항에 대하여 상기해볼 필요가 있다. 실제 배는 문명제도와 그것이 이념적으로 상상하는 국제도시에 대한 열망을 품고 있다. 배가 지상에 정박할 때마다 각 지역의 국제도시는 세계체제의 문명과 힘의 위계를 드러낸다. 상하이는 국제도시로서 문명의 힘을 암시한다. 시적 화자는 상해로 떠나는 신식여성31) "愛施利 黃"을 바라보면서 피식민지 주체의 타자성과 별리에 대한 슬픔을 시각적으로 감각화한다. 여기서 별리 장면을 연인의 이별장면으로 볼 수도 그렇지 않을 수도 있지만 근대문물들(세관, 이국깃발, 전등, 오랑쥬, 상해) 속에서 떠나는 여인에 대한 "失心한 풍경"에는 분명 근대적 개인 실연과 이국체험, 식민지 타자성이라는 시대적 슬픔이 함께 함축되어 있다.

「슬픈 印象畵」는 사랑하는 여인을 배웅하면서 슬픈 마음을 인상적 묘사로 재현한 심상시라 할 수 있다. 그 여인은 「슬픈 汽車」의 '미담 R'처럼 구체적으로 인격화된 여인이다. 이것은 소월 · 만해 · 이상화 · 김영랑의 시에 나오는 보편적 연모의 대상 '누이'32)'누나' '마돈나' '임(님)'

---

30) 천주교에서 외래어 세례명을 한국 성과 바꾸어붙여 이름을 부른다는 것을 상기해 볼 필요가 있다.(사나다 히로코, 위의 책, 137면 참조)

31) 연애에서 가장 중요한 것은 연애의 상대다. 연애의 상대는 여학생 혹은 그에 준할 만큼 신학문을 몸에 익힌 여성이 아니면 안 되었다. 그것이야말로 연애가 내건 중요한 룰이었다. 정지용의 경우 일본에서 유학, 즉 봉건적 조선의 가족제도를 벗어나 근대적 신문화의 학생신분이라는 측면이 자유연애의 여건을 만들어주었다.

과 구별된다. 정지용은 구체적 여인과의 연애의 풍경을 근대 도시풍경, 도회문물의 감각어로 형상화한다.

이와 같은 회화적 인상적 묘사체는 새로운 근대문화 풍경의 표상이자 발견이라 할 수 있다. 정지용 이전 조선시인들은 구체적 사물을 사물화하여 보는 것이 아니라 사물에 투여된 선험적 개념을 그리고[33]자 했다. 소월의 「산유화」에서 '시적 묘사'란 단순히 외부 세계를 그리는 일과는 별개이다. 소월은 시적 대상을 통해 사물성을 드러내기보다 관념을 투사시켜 사물을 내면화하려 했다. 사물을 통해 외부세계 그 자체를 발견한다는 것은 곧 근대 시각의 문제이며 지각의 양태를 바꾸는 일이다. 지용은 시적 대상을 그리되 대상 그 자체를 출현시키고자 했고 여기서 시의 묘사는 시각화("하이한 洋裝의 點景"), 후각화("수박냄새 품어 오는/첫녀름의 저녁 때"), 시적 비유("電燈/헤엄처 나온 듯이"), 시각적 형태주의("汽笛소리……汽笛소리……")로 드러난다. 이와 같은 대상에 대한 발견으로 사소하고 평범해 보이는 사물들이 의미있는 것으로 보이게 되었다. 근대시의 시적 인식은 대상을 '선험'으로서가 아니라 대상 그 자체로 드러나게 함으로써 주관과 객관, 내적 경험과 외적 세계를 구분짓고 타자성을 인식함으로써 내적 경험의 직접성과 외적 세계의 연속성을 이끌어 낼 수 있다. 정지용은 대상의 기의(개념, 의미되는 것)를 드러내는 것이 아니라 대상의 생생하고 감각적인 것을 두드러지게 했다. 이것은 근대적 감각 개인으로서 사물을 극주관적으로 묘파하는 방식이다. 즉 시적 비유와 감각화를 통해 '내면을 표현'하는 것이 아니라 그것 자체가 '내면

---

32) 임화의 「네거리의 순이」(『카프 시인집』, 집단사, 1931, 44~54면)에서 " '순이'가 단지 오빠의 여동생일 뿐은 아니라는 점이다. …… 그녀는 '청년의 연인'인 것이다……. 오빠—누이 구조는 청년의 위치를 결정하는 지표이자 …… 문사적 청년으로 변모하기 위한 연파적(軟派的) 연애"의 시원이라 할 수 있다." (이경훈, 「오빠의 탄생」, 『오빠의 탄생』, 문학과지성사, 2003, 44~59면 참조)

33) 가라타니 고진, 『일본 근대문학의 기원』, 민음사, 1999, 28면. 잘 알려진 바대로 고진은 문학의 근대성을 논하면서 '풍경의 발견'을 중요하게 언급한 바 있다.

을 의미'하기 시작했다는 것이다. 이렇게 하여 정지용 시에서 '풍경'은 선험적 개념에서 벗어나 '내면'을 '의미'하는 지적 근대시 인식에 도달하게 된다.

4. 비등하는 연애의 슬픔과 근대 개인어의 발견

근대 초엽 일본으로 유학간 조선지식인 청년은 이국체험에서 피식민 주체 타자체험과 동시에 문명, 도회체험을 하게 된다. 이들에게 근대문명 체험은 실제로 그 이상의 의미를 지니는 것이었다. 서울이 근대도시가 되기 전에 유학생들은 타국에서 근대도시와 조우하고 있었고 정지용도 그 중의 한 사람이었다. 조선청년 정지용에게 일본의 근대문화는 근대 경험의 통로였고 그것은 자신과 조선을 돌아보게 하는 내면 발견, 성찰의 계기 제공원이었다. 근대초엽 조국 근대화를 이끄는 근대 주체는 '청년'이라는 표상으로 드러나는 바 청년, 청춘은 전근대 구습에 대한 저항과 새 시대에 대한 이념의 징표기도 했다. 그리하여 정지용에게서 "나의 靑春은 나의 祖國!"이었고 동시에 근대를 향해 나아가는 "航海는 정히 戀愛처럼 沸騰하'("海峽」)는 청춘의 좌표였다. 결국 정지용은 일본 유학이라는 월경(越境) 체험 속에서 '근대–청춘–항해–연애'라는 등가성을 발견하고 근대적 주체라는 사적 개인과 개인의 감수성, 감각적 시어를 개척해간 것이라 할 수 있다. 일본 이국에서 연애 체험, 연애적 구성이야말로 피식민지 주체의 타자성, 주–객체의 상대성, 근대적 문화어와 감각적 실체를 만날 수 있는 핵심적 계기였다.

본고는 정지용의 1920년대 일본 유학시절 근대문화 문물을 접하고 근대주체로서 연애의 과정을 시로 드러낸 '연애시'를 분석하고자 하였다. 이를 통해 근대 조선어 구어체 자유시를 개척하는 과정을 살피고자 했다. 지금까지 지용 시에 대한 평가 즉 "새로운 감각적인 공간적인 표현"이라는 김기림의 평가를 전제해볼 때 지용 시의 감각성이 일본 유학 시절 영문학 전공, 불란스 상징주의 영향, 일본 시인 하쿠슈의 영향이라는 것을 배제할 수 없지만 그와 동시에 이국에서의 근대체험, 연애적 상황과 피식민주체 인식이 그의 시어에서 조선어의 현대성을 구축하는 중요한 계기가 될 수 있음을 시 텍스트를 통해 살필 수 있다. 즉 지용은 연애 과정 속에서 근대문화와 매체를 향유하고 만끽하면서("넥타이는 시언스럽게 날리고"(「甲板 우」) 동시에 '슬픈' 피식민지 주체의 인식("金단초 다섯 개 달은 자랑스러움 내처 시달픔,/아리랑 쪼라도 찾어 볼가, 그 전날 불으던//아리랑 쪼 그도 저도 다 닞었읍네"(「船醉」, 1)을 분명히 확인한다. 연애과정은 자아와 타자라는 관계형성을 전제로 하기에 시인은 연애의 현장성을 통해 미숙한 근대적 주체에서 현실적이고 구체적인 자기인식으로 나아가게 된다. 「幌馬車」, 「슬픈 印象畵」에서 실연과 별리의 과정은 주체와 객체의 거리설정을 통해 근대적 자아로서 외부적 풍경과 내면의 거리를 인식하는 과정을 보여준다.

무엇보다 연애의 과정은 섬세한 감성의 분열점이며 근대적 삶의 구체적 일상과 스타일을 향유하는 문화적 조건이라는 점이다. 지용은 이 일련의 연애시를 통해 문명어(일상어), 인공어, 도시감각어를 구현할 수 있었고 이는 조선시의 근대시 개척의 일환이 된다. 실제 지용은 시어에서 이질적인 것들의 비유적 중첩, 도시적 인공성, 이미지의 비약, 내면 고백체로서의 내재적 리듬을 보여준다. 그는 김기림의 말대로 "하여라" "있어라"식의 낡은 리듬을 버리고 내재적 리듬을 창조했다.[34]

1920년대 황석우 시에서 '애인'은 '나의 이상적인 모델'로 그려지는 바 시인에게 여인은 현실적인 인물이라기보다는 시인이 추구하는 이상

---

34) 김기림, 「1933년 시단의 회고」, 『조선일보』, 1933.12.7~12.13.

적인 가치의 표상이다. 1920년대 조선의 낭만파 동인들이 '애인'에 매달린 것은 낭만적인 사랑이 신문화의 자유의식과 연관되기도 하지만 그것이 예술의 계기가 될 수 있다고 믿었기 때문이다. 1926년에 나온 한용운의 시집 『님의 沈默』도 연애 열풍이 한창이던 때와 연관이 있다. 그러나 이들에게 연애에 대한 열망은 있었지만 구체적 주체와 객체의 사회적 관계라 칭할 수 있는 '연애' 사건를 시화하는 경우는 없었다 할 수 있다. 정지용의 유학시절 연애시는 '월경'한 상태의 자유로움, 연애의 구체적 사건, 근대매체와 문화 환경이 수반되면서 탄생하게 된다. 지용에게서 연애사건을 시 텍스트로 구성하는 과정은 피식민지 주체의 자기인식을 형성하고 각인하는 분명한 계기이며 근대 문화매체를 통한 의사소통의 기능적 분화와 새로운 글쓰기의 분기점이다. 이렇게 하여 조선의 근대시는 '연시'에서 '연애시'로 이행하게 된다. 연애의 구체적 대상에 대한 연모와 그것에 대한 글쓰기는 정지용의 시에서 편지글 형식의 시 「五月消息」, 「엽서에 쓴 글」 등에서 나타난다.("梧桐나무 꽃으로 불밝힌 이곳 첫여름이 그립지 아니한가?"(「五月消息」), "누나, 검은 이 밤이 다 희도록 / 참한 뮤— ᅎ—처럼 쥬므시압"(「엽서에 쓴 글」)) '편지'와 '엽서'라는 소통 형식 자체가 체신부를 통해 전달되는 근대매체의 상징이다. 지용은 시에서 '서신 형식'의 '구어체'와 '묘사체'를 시 텍스트 안으로 전유해온다. 편지글 형식이라는 자아와 타자의 구체적 구성 즉 연애의 사회적 관계구성은 시적 사아의 '감수성의 분열'이지 '새로운 감수성의 분기점'이라 할 수 있다. 편지글 형식의 시 쓰기는 연정의 내면을 개인적 감각으로 표출하는 조선어 구어체 실현의 중요한 지점이라 할 수 있다. 피식민지 주체의 타자성, 조국에 조혼한 처를 둔 데서 '이미' 전제된 '실패할 연애의 서사'는 조선유학생 정지용에게서 또다른 주변인으로서의 자기 감수성의 분절화를 경험하게 한다. 그것은 한국 근대시에서의 감각어, 인공어, 문명어, 구어체를 생산하는 흥미로운 정치적 문화적 알리바이이다. 월경한 지식인 청년의 식민지적 멜랑콜리, 우울증적 연애시는 예술적 창작

과 주관적 감각성을 발견하고 한국 근대시에서 도시적 내면과 형식을
일치시키는 조선어 현대시의 기원으로 개화해 간 것이다.

제2장 신경쇠약증과 언어적 심미성에 관한 일 고찰

1. 일제 하 근대자본 / 신체 / 신경증

이 글은 정지용 시에 나타난 근대적 주체와 신경증의 연관성, 근대적 자아의 주체형성과 관련된 신경쇠약과 언어의 문제를 살피는 것을 목적으로 한다. 지금까지 정지용 시에 대한 평가는 김기림의 평가, 즉 '시각적 이미지'를 발견한 '최초의 모더니스트'라는 시각을 논의의 출발점으로 삼아 왔다. 실제 정지용 시는 당대 시 중에서 새로운 감각과 회화성이라 명명할만한 사물의 감각적 탐구와 의식을 보여주었다. 관념과 경험을 이미지의 물질성과 감각으로 대체하는 이미지즘의 수사학은 사물의 감각적 현상을 넘어 새로운 시어의 혁명이라 할 만한 징표가 된다. 정지용의 시는 후기시 「백록담」에 가서 '산'이라는 공간을 통해 동양적 정신세계로 귀착한 전통주의라는 연대기적 논의가 지속되어 왔다. 특히 1930년대 후반 '文章'지와 관련되어 지용은 '전통'과 '근대'라는 이중적 미의식을 동시적으로 성취한 시인으로 평가되기도 한다.[1] 그러나 실제 초기 「카페프란스」에서 보여주는 피식민주체 유학생 지식인의 불안정한 타자의식과 결핍감은 후기 시편 「백록담」으로 나아가서도 여전히 여진처럼 잔존해 있었던 바 이와 같은 그의 불안의식[2]은 그의 후기 산문 시편 「호랑나븨」, 「삽사리」, 「盜掘」, 「禮裝」, 「나븨」 등에서 긴장감과 불안의식으로 나타난다.[3] 정지용 시의 불안증은 식민지 근대성이라는 자체의 근본적 모순과 연관되어 있으며 이와 같은 의식의 전개는 단순히 '미시적 사실주의' '무사상의 기교주의'라는 기존 이미지즘에 대한 비난에서 벗어나 정지용 시의 사회성을 보여주는 단면이 될 수 있다. 지용 시가 사물의 단면과 이미지의 즉물성을 넘어서 사상성, 사회성을 담보하는 당대지식인의 '윤리성'으로 사회현실을 상징화하고자 한 점에 주목할 필요가 여기에 있다.[4] 시는 지용의 말대로 "생활과 사상성"[5]을 지녀야하고 "위축된 정신이나마 정신이 조선의 자연풍토와 조선인적 정서 감정과 최후로 언어 문자를 고수"해야겠기에 지용은 "시를 쓸 수

---

1) 이선이, 「정지용 후기시에 있어서 전통과 근대」, 『우리문학연구』 제21집, 우리문학회, 2007.

2) 이에 대하여 신범순은 정지용 초기시의 자아를 '헤매이는 주체'로 언급한 바 있다(신범순, 「정지용 시에서 병적인 헤메임과 그 극복의 문제」, 『한국현대시의 퇴폐와 작은 주체』, 신구문화사, 1998). 그 외 이형권, 「정지용 시의 '떠도는 주체'와 감정의 차원─시적 자아의 이국정조와 슬픔을 중심으로」, 『한국문학이론과 비평』 제19집, 한국문학이론과비평학회, 2003.6; 졸고, 「정지용 시의 데카당티즘과 지적 허무」, 『정지용 시의 미학성』, 소명출판, 2004 참조.

3) 이에 관한 논의로 사나다 히로코의 논문은 매우 의미있는 논문이다.(사나다 히로코, 「鄭芝溶 후기 散文詩의 象徵性과 社會性에 대한 고찰」, 『어문연구』 제10권, 한국어문교육연구회, 2001.6)

4) 실제 지용은 "『백록담』을 내놓은 시절이 내가 가장 정신이나 육체로 피폐한 때다. 여러 가지로 남이나 내가 내 자신의 피폐한 원인을 지적할 수 있었겠으나 결국은 환경과 생활 때문에 그렇게 된 것이었다…… 친일도 배일도 못한 나는 山水에 숨지 못하고 들에서 호미도 잡지 못하였다"고 고백하는 바 있다(정지용, 「조선시의 반성」, 『문장』 제27호, 1948.10). "정치성 없는 예술까지도 일제 극악기에 이르러 고갈하여 버리고 일부 절조 상실자들이 자진하여 「국민문학파」적 강권에 협력함에 따라 조선시는 압살되고 말았던 것이다."

5) 정지용, 『산문』(『정지용 전집』 2), 민음사, 2003, 351면.

없는 정세하에 무위칩거하기"보다 시를 써서 "조선시의 悠遠한 기준"을 세우길 원했다. "조선시를 쓴다는 것만으로도 신변의 협위를 당하게 되"6)는 시절 식민지 지식인의 갈등과 우울은 검열과 탄압을 피해 시 텍스트 안에서 숨겨진 상징과 애매함, 병치의 방식으로 진행되었으니 후기 시편에서 보여주는 강한 상징성들은 그 예증들이라 할 수 있다. 지용은 프롤레타리아 예술파처럼 견고한 정치적 입장을 갖고 있지 않았던 터라 그의 시에서 민족적 정서나 사회현실성은 '서정적 징후'처럼 내재하게 된다. 이를테면 "첫새끼를 낳노라고 암소가 몹시 혼이 났다. 얼결에 山 길 百里를 돌아 西歸浦로 달어났다. 물도 마르기 전에 어미를 여힌 송아지는 움매─움매─울었다. 말을 보고도 登山客을 보고도 마고 매여달렸다. 우리 새끼들도 毛色이 다른 어미한틔 맡길 것을 나는 울었다."(「백록담」) "이 말은 누가 난줄도 모르고 / 밤이면 먼데 달을 보며 잔다" (「말 1」)에서 나타나는 '고아콤플렉스'를 환기해볼 수 있다. 이와 같은 불안증은 지용 시에서 일종의 모더니즘적 자의식과 내면화 경향으로 나타난다. 그것은 '감각'과 '사회성'의 결합이라 할 만하다.

1920년대 일본 도시샤 대학으로 유학 간 정지용은 이미 식민지 본토에서 「카페프란츠」의 극적인 무기력과 자아 분열의 혼란 속에서 "오오, 이국종강아지야 / 내발을 빨어다오 / 내발을 빨어다오"라고 토로한 적이 있다. 근대적 일상에서 '카페' 공간은 근대성의 경험적 징후라 할만한 근대적 '멜랑꼴리'를 체험하는 공간이었던 바 식민지 지식인은 유학시절 비로소 도시적 삶의 아이러니를 내재화하게 된다. "子爵의 아들도 아모것도 아"닌 "남달리 손이 히여서 슬프"기만 한 시인은 자기연민의 결벽증과 파편화된 존재로서의 우울로 극단적 신경증의 가학과 피학의 토로를 한다.

정지용 시에서 이러한 신경 쇠약적 징후는 근대지식인들의 특징적

---

6) 정지용, 위의 책, 350~351면.

감수성의 극단으로 등장하는 바 병리적 증상으로서 이것은 시 텍스트 상에서의 '신경증적 히스테리'의 '상징성'으로 등장한다. 일제강점기 하 조선사회는 이미 "기묘하고 뒤틀린 근대"[7]라는 병리성과 이상심리가 심화되던 시기였고 시적 정서에는 병적인 불안의식이 억압체험으로 내 재화되던 때였다. 강제되고 수입된 문명화의 과정에서 도시적 삶과 일 상은 개인을 분절하고 고립시켰으며 소외와 주체 분열은 근대초기 문화 적 개인의 상황에서 거의 보편적인 수사가 되었다. 신경쇠약은 문명과 근대성이 시작되는 과정에서 자본주의하 육체가 갖게 되는 정신적 과정 으로 기능했다. 대중문화와 산업이 부상하는 과정에서 문화적 변천을 대하는 인간의 불안감은 질병의 양태를 촉발시킨다. C. 한스컴은 자본주 의 하 인간 육체가 다양한 신체적 증상의 발생으로 억압과 전환이라는 정신적 과정을 겪는 것을 역사적 시점으로 설명하고 있다.[8] 식민지 지 식인들은 식민지 근대 상황이라는 사회적 갈등을 겪고 있었다. 근대의 이중적 체험이 질병(병리)의 내적 원인이라면 일제 침략과 그로 인해 겪 는 억압이 외적 요인이라 할 수 있다. "계급적 민족적 격차의 어두운 현 실과 그 현실에 내재한 모순들의 대립은 모더니즘문학에서 병리적 특 징"[9]으로 드러난다. 1930년대 한국모더니즘 문학에서 보여주는 복합적 병리적 구조는 이에서 비롯된다. 이상의 시와 소설, 박태원 소설에서 나 타나는 공간의 폐칩과 순환 반복성, 일탈과 고립감, 이상 징후와 퇴폐, 성도착 등의 방식은 이러한 근대 자본주의 사회 일제 침략하의 사회 병 리적 상황에 대한 육체적 정신적 징표라 할 수 있다. 그런 점에서 '신경 쇠약'은 개인적인 것과 근대성이 지닌 모순, 그리고 압박감 사이의 관계 를 나타내는 형상으로 재현되고 있다.[10] 식민지 문학에서 신경쇠약 증

---

7) Massal Burman, 윤호병 · 이만식 역, 『현대성의 경험』, 현대미학사, 1994, 212~347면 참조.
8) C. Hanscom, 손광수 역, 「근대성의 매개적 담론으로서 신경쇠약에 대한 예비적 고찰— 박태원의 단편소설을 중심으로」, 『한국문학연구』 29집, 한국현대문학연구학회, 2005, 152 면 참조.
9) 한만수, 『모더니즘문학의 병리성 연구』, 박이정, 2002, 58면.

후는 신체/정신, 근대 매혹/환멸, 식민/탈식민이 복합적으로 중첩된 질병적 모델이자 물질적 은유인 것이다. 식민지 시대 문학작품에서의 신경증 병리적 현상은 프로이드 사상에서의 신경증(the neuroses), 히스테리(hysteria)와 구분되는데11) 이는 식민근대라는 특수한 상황에서 강요된 근대체험, 다양한 계급, 민족의식에 의해 상이한 방식으로 전유12)되는 것과 관련 있다. 식민지문학에서 리얼리즘이 외적 존재들의 갈등에 몰두했다면 모더니즘 문학은 내적 자아의 혼란과 갈등, 자아 분열현상에 집중하게 된다. 정지용 시의 모더니티는 자아로의 침잠, 그로 인한 내면적 개인의 보존과 해체라는 측면으로 나아간다. 그리하여 정지용은 근대문명지식에 대한 당대(1920, 30년대) 담론으로서의 신경증에 대하여 '지적 반응'으로서의 신경증을 언어화 한다. 지적 반응으로서의 신경증은 시 안에서 은유와 상징으로 암시되는 바 그것은 상징적 애매함, 언어의 파편화, 자아의 분절과 불일치의 양상으로 전개된다. 이는 정지용 시의식의 사회성과 윤리성에서 비롯된다. 지용은 지적 내출혈로서 식민근대현실에 대한 타자의식을 드러내고자 했다. 그것은 신체적 강박, 의식의 신경증으로 표출된다. 강박적 요소는 모더니즘 시의식에서의 불안과 연결되면서 '근대적 시언어의 감각'과 '심미성'을 확보하는 미학적 근거가

---

10) C. Hanscom, 손광수 역, 위의 논문, 151면. 프로이드와 브로이어는 "순수한 형태의 히스테리나 강박 신경증은 보기 드물고 보통은 불안 신경증과 결합되어 나타난다"고 보았다. 그러나 이 증상은 다양한 요인에서 나올 수 있음을 말한다.

11) 프로이드 사상에서 신경증과 히스테리는 도시적 삶과 사회적 진보, 교양있는 지성인들과 성적인 과잉 등에 밀접한 관계를 맺고 있는 질병이다.

12) 신경쇠약에 해당하는 증상들에는 "심리 통제 결핍", 무의식적 발화(하나를 말하고 다른 것을 의미하는 경우, 말 실수 등), 공포증, 신경성 소화불량, 피로, 그리고 "남성 질병"(유정(遺精), 발기부전, 전립선 요도의 과민)으로부터 두피의 압통, 동공 확장, 두통, "이명 현상", 과민성 증상, 무기력, 얼굴을 자주 붉힘, 이와 잇몸의 압통, 마약 욕구, 피부 건조, 삼키기 어려운 증상, 복통, 기후 예민, 국소적 마비, 간지러움, 하품 그리고 동안(the appearance of youth)에 이르기까지 폭넓게 걸쳐 있다.(George M. Beard, *A Practical Treatise on Nervous Exhaustion(Neurasthenia):Its Symptoms, Nature, Sequences, Treatment*(New York : William Wood&Company, 1880, 12면))

된다. 정지용 시에서의 신경증적 은유와 상징은 당대 신경증이라는 의학적 징후에 반응하면서 그러한 의학적 징후를 시적 전략으로 삼고자 한 결과였다. 지용은 식민지 근대현실에 대한 사회의식을 전략적으로 드러내고자 한 것이다. 이러한 식민지 근대에 대한 전략적 분열은 식민지 근대에 대한 일종의 '노이즈'로서 현실에 대한 저항지점을 노정하는 것이기도 하다.

2. 신경증의 유행과 지용 시의 불안 상징

근대화 과정에서 도시의 탄생, 문명의 제 현상들은 신경체계를 압박하는 주요인이다. 현대성의 급격한 변혁 속에서 주체가 가치와 사회적 공간의 변화 과정에 적응하지 못할 때, 사회적 유동과 근대 도시 안에서의 무수한 소음과 풍경들에 혼돈을 느낀다. 이를테면 전동차의 종소리, 버스가 움직이며 내는 소리와 속도, 군중이 뚜벅거리며 발을 스치며 걸어가는 소리, 노동기계의 작동음 소리 등은 신경력을 소진시키며 결핍시킨다는 것. 실제 조선에서 1920년대 후반과 30년대 초반 동안에 신경쇠약에 대하여 씌어진 글들이 있다.

현재문화에 눈이 열리어 복잡한 사정을 가진 우리들은 필경은 신경쇠약 병을 면치 못하고 잇습니다······ 국민의 실질을 더하게 하야 신경쇠약이 점점 늘어갈 뿐입니다.[13]

---

13) 안종길, 「신경쇠약은 봄철에 심하다—병 되는 원인을 잘 살피고 속히 퇴치해야 된다」, 『동아일보』, 1929.4.5. 이어 의학전문가인 안종길의 「신경쇠약은 어떤 병인가—특히 청년기에 많은 영적 신경쇠약에 대하여」(『동아일보』, 1934.2.26) 글이 연재되었다.

신경쇠약은 근대화 과정에서 매우 포괄적인 증상이며 주의산만, 피곤, 공포증 등으로 구성된다. 신체증상, 심리적 증상에는 기억능력에서 나타나는 단절, 기억의 오류, 기억 속에서 무언가를 떠올리는 데 필요한 시간의 증가 등이 있다. 신경쇠약은 도시에서 교육받은 지식인들 사이에서 성행했다. 식민지 지식인청년에게 삶에 대한 무기력, 도시적 삶을 타락의 지점으로 보면서 느끼는 불안감, 근대적 세속화에 대한 존재적 공포의식이 무엇보다 중요한 계기가 되었다.

1930년대 당시 조선사회는 신경쇠약에 대한 담론이 무성했던 바[14] 그것은 "동양"이 근대적 생활에 동반하는 "서구적인" 도덕과 제도 형태를 받아들이지 못하는 측면과 관련 있다. 즉 신경쇠약은 개인과 사회체제 간의 관계, 식민과 근대체제라는 상황과 연관되면서 '전환의 심리적 메커니즘으로부터 증상이 발생하는 과정의 복잡성'과 함께 나타난다.

신경쇠약은 문명진보에 대한 지식인의 과민증세이며 신문물을 수혜받은 자의 육체적 징후이다. 계몽기 춘원은 「문사와 수양」[15]에서 "문사라 하면 '학교를 졸업하지 말 것' '무론 술, 붉은 술에 탐닉할 것' '두발과 의관을 야릇이 할 것' '신경쇠약성 빈혈성 용모를 가질 것' '불규칙 불합리한 생활을 할 것' 등의 속성을 가진 인물"을 의미하게 되었다고 비판했다. 근대문학기에 춘원이 바라던 지사적 청년은 차츰 문사적 청년으로 변모중이었으니 '문사적 청년'의 특징은 '데카당적인 우울'과 룸펜의식, 그리고 신경쇠약성 빈혈성 용모를 가져야 하는 것이었다. 정지용 시 「카페 프란츠」에서 "남달리 손이 히여서 슬프"다는 토로는 빈혈성 용모에 대한 신체적 은유이자 청년지식인의 육체적 표식이기도 했다. 창백하리만큼 흰 피부, 섬세하고 긴 손가락, 그리고 퀭한 두 눈 등은 모

---

14) 안종길, 「신경쇠약은 어떤 병인가」, 『동아일보』, 1934.2.28; 안종길, 「신경쇠약은 어떤 병인가」, 『동아일보』, 1934.3.4.

15) 이광수, 「문사와 수양」, 『창조』 제8호, 1921, 14면.

두 신경쇠약의 증상을 나타내는 것으로 젊은 남성 가운데 두드러지는 증상이다. 이는 무능력과 허약한 체구(마치 폐렴에 걸린 환자처럼)로서 타인과의 교류를 차단한 채 심리적 신체적 신경증을 앓는 근대 지식인 청년의 초상이다.

식민지 현실에 대한 지용 시의 사회성은 일제 현실의 압제 속에서 텍스트 표면에 직접적으로 등장하지 않는다. 신경증의 신체적 증상의 발생 과정은 '억압(repression)'과 전환(conversion)이라는 정신적 과정으로 드러나는데 그것은 지용 시에서 상징성으로 함축된다.

> 할머니
> 무엇이 그리 슬어 우십나?
> 울며 울며
> 鹿兒島로 간다.
>
> 해여진 왜포 수건에
> 눈물이 함촉,
> 영! 눈에 어른거려
> 기대도 기대도
> 내 잠못들겠소.
>
> 내도 이가 아퍼서
> 故鄕 찾어 가오.
>
> 배추꽃 노란 四月바람을
> 汽車는 간다고
> 악 물며 악물며 달린다.
>
> 「汽車」 전문

'고향'에 대한 발견이 근대이후에 와서 비로소 가능해졌다는 사실은 이미 익숙하다. 근대와의 접촉을 통해서 비로소 고향과의 분리가 가능해졌고 자신이 속해있는 공동체를 볼 수 있는 거리가 확보되었다. 근대 도시의 탄생은 곧 농촌 고향의 탄생과 발생지점을 같이 한다. 향토를 기억하는 것은 민족을 집단적 일체감으로 상상, 확인하는 방식이며 또한 농촌은 한없는 심미적 대상으로 포착되며 상상되는 민족 윤리적 거점이 된다.[16] 정지용이 일본유학시절 쓴 「향수」(1927)에서 궁핍한 농촌현실이 서정적 아름다움으로 압도되는 자족적 공간으로 상상되어지지만 실제 조선으로 돌아와 발견하게 된 현실은 가혹한 식민지 현실에서의 조선농촌이었다.("고향에 고향에 돌아와도 / 그리던 고향은 아니러뇨 // …… // 어린 시절에 불던 풀피리 소리 아니나고 / 메마른입술에 쓰디 쓰다. // 고향에 고향에 돌아와도 / 그리던 하늘만이 높푸르구나." 「故鄕」, 1932)

「汽車」는 고향으로 돌아가는 기차 안에서 할머니의 울음, 그것을 보고 있는 시적 화자의 불면, 이가 아픈 통증, 노란 배추꽃 사월바람의 상냥함과 대립되는 "악 물며 악물며 달리"는 기차의 울분 같은 속도로 전개된다. "내도 이가 아퍼서 / 故鄕 찾어가오"에서 '이가 아픈' 증상은 신체적 통증이자 심적 서글픔에 대한 상징이라 할 수 있다. 상징적 통증은 강박적 신경증으로 나타난다.

> 우리 옵바 가신 곳은
> 해님 지는 西海 건너
> 멀리 멀리 가섰다네.
> 웬일인가 저 하늘이
> 피ㅅ빛 보담 무섭구나!
> 날리 났나. 불이 났나.
>
> 「지는 해」 전문

---

16) 오성호, 「향수와 고향, 그리고 향토의 발견」, 『한국시학연구』 제7호, 한국시학회, 2002, 168~171면 참조.

2음보격 6행의 민요형식으로 된 동시적 구성이다. 어린 누이를 시적 화자로 설정하는 방식은 지용 시에 자주 등장하는 요소다(「엽서에 쓴 글」, 「무서운 시계」). '옵바'는 근대 주체이자 청년의 상징이다. 근대 이후 부모 -자식의 수직적 위계는 오누이관계라는 상대적 평등, 수평적 청년적 연대의 관계로 치환된다. 아들과 딸이 동등한 위치에서 소통하는 것 자체가 가부장적 질서를 수호하는 부모와 가문의 논리에서 벗어난다. 어린 누이와 오빠의 수평적 관계는 구시대를 거부하는 근대적 양상, 자본과 과학과 기차가 질주하는 등질적 근대공간에서 발명된 근대적 관계의 출발이라 할 수 있다.[17] 임화 시 「네거리의 순이」, 「우리 옵바와 화로」에서 오빠-누이의 구조는 단순히 혈연적 오빠 여동생의 관계가 아닌 조국-청춘, 민족-근대로 이어지는 일종의 청년적 연대로서의 시대정신이라는 점을 상기해볼 수 있다. '옵바-누이'의 연대는 '청년=조국'의 맥락적 사실을 담보한다. 여기서 "나의 청춘은 나의 조국"(정지용 「海峽」)이라는 등가가 형성된다.

그런 점에서 「지는 해」에서 "우리 옵바"는 다분히 정치적 현실적 의미를 지니고 있다. "우리 옵바"는 "멀리 멀리" 떠나갔고 그 떠나 간 곳은 "서해 건너"(상해, 임시정부)이다. 지는 해의 붉은 빛은 서해 건너간 오빠 있는 곳에 대한 상징적 두려움과 겹쳐진다. '붉은 빛'을 보며 시적 화자는 "피 빛 보담 무섭구나! / 날리 났나. 불이 났나"라는 감각과민(emotional keennss)의 공포에 휩싸인다. 감정의 억압보다는 부정과 불안, 강박 신경증적 심리를 '피빛' '난리' '불'형상으로 드러낸다. 불안 신경증은 시대적 상황에 대한 상징적 전제만을 암시한 채 주체를 압박하는 위협과 함께 불안의 한 기표로 이미지화된다. 4음절 2음보의 규칙적 리듬의 민요형식은 어린 누이의 극도의 공포감을 강화한다.

---

17) 이경훈, 「오빠의 탄생-식민지 시대 청년의 궤적」, 『오빠의 탄생』, 문학과지성사, 2003, 50~55면 참조.

불 피여으르듯하는 술
한숨에 키여도 아아 배곺아라.

수저븐 듯 노힌 유리 컵
바쟉 바쟉 씹는대도 배곺으리.
(…중략…)
빨어도 빨어도 배곺으리.

술집 창문에 붉은 저녁 해ㅅ살
연연하게 탄다, 아아 배곺으라.

「저녁 해ㅅ 살」(『詩文學』 2호, 1930.5) 중에서

붉은 저녁 햇살은 위험스러운 문명 진보에 대한 두려움을 더욱 가중시킨다. 지용에게서 신경쇠약은 붉은 것들의 물질적 환기와 약화된 신경체계를 짓누르는 결핍감으로 다가온다. "불 피여" 놓은 듯한 술을 "한숨에" 들이 "키여도" 시적 화자는 배고프다고 말한다. 놓여 있는 "유리 컵"을 "바쟉 바쟉 씹는대도" 배고프다고 말한다. 유리컵을 바쟉 바쟉 씹는 강박증 혹은 억압과 전환의 메카니즘, 육체적 증상은 결코 채워지지 않는 결핍감, 공복감으로 드러난다. 술집 창문에 붉은 햇살이 "연연하게" 타는 것을 보며 시인은 강박적인 공복감을 느낀다. 정지용은 정신적 혼란을 득정한 마음의 이미지나 암시, 붉은 해, 붉은 노을, 붉은 열을 내는 술의 물질성으로 매개하면서 그의 불안증으로서 심리적 메카니즘을 드러낸다. 결국 불안정한 정신적 결핍감은 정지용 시에서 심리적 상징으로 물질화되며 감각화 된다.

3. 근대의 '시간-시계', 불안과 공포

옵바가 가시고 난 방안에
숫불이 박꽃처럼 새워간다.

산모루 돌아가는 차, 목이 쉬여
이밤사 말고 비가 오시랴냐?

망토 자락을 녀미며 녀미며
검은 유리만 내여다 보시겠지!

옵바가 가시고 나신 방안에
時計소리 서마 서마 무서워.

「무서운 時計」 전문

　「지는 해」에서 보여주는 시적 화자의 불안과 강박증은 옵바가 떠나
간 뒤 방안 공간의 밀폐감, 공포감으로 다시 반복된다. 하얗게 점점 익
어가는 숫불의 불길은 의식의 가열화 과정을 동시적으로 보여준다. 어
린 누이의 홀로 남은 외로움은 숫불이 점점 하얗게 사그라들 듯 두려움
과 공포로 변해간다. 공포와 두려움은 '목이 쉰 자동차 소리' '밤에 오
는 비' '망토 자락' '검은 유리' '무서운 시계소리'라는 어둡고 적막한
매개로 상징화된다. 오빠가 떠나가고 난 상실감 속에서 숫불은 점점 사
위어진다. 검은 유리차창을 내어다 보는 망토입은 오빠의 모습과 대비
해 홀로 남은 누이는 재깍거리는 시계소리에 자지러질 듯한 공포감을
느낀다. 흔히 어두워지는 방안은 시적 자아의 잠재의식이나 무의식 공
간을 상징화한다. '방안 / 바깥', '내면 / 현실', '누이 / 오빠' 사이의 긴장
적 대립구도는 시계의 재깍거리는 소리의 규칙성으로 나타난다. 오빠가

떠나간 방안은 지나치게 고요하여 시계소리의 초침소리가 방안 전체로 퍼지면서 자의식의 극단적 가열(沸騰)을 환유한다.

「무서운 시계」도 「지는 해」와 마찬가지로 어린 누이를 시적 화자로 설정하면서 동화적 동시 운율을 동반한다. 하지만 2음보 3음보의 반복으로 진행되는 시의 리듬감은 오히려 시계음의 규칙적 동질성과 호흡을 맞추면서 심리적 흡착과 단말마적 고립감을 더욱 고조시킨다. "서마 서마 무서워"는 시계소리의 무서움을 의성어(의태어)로 직접화시키면서 지용 시어의 참신한 조어를 다시 한번 보여준다. 상실감에 대한 강박적 두려움은 시계 초침소리와 같기도 하고 무서움에 떠는 모습 같기도 한 "서마 서마"라는 독특한 부사어[18]로 첨예한 자의식적 공포를 물질화, 감각화한다.

근대성의 불안함과 불안정의 윤리는 근대체험의 가장 중요한 발현 양식이라 할 수 있다. 이상심리인 '불안정의 윤리'야말로 오히려 근대의 불협화과정 속에서 균형을 찾아가려는 자의식의 윤리라 할만하다.

시계소리는 과학기술이 보장해주는 낙관과 진보에 담겨있는 균질화된 삶의 명확한 징표로 존재한다. 도시 청사 주위에 설치된 시계탑은 상인의 시간이 도시의 시간을 장악하게 되었음을 뜻한다. 시계탑은 도시의 권력과 결부된 새로운 시간성의 상징으로 부상한다. 그것은 전근대의 종교적 시간, 농경사회의 자연적 시간이 아닌 또 하나의 인위적 시간이 도시 안에 자리 잡게 되었음을 뜻하는 것이다. 이것이 도시의 시간이 된다.[19] 그야말로 근대적 시간성은, 사람들마다 갖는 삶의 고유성과 이질성을 허용하지 않는 균질한 시간에 대한 강요 내지 지배라 할 수 있다.

시간의 통제와 강제는 정지용의 시 「황마차」에서 분명하게 드러난다. "네거리 모퉁이에 씩 씩 뽑아 올라간 붉은 벽돌집 塔에서는 거만스런

---

18) 류소영, 「정지용, 무서운 시계에 대한 한 읽기」, 『시와시학』 통권18호, 1995 여름, 시와시학사, 73면.
19) 이진경, 『근대적 시, 공간의 탄생』, 푸른숲, 2002, 55면.

Ⅻ時가 避雷針에게 위엄있는 손까락을 치여 들었소 이제야 내 모가지가 쭐 뻿 떨어질듯도 하구료." 도시 네거리를 지키는 간수처럼 "붉은 벽돌집" 시계탑은 통금 12시를 알리며 시적 화자를 통제 감시한다. "위엄있는 손까락을 치여 들"자 "내 모가지가 쭐 뻿 떨어질 듯" 시인은 위축된다. 시계를 통해 개체를 관리 감독 감시 규율하는 권력적 기계는 시간을 교환, 분배, 소비 생산함으로써 우리 삶을 자본주의의 화폐적 형식과 결합하게 한다. 인간 신체 행동은 시간적 등가성으로 구분되면서 노동과 비노동의 시간을 구분하고 생체적 리듬의 분할을 균질화한다. 그러나 시인은 "마음 놓고 슬 슬 소변이라도 볼까요"라고 말하며 시계의 위엄 있는 감시에 반항하기도 한다.[20] 도시의 시계탑은 그야말로 존재의 보편적 형식이 아니라 공동 삶의 리듬 자체를 형식화한다. 공동 삶의 리듬이 거꾸로 사회적 시간의 선험적 조건이 되어버린 것이다.

시계적 시간은 자본주의 노동, 일상의 문제, 주체적 개인의 자율제한과 관련되어 자신을 규정하고 억압하는 엄밀한 감시의 조감도를 만든다. 정지용 시에서 시계와 관련된 강박증은 다음 시에서 극단적 신경증으로 도래한다.

한밤에 壁時計는 不吉한 啄木鳥!
나의 腦髓를 미신바늘처럼 쫏다.

일어나 쫑알거리는 「時計」를 비틀어 죽이다.
殘忍한 손아귀에 감기는 간열핀 목아지여!

---

20) 정지용 시에 나타난 문명과 근대의식에 대한 논문으로 김명옥, 「정지용 시에 나타난 현대문명과 도시성」(『비평문학』 12호, 한국비평문학회, 1998.7); 이수정, 「정지용 시에서 '시계'의 의미와 '감각'」(『한국현대문학연구』 12, 한국현대문학회, 2002.12) 등을 들 수 있다. 특히 이수정은 정지용 시에 나타나는 부정적 근대성의 은유로서 시계이미지를 주목하면서 정지용 시의 감각문제를 다루고 있다.

오늘은 열시간 일하였노라.
疲勞한 理智는 그대로 齒車를 돌리다.

나의 生活은 일절 憤怒를 잊었노라.
琉璃안에는 설레는 검은 곰 인양 하품하다.

꿈과 같은 이야기는 꿈에도 아니 하란다.
必要하다면 눈물도 製造할뿐!

어쨋던 定刻에 꼭 睡眠하는것이
高尙한 無表情이요 한趣味로 하노라!

明日! (日字가 아니어도 좋은 永遠한 婚禮!)
소리없이 옴겨가는 나의 白金체펠린의 悠悠한 夜間航路여!

「時計를 죽임」(『카톨닉청년』 5호, 1933.10) 전문

정지용 시에서 시계, 시간에 대한 두려움과 공포는 지속적으로 드러나고 있는 바 여기서 시간은 근대화의 속도와 균질적 규율 체계의 상징으로 나타난다. 한밤 벽시계는 정각시간을 알릴 때마다 탁목조처럼 딱따구리 소리를 낸다. 시계는 화자의 "腦髓"를 "미신바늘처럼 쫏"는다. 새의 부리로 머릿속을 쫓는 듯한 의식의 과민증은 일어나 "쫑알거리는 「時間」을 비틀어 죽이"는 과격한 정신적 분열에 사로잡히게 한다. 근대인의 하루는 '시간'으로 화폐화되고 형식화된다. 시인은 "오늘은 열시간 일하였노라"라고 말한다. 근대적 시간으로 조율되는 시인의 하루는 신경증과 피로감으로 온종일 톱니바퀴를 돌리고 있다("齒車를 돌리다"). 시인은 "憤怒"마저 잊었다고 말하고 "琉璃안에 설레는 검은 곰 인양 하품"하는 권태로운 포오즈를 취한다. "정각에 꼭 睡眠하"고 "필요하다면 눈물도 製造"하는 "高尙한 無表情"의 근대인, 시인은 시계라는 광물성,

근대적 기계 톱니바퀴에 끼어 함께 돌아갈 수밖에 없는, 시계의 치차를 돌리는 근대적 시간에 유폐된 자아이다.

기술적으로 시계의 발전에서 중요한 계기가 되었던 것은 태엽이었는데 그것은 힘을 축적했다가 조금씩 풀어나가는 기계라는 의미에서 탈진기(脫進機)라 하기도 했다. 밤 시간 벽시계의 딱따구리 소리에 잠을 깬 시인은 시계로 말미암아 태엽의 힘이 풀리듯 돌아가는 고된 근대적 피로와 탈진을 맞는다. 시간은 자본주의의 화폐적 형식과 결합하여 우리의 삶을 좀 더 정확히 좀 더 빨리, 좀더 길게라는 구호로 몰아붙인다.21) 빠름은 신체를 끌어당기는 중력이나 관성의 힘으로 '속도의 파시즘'을 만들어낸다. 밤 시간 움직이는 시계소리는 탁목조(딱따구리)의 소리처럼 예민한 신경을 쪼는 듯 투통을 불러온다. 날카로워진 신경으로 화자는 "미신 바늘"(미싱마늘)이 뇌를 쫓는 듯한 극단적 두통에 시달린다. 똑딱거리는 소리는 시간의 균질화와 속도와 진행을 강박하는 규율의 권력체가 된다 "나의 白金체펠린은 한 밤에도 "소리없이 옮겨가는" "悠悠한 夜間航路"를 멈추지 않는다. 여기서 '탁목조-초침소리-미신바늘' '시계의 움직임-야간행로'와 같은 시적 은유가 발생한다. 「時計를 죽임」은 근대적 시간의 기계적 반복, 균질한 관리체계에 대한 소외 심리와 신경증, 의식을 쪼이는 듯한 시계에 대한 강박증을 보여주는 시다.

4. 근대 지식으로서의 의학과 질병의 심미성

처마 끝에 서린 연기 따러

---

21) 이진경, 앞의 책, 57~61면 참조.

葡萄순이 기여 나가는 밤, 소리 없이,

가믈음 땅에 시며든 더운 김이

등에 서리나니, 훈훈히,

아아, 이 애 몸이 또 달어 오르노나.

가쁜 숨결을 드내 쉬노니, 박나비 처럼,

가녀린 머리, 주사 찍은 자리에, 입술을 붙이고

나는 중얼거리다, 나는 중얼거리다,

부끄러운줄도 모르는 多神教徒와도 같이.

아아, 이 애가 애자지게 보채노나!

불도 약도 달도 없는 밤,

아득한 하늘에는

별들이 참벌 날으듯 하여라.

「發熱」(『朝鮮之光』 69호, 1927.7) 전문

  일제하 서구적 의료체계 도입에 의해 조선사회는 민간요법과 한의학 체계를 서구 근대적 의료체계로 대체하게 된다. 이제 신체는 부모의 혈연적 매개로서의 물질성이라기보다는 근대 의료과학 시스템에 의해 관리되어지는 개체적 물질성으로 여겨지게 된다. 대한결핵협회의 자료에 의하면 일제 시대 한반도 질병사의 두드러진 특징은 세균성 전염병의 창궐이다.[22] 지용의 시 「유리창 1」이 어린 딸의 죽음을 소재로 하고 있다는 것을 전제한다면 위 시는 발열하고 있는 어린 아이의 몸을 보면서 가쁜 숨을 내쉬고 있는 화자의 급박함을 드러낸다. 세균이 질병의 원인으로 설명될 때 근대는 시각감각의 재편성을 통해 주체의 시선으로 새롭게 확립된다. 세균의 존재는 생로병사가 과학적으로 증명 가능한 가시적 영역으로 포섭되는 어떤 것으로 이해되게 만들었다.[23] "포도순이

---

22) 대한결핵협회 편, 『한국결핵사』, 대한결핵협회, 1998, 194면. 이 시기 대표적인 세균성 질병은 콜레라, 이질, 두창, 결핵, 성병 등이었다. 결핵은 1930년대에 환자수가 50~60만에 이르렀고 한 해에 조선에서 5~6만이 이 병으로 죽어갔다.

23) 김미영, 「일제하 한국 근대소설 속의 질병과 병원」, 『우리말글』 37집, 우리말글학회,

기여나가는 밤" "더운 김"처럼 "애 몸이 또 달어 오르"는 밤, "가쁜 숨결을 드내 쉬"는 아이의 머리맡 "주사 찍은 자리에" 화자는 입술을 붙이고 중얼거린다. 지용이 천주교신자이면서 자신도 모르게 기도를 드렸던 것인데 너무나 급박한 마음에서 시인은 "부끄러운줄도 모르고 多神敎徒와도 같이" 중얼거린다. "애가 애자지게 보채"는 밤, 발열의 긴박함은 근대적 병과 치료와 위생의 체계 속에서 시적 화자의 분열증적 면모를 보여준다. "별들이 참벌"처럼 날아오르는 듯한 환각과 정신의 혼미, "주사 찍은 자리에" "입술을 붙이고" 부끄러운 줄도 모르고 중얼거리는 화자의 신경증은 "불도 약도 달도 없"이 고열을 앓고 있는 아이를 보면서 어떤 일도 할 수 있는 막막함 속에서 생겨나는 현기증과 발열이라 할 수 있다. 화자는 '조선=불결=질병 / 서구=근대의료=위생'의 경계에서 "다신교도"처럼 자신도 모르게 중얼거리는 정신분열증적 이상 징후로 나아간다. 질병은 근대 / 전근대 사이 길항과정에서의 신경증을 드러내는 상징적 매개가 된다. 여기서 '별 → 참벌' '혼절적인 중얼거림 → 다신교도의 광적인 기도'라는 시적 은유가 발생한다.

1930년대 후반을 배경으로 하는 박완서의 자전적 소설 「엄마의 말뚝」에서 비근대적 전통 의학 때문에 남편을 잃게 된 '엄마'가 근대적 지식을 자녀들에게 습득시켜가는 과정으로 고군분투하는 모습이 그려진다. 소설에서 진행되듯 전근대에서 근대로 넘어가는 이 이행기에서의 신경증은 우선 '질병'에 대한 서구 의학적 접근, 유리창(안경알)의 날카로운 반사 빛이라는 매개로 등장한다. 이는 근대에 대한 매혹이자 동시에 두려움이라는 이중적 전제를 담보하게 한다. 이러한 이중성 속에서 질병은 붉은 꽃처럼 만개하는 도시의 불빛으로 감각화된다.

　　눈보라는 꿀벌떼 처럼
　　닝닝거리고 설레는데,

<hr>

2006.8, 332면.

어느 마을에서는 紅疫이 躑躅처럼 爛漫하다.

「紅疫」(『가톨닉청년』 22호, 1935.3) 중에서

　　지용시에서 '붉은 빛'은 앞에 「지는 해」 「저녁 햇살」에서 보았듯 불
온한 환각의 신경증을 대변한다. 눈보라가 꿀벌떼처럼 닝닝거리는 감각
적 겨울밤에 "紅疫이 躑躅처럼 爛漫하"는 황홀한 불안감은 신경증이야
말로 오히려 심미적 근대성을 가능하게 하는 과민의 감각성이라는 것을
보여준다.

　　내어다 보니
　　아조 캄캄한 밤,
　　어험스런 뜰앞 잣나무가 자꼬 커올라간다.
　　돌아서서 자리로 갔다.
　　나는 목이 마르다.
　　또, 가까이 가
　　유리를 입으로 쫏다.
　　아아, 항안에 든 金붕어처럼 갑갑하다.
　　별도 없다, 물도 없다, 쉬파람 부는 밤.
　　小蒸汽船처럼 흔들리는 窓.
　　透明한 보라ㅅ 빛 누뤼알 아,
　　이 알몸을 끄집어내라, 때려라, 부릇내라.
　　나는 熱이 오른다.
　　뺨은 차라리 戀情스레히
　　유리에 부빈다, 차디찬 입마춤을 마신다.
　　쓰라리, 알연히, 그싯는 音響 —
　　머언 꽃!
　　都會에는 고흔 火災가 오른다.

「琉璃窓 2」(『新生』 1931.1) 전문

식민지 시기 지식인의 질병은 주로 신경쇠약이었다. 캄캄한 밤 화자는 "뜰앞 잣나무가 자꼬 커올라가"는 듯한 환각을 본다. "돌아서서 자리로 갔"지만 목이 마르다. "또, 가까이 가/ 유리를 입으로 쫓다." 유리창에 갇힌 화자는 어항에 담긴 "金붕어처럼 갑갑하다." 도시의 밤, 방안이야말로 과민한 주체의 자의식과 신경증이 극도로 달하는 공간이다. "별도 없"고 "물도 없"고 "쉬파람이 부는 밤" 적막한 밤, 유리창안 방안은 "小蒸汽船처럼 흔들리는" 항로 위의 작은 배와 같다. 열이 오르며 불안과 공포와 자학적 공격에 시달리는 화자는 격렬한 신경증적 강박 속에서 "알몸을 끄집어내라, 때려라, 부릇내라"라고 비명을 지른다. 발열의 극한에서 유리창의 차가움에 기운을 얻고자 한다. 창문 밖 유리창에는 "고흔 火災"가 "머언 꽃"처럼 피어난다. 지용 시에서의 붉은 이미지, 발열, 꽃("紅疫이 躑躅처럼" 「發熱」), 화재("날리났나 불이 났나"(「지는 해」) 이미지는 극단적이고 모호한 불안과 공포의 표징이라 할 수 있다. '발열' "紅疫"은 '붉은 꽃("躑躅")'으로 비유되면서 관능화, 심미화된다. 근대의 질서처럼 주체를 위협하는 도회의 불빛은 일종의 강박적 불안의 기표가 된다. 목마른 갈증, 금붕어처럼 유리에 입을 쪼는 행위, 발열로 온 몸이 부어오른 과정들은 신경쇠약이 육체적 질병과 더불어 정신적 질환이라는 것을 알게 한다. 도회문명은 프로이트가 「에로스와 문명」에서 언급한 바 극도의 불안과 두려움, 상실감을 느끼게 하는 것이며, 문명의 억압은 병리적 신경증의 확산을 더 증대시키는 것.

지용의 신경증은 '유리창'을 통해 방안과 방 바깥의 공간을 구분하고 '유리'의 광물적 차가움 속에서 외부의 객체와 내부의 주체 사이의 의식을 조율하는 과정으로 나아간다.

落葉 벗은 山莊 밤 窓유리까지에 구름이 드뉘니 후 두 두 두 落水 짓는 소리 크기 손바닥만한 어인 나븨가 따악 붙어 드려다 본다 가엽서라 열리지 않는 窓 주먹쥐어 징징 치니 날을 氣息도 없이 네 壁이 도로혀 날개와 떤다 海拔 五

天哎 우에 떠도는 한조각 비맞은 幻想 呼吸하노라 서툴리 붙어있는 이 自在畵 한 幅은 활 활 불피여 담기여 있는 이상스런 季節이 몹시 부러웁다 날개가 찢여진채 검은 눈을 잔나비처럼 뜨지나 않을가 무섭어라

「나븨」(『文章』 22호, 1941. 1) 중에서

근대의 유리창은 갇혀있는 내부에서 외부에 대한 '시선'을 탄생하게 한다. 외부로의 시선은 거리의 산책으로 이어지고 '풍경의 발견'으로 이어진다. 지용의 과민한 의식은 이상과 박태원처럼 거리로 나가 배회하지 않고 대개 '방안' 공간이라는 자의식적 공간에 갇혀 있으며 유리창을 사이에 두고 '방안'과 '방 밖'이라는 내부와 외부 사이 경계에서 첨예화된다. 방안/방 밖의 장소적 구분은 곧 '내면의식/현실세계'라는 의식구조를 공간화한다. 근대 유리창이 제공하는 것은 보는 자로서의 '특권적 지위'인 바 보는 주체는 타자에 대한 응시로서 '주체적' 지점을 지니게 된다.[24] 근대적 시선 체제는 대상을 관찰하고 그것에 대해 판단하는 주체의 시점을 형성하면서 대상으로서의 '세계'를 발견하게 한다.

정지용 시에 나타나는 '유리창' 시리즈(「유리창 1, 2」), 갇힌 유리창을 통해 바라보는 자의 시선("砲彈으로 뚫은듯 동그란 船窓으로/눈섶까지 부풀어 오른 水平이 엿보고"「海峽」, "琉璃도 빛나지 않고/窓帳도 깊이 나리운 대로ㅡ"「紅疫」, "잠살포시 깨인 한밤엔/창유리에 붙어서 엿보노라."「별 1」, "뜨인 눈에 하나차는 영창"「달」, "琉璃에 차고 슬픈 것이…… 지우고 보고 지우고 보아도"「琉璃窓 1」)은 내부 고정점에서 대상을 정확하게 포착하려는 '주체형성'의 시선이다. '유리'는 밖을 보는 매개이다. 동시에 밤이 되면 거울로 변해 결국 자기 자신에 대한 또 다른 시선을 작동시키기도 한다. 그것은 나르시시즘 혹은 자기인식이라는 성찰적 반성적 근대시선의 체제라 할 수 있다. 이상과 박태원의 시선이 외부와 바깥의 순환 반복운동 속에서 빚어지는 불안의 순환운동이라면 정지용의 경우 시선은 타자의 응시를 통해 끊임없

24) 이진경, 『근대적 시·공간의 탄생』, 푸른숲, 2002, 113~116면 참조.

이 자기의식을 작동시키는 자아에 대한 강렬한 집착과 나르시시즘적 고찰이다. 시적 화자는 "山莊 밤 窓유리"에 "손바닥만한 어인 나븨가 따악 붙어" 방안을 들여다보고 있는 것을 본다. "열리지 않는 窓"을 향해 "주먹쥐어 징징 치는" "날을 氣息도 없이" 날개로 떠는 이상한 "비맞은 幻想." "날개가 찢여진 채 검은 눈을 잔나비처럼 뜨"는 이 이상한 나븨에 대한 불안증은 곧 대상 응시에서 비롯되는 주체 해체의 불안증이기도 하다. 이때 '손바닥만한 나븨'는 "비맞은 幻想"으로 비유되며 "날개가 찢어진 채 검은 눈을 잔나비처럼 뜨"는 불안증의 상징으로 상징화된다. 결국 '유리창'은 외부와 내부를 단단하게 차단하면서도 투명한 투시력으로 시각적 소통을 가능하게 하는 이중적 매개인 바 지용은 이 '유리창'이라는 근대적 매개를 통해 자아인식과 동시에 자아해체를 경험한다. 이는 근대주체의 위기이자 정립이자 불안한 자아의 강박적 시선이기도 하다.

궁극적으로 신경쇠약의 시적 형상화 방식은 식민지 근대성 자체의 근본적인 모순을 암시한다. 즉 그것은 도시지식인의 예민하고 위험한 징후이면서 근대화의 표지이다. 정지용은 이와 같은 과잉된 신경증으로서 식민지 근대에 대한 사회적 관심을 상징화하고자 한다. 당대 유행하던 신경쇠약이라는 애매한 질병을 시 안에서 문학적 신경증으로 전이하면서 시대에 대하여 지적으로 윤리적으로 반응하고자 한 것이다.

5. 결론

1930년대 심리주의 소설에 등장하는 인물들은 대부분 지식인이며 이들은 대개 병리적 개인으로 불안증, 좌절과 절망, 무기력과 방황, 고독감을 잃고 있다. 이는 더 나아가 정신분열, 퇴행과 퇴폐, 실존의 고통으로 나아갔다. 최명익, 최서해 등의 작품에서 불행한 생활 상실자인 지식인들은 그로테스크한 진술을 반복함으로써 병리적 개인임을 드러낸다. 방황과 퇴폐, 신경증은 소설 텍스트에서 지극히 주관적 '관념의 나열'로 이어지기도 한다. 이상 시는 언어적 실험성, 파편화와 몽테쥬적 중첩을 드러낸다. 일본 유학 당시 일본 모더니즘의 영향을 받은 정지용은 모더니즘적 개인, '내면화된 현실'이라는 자아의 세계와 감각의 세계를 받아들이면서 조선현실 '강제된 근대화'에 대한 '심리주의적 방식'을 드러낸다. 이미 「카페프란츠」에서 근대적 공간 카페에서의 분열증적 불안을 암시한 바 있다. 지용은 식민지 근대라는 왜곡을 직면한 식민지 지식인 청년으로서 이상 징후인 '신경쇠약' '신경증'을 시에서 보여준다. 정지용은 시에서 당시 근대지식인의 병리적 징후로서의 신경증 담론을 '지적 반응'의 신경증으로 언어화 하고자 했다. 지용은 당대 신경증 담론을 전유하여 시를 쓰면서 시어의 어구 배치와 은유를 가져왔다. 지용 시에서 신경증 징후는 시창작 방식으로서 모더니즘적 자아의 분열증과 동시에 시대에 대한 시적 전략과 표명이었다 할 수 있다. 지용의 신경증의 시적 은유들은 피처럼 붉은 색 이미지, 발열, 현기증, 근대적 기계와 매개로 상징화되면서 식민지 근대의 병리적 이상심리를 보여준다. '시계' '유리창' 이미지는 근대 기계, 광물질적 매개이자 동시에 식민지 규율권력의 상징적 은유이다. 시인은 시계와 유리창, 질병 등을 통해 근대의 매혹과 환멸이라는 현기증과 발열에 직면하게 되는 것이다.

한편으로 붉은 이미지에 대한 환각과 시계의 초침소리에 대한 신경쇠약은 근대화에 대한 매혹과 제국주의에 대한 저항이라는 양가적 의미를 지닌다. 특히 질병에 대한 태도는 식민지 지식인의 근대적 교육과 과학 문명의 결합을 상징하는 근대적 의료지식의 구비를 계층적으로 구분지음으로써 근대 지식으로 인한 신분변동의 새로운 변수로 작용하게[25] 만들었다. 질병의 이름과 병원을 둘러싼 외래어는 조선인의 신체와 의식뿐만 아니라 근대지식의 습득 유무에 따른 계급적 구분을 재편성하게 하였으니 근대 지식인의 신경쇠약은 근대적 지식과 식민지 현실의 타자화 사이에서 길항하는 근대지식인의 표징인 것이다.

그런 점에서 심리적 이상성, 신경쇠약 질병의 문제는 단순 병리적 개인의 문제가 아닌 당대 사회와 관련성이 있다. 식민과 근대라는 이 두 가지의 이질적인 것과의 대면은 의식의 극단적 착종현상을 일으키며 개인을 극단적 불안증, 공포증, 과민한 자의식으로 몰아간다. 요컨대 신경증은 '근대지식'의 표징이면서 지식인의 계급적 표식인 셈이다. 정지용 시에서의 '붉은 색'의 상징성, 예민한 감각과 비유("琉璃안에 설레는 검은 곰" "항안에 든 金붕어" "躑躅"같은 "紅疫"의 만발, "머언 꽃" "도회의 火災" "小蒸氣船"처럼 흔들리는 창) 등은 정신병리적 자아의 필요이상의 과민, 집착, 이상의 관심에서 비롯된 것이니 일제하 신경쇠약에 걸린 문학적 개인은 미적 근대성이라 할 수 있는 '심미화된 미의식'을 발견하는 극단적 분기점이 된다. 시에서 신경증이라는 심리주의적 방식은 자의식을 더욱 예민하게 함으로써 근대적 극주관성의 심미성, 감각성을 확보하게 하는 미적 근거가 된다. 그런 점에서 지용 시에서의 정신 병리적 탐구는 지용 시가 구사한 모더니즘 문학의 미적 자의식, 심미적 근대를 추적하는 한 지점이 될 것이다.

---

25) 김미영, 「일제하 한국 근대소설 속의 질병과 병원」, 『우리말글』 37집, 우리말글학회, 2006.8, 332면.

제3부
오장환, 풍경과 핍진의 언어

제1장 식민지 지식인의 근대 풍경에 대한 내면의식과 시적 양식의 모색

1. 근대 풍경과 근대 시적 양식

한국 근대문학연구가 사조와 동인지별 분류를 통해 작가연구에 접근하려 한 데에는 이유가 있었다. 임화의 '이식문학론'[1]을 굳이 언급하지 않더라고 근대문학의 성립과정은 외래사조의 도입과 적용을 통한 근대문학의 성립이라는 수순을 거쳐 올 수밖에 없있고 그 기운데 한국문학사는 리얼리즘, 모더니즘, 전통주의라는 경향으로 분류되면서 설명되어 왔던 바였다. 그러나 서구 문학이론을 직선적으로 대입하는 시각은 실제 작품이 가지는 근대의 다양한 복수적 주체 체험과 의식을 설명해 줄 수도 없거니와 오히려 단선적 사조이론에 작품을 틀지워 작품해석을 한계 지워버리는 우를 범해 왔다. 1930년대 후반 김기림이 "조선에 있어

---

1) 임화, 『문학의 논리』, 학예사, 1940, 819면.

서 지금까지 신문화의 코스를 한마디로 요약한다면 그것은 근대의 추구였다"고 말한 것처럼 조선문학의 핵심적 과제는 '근대'였다. 그러나 근대성에 대한 접근은 서구 이론의 추상적 이념적 지표로 확인될 수 없는 실제 조선적 근대의 경험적·사회적·역사적 조건 속에서의 확인이 필요하다. 무엇보다 근대문학의 성립과정에서 '조선의 민족문학'이란 점에 주목할 필요가 있는 것이다.

이와 같은 사조 당파적 연구 중심의 문학사에서 혼선적 위치에 있는 시인이 오장환이다. 오장환 시를 리얼리즘으로 설명하려는 입장2)은 그의 시를 진보주의적 열망 속에 자리매김하면서 해방 후 그의 정치적 행보와 정치적 선동시를 해방 전 시인의식이 연장 확장된 것으로 설명하고 있다. 실제 해방 전 오장환의 시론3)에는 계급의식과 사회주의 문학에 대한 의식이 잠재되어 있다. 동경에서 붉은 시를 쓴 체험,4) 계급혁명에 대한 소망, 혁명시인 에쎄닌의 흠모 등이 이를 증명해주는 바 오장환은 형식을 중시하는 모더니즘을 비판하면서 신경향파나 카프를 진정한 신문학으로 인정5)하기에 이른다. 그러나 해방 전 오장환의 진보주의적 시론과 달리 실제 시에서 보여주는 퇴폐와 과잉된 자의식은 오히려

---

2) 최두석, 「오장환의 시적 편력과 진보주의」, 『오장환전집』(최두석 편), 창작과비평사, 1989; 박윤우, 『한국 현대시와 비판정신』, 국학자료원, 1999.
3) 김영철, 「오장환 시론 연구」, 『건국어문학』 15호, 건국대 국어국문학연구회, 1991. 김영철은 오장환의 진보주의적 시론과 문학관을 살피면서 현실지향의 사회주의 리얼리즘으로 결론짓고 있다.
4) 오장환, 『병든 서울』, 정음사, 1946.7, 53면. "그 뒤에 나는 / 동경에서 신문배달을 하였다 / 그리하여 붉은 동무와 / 나날이 싸우면서도 / 그 친구 말리는 붉은 시를 썼다"(「나의 길」 중에서)
5) 오장환, 「문단의 파괴와 참다운 신문학」, 『조선일보』, 1937.1.28. "신문학을 찾으면서도 신문학이 되지 못하고 그 생명력까지 잃은 치명적인 결점은 신문학이란 결국 형식에서 발전을 그치었기 때문이었다……. 외화의 충동만으로 창작에 대한 태도를 하여 왔기에 주요한 가장 주요한 인간의 본질과 창작의 내용을 잊어버렸다……. 참으로 신문학이란 무엇이냐! 나는 그것을 형식만으로서 新字를 넣어두고 싶지 않다. 습관과 생활이 그러하여서도 그랬겠지만 대체의 인텔리라는 작가들은 모조리 창작방법에서 내용을 잊은 것 같다."

"소시민적 모더니즘"6)이라는 평가를 받기에 적합한 것이기도 했는데 이와 같은 관점에서 오장환 시를 모더니즘으로 설명하려는 시도 또한 있어왔다. 서준섭7)은 모더니즘의 요소 중 하나인 퇴폐적 요소에 주목하면서 오장환 시의 문명비판적 주제 구현에 대하여 논의하고 있다. 그 외에 송기한8)은 해방 전 오장환이 모더니스트에서 해방 후 리얼리스트로 전향했다 언급하기도 했다.

그러나 특정시인을 어느 사조와 관련지어 논의하는 태도는 주체와 영향관계를 단순 대입하는 것9)으로 실제적으로 근대의 역사적 조건과 작품의 의미생산을 설명해낼 수 없다는 점이다. 오히려 문학연구는 '조선적 근대'가 놓인 역사적 과정을 살피면서 근대성의 자장 속에서 작품의 근대적 양식들을 고려해야 할 것이다. 당대의 현실적 조건 속에서 문학적 감수성과 양식의 변화, 이를 통한 한국문학 역사적 지표와 방향성을 살피는 것이 중요하다. 특히 1930년대 후반 한국문학에서 가장 중요한 과제는 '민족적 양식으로서의 문학' '근대문학의 양식의 완성'에 있었다. 임화와 김기림의 기교주의 논쟁, 김기림의 모더니즘 반성과 근대 파산 선언 등은 한국문학 근대 기획에 대한 치열한 모색의 결과였던 바다.

---

6) 김춘식, 「낭만주의적 개인과 자연 전통과 발견」, 『한국문학의 전통과 반전통』, 국학자료원, 2003, 32면.

7) 서준섭, 『한국모더니즘문학연구』, 일지사, 2000. 이외에 이승훈, 『한국모더니즘시사』, 문예출판사, 2000.

8) 송기한, 「오장환 연구─시적 주체의 의미 변이에 대한 기호론적 연구」, 『관악어문연구』 15집, 서울대 국어국문학과, 1990.12.

9) 오성호는 오장환이 모더니즘과 리얼리즘 사이에서 동요하다 결국 리얼리즘으로 귀착되는 시적 행로를 밟아왔다는 기존의 논의가 평면적 대입이라 전제하면서 그의 시가 변화되어가는 전체적인 양상, 내적 동인을 검토, 변화의 근저를 관류하는 지속적인 특징을 밝혀내려 한다(오성호, 「「성벽」에서 「붉은 산」까지의 거리─오장환 시의 변모과정에 대한 연구」, 『민족문학사연구』 6호, 민족문학사학회, 1994). 이명찬은 당대 시문학을 리얼리즘이나 모더니즘 일방으로만 설명할 수 없다는 입장에서 오장환 시에서 시공간적 의미를 살피고 있다(이명찬, 「오장환 시의 시공간적(視空間的) 특징」, 『중한인문과학연구』 8호, 중한인문과학연구회, 2002).

오장환 시는 당대 조선에 있어 '근대'를 받아들이는 식민지 지식인 청년의 문학적 자의식과 근대문학의 양식에 대한 모색의 극점을 보여주고 있다. 사실 오장환의 시론과 그의 시를 일치시킬 수도 없으려니와 대입하여 시작품을 살필 필요도 없다. 시론은 작품을 해석하고 시인의 지향세계를 탐지하는 보조적 의미를 지닐 뿐 시론 자체가 시인의 작품세계로 환원되어 설명될 수 없다. 시와 시론이 등가적 관계일 수 없듯 리얼리즘과 모더니즘이 오장환 시세계를 결정짓는 핵심이 될 수 없다. 그것은 오장환 시에 대한 연구라기보다 오히려 사조 연구에 가깝다 할 수 있는 바 오장환 시에서의 근대성, 근대적 체험에 대한 시적 양식 연구가 무엇보다 필요한 것은 이러한 연유에서다.

당시 지식인들은 리얼리즘과 모더니즘의 문학적 신념을 형상화하려는 이론 실천적 입장보다 근대적 삶이라는 식민지 현실과의 대면 속에서 새로운 문화를 흡수한 '인테리겐차'라는 자기인식에 직면해 있었다. 숙지하는 바 현대문화의 주체를 담당하는 식민지 지식인들은 교육과 계몽을 통해 민족적 힘을 키우는 선각자적 민족주의의 입장을 취하면서도 동시에 제국주의를 통해 선진 자본문화를 수용하지 않을 수 없는 문화적 열등감에 사로잡혀 있었다.[10] '지식인'이었기에 사회비판적 인식을 지녔지만 그 근대의 '지식'으로 인해 식민지 조선의 현실과 봉건폐습에 좌절할 수밖에 없는 필연적 균열에 사로잡히게 되는 것이다. 근대적 지식과 교양 자체가 자본주의의 세속성에 대하여 대립적 입장이며 그런 점에서 근대 '지식인'의 불안과 우울증은 근대지식인의 '본질적인 속성'이기도 한 것이다. 이상의 소설 「날개」에서 '아달린, 아스피린'이 근대 위생학을 대표하는 상표의 상징이지만 동시에 근대주체의 병리학적 우울의 실체, 신경증의 극단적 상징이 되기도 한다. 식민지 지식인에게 근대는 문화적 문명적 상표이면서 '아달린 / 아스피린'[11]처럼 혼돈을 일으

---

10) 김진송, 『현대성의 경험-서울에 댄스홀을 허하라』, 현실문화연구, 1999, 166면 참조.
11) "모더니스트 이상에 의해 극단적으로 표현된 "아스피린, 아달린, 아스피린, 아달린,

키며 사회적 허무와 무력감으로 몰아가는 음울한 기표이기도 했다. 식민지 현실에서 지식인은 실천적 의미가 철저하게 거세된 채 자본 문명의 피로와 윤락의 현장 속에서 회의와 불안의 모더니티를 만끽할 수밖에 없었는데 오장환 시가 보여주는 퇴폐성, 도시문명의 불안에 대한 관찰과 자기 비탄은 이에 대한 가장 극명적 시적 인식을 보여준다.

오장환과 동세대에 속하는 백석은 잃어버린 민족공동체의 구어체적 방언의 세계를 통해 시원적 향수공간을 복원하려 했다. 정지용은 시어에 대한 현대적 감각을 성취하면서 도시문물('유리창' '시계' '기차')에 대한 관심을 암시하고 있다. 이에 반해 오장환은 식민지 자본주의의 일상생활과 세태에 대한 정밀한 포착을 통해 시대인식을 육체화한다. 김남천은 근대 자본주의가 삶의 영역에서 육체화되어 나타난 표현을 풍속이라고 한 바[12] 있는데 오장환 시는 일상적 삶의 영역, 근대적 인간 삶의 기저에서 발생하는 문화적 환경에 대한 세심한 시적 주목인 것이다. 무엇보다 오장환 시에서 식민지 지식인의 균열적 자의식, 인간적 면모로서의 일상, 근대적 일상의 미세한 기저층을 살필 수 있다. 그렇다고 하여 본 논문이 최근 근대문학 연구의 한 흐름이라 할 수 있는 풍속과 문화 연구를 지향하고 있는 것은 아니다. 오히려 본 논문은 식민지 자본주의 현장에서 식민지 지식인 룸펜이 대면하게 되는 근대의 풍경을 근대적 양식으로 모색해 나아가는 그 양식과 시적 방식에 대하여 주목하고자 한다. 그런 점에서 이 글은 식민지 지식인의 신경증적 우울증과, 그 문학적 양식의 모색에 대한 탐구라 할 수 있다.

맑스, 말사스, 마도로스, 아스피린, 아달린"이 의미하는 단절적이고 분열적인 외침은 상실, 좌절, 망설임, 자기기만, 히스테리, 혐오감, 소외, 탈출, 부적응, 거짓, 위선, 조소, 환멸, 불안, 환각, 퇴폐, 광기, 매춘, 불모, 공허, 빈곤, 고독, 비관, 절망, 우울, 향락 등등의 의식들이 지식인들을 지배하고 있었다는 것." 김진송, 앞의 책, 133면.

12) 김남천, 「일신상의 진리와 모랄 (5)」, 『조선일보』, 1938.4.22.

2. '에로, 그로, 넌센스', 문명의 방식과 방식적 전유

1930년대 지식인들은 식민지 조선에서 자본대중문화가 비극적이고 외래 의존적이며 퇴폐적이라는 것을 감지하고 있었다. 근대의 거리에는 대중들을 기만하는 각종 흥행물이 넘쳐나고 향락적이고 저급한 대중문화가 유행했다. 군중의 일원으로서 모던 보이와 모던 걸이 근대의 환경에서 새로운 군중의 감수성과 변화를 주도하였다. 패션과 카페에서 현란한 네온사인과 무리지어 몰려다니는 야경꾼들 속에서 새로운 문명은 충격적으로 다가왔다. 기괴한 느낌만으로 다가오는 근대도시의 퇴폐적인 풍경과 군중체험을 대표하는 말로 '에로, 그로, 넌센스'13)라는 말이 유행했다.

1930년대 근대문물이 조선의 대중문화 깊숙이 육박해오고 있을 때 조선의 대중들은 새롭게 '욕망'과 '육체'를 발견하게 된다. 군중의 변화된 감수성과 욕망의 자본주의적 변이에 대하여 풍자적으로 언급하는 '에로, 그로, 넌센스'라는 말은 어떤 점에서 1930년대 조선의 일상성과 대중 풍경을 가장 적확하게 지칭하는 말인지도 모른다. 오장환의 경우 근대 자본주의가 급속하게 진행되는 자본문명의 현장에서 그 문명의 기괴함과 놀라움을 기술하기 위한 새로운 시적 양식이 필요했다. 시인은 풍속의 첨예한 면을 민감하게 파악하는 감각으로 세태를 드러내고자 했는데 오장환은 카프계열의 대부분 지식인들이 '부패된 에로, 향락적이

---

13) 1930년대 『별건곤』에서 처음 쓰이게 된 '에로'는 신여성의 에로틱한 모습을 뜻하는 것이었고, 1933년 『신동아』에서 쓰인 '그로'는 기괴하다는 뜻이다. 이 둘이 합쳐진 '에로 그로'는 과도하고 기괴한 색정의 에로문화를 뜻하였다. '넌센스'라는 말도 1930년대 『별건곤』에서 쓰이게 된 말로 '어처구니없는 웃음'을 뜻한다. 소래섭, 「1930년대 웃음과 이상」, 『이상 문학연구의 새로운 지평』(신범순 외), 역락, 2006, 442면~443면 참조. 1930년대 문화를 대표하는 속어로 이야기되는 것이 '에로그로 넌센스'이며 이것은 민중문화가 지니고 있던 급진성과 진보성이 거세되고 대중문화가 일상 속에 스며들던 시기의 혼란스러운 감각과 감수성의 산물을 드러내는 것이었다.

고 퇴폐적'이라 비판한 '에로, 그로, 넌센스'를 시적 전략으로 삼았다. 비판하고자 하는 문명의 방식을 시적 전유로 삼으면서 자본문명을 야유하고자 했던 것이다.

　내가 수업료를 바치지 못하고 정학을 받아 귀향하였을 때 달포가 넘도록 청결을 하지 못한 내 몸을 씻어보려고 나는 욕탕엘 갔었지
　뜨거운 물속에 왼몸을 잠그고 잠시 아른거리는 정신에 도취할 것을 그리어보며
　나는 아저씨와 함께 욕탕엘 갔었지
　아저씨의 말씀은 "내가 돈을 주고 때 씻기는 생전 처음인걸" 하시었네
　아저씨는 오늘 할 수 없이 허리 굽은 늙은 밤나무를 베어 장작을 만들어가지고 팔러 나온신 길이었네
　이 고목은 할아버지 열두 살 적에 심으신 세전지물(世傳之物)이라고 언제나 "이 집은 팔아도 밤나무만은 못팔겠다" 하시더니 그것을 베어가지고 오셨네그려
　아저씨는 오늘 아침에 오시어 이곳에 한 개밖에 없는 목욕탕에 이 밤나무 장작을 팔으시었지
　그리하여 이 나무로 데운 물이라도 좀 몸을 대이고 싶으셔서 할아버님의 유물의 부품이라도 좀더 가차이 하시려고 아저씨의 목적은 때 씻는 것이 아니었던 것일세
　세시쯤 해서 아저씨와 함께 나는 욕탕엘 갔었지
　그러나 문이 닫혀 있데그려
　"어째 오늘은 열지 않으시우" 내가 이렇게 물을 때에 "네 나무가 떨어져서" 이렇게 주인은 얼버무리었네
　"아니 내가 아까 두시쯤 해서 판 장작을 다 때었단 말이요?" 하고 아저씨는 의심스러이 뒷담을 쳐다보시었네
　"에, 실은 금일이 장날인데 때투성이 촌놈들이 무리를 지어 오기 때문에" 하고 뽈떡같이 생긴 주인은 구격이 맞지도 않게 피시시 웃으며 아저씨를 바라다보았네

"가자!"

"가지요" 거의 한때 이런 말이 숙질의 입에서 흘러나왔지

아저씨도 야학에 다니셔서 그따위 말마디는 알으시네 우리는 괘씸해서 그곳을 나왔네

그 이튿날일세 아저씨는 나보고 다시 목욕탕엘 가자고 하시었네

"못 하겠습니다 그런 더러운 모욕을 당하고……"

"음 네 말도 그럴듯하지만 그래두 가자" 하시고 강제로 나를 끌고 가셨지

「목욕간」[14] 전문

　　근대문물의 기술적 발전으로 근대 도시는 '병원'과 상하수도가 생겨나면서 '위생'에 대한 관념이 생겨났다. '병원'이 생겨나고 '위생'에 대한 발견이 이루어지면서 식민지 조선인은 비로소 '육체'에 대한 새로운 관심을 갖게 되는데 이때 생겨난 것이 '대중목욕탕'이었다. 오장환은 자본주의 아래 있던 식민지 조선인의 삶이 '구체적'으로 어떻게 이루어지는가를 탁월하게 형상화한다.

　　학비가 없어 정학을 받아 귀향하여 내려와 있는 "나"는 친척아저씨(숙질)와 함께 욕탕을 간다. 아저씨는 조상 때부터 내려오던 밤나무(世傳之物)를 베어 그 "나무로 데운 물에다 좀 몸을 대이고 싶으셔서 할아버님의 유물의 부품이라도 좀더 가차이 하시려고" 목욕간을 가자 하셨던 것이다. 그러나 목욕간 주인은 아저씨의 나무가 있으면서도 장날 촌놈들이 욕탕물을 더럽힐 것을 염려해 문을 닫아걸었다. 아저씨는 괘씸해하며 그곳을 나왔지만 그 다음날 다시 목욕탕을 가자한다.

　　아저씨가 할아버지의 유품을 가까이서 느끼려는 정신적 유습을 간직한 사람인데 반해 목욕간 주인은 철저하게 화폐로 치환되는 자본주의의 현대적 삶을 대변하는 속물적 인간이다. 식민지하 도시는 화폐가 주는 교환 가치에 의해 도시의 일상적 삶이 조직되고 현대적 삶이 비로소 객

---

14) 『조선문학』, 1933.11.

관화된다. 도시 생활에서의 화폐란 생필품의 교환을 매개하던 화폐와 근본적으로 다르다. 아저씨에게 나무는 세습의 역사적 가계의 상징물이지만 목욕간 주인에게 수많은 상이한 사물들과 동일한 가치를 지니는 교환가치의 화폐일 뿐이다. 오장환은 자본주의가 일상에서 육체화되는 식민지 조선의 구체적 현실을 세태적 풍속으로 제시하는 셈인데 이는 김남천15)이 말하는 생활에 대한 면밀한 관찰에서 생기는 '디텔의 진실성'이라 할 수 있다. 즉 사실을 극명하게 그리되 사실을 사실 이상으로 파악하는 데서 생겨나는 '대상'에 대한 '시적 인식'이다.

오장환의 「목욕간」에서 '디텔의 진실성'은 바로 '넌센스'와 '아이러니'를 유발한다는 데 있다. 아저씨에게 소중한 유습의 상징물이 자본주의 현실에서 매개와 교환 수단일 뿐만 아니라 화폐의 가치가 되어 오히려 아저씨에게 '더러운 모욕'을 안겨주는 것이 되고 만다는 사실. 이런 정황적 국면은 '도시인 / 촌놈, 세전지물 / 화폐, 정신적 유물 / 물질적 땔감'이라는 대립적 이항구조 속에서 어처구니 없이 '배반'당하는 봉건 관념과 질서를 보여준다. 즉 '어이없음' '어이없는 웃음', '자본의 배반의 논리', 그런 점에서 「목욕간」은 '넌센스'라는 문명의 방식으로 식민지 자본주의 사회의 부정성을 극명화한다.

> 푸른 입술. 어리운 한숨. 음습한 방 안엔 술잔만 휜하였다. 질척척한 풀섶과 같은 방 안이다. 현화식물(顯花植物)과 같은 계집은 알 수 없는 웃음으로 제 마음도 속여온다. 항구, 항구, 들르며 술과 계집을 찾아다니는 시꺼먼 얼굴. 윤락된 보헤미안의 절망적인 심화(心火).―퇴폐한 향연 속. 모두 다 오줌싸개 모양 비척거리며 얇게 떨었다. 괴로운 분노를 숨기어가며…… 젖가슴이 이미 싸늘한 매음녀는 파충류처럼 포복한다.
>
> 「賣淫婦」16) 전문

---

15) 김남천, 「세태와 풍속―장편소설개조론에 기함」, 『동아일보』, 1938.10.14.
16) 『시인부락』, 1936.12.

근대문명의 가장 큰 변화는 육체의 변화에서 시작되었다. 이 시기 사회적 변화를 가장 민감하게 체득한 곳은 육체이며 육체의 변화는 곧 삶의 변화를 의미한다. 성적인 문란과 퇴폐적 징후들이 현대의 시작에서 가장 두드러지는 이질적인 문화충돌의 극점인 셈이다. 사회의 가치를 전제하는 도덕관의 가치가 무너질 때 그 파괴점이 항상 성과 육체를 둘러 싸고 진행된다.

「매음부」는 여성에 대한 관심이 점점 성적 대상으로 높아가고 성 상품화되어 가는 식민지 자본주의의 첨예한 지점을 드러낸다. 시인은 매음부의 "푸른 입술"과 "음습한 방안" "술잔" 계집의 "알 수 없는 웃음"을 시각적으로 묘사해내고 있다. 퇴폐의 방안은 "질척척한 풀섶"같고 여인은 "현화식물" 같다. 황폐화된 들판같은 방안에서 방탕한 윤락된 보헤미안은 "퇴폐적 향연"을 벌인다. 그는 비루한 "오줌싸개"처럼 무력하게 몸을 가늘게 떨고 있다. "매음녀"가 풀섶과 같은 방안에 파충류처럼 포복하고 있다. 유종호는 "윤락가의 정사(情事) 장면이 시 속에 등장한 것은 우리 근대시에서 이 무렵이 처음이 아닌가 생각된다"[17]고 말한 바 당시 소재의 충격성이 어떠했으리라는 것은 짐작이 간다. 무엇보다 오줌싸개같은 사내, 풀섶같은 방안, 파충류 계집이 포복하는 장면 등은 음습하고 충충한 세기말적 문명의 타락 풍경을 묘파해내고 있다.

근대에서 '에로티시즘'은 무엇보다 '시각성', 시각에 의한 재현방식과 긴밀한 연관을 지닌다. 오장환의 이와 같은 풍경의 시각적 재현은 진술의 '말하기'보다 '보여주기'의 미메시스적 재현을 시도하고 있음을 알 수 있다. 에로틱하고 기괴한 장면을 시각적으로 섬세하게 묘사함으로써 근대적 '에로, 그로'를 실현하는 것이다. 시인은 풍경을 근대적 시각으로 주관적 현실성이 아니라 객관적 현실성으로 분류한다. 근대풍경에다 일종의 시각적 거리감을 둔다. 정밀한 리얼리즘적 확보 속에서 장면묘사의 섬세

---

17) 유종호, 『다시 읽는 한국 시인』, 문학동네, 2002, 121면.

함에 치중한다. 에로티시즘과 그로테스크는 결국 과도할 만큼의 극대화된 시각성, 과장된 묘사력에서 표출되는 것이다(포르노그라피가 그 예다). 오장환은 근대적 시각적 재현이라는 근대의 방식으로 문명의 퇴폐적 한 국면을 극대화하고자 한 셈인데 이와 같은 지점은 다음 시에서 드러난다.

> 폐선처럼 기울어진 고물상옥(古物商屋)에서는 늙은 선원이 추억을 매매하였다. 우중충한 가로수와 목이 굵은 당견(唐犬)이 있는 충충한 해항의 거리는 지저분한 크레용의 그림처럼, 끝이 무디고 시꺼먼 바다에는 여러 바다를 거쳐온 화물선이 정박하였다.
>
> 값싼 반지요, 골통같이 굵다란 파잎. 바닷바람을 쏘여 얼굴이 검푸러진 늙은 선원은 곧잘 뱀을 놀린다. 한참 싸울 때에는 저 파잎으로도 무기를 삼아왔다. 그러게 모자를 쓰지 않는 항시(港市)의 청년은 늙은 선원을 요지경처럼 싸고두른다.
>
> 나폴리(Naples)와 아덴(ADEN)과 싱가포르(Singapore). 늙은 선원은 항해표와 같은 기억을 더듬어본다. 해항의 가지가지 백색, 청색 작은 신호와, 영사관, 조계(租界)의 갖가지 깃발을. 그리고 제 나라 말보다는 남의 나라 말에 능통하는 세관의 젊은 관리를. 바람에 날리는 흰 깃발처럼 Naples. ADEN. Singapore. 그 항구, 그 바의 계집은 이름조차 잊어버렸다.
>
> 「海港圖」[18] 중에서

이미 식민지 자본주의는 양품(洋品)과 외래품이 들고나는 잡동사니의 항구였던 셈이다. 근대문명 식민지에서 근대는 수입되었으며 잡종의 총체[19]였으므로 근대는 훨씬 다양하고 복잡한 물건들의 나열과 일상품의 전시를 육체화한다. 이를테면 근대의 문명전달방식은 시각적 배열과 전

---

18) 『시인부락』, 1936.12.
19) 이경훈, 「식민지의 '트라데 말크'」, 『오빠의 탄생』, 문학과지성사, 2003, 78면. "근대문학은 그 자체로서 훌륭한 '하꾸라이[舶來]'의 풍속이었다."

시를 통해 풍경을 스펙터클해 나간다는 점이다. 근대도시에서 상품의 집적체라 할 수 있는 '백화점' 공간이 바로 그것이다. 백화점은 상품을 시각적으로 나열하고 조명으로 각인함으로써 현대 근대문명의 욕망과 감수성을 시각적으로 재배열한다. 오장환 시에서 보여주기의 미메시스가 이와 같은 시각적 배열, 상품적 나열을 전유의 방식으로 드러내는 것은 흥미로운 지점이다.

고물상옥, 가로수, 당견, 해항의 거리, 크레용의 그림, 화물선, 값싼 반지, 파잎, 뱀, 나폴리, 아덴, 싱가포르……. 시인은 해항의 그림을 풍속화해 나가면서 각종 '명사(名詞)'들의 나열에 주목한다. 그것은 물상의 이름들에 다름 아니다. 문명의 도입이란 이와 같은 새로운 물건(物件)이 이질적으로 육박해오는 데서 만나게 되는 혼성적 체험이다. 오장환은 잡동사니의 모든 상품들을 나열하는 백화점식의 만물박물지로서의 시적 대상을 나열하고자 한다.

> 사처(四處)에서 운집하는 화물들
> 수레 안에는 꿀꿀거리는 도야지 도야지도 있고
> 가축류-식료품. -원료 원료품. 재목, 아름드리 소화되지 않은 재목들-
> 석탄-중석-아연-동, 철류
> 보따리 먹대기 가마니 콩 쌀 팥 목화 누에고치 등
> (…중략…)
> 강변가로 위집(蝟集)한 공장촌-그리고 연돌(煙突)들
> 피혁-고무-제과-방적-
> 양주장(釀酒場)-전매국……
> (…중략…)
> 당구장-마작구락부-베비, 골프
> 문이 마음대로 열리는 술막-
> 카푸에-빠-레스트란-차완(茶碗)-

「首府」[20] 중에서

끝없이 대도시로 공장으로 몰려드는 것들은 물건들, 재료, 제품들이다. 가축류, 식료품, 원료품, 재목, 석탄과 중석, 아연, 동, 철류, 그리고 제품으로서 피혁 고무, 제과, 방적……마치 끝도 없이 연결되어 이끌려 오는 화물차처럼 물건들은 줄줄이 묶이고 연결되어 도시로 입성하고 있다. 또한 거리에는 당구장, 마작구락부, 베비, 골프 그리고 카페와 바와 레스트랑과 찻집이 있다. 거리는 상품이 나열되듯 광고간판이 도열하듯 나열되어 있고 상점들은 진열대상품처럼 연결되어 있다. 식민지 자본주의에서 잡종과 잡종의 나열은 이미 '근대적 일상'이다. 문명은 새로운 문물로 일상에 소개되고 새로운 이름의 '명사' '문명어'[21]로 소개되면서 상품으로 등록된다. 백화점식으로 나열되면서 근대도시의 상점은 근대의 거리와 풍경이 된다. 식민지 근대의 삶에서 민족, 해방, 국가만 있었던 것이 아니라 수많은 상품들과 외국문물이 식민지로 편입되는 일상의 질서와 잡종의 풍속이 있었던 셈이다.

그 외에도 오장환은 "실업자들"이 줄을 서 있는 '직업소개소'(「황혼(黃昏)」) 풍경, "하루에도 몇 차례 은빛 자동차가 드나"드는 '온천지'(「온천지(溫泉地)」) 풍경, 고물상과 함께 "지저분하게 늘어선 골목" 안의 '전당포'(「고전(古典)」) 풍경을 묘사적 재현으로 그려내고 있다.

오장환은 문명의 '에로, 그로, 넌센스' 방식들을 전유하고 '문명적 시각적 배열'을 통해 식민지 근대 자본주의 조선의 풍경을 풍속으로 드러내고자 한다. 이는 문명 현실을 문명적 방식으로 전유하는 것이다. 근대 시양식의 형식을 고민하고자 한 시인의 방법적 시도라 할 수 있다.

---

20) 『낭만』, 1936.11.
21) 졸고, 「김수영, 시의 혼성성과 다중언어의 자의식」, 『현대문학의연구』 24호, 한국문학연구학회, 2004. 김수영 시에 나타난 혼성적 언어의식에 대한 분석을 시도한다.

3. 포오즈화와 데카당의 자기분열

식민지 상황에서 지식인들은 자신의 '지식'으로 인해 계몽과 문명의 선도자가 되면서도 사회적 실현의 길이 막히는 데 대한 열패감에 사로잡힌다. 식민지 현실에 좌절을 느끼고 자기퇴영적인 허무의식 속에서 과잉된 자의식에 시달리게 되는데 그 자의식의 원인은 바로 '지식'에 있었다. 지식인들은 봉건적 삶과 현대화된 자신의 의식과 괴리를 느낀다.[22] 오장환의 경우 빈농의 서자출신으로 최하층의 노동생활로 학비를 꾸려간다. 휘문고보를 거쳐 동경유학까지 가지만 수업료 미납으로 제적되고 만다. 당시로서는 근대지식을 습득하고 문명의 세례를 받은 오장환이 문명과 현대적 삶에 대한 동경과 탐닉을 하게 되는 것은 당연하다. 그러나 대개의 지식인 청년들이 그렇듯 오장환은 경제적으로 궁핍했고 어떤 생산 활동에 참여할 수도 없이 룸펜적 삶을 이어갈 뿐이었다. 계몽의 강렬한 사회비판의식은 곧 허무와 퇴영의 분위기로 전락해 가고 만다. 현대적 삶이란 곧 도시적 삶을 의미한다. 도시문명은 풍요롭고 번화하다. 도시를 지배하는 것은 부르주아 이데올로기인 것이다. 가난한 룸펜 지식인 의식은 도시문명적 삶을 지향하지만 도시문명의 물질로부터 소외되기 마련이다. 소외에서 비롯된 자의식은 현실에 밀착할 수도 없이 사회 현실에 끝없이 회의의 눈길을 보낼 뿐이었다. 오장환 시에서 드러나는 위악적 퇴폐적 모습은 퇴영적인 자기혐오에 다름 아니다. 데카당이 된 것[23]이다.("나는 힘없는 분노와 절망을 묻어버린다"(「황혼」) "어머니는 무슨 필요가 있기에 나를 만든 것이냐 …… 오-어메는 무슨, 죽을

---

22) 오장환은 서정주의 시적 자서에 보면 고종의 승지의 둘째아들로서 족보와 전통적 혈통 체계에서 압박을 받고 있었던 바 오장환은 족보 숭상에 대한 전통 봉건적 제도에 대하여 「성벽」, 「성씨보」와 같은 작품에서 극단적인 도전과 통념 부정을 거침없이 보여준다.

23) 김진송, 『현대성의 경험, 서울에 댄스홀을 허하라』, 현실문화연구, 1999, 119면.

때까지 윤락된 자식의 공명을 기다리는 것이냐."(「향수(鄕愁)」)

데카당스의 관념은 종말의 세계. 최악의 문명의 세기에 느끼는 병적인 허무와 새로운 시대에 대한 모호성이 섞여 있다.[24] 몰락의 느낌 속에서 지적 허무는 문화적인 자기 정체성을 확인할 기회를 찾고 있다. 데카당스의 시대에는 '문화적 세련'에 대한 요구가 있는데 이것은 곧 근대적 멜랑콜리가 가지는 '사회적 자아의 균형감'이라 할 수 있다. 지식인의 퇴영적 허무 속에서 교양인으로서 주관적 취미와 기호로 문화적 차별성을 지니고자 하는 것, 이것이 일종의 '딜레탕티즘'과 연결되는 문화취향이다.

　　커피 한 잔에 온 밤을 흥분한다.
　　죄그만 계집애를 보는 눈의 피로함이여! 싫다!
　　하건만 의지 없는 마음은 무거워 무거워 쇠갈구리 닻 모양, 회한의 구렁에
　　가라앉았고

　　이 밤이여! 이 밤이여!
　　풍염(豊艶)한 멜로디와 춤에 얼리어
　　분별 없는 스텝은 쇠약한 마음을 함부로 짓밟으며
　　견딜 수 없는 괴로움이 축음기 바늘처럼 돌아가도다.

　　발길에 채이는 권태로다.
　　슬픔과 슬픔의 조약돌이여!
　　커피 한 모금에 목을 축이어
　　이제 나는 누구와 비애를 상의헤 보라

「船夫의 노래」[25] 중에서

---

24) M. Calinescu, 이영욱 외 역, 『모더니티의 다섯 얼굴』, 시각과언어, 1993, 185면.
25) 『조선일보』, 1937.6.13.

식민지 근대에서 '커피'는 문화인, 문명인의 상징이며 취향 기호였다. 시인은 카페[26]에서 커피를 마시며 '불안의식'에 사로잡힌 단말마적인 도시 지식인의 병적인 슬픔과 좌절감을 드러낸다. "커피 한 잔에 온 밤을 홍분"하는 것, 커피는 식민지 지식인 룸펜이 자기 것으로 향유할 수 있었던 근대적 생활양식을 상징한다. "커피를 마시는 일은 근대 자체와 거의 등가였던 것"[27]이다. 위의 시에서 룸펜의 환멸과 환각은 서구적 상품, "커피 한잔" "축음기 바늘"로 돌아가는 "풍염한 멜로디" 속에서 번져간다. 고통 속에서의 도취, 도취 속에서의 절망은 근대적 문물 도시적 환각 속에서 가능하다. 생산 활동에서 유리된 모던 생활자의 형식은 카페, 바, 레스토랑, 댄스홀 등에서 이루어지면서 기형적 변태적 모습으로 드러날 뿐이다. 하여 결국 가난한 룸펜에게 남은 것은 근대문물의 문화적 취향으로 문화적 지식인의 모습과 데카당적인 음울함으로 자신의 교양을 드러낼 '포오즈'였다.

「선부의 노래」는 대단히 작위적 비애의 모습을 '자기연출'로 드러낸다. "커피 한 잔" "분별 없는 스텝"의 허무의식으로 비애의 도취에 빠진 화자가 등장한다. "권태"와 "슬픔의 조약돌"은 청춘의 슬픔을 위한 장식적 수사들이다. 지식인 청년에게는 자신의 슬픔을 대신할 문화적 대체물, 포오즈가 필요했는데 이를 위해 도시적 고독의 상징인 "커피 한 잔"이 필요했던 것이다. 시인은 "커피 한 잔에 목을 축이여 / 이제 나는 누구와 비애를 상의해 보랴"라고 외친다. 비애를 위한 문화적 포오즈, 대중문화와 아메리카니즘으로서의 '키치'는 이렇게 식민지 근대에서부터 시작되고 있다.

오랑주 껍질을 벗기면

---

26) 오장환 시에서 커피와 카페는 자주 등장한다. "나는 어디쯤 죄그만 카페 안에서 / 자랑과 유전(遺傳)이 든 지갑 마구리를 열어헤치고" (「헌사(獻詞)」 중에서)

27) 이경훈, 「공복의 유머」, 『오빠의 탄생』, 문학과지성사, 2003, 253면.

손을 적신다.
향내가 난다.

　점잖은 사람 여러이 보이인 중에 여럿은 웃고 떠드나
기녀(妓女)는 호올로
옛 사나이와 흡사한 모습을 찾고 있었다.
(…중략…)
　한나절 태극선 부치며
슬픈 노래, 너는 부른다
좁은 버선 맵시 단정히 앉아
무던히도 총총한 하루하루
옛 기억의 엷은 입술엔
포도물이 젖어 있고나.
(…중략…)
　화려한 옷깃으로도
쓸쓸한 마음은 가릴 수 없어
스란치마 땅에 끄을며 조심조심 춤을 추도다.

「月香九天曲」[28] 중에서

　근대적 문물에 대한 취향들은 대개 모더니즘 시인에게서 '유리창, 기
차, 시계' 등으로 나타나면서 문명적 속도와 광물질적 날카로움을 대변
한다. 오장환 시에서 근대적 취향은 '커피' '오랑쥬'(오렌지) '샴페인'(「심
동(深洞)」)과 같은 감각적 물질로 등장하는데 이는 탐미적 낭만성을 가진
룸펜적 문화취향을 암시한다. 실제 위의 시에서 시인은 슬픔의 미학화,
탐미적 비애라 할 수 있을 정도로 기녀의 춤과 노래에 도취한다. 보들
레르적 데카당 분위기가 1930년대 식민지 지식인의 불안의식에 영향을
주었으리라 짐작할 수 있지만 이국적 기호로서 "오랑주 껍질" "향내"

---

28) 『성벽』, 1937.7.

"향료" 등은 선진자본주의 문화의 키치로서 탐미적 포오즈라 할만하다. 기녀는 기방에서 태극선을 부치며 슬픈 노래를 부른다. "좁은 버선 맵시"로 슬픈 노래를 부르며 조용히 웃는다. 옛 사랑의 첫 사랑을 찾고 있는 슬픈 춤의 자태는 관능적 슬픔이다. "오랑쥬 껍질" "물고기와 같은 입" "좁은 버선 맵시" "스란치마", 시인은 감각적인 슬픔과 에조틱한 도취의 분위기를 결합시킨다.

오장환의 시에서 슬픔은 예술적 취향의 한 분위기와 중첩되고 룸펜의 문화적 취향은 퇴폐미, 예술적 취향으로 스타일화된다.

> 안개 낀 거리를 내려다보며
> 우리 다아만 눈물 속에서
> 달큼한 입맞을 나눠봅시다.
>
> 나타샤와 나의 쓸쓸한 사랑엔
> 오직 눈물밖에 나눌 것이 없었으니
> 차디찬 방 안에
> 둘이서 웃기사 했소.

「고향이 있어서」[29] 중에서

식민지 지식인에게 이국적 여인은 북방의 러시아계 여인, 러시아 문학에서 그리운 여인의 상징, "나타샤"라는 이름으로 명명되곤 한다.(백석 시에서 「나와 나타샤와 흰 당나귀」) 시인은 "안개 낀 거리"를 내려다보며 눈물 속에서 "달큼한 입맛"을 나눈다. "나타샤"와의 사랑은 늘 슬픔에 젖어 있는 것으로 "오직 눈물밖에 나눌 것이 없었으니" 그들의 쓸쓸한 사랑은 눈물의 입맞춤이면서 함께 "차디찬 방 안"에서 웃는 비애를 간직한다. "나타샤"와의 사랑, 입맞춤 그리고 안개 낀 거리와 눈물은 엑조틱

---

29) 『문장』, 1940.12.

한 이국취향과 낭만적 허영 속에서의 포오즈인 셈이다. 시인은 이로써 지적 문화적 교양과 환각적 심미적 취향 키치를 드러낸다. 퇴영한 지식인의 문화적 차별성, 삶의 스타일로서의 문화적 분위기를 암시하고자 한다.

이와 같은 포오즈화는 시인의 삶에서 반복되는 '슬픔' '비애' '눈물'이 정신적 내면화를 거치지 못한 채 근대문명의 포오즈와 결합된 우울함이라는 피상성으로 읽힐 수도 있다.

사실 근대문명에 대한 데카당적 태도는 당시 식민지 지식 청년들에게 자주 등장하는 포오즈화이다. 정지용의 시「슬픈 印象畵」에서 "흘러가는 失心한 풍경이여니……/ 부즐없이 오랑쥬 껍질 씹는 시름……" 같은 구절,「선취」에서 "배난간에 기대 서서 회파람을 날리나니/ 새까만 등솔기에 八月달 해 살이 따가워라"와 같은 구절. 흘러가는 풍경을 보면서 오렌지 껍질(이국과일)을 씹거나 배를 타고 휘파람을 불며 느긋하게 끽연을 즐기는 장면에서 시인은 문화적으로 세련되고 지적으로 우울한 지식인의 포오즈를 취하고 있다. 윤동주는「흐르는 거리」에서 다음과 같이 노래한다. "거리 모통이 붉은 포스트상자를 붙잡고 섰을라면 모든 것이 흐르는 속에 어렴풋이 빛나는 가로등, 꺼지지 않는 것은 무슨 상징일까? 사랑하는 동무 朴이며! 그리고 金이여! 자네들은 지금 어디 있는가? 끝없이 안개가 흐르는데" 근대문물에 대한 심취 속에서의 문화적 취향, 우울한 지식인의 상념을 시적 포오즈로 드러낸다. 윤동주는 붉은 우체통 앞에 서서 흐르는 모든 것들, 가로등 불빛, 안개, 상념들을 지켜본다. 식민지 조선에서 "붉은 포스트상자"는 체신국의 설립과 함께 근대도시문명의 상징이다. 시인이 붙잡고 서 있는 거리 모통이의 붉은 포스트상자, 여기서 지식인 청년의 포오즈는 슬픔이 내면화되었다기보다 하나의 관념적 시대정신으로 낭만화된 슬픔이다. 스스로 문명의 슬픔과 우울을 미학화하고 근대적인 예술적 포오즈로 만들어내면서 우울함에 취한 자기자신에 탐닉한다.

그러나 식민지 지식인의 근대문물에 대한 심미적 포오즈화는 극대화된 지식인의 병적인 우울증이 사회적 상황에 대하여 문화적 취향으로 의식의 평형점을 찾으려 한 의도적 자기허위였다 할 수 있다. 시인은 낭만적 포오즈를 통해 비로소 자기분열을 체험하게 되는 근대적 자아, 근대 미학적 자아로 태어나게 된다. 이를테면 '포오즈화'[30]란 스스로 자기자신에게서 거리를 견지하면서 '보여지는 자기'를 의식하는 자기분열의 실체이다. 보여지는 존재로서의 포오즈는 근대적 자아가 보여주는 낭만적 분열의 극점이자 동시에 근대적 스타일, 고독을 구사하는 것으로 황폐화된 식민현실에서 자아의 균형감을 찾아가려는 미학적 자아이기도 하다. 시대의 '낙망'과 '좌절'을 근근히 '포오즈'를 취함으로써 지적 문화적 자아를 이어가려 했던 것이다.

4. 권태와 피로, 환유와 느린 풍경

당시 모더니스트들이 도시 근대문명에 대한 비판자였으면서 동시에 매혹당한 키치중독자였다는 것은 잘 알려진 사실이다. 신범순은 문명매혹자로서 모더니스트들을 분류하면서, 김기림이 낯선 도시의 불길함과 속도, 경쾌함과 활력에 몰두하고 있었다면 정지용은 "근대 도시의 사물들에 쉽게 다가서지 못하고 그러한 것들의 의미와 가치 평가하는 것을 서두르지"[31] 않았다는 점을 지적한다. 근대 도시의 물결 위에서, 흔들리

---

30) '포오즈'라는 근대적 체험을 '진정성'이 결여된 것으로 파악하기 보다 섬세하고 유약한 지적 룸펜이 '불안의식'을 심미화하는 근대적 자아 방식이라는 사실에 주목할 수 있다. '포오즈'는 지적 허무의식을 지적 고독의 취향으로 미학화하는, 즉 '문화적 방식'으로 근대적 자아의 분열의식과 길항의식을 드러내는 한 지점이다.

31) 신범순, 『한국 현대시의 퇴폐와 작은 주체』, 신구문화사, 1998, 61면.

는 상황 위에서 새로운 의미의 지평을 볼 수 없었지만 정지용은 '헤매이는 주체'로 근대의 상실감과 소외감을 드러낸다고 설명한다. 즉 상실의 대상을 표현하려 노력한 것이 아니라 상실된 상태와 소외의 느낌을 강렬하게 표현하고자 했다는 점이다. 정조의 우울함이란 시대 현실에 대한 심약한 허무라기보다 어떤 점에서 의미를 규정할 수 없는 우울함에 대한 심미적 감각화인 셈이다. 오장환의 시에서 보여주는 불안함과 흔들거림, 건덜거림은 룸펜의 방랑기와 허무감을 드러내면서 훼손된 세계에 대한 독특한 '패러독스'를 뿜어내는 한 지점이 되기도 한다.

> 직업소개에는 실업자들이 일터와 같이 출근하였다. 아무 일도 안 하면 일할 때보다는 야위어진다. 검푸른 황혼은 언덕 알로 깔리어오고 가로수와 절망과 같은 나의 긴 그림자는 군집(群集)의 대하(大河)에 짓밟히었다.
>
> 바보와 같이 거무러지는 하늘을 보며 나는 나의 키보다 얕은 가로수에 기대어 섰다. 병든 나에게도 고향은 있다. 근육이 풀릴 때 향수는 실마리처럼 풀려나온다. 나는 젊음의 자랑과 희망을, 나의 무거운 절망의 그림자와 함께, 뭇사람의 웃음과 발길에 채이고 밟히며 스미어오는 황혼에 맡겨버린다.
>
> 제 집을 향하는 많은 군중들은 시끄러이 떠들며, 부산히 어둠 속으로 흩어져버리고, 나는 공복의 가는 눈을 떠, 희미한 노등(路燈)을 본다. 띄엄띄엄 서 있는 포도(鋪道) 위에 잎새 없는 가로수도 나와 같이 공허하구나.
>
> 「黃昏」[32] 중에서

도시 공간의 체험에는 이질적인 것과의 만남, 과거와 현재의 대립, 그리움과 불안의 정서가 교차한다. 오장환은 도시적 속도로 스치는 거리의 풍경들을 감각적으로 관조한다. 관조적 시선 속에서 시는 서술적인 형태를 취하며 이미지를 연이어간다. '실업자─일하지 않고 야위어 가

---

32) 『성벽』, 1937.7.

는 나-검푸른 황혼-가로수와 절망과 나의 그림자-군집의 대하-얄은 가로수-병든 나-근육-향수-군중-어둠-공복-희미한 노등-포도-가로수.' 사물들은 "사물옆의 사물" 혹은 "말옆의 말"처럼 인접의 방식에 의해 통합체처럼 연결되고 이동, 확대된다. 사물의 의미를 추적하기보다는 시니피앙의 연쇄로 이미지를 전이시켜나가는 '환유'의 인접성 개념이다. 인접성은 이 시니피앙에서 저 시니피앙으로 무한히 의미를 분산시키면서 연기시키는 전이적 효과에 기대고 있다. 사물들과 풍경의 연결은 시적 이미지를 몽유적 흐름으로 이끌어낸다. 사물들이 인접하면서 이미지가 연결되고 풍경은 흘러가면서 이미지를 전이시킨다.

도시 군중의 발길에 밟히는 절망같은 나의 그림자나 근육이 풀릴 때 향수가 실마리처럼 풀려나오는 이미지, 공복의 가는 눈과 희미한 노등(路燈)이 겹쳐지는 비유는 이미지의 연쇄에 의해 가능하다. 우울증은 퇴폐적인 뒷골목 골방에서의 그로데스크한 신경증을 벗어난다. 우울증은 도시의 거리에서 감각적인 '흘러감'의 이미지, '자기허여, 방임'의 정서로 이어진다. 근육이 '풀려나고' 향수가 '풀려나고' 시적 화자는 자신의 그림자를 군중의 발길에, 황혼에 맡긴다. 군중들은 부산히 어둠 속으로 '흩어져버리고' 나는 희미한 노등을 '본다.' 풍경들은 흘러가고 있고 사물들은 흩어져가고 있다. 흘러가고 흩어지는 도시의 거리에서 시적 화자는 혼류의 물결속에 내버려진다.

시인은 공복이고 병든 몸이었던 것이다. 당시 룸펜에게서 '가난'과 '공복'과 '결핵'은 일종의 문화적 상징이었다. 신체적 무력감도 작용한 바겠지만 오장환은 거리의 현실에 대한 과도한 집착을 배제한다. 시인은 사물의 본질보다는 현상의 흐름을 고현하는 자세로 취하며 변화하는 모든 것에 대한 판단을 유보하려 한다. 유보의 원인은 과도한 속도로 물결치는 근대적인 시간에 대한 '의도적 방임'이라 할 수 있다.

실업자들은 직업소개소에 일터와 같이 출근하고 "나"는 아무 일도 안 하고 검푸른 황혼이 깔리고 군중들은 대하처럼 흘러가고 검어지는 하늘을 바라볼 때 "나"는 병들어 있고 "나"의 향수는 근육처럼 풀어진다. 무거운 긴 그림자가 어둠 속으로 길게 흘러내릴 때 군중들은 어둠 속으로 사라지고 잎새도 없는 가로수와 같이 포도 위에서 "나"는 공허하다.

근대문명에서 사물의 본질과 정신은 물질과 현상의 빠른 변화에 의해서 현실의 표면을 스쳐가 버릴 뿐이다. 시인은 흘러가는 도시의 물상과 풍경들을 인식적 판단을 중단한 채 감수성을 열어놓은 채 바라보고 있다. 도시 소시민의 정서는 빠르게 사라지고 소멸하는 이 속도의 변화에서 시간의 순간성, 일회적 시간성, 공간적 단절감을 느낀다. 모든 물상과 시간과 공간은 '흘러가'고 어떤 고정된 신념도 확신도 없을 때 근대적 양식의 시는 산문적 서술양식을 띤다. 도시체험과 일상성, 독백적 중얼거림은 직접적 발언이 아닌 '간접적 분위기'로 시적 분위기를 압도해나간다.

> 또 한 번 멀리 떠나자.
> 거기
> 항구와 파도가 이는 곳,
> 오후만 되면 회사나 관청에서 물밀듯 나오는 사람
> 나도 그 틈에 끼어 천천히 담배를 물고
> 뒷골목에 삐끔삐끔 내다보는
> 소매치기, 행려병자, 어린 거지를 다려다보며
> 다만 떠내려가는 널판쪽 모양 몸을 맡기자.
>
> 기기,
> 날마다 드나드는 이국선과 해관(海關)의 창고가 있는 곳
> 나도 낯설은 거리에 서서
> 항구와 물결과는 아무런 관계가 없는, 회사원이나 관청 사람과 같이
> 우정 그네들을 따라가 보자.
> 그러면,

항상 기계와 같이 돌아가는 계절 가운데
우수가 지나고 경칩이 지나
고향에서는 눈 속에 파묻힌 보리 이랑이 물결치듯 소곤대며 머리를 들고
강기슭 두터운 얼음장이 터지는 소리,
이때의 나는 무엇이 제일 그리울 거냐.

「旅程」33) 중에서

근대적 도시의 운동성과 속도감에 대한 저항은 일종의 '어슬렁거림' '하릴없는 배회'로 이어진다. 목적지를 향해 맹렬하게 달려가는 진보의 상징이 '기차' '시계'라면 '항구'는 떠도는 무수한 보헤미안의 뿌리없는 방랑과 흔들리는 우울을 대변하는 상징장소이다. 항구는 언제나 낯설고 어딘가로 떠나는 곳이지만 오장환 시에서 항구34)는 방랑기의 이방인이 인생을 떠도는 것에 대한 내면적 이미지이다.

시인은 "또 한 번 멀리 떠나자"라고 첫 시행에서 말하지만 시인은 끝없이 항구주변 풍경을 살피는 관찰자이다. 시인은 "오후만 되면 회사나 관청에서 물밀 듯 나오는 사람"들의 틈에 끼어 "천천히 담배를" 문다. 빠르게 쏟아지는 사람들 틈에서 시인은 "천천히" 유람하듯 고현하듯 주변과 사람들을 살피는 것으로 그들과 결코 동화되지 않는 이방인적 산책가의 모습을 띤다. 시인은 "뒷골목"에서 "삐끔삐끔 내다보는" "소매치기, 행려병자, 어린 거지"를 바라보고 자신의 몸을 "떠내려가는 널판쪽"모양처럼 풀어놓는다. 조각난 육체로서의 환유적 흐름이며 사물들의 연쇄에 의한 분위기의 표출이다. 시인은 또 날마다 "이국선과 해관(海關)의 창고"가 있는 곳, 낯선 거리에 서 있다. 회사나 관청 사람을 따라가 본다. 물상들은 환유적 연쇄에 의해 열거되면서 연결된다. 의지적이고 목적적인 보행이 아니라 하릴없고 무목적적인 움직임이 있을 뿐이다.

---

33) 『문장』, 1941.4.
34) 오장환 시에서 '항구'를 소재로 하는 시는 「여정」말고도 「해항도」, 「향수」, 「해수(海獸)」 등이 있고 대합실을 소재로 하는 시는 「역」이 있다.

시적 자아는 풍경을 고현하듯 바라본다. 현실에 직접적으로 개입하는 것이 아니라 유보적 거리 속에서 스스로 이방인인양 도시 변두리의 미로를 표류하듯 흘러간다.

이것은 모든 것들이 빠르게 움직이는 근대적 움직임에 대한 몽유적 건들거림, '의도적 권태'의 한 방식인 셈이다. 아웃사이더가 갖게 되는 '권태'는 반부르주아적인 태도로서의 저항이다. 권태롭게 항구의 풍경을 바라보고 자신의 "몸"을 "맡기"고 사람들을 "따라가 보"고 자신의 떠나온 여정을 "생각해 보"는 것, 이러한 것이야말로 식민지 지식인이 보여주는 권태의 '이미지'이며 배회하고 떠도는 룸펜의 행보인 것이다. 다양한 방식으로 감시 감독하면서 근대 진보국가를 위해 앞으로 돌진하는 제국주의적 속도와 움직임에 대하여 무계획적으로 도시 변두리를 배회하며 시간을 보내는 일. 식민지 지식인은 상실과 소외의 정조를 도시의 기표로서 드러내되 뜻 없고 하릴없는 산책자 모양으로 드러낸다.

'흐른다'는 것은 고정되지 않는 것이며 끝없이 어딘가로 움직이며 유동하고 있다는 것을 의미한다. 일정한 틀에 갇히거나 고정되지 않음으로써 하나의 흐름을 형성하는 것. 이와 같은 '흐름'의 표상들은 머물 수도 없고 떠날 수도 없는 식민지 지식인의 권태와 피로와 센티멘탈의 이미지지만 그것은 균질적 세계보다는 차라리 '혼돈'의 진실에 근접해 가는 센티멘탈의 패러독스를 구현한다. 근대의 경계를 지워가며 언제나 다른 무언가로 시선을 이동하는 혼돈과 절망 속에는 근대의 균질된 체계를 흔드는 '노이즈(소음)'가 잠복되어 있는 셈이다.

5. 맺으며

식민지 지식인들은 그들이 가진 '지식'으로 말미암아 사회에 대해 비판적 기능을 지닌 견제자가 되기도 했지만 동시에 지식으로 인해 '딜레탕트'로 빠질 수밖에 없었다. 무엇보다 '교양'이란 현대의 문화적 개념이었고 1930년대 경성은 이미 문화적 환경의 세련됨을 가지고 있었던 것이다. 이 같은 배경 속에서 1930년대 조선의 근대문학 구성자들은 민족적인 형식의 근대시 완성에 관심을 집중시켰다. 김기림이 양식을 통한 사상의 내적 반영이라 말한 것처럼 근대시의 양식적 정립이 필요했던 바였다. 백석이 '민족적 방언'을 통해 '민족공동체적 집단기억'을 복원하고자 했다면 정지용은 시어에 대한 관심과 언어의 감각에서 '근대 기획'을 모색하고자 했다. 동세대 오장환의 경우 진보적 사회주의 이념을 가진 바 있었지만 그는 당대 현실의 일상적 세목의 '디테일'한 묘사와 풍속사적 면모에 관심을 가진다. 오장환 시에서 특징적인 것은 1930년대 식민지 조선의 특수한 환경을 근대시의 양식적 특징으로 보여주고 있다는 점이다. 우선, '에로, 그로, 넌센스'라는 문명의 방식을 문학적으로 전유하면서 식민지 조선의 미시서사를 드러내고 있는 점, 두 번째 낭만적 허무주체의 '포오즈화'를 통해 근대적 자아의 균열과 동시에 미적 균형점을 찾아가고자 했다는 점, 세 번째 도시 거리 풍경의 묘사에서 도시물상을 열거하면서 권태와 피로의 형식, 환유적 인접을 시도하고 있다는 점이다.

식민지 지식인의 자아의식은 위악적 묘사와 문화적 차별의 포오즈, 권태와 피로를 드러내는 느린 풍경의 몽유적 흐름의 방식으로 도시문명의 근대적 양식을 모색하고 있다. 1930년대 주체에게 관심은 전통과 반전통, 근대의 기획과 반근대의 갈등 속에서 조선 근대시의 미적 양식의 문제에 쏠려 있었다. 오장환은 사회주의 이념을 신조로 삼고 있었지만 실제 그의 작품은 도시문명의 근대적 피로와 퇴폐적 허무와 룸펜의 일상에 놓여 있었다. 오장환의 시는 모더니즘과 리얼리즘으로 재단되기보다 근대 식민지 조선의 현실을 드러내기 위한 첨예한 양식적 실험으로 받아들여야 할 것이다. 김남천은 세대를 세대 이상으로 현상을 현상 이상으로 파악함으로써 풍속은 비로소 문학적 관념이 된다고 말한다. 근대 지식과 문화 교양을 자기 정체성으로 받아들이면서 당대 지식인들은 근대주체의 균열이 이미 예정되어 있었다. 오장환의 경우 새로운 도시 환경의 감각과 단절감을 풍속의 미시서사로 드러내면서 식민지 현실의 황폐함을 혼란 속에서 문명적 방식으로, 균열에 대한 미학적 방식으로 시적 형상화를 시도한 시인이라 할만하다.

제2장 해방이라는 숭고한 대상과 언어적 공황

1. 언어적 공황(恐慌)과 해방

일제의 탄압 속에서 모국어로서의 국어를 잃어버린 문인들에게 8·15 해방은 노래할 언어를 되찾게 되는 '언어의 해방'이었다. 해방공간은 조선어로서의 민족어를 복원하게 되었다는 사실만으로 충분히 벅찬 격동기였다. 그러나 해방공간의 시기에 시인들이 스스로의 주체적 개성적 언어를 잃어버리게 되었다는 점은 매우 역설적이다.

무엇보다 문인들은 급격한 세계의 변화(해방)에 대하여 예감하지 못했다. 해방된 세계는 미소 양대국 이념의 대립 속에서 정치적 청산의 문제가 남아있는 혼란한 정국이었다. 자주적 민족국가를 건설하려는 현안 과제는 필연적인 민족의 숙원이었지만 문인들은 목하의 세계를 역사적 전망 속에서 성찰하고 조망할 구성력이 없었다. 현실을 체계적으로 인식할 논리가 없었기 때문에 세계를 파악하고 재현할 미학적 대응력도 없었다. 해방공간 속에서 "문제는 무엇을 어떻게 쓰느냐는 것이 또한 시인의 고민으로 나타나게"[1] 된다. 하여 문인들은 오히려 '정치적 행동'으로 나아갔던 것이다.

실제 해방 직후 '민족문학의 건설'이라는 과제 속에서 문인들은 문학단체를 결성하고 조직을 규합하기에 나섰다.[2] 해방공간에서 민족국가수립이 급선무였기 때문에 새로운 질서의 재편이 무엇보다 요구되었다. 해방공간에서 문인들의 당면 과제는 두 가지로 요약되는데 첫째는 해방전 문학 행위에 대한 반성[3]이었고 두 번째는 반성과 자기고백을 전제로 하여 '민족문학 건설'이라는 새로운 사명에 매달리는 것이었다. 문인들의 자기 고백과 비판의 자리는 사뭇 진지하면서 통렬했다. 김사량의 경우는 장혁주와 달리 일본어로 쓰되 재일 조선인의 특수한 조건과 괴로움을 부각시키는 작품활동을 하였다는 점에서 친일문제에서 또 다른 사안을 제기하고 있다. 하지만 이태준은 문인으로서의 임무가 '언어지키기'에 있다는 점을 들어 일본어로 창작활동을 한 김사량을 강력하게 비난하기도 했다. 김사량과 이태준의 논쟁을 한 마디로 일축시킨 것은 임화의 자기고백이었다. 임화는 "한줄기 양심이 있었다면, 이 순간에

---

1) 박세영, 「현단계와 시인의 창작적 태도」, 『예술』 제2권, 건설출판사, 1946.2.
2) 해방 다음날부터 임화·김남천·이원조 등이 주동이 된 「朝鮮文學建設本部」가 활동을 개시했고 다음으로 8월 18일에 많은 예술문화단체를 거느린 「朝鮮文化建設中央協議會」가 발족되었다. 카프계의 이기영·한설야·한효·송영·윤기정 등은 9월 17일 「조선프롤레타리아문학동맹」이라는 새로운 문학단계를 조직하였다. 공산주의 정치이념에 찬성하지 않는 일군의 문인들, 박종화·오상순·변영로·김영랑·이하윤·김광섭·김진섭·이헌구 등이 주동이 되어 「중앙문화협회」를 결성한 것은 9월 18일이었다. 이후 갈등관계에 있던 「조선문학건설본부」와 「조선프롤레타리아문학동맹」이 통합하면서 1945년 12월 3일 「조선문학동맹」을 탄생시켰다. 「문학가동맹」의 활동에 위협을 느낀 우익측 문인들이 1946년 3월 13일 「전조선문필가협회」를 결성하였다.
3) 1945년 8월 17일 원남동에서의 문인모임과 12월 12일 아서원의 좌담회, 12월 30일 봉황각 좌담회 등에서 문인들의 양심선언과 자기비판이 있었다. 아서원의 참석자들은 한설야·이기영·권환·한효·박세영·임화·김남천·이원조·김영건·한재덕 등이었다.(김윤식, 「해방공간 문화운동의 갈래와 그 전망—임화·김남천의 내면 풍경 분석을 중심으로」, 『한국학보』 16호, 1990 참조)

'내' 마음 속 어느 한 구퉁이에 강잉히 숨어있는 생명욕이 승리한 일본
과 타협하고 싶지 않았던가? 이것은 '내'가 스스로도 느끼기 두려웠던
것이기 때문에 물론 입 밖에 내어 말로나 글로나 행동으로 표시되었을
리 만무할 것이고 남이 알리도 없을 것이나 그러나 나만은 이것을 덮어
두고 넘어갈 수 없는 이것이 자기비판의 양심이 아닌가 하고 생각"[4]한
다고 고백한다. 결국 친일의 문제는 다른 누군가의 지적에 의해 규정되
는 것이 아니라 스스로 자기자신의 양심 속에서 가장 잘 알게 되는 자
기비판이라는 일갈이었다. 무엇보다 '민족문학 건설'이라는 역사적 당
면과제에 몰두해야 했기 때문에 자기고백의 좌담회가 발빠르게 이루어
졌지만 문인들은 해방 전 활동에 대하여 스스로 역사적 자괴감을 안고
있었다. 해방 전의 행적에 대하여 떳떳할 수 없다는 원죄의식이 해방
후 '민족문학'의 건설에 더욱 성급하게 뛰어들게 한 요인이 되었다.

　해방공간에서의 문학이론을 '민족문학론'의 출발로 보면서 한국 근현
대문학사에서 민족문학의 이론적 근거로 삼기도 한다.[5] 이 당시 민족문
학론에 대한 기왕의 연구 작업[6]들이 왕성하게 이루어졌다. 사실 해방공
간의 시기가 민족문학론의 출발점이라는 주장[7]은 충분히 일리가 있다.
식민지와 해방직후, 독재정권의 억압이라는 한국의 근현대사에서 현실
사회문제는 문학담론과 긴밀한 상관성을 지닐 수밖에 없었다. 문학논쟁
이 곧 정치 사회적 층위를 포괄하는 사상논쟁이요 실천논쟁이었다 해도

---

4)『중성』창간호, 1946.2, 44면.
5) 배경열,「해방공간의 민족문학론과 그 이념적 실체」,『국어국문학』112호, 국어국문
　학회, 1994, 259~269면. 해방공간에서 논의된 민족문학론을 크게 3가지로 나누어 첫째
　북문예총의 민족문학론, 둘째 문학가동맹의 인민성과 시민성 주장, 셋째 조선청년문학
　가협회의 순수문학론으로 규정한다.
6) 권영민,『한국민족문학론 연구』, 민음사, 1988; 김윤식,『한국현대문학사』, 일지사,
　1976; 김윤식,『해방공간의 문학사론』, 서울대 출판부, 1989; 최원식,「민족문학론의 반
　성과 전망」,『민족문학의 논리』, 창작과비평사, 1982; 신형기,『해방직후의 문학운동론』,
　제3문학사, 1988 등.
7) 배경열, 앞의 논문.

과언이 아니다. 그러나 문학적 대상이 민족문학이념의 논리로 소급되거나 문학론이 정치이념으로 환원되어 버리는 것은 분명 문제적이다. 정치적 실천과 이념 안에서 문학담론을 구성하고 다시 좌우익 대립구도로 민족문학론을 구성한다면 결국 정치적 이분법을 문학론으로 전이시켜 한국문학사를 이념의 대결구도로 한정짓는 셈이 된다. 한국문학연구가 '민족'이란 초월적 기의에 지속적으로 매달려 왔고 현실적 국면을 문학적 국면으로 환치시켜 온 점에서 이제 문학의 논리에 대한 근본적 질문을 제기해 볼 만하다.[8]

무엇보다 '해방공간'[9]이란 말이 환기시키듯 이데올로기의 대립 속에서 정치적 혼란이 문학적 혼란으로 전이되는 과정 속에서 실제 창작이 잘 이루어지지 않았다. 1939년 김기림은 「모더니즘의 역사적 위치」에서 모더니즘의 위기를 언어의 말초화로 타락하는 경향이라고 언급한 바 있지만 해방이 되자 그는 임화·김남천·이태준 등과 조선문학가 동맹결성에 가담하고 시와 정치의 결합에 대하여 강력하게 주장하기에 이른다. 1930년대 시언어의 순수성과 고전탐구에서의 의고주의를 향하던 정지용 또한 해방공간에서 순수시의 세계를 버리고 정치와 산문으로 나아갔다. 정지용이 해방직후 발표한 시는 「그대들 돌아오시니」, 「愛國의 노래」, 딱 두 편이었으니 오히려 그가 몰두한 것은 산문과 외국시 번역이었다.

---

8) 해방공간에서 민족문학론에 대한 왕성한 논의들이 있었던 것은 사실이지만 여전히 이론과 실천의 문제, 당의 이념과 문학의 논리 사이에서 갈등과 내분은 엄연히 공존하고 있었다.

9) 김상태, 「해방공간의 문학현실과 전개 양상」, 『국어국문학』 115호, 1995, 440면. 김상태는 '해방공간'이란 말이 저널리즘 쪽에서 나온 말로 추측하면서 1945년 8월 15일에서 남한에서 좌파문학이 불법화되던 대한민국 수립 시기 1948년 8월 15일까지를 해방 공간으로 삼고 있다. 그는 문학시기로 지나치게 짧기 때문에 공간개념으로 느껴진다는 점, 정치현실이나 문학현실이 전후와 뚜렷이 구분되는 시기, 정치적 현실이 혼란스럽다는 인상 등으로 3년간을 '해방공간'으로 부를 수 있다고 말한다.

해방 후에 이제는 최대한도로 조선인 노릇을 해야만 하는 것이겠는데 어떻게 8·15 이전 같이 왜소위축한 문학을 고집할 수 있는 것이랴. (…중략…) 어떻게 해야 옳은 예술을 급속도로 제작하여 건국 투쟁에 이바지하느냐가 절실한 문제다.[10]

이를테면 지용의 고백 "사춘기를 훨씬 지나서부터 일본 놈이 무서워서 산으로 바다로 회피하여 시를 썼다"[11]라는 말은 순수한 시 언어에 대한 추구가 일종의 정치적 우회였다는 것을 암시하는 것일까. 분명한 것은 김기림과 정지용 모두 모더니즘의 문학적 입장을 버리고 대방향 전환을 하고 있다는 점이다. 해방공간에서 시와 정치의 결합이, 식민지 정신적 고뇌를 상쇄하고 싶은 적극적 변호의 차원에서였건 '민족문학' 건설의 대명분에 대한 흥분과 격앙 속에서 새로운 민족문학을 모색해야 한다는 당위적 책무감에서였건 간에 해방기 시단이 정치 선동시와 선전 구호시, 행사시의 모습을 띠게 되었다는 것은 사실이다. 김광균이 "문학의 위기"[12]로 지목하는 것도 이 부분이다.

이와 같은 해방시단의 현상은 김윤식 선생의 지적대로 표층적 현상에 주목하던 1930년대 모더니즘과 철학적 본질을 지니고 있는 프롤레타리아 문학 사이에 매개개념이 부재했기 때문이라고 진단[13]해 볼 수 있다. 무엇보다 해방공간 문인들이 당면하게된 현실을 포착하고 담아낼 문학적 재구력이 없었다는 사실, '해방'이란 거대한 격변 앞에서 '언어적 공황' 상태에 빠지게 되었다는 점을 상기해 볼 수 있다.

이런 국면에서 주목할 수 있는 시인은 해방공간에서의 '오장환'이다.

---

10) 정지용, 「산문」, 『문학』, 1948.4.
11) 위의 글.
12) 김광균, 「문학의 위기-시를 중심으로 한 일년」, 『신천지』, 1946.12. 김광균은 좌익의 한계는 지나친 정치성, 시대정신, 우익의 한계는 시대정신의 깊이 있는 인식의 결여라고 보면서 정치의 진보가 문학의 진보일 수 없다는 점, 문학이 한 시대의 행로를 암시할 수는 있으나 직접적인 개혁에는 무력하다는 점, 시의 이념적 고정화를 비판한다.
13) 김윤식, 「해방공간의 시적 현실」, 『해방공간의 문학사론』, 서울대 출판부, 1989, 244면.

해방기의 오장환은 '민족'의 재발견이라는 '거대한 기의'와 맞닥뜨리면서도 추상적 명분으로 떨어지지 않고 서정적 내면과 현실적 구체성을 탐색해 간다.

오장환에 대하여 1930년대 후반 대표적인 모더니스트의 한 사람으로 보는 견해14)도 있지만 모더니즘과 리얼리즘의 동시적인 경향을 보여주다 결국 리얼리즘으로 귀착한다고 평가하는 견해15)도 있다. 그러나 사조나 유파의 미학적 개념 논리로 시인의 시세계를 귀속시킬 수도 없거니와 오히려 개념의 틀과 범주 안에서 평면적으로 시세계를 구획해버리는 우를 범할 수도 있다. 작품 연구에서 이 땅의 역사적 환경 속에서 빚어지게 되는 시적 형상화의 방법을 찾아내는 것이 선행되어야 할 이유가 있는 것이다.

해방기의 오장환 시에 나타난 정치적 경향에 대하여 서준섭16)은 현대성의 인식과 탐구가 모더니즘의 기본이념이란 점, 진정한 현대성은 자기 시대와 사회적 삶과 관계된다고 말하면서 오장환의 정치성을 해방 전 그의 모더니즘 경향과 연결시킨다. 이승훈17)은 모더니스트로 출발한 김기림과 오장환 등이 마르크시즘을 수용하는 과정에서 시적 파탄을 보여주게 되었고 투쟁하는 인민 앞에서 시적 파국을 맞게 되었다고 판단했다.

오장환은 해방기에 임화 등이 주도한 '조선문학가동맹'에 가담한 이후

14) 김기림, 「오장환 시집 「성벽」을 읽고」, 『조선일보』, 1937.9.18; 서준섭, 『한국 모더니즘 문학 연구』, 일지사, 1988; 김진희, 「오장환의 30년대 시와 모더니즘의 문제」, 『이화어문논집』, 이화어문학회, 1997.
15) 최두석, 「오장환의 시적 편력과 진보주의」, 『오장환전집』, 창작과 비평사, 1988; 박윤우, 「오장환 시연구」, 서울대 석사논문, 1988; 심재휘, 「오장환 시연구」, 고려대 석사논문, 1989; 오성호, 「「성벽」에서 「붉은 산」까지의 거리, 오장환 시의 변모과정에 대한 연구」, 『민족문학사연구』 6호, 민족문학사학회, 1994.
16) 서준섭, 「모더니즘의 반성과 재출발―1940년대 모더니즘시의 전개」, 『현대시사상』, 1995년 가을.
17) 이승훈, 「1940년대 한국모더니즘시 연구」, 『한국학논집』 32-1, 한양대 한국학연구소, 1998.

사회주의 노선을 드러내었고 실제 작품에서 정치적 계급성을 드러냈다. 그러나 그의 시집 『병든 서울』(정음사, 1946.7) 전체 텍스트를 꼼꼼히 독해하면 해방공간의 이념적 추상성을 넘어서는 시적 주체의 구체적 대응을 살필 수 있다. 해방공간에서 문학적 자아가 '민족'이라는 집단적 주체를 공유하고 있었다면 오장환은 개별적 주체 속에서 세계를 관찰하고 목격하는 개체성을 확보하고 있었다.

하여 오장환의 해방기 시에 대하여 해방 전의 반항과 부정의식을 극복하지 못했다고 비판[18]하는 것은 오장환을 이념의 재단 속에서 리얼리즘을 완성시킬 사회주의자로 한정지었기 때문이다. 해방공간에서 오장환이 동조하고자 했던 사회주의 이념을 그의 작품에서 완성시켰나 완성시키지 못했나를 확인하려 하기보다 해방기 이 땅 조선 현실을 역사의식 속에서 시적 구체, 시적 현실로 구현한 것인가를 탐색하는 것이 텍스트 해석에서 주객전도의 우를 피하는 방법이다.

이 글은 주체와 객체가 혼류하는 해방공간에서 언어적 공황을 체험하고 해방이라는 거대한 추상의 공허함 속에서 비판적 자의식의 언어를 모색해 가는 오장환의 시를 추적해보고자 한다. 해방공간에서의 오장환의 시적 태도는 감격이라는 몰(沒)언어의 세계에서 현실의 허위를 폭로하는 주체적 언어 발설로 나아간다.

이 글에서는 해방이라는 숭고 체험 속에서 세계와 언어 사이에서 길항하는 시인 의식을 고찰해보겠다.

---

18) 장도준, 「吳章煥 시의 모더니즘과 리얼리즘」, 『어문학』 60호, 한국어문학회, 1997.

2. 실재와의 대면, '울음'

　해방이 닥치자 시인은 해방이라는 충격을 '매개'할 어떤 방식도 찾아
내지 못한다. 오장환은 세계를 형상화할 시적 주체의 재현력을 잃어버
린다.

> 드디어 8월 15일은 왔다.
> 그것이 조만간에 올 줄은 알았지만 그렇게 빠를 줄은 정말 뜻밖이었다. 그때
> 나는 병원에 누워 배를 가르고 대동맥을 자르느냐 안 자르느냐의 관두(關頭)에
> 있었기 때문에 나에게 있어서 외출은 불가능한 것이었다.
> 그러나 나는 날마다 밖으로 나갔다. 나가지 않으면 못 배길 용솟음이 가슴속
> 에 있었기 때문이다. 날마다 나가서 보고 듣는 것이 모두 새로운 것뿐이었다.
> 하루 사이에 세상을 보는 눈은 달라졌다. 그러나 이 눈앞에 나타나는 사물에
> 똑바른 처결을 내릴 방도를 갖지 않은 나는 우선 당황하는 것이 제일 먼저의
> 일이었다.
>
> 　　　　　　　　　　　　　　　　　　　　　　　　　「예세닌에 관하여」 19)

　시인은 해방이 "뜻밖이었다"라고 말한다. "사물에 똑바른 처결을 내
릴 방도를 갖지" 못해 "당황하는 것이 제일 먼저"라고 말한다. 세계와
개체와의 변별점이 사라지고 세계를 대상화할 수가 없다. 8·15해방은
시인이 수용하고 포착할 수 없는 현실이었다.

> 8월 15일 밤에 나는 병원에서 울었다.
> 너희들은 다 같은 기쁨에
> 내가 운 줄 알지만 그것은 새빨간 거짓말이다.
> 일본 천황의 방송도,

---

19) 오장환, 「에센-닌에 관하여」, 『에세-닌 시집』, 動向社, 1946, 117~118면.

기쁨에 넘치는 소문도,
내게는 곧이가 들리지 않았다.
나는 그저 병든 탕아로
홀어머니 앞에서 죽는 것이 부끄럽고 원통하였다.

　　그러나 하루아침 자고 깨니
이것은 너무나 가슴을 터치는 사실이었다.
기쁘다는 말
에이 소용도 없는 말이다.
그저 울면서 두 주먹을 부르쥐고
나는 병원에서 뛰쳐나갔다.
그리고, 어째서 날마다 뛰쳐나간 것이냐.
큰 거리에는,
네거리에는, 누가 있느냐.
싱싱한 사람 굳건한 청년, 씩씩한 웃음이 있는 줄 알았다.

「병든 서울」 중에서

　역사적으로 충격적인 현실의 변화는 문학적 주체가 정신적으로 충분히 장악하지 못하는 경험이다. 객체에 대하여 거리를 확보하지 못하는 시인은 현실 세계를 매개할 것을 잃어버린다. 해방체험의 격앙된 감정을 쏟아내기에 언어적 논리화는 허위적 매개처럼 여겨질 수 있다. 이때 시인의 언어는 정제되고 질서화되지 못한 채 쏟아진다. 시형이 단형화, 음률화, 반복 대구가 되는 것은 감정을 직접화하면서 나타나게 되는 시의 직정성에서 비롯된다.

　하여 시인이 쏟아내는 것은 기호화가 되지 않는 '울음'이다. 일제 강점하에서 오장환 시는 허무적이고 퇴폐적인 낭만성을 보여주기도 했다. 실제 시인은 "모든 것은 / 나에게 지난 일을 돌이키게 한다 / 그러나 나에게는 울음뿐이다 / 몇 사람 귀기울이는 데에 팔리어 / 나는 울음을 일삼아왔다"(「나의 길-삼일기념의 날을 맞으며」)라고 고백한다. 그러나 식민지 청년으로 "붉은 시"를 쓰며 울던 울음이 절망적 불운에 대한 메타포로 서 작용하고 있다면 해방을 맞아 터져 나오는 울음은 또 다른 의미로 해석된다. 시인은 "8월 15일 밤에 나는 병원에서 울었다. / 너희들은 다 같은 기쁨에 / 내가 운 줄 알지만 그것은 새빨간 거짓말이다"라고 노래 한다. 시인은 기쁜 소식에도 불구하고 병든 탕아로 홀어머니 앞에서 죽 는 것이 부끄럽고 원통하다고 노래한다. 그러나 그의 울음은 다시 "그 저 울면서 두 주먹을 부르쥐고 / 나는 병원에서 뛰쳐나갔다"로 연결된다. 시적 화자의 울음은 '부끄러움'과 '기쁨'이 복합적으로 결합되어 쏟아지 는 울음이다. 시인은 "하루 아침 자고 깨니 / 이것은 너무나 가슴을 터치 는 사실이었다. / 기쁘다는 말, / 에이 소용도 없는 말이다"라고 말한다.

외부세계가 결정적으로 붕괴되었을 때 주체가 객체에 대하여 거리를 확보할 수 없을 때 울음이 터진다. "기쁘다는 말"이 소용이 없다. 감격 적 울음은 말을 앗아간다. 순간적으로 예기치 않은 것이 도취를 불러일 으킬 때 그것을 '전율'이라고 명명[20]한다. 그 장엄함의 순간에 주체는 말을 잃게 된다. 현상에 대하여 '언어'를 잃어버리는 감정의 격앙은 일 종의 혼합된 감정에서 비롯된다. 지병인 신장병으로 홀어머니의 간호를 받으면서 병원에 누워있던 오장환에게 해방은 원통할만큼 기쁘고 부끄 럽고 전율스러운 사건 경험이었다.

'해방'은 현실적 개념으로 논리화하거나 설명할 수 없기에 사람들은 일제히 '만세!'만을 부른다.

군중은 만세를 부른다.

우리는 노래가 없었다.

---

20) Karl Heinz Bohrer, 최문규 역, 「현상의 전율과 기대 불안」, 『절대적 현존』, 문학동네, 1998, 45면.

그래서
이처럼 부르짖는 아우성은
일찍이 끓어오던 우리들 정열이 부르는 소리다.

「八月 十五日의 노래」 중에서

기쁨에 취한 자들은 들끓는 환희와 행렬로 이어갔다. 시인은 "감격에
막히면 / 아 언어도 소용없고나"(「聯合軍 入城 歡迎의 노래」)라고 노래했다.
감격과 환희를 다만 "목청이 터지도록" 만세를 부르고 "손에 손에 깃발
을 날리며", "그냥 기쁨에 취하고, 함성에 목메이는"(「八月 十五日의 노래」)
것으로 밖에는 표현이 불가능하다. 노래가 없는, '언어화 불능'의 극단적
환희다. "부르짖는 아우성"이며 "정열이 부르는 소리"만이 있을 뿐이다.
언어화할 수 없는 현실과의 극단적 대면, 이와 같은 사건의 체험은
은폐되거나 심중에서 막연하게 품어오던 어떤 실재(The Real)에 대한 체
험이다. 실재는 정치적 역사적 숭엄함과 연결되면서 순간적으로 모습을
드러내는 어떤 것21)이다.
해방 체험은 이와 같은 실재에 대한 체험이다. 해방은 언어화할 수
없는 설명 불가능한 것이다. 의식이 언어로 구조화되어 있는 상징계가
실재계를 만나는 순간, 언어가 사라지는 언어적 혼란, 공황을 맞게 된다.
오장환이 병석에 누워서 맞이한 해방은 어떤 "말"도 "소용없는 말"이
되는 실재와의 대면이다. 장엄한 실재를 맞았을 때 말이 사라져버린다.
"큰 거리에" "네 거리"에 "싱싱한 사람 굳건한 청년"들이 "씩씩한 웃음"
을 짓고 있고 "저마다 손에 깃발을 날리며" "노래조차 없는 군중이 만
세로 노래 부"른다. 노래의 운율마저 잃은 채 오직 "만세"만을 쉴새없이
외치는 극단적 격앙이다.

---

21) Slavoj Zizek, 이수련 역, 『이데올로기라는 숭고한 대상』, 인간사랑, 2002, 274~275면.
지젝은 실재를 "항상 제자리로 돌아가는, 상징계 이전의 야생적인 현실"이라고 개념화
한다. 실재는 완전히 상징화되지 않은 주체의 상징세계 안에 자리를 부여받지 못한 상
상적인 실체로 정의된다.

'해방'은 격앙된 기쁨이면서 분노이고 환희이면서도 에피파니의 공포와 연결된 어떤 것이다. '에피파니', 신이 현현(顯現)한 것 같은 실재와의 대면은 장엄한 공포와의 대면이다. 해방은 '불안한 기대함'에 싸여 있는 어떤 것이다.

시인은 개념화하고 분절화 할 수 없는 언어이전의 '울음'과 '아우성'으로 '소리'를 질러댄다. 해석될 수 없는 현실 속에서, 역사적 통찰로 파악되지 않는 거대한 실재와의 대면 속에서, 시인은 '언어'를 잃어버린다. 외부세계가 붕괴되자 주체는 지각으로 매개되는 객체를 더 이상 똑바로 포착할 수 없게 된다. 시인은 해석할 수 없는 세계에 대하여 미학적 언어적 대응을 할 수 없다. 해방시단에 나타난 정치적 구호시에서 기표가 사라지고 오직 기의(추상적 이념)만이 가득찬 것이었다면 오장환은 착종되고 혼종된 감정 속에서 기의를 잃어버린 '울음'으로 기표를 드러냈다. '울음'은 언어로 포착될 수 없는 현실에 대한 시적 내면 주체의 실존적 반응이다.

3. 착종된 현실과 시적 미메시스

그러나 조국 해방의 순간에 시인은 추상적 거대한 어떤 것이 실제로 구현되는 데서 오는 커다란 구멍을 느낀다. 구멍은 결여와 부재의 느낌이다. 시인은 '공포'와 '분노'를 체험한다.

언제나 눈물없이 지날 수 없는 너의 거리마다
오늘은 더욱 짐승보다 더러운 심사에
눈깔에 불을 켜들고 날뛰는 장사치와

나다니는 사람에게
호기 있이 먼지를 씌워주는 무슨 본부, 무슨 본부,
무슨 당, 무슨 당의 자동차.

「병든 서울」 중에서

　사실 숭엄한 실재는 루마니아에서 차우체스쿠가 처형당했을 무렵의
체험과 연결된다. 공산주의의 상징인 별 표시가 국기에서 도려내어졌다.
이 때 별은 전체주의적인 질서를 상징하는 매듭점이었다. 그 매듭점이
구멍(비어있음)이라는 사실을 드러낸 것이 바로 그 사건이다. 그 사건은
전체적인 삶을 장악하고 있던 원칙이 구멍이자 결여로 드러나는 짧은
확인의 순간이었다.

　시적 화자는 기존의 질서가 붕괴되고 새로운 질서가 그 구멍을 채우
기 전까지의 이 짧은 기간 동안 대타자 안에 있는 구멍(결여)를 가시적으
로 보게 된다. 해방의 새날에 시인은 "짐승보다 더러운 심사" 속에서
"눈깔에 불을 켜들고 날뛰는 장사치"와 "무슨 당 무슨 당"하면서 나다
니는 사람들에게 전단을 나누어주는 갖가지 "본부"들을 본다. 이것은
해방직후 민족해방투쟁에서 여전히 힘의 재편성과정이 있었고 혼란이
가중될 수밖에 없는 시기라는 것을 극명화한다. 미소 점령군에 의해 신
탁통치설이나 냉전체제에서의 외교적 혼선이 빚어지고 있던 차였다. 좌
우익 이데올로기의 대립 속에서 무슨 당 무슨 당들이 서로 난립했다.
비로소 지금까지 '민족해방'이란 거대한 추상이 비어있는 거대한 결핍
이며 구멍이란 사실이 드러난다.

　　한때, 우리는 해방이 되었다 하였고 또 온 줄로 알았다.
그러나
사나운 날세에
조급한 사나이는
다시금,

뵈지 않는 쇠사슬 절그럭거리며
막다른 노래를 부르는구나

아 울음이여! 울음이여!

「찬가」 중에서

한때 해방이 왔다고 생각했고 또 온줄로 알았다고 시인은 말한다. 그
런데 "사나운 날씨" 속에 사나이가 "뵈지않는 쇠사슬 절그럭거리며" 절
망의 노래를 부르고 있다. 시인은 "어찌하여 우리는 이러한 노래를／다
시금 부르는 것이냐"라고 절규한다. 해방 후의 점령군과 민족의 혼란
속에서, 민족 사이의 이념의 대립 속에서, 이 "뵈지 않는 쇠사슬"을 보
면서 시인은 다시금 "울음이여! 울음이여!"라고 외친다. 시인은 "마음
안에 그늘지는 검은 그림자"를 느끼며 "울음"을 호명해온다. 설명될 수
없는 역사적 전망의 부재와 혼란이다.

값싼 허영심에 뻗어갔거나
여러 식구를 먹이겠다는 생활고에서 뛰쳐났거나
진하게 개어 붙인 분가루와 루주에
모든 표정을 숨기고
다만 상대방의 표정을 좇는 뱀의 눈같이 싸늘한 여급의 눈초리
담요때기로 외투를 해 입은 자가 있다.
담요때기로 망토를 해 두른 놈이 있다.
또 어떤 놈은
권총을 희뜩희뜩 비쵀는 자도 있다.
이런 곳에서 목을 매는 중학생이 있다.
아 그러나
이제부터 얼마나 지나지 않은
해방의 날!
그 즉시는 이들도,

서른여섯 해 만에 스물여섯 해 만에
아니 몇살 만이라도 좋다.
이 세상에 나 처음으로 쥐어보는 내 나라의 깃발에
어쩔 줄 모르고 울면서 춤추던
그리고 밝고 굳세인 새날을 맹서하던 사람들이 아니냐.

「이 세월도 헛되이」 중에서

하여 1946년 해방이 된 다음 해에 오장환이 『병든 서울』이란 제목의
시집을 출간했다는 것은 분명 역설적이다. 일제강점 때도 지나 해방직
후의 공간을 '병든' 것으로 간주했다는 점이다. "해방의 날!"이 얼마 지
나지도 않은 날 서울은 "수채물 구멍"의 한복판으로 비유된다. 허영심
과 생활고에 여급이 된 여자, "담요때기로 외투를 해입은 자" "담요때기
로 망토를 해두른 놈" "권총을 희뜩희뜩 비치는 자" "목을 매는 중학생"
까지 있다. 해방을 환호하며 춤추며 굳센 새날을 맹세하던 사람들은 대
도시의 빈둥거리는 군상, 빈궁에 찌든 빈민, 매춘부와 같은 소외층이 되
어버렸다. 시인은 해방이라는 새롭게 등장한 현실 앞에서 빈곤과 정신
적 병리와 죽음을 충격적으로 보여준다.
　오장환은 외부세계가 붕괴되자 주체마저 붕괴되는 해방공간의 혼돈
과 모순을 사실적 인상들로 발설한다. 이념적 판에 박힌 듯한 애국적
관념과 계급투쟁에 의한 유토피아적 모색은 맹목적인 감정이입으로 추
상적 현실만을 보여줄 뿐이다. 시인은 해방공간의 급속한 변화와 기괴
한 풍속사를 미메시스적 현실로 드러낸다. 현실공간을 가장 선명하게
재현해 내려 한다.

　　너는 보았느냐
　마차발에 채어 죽은 마차꾼을,
　그리고
　장안 한복판에

마육(馬肉)을 싣고 가는 마차말같이
인육(人肉)을 싣고 가는 폭력단을 ―

　한 나라의 집결된 의사(意思),
인민의 입,
신문이 있다.
그리고
아 끝까지 베지 못한 인육의 마부는
성낸 말들을 이곳으로 몰아넣는다.

　자신이 부리던 마차조차 제어하지 못하는 늙은 마부는 마차발에 채어 죽고 만다. 성난 말은 "타성의 뒷발질"을 하였지만 늙은 마부는 "마차말조차 제어하지 못"한다. 사회의 기본적 질서와 신뢰가 무너지고 전도된 죽음이 해방공간의 거리에서 이루어진다. 마차를 부리는 마차꾼이 마차에 치이듯 현실공간은 충격적이고 그로테스크하게 무너진 붕괴의 시간을 예감한다. 마차말이 자신의 혈육인 말 고기(馬肉)를 싣고가는 충격처럼 우익좌익 폭력단은 자신의 혈육인 사람 고기(人肉)를 싣고간다. 이데올로기 단체들의 폭력은 같은 민족끼리 싸우고 죽이고 그 고기를 뜯어먹으려는 폭력단의 인육으로 가시화된다. "한 나라의 집결된 의사"이고 "인민의 입"이어야 할 "신문"에는 그 폭력단이 몰아넣은 "성낸 말들"만이 가득하다. 성낸 말(馬)은 결국 극단화된 이념주자의 극단적인 말(言)이었던 셈이다. 메타포의 잔인함과 그로테스크함은 전도되고 파괴된 현실을 단적으로 제시한다.
　시인은 종말감, 무질서의 혼란과 현실파괴를 보여주면서 해방공간의 위기감을 주제화한다. "점잖은 의상을 갖추운 자본가들"이 「한국」이니 「건설」이니 「청년」이니 / 「민주」니 하는 간판을" 크게 내걸고 "갱"을 직업으로 청년들을 고용하는 위장된 폭력의 세계다.

갱은 고도한 자본주의 국가의 첨단를 가는 직업이다
성미 급한 이 땅의 젊은이는 그리하여 이런 것을 받아들였다
알코올에 물탄 양주와
댄스로 정신이 없는
장안의 구석구석에
그들은 그들에게까지 이러한 사실을 알려주었다.

「갱」 중에서

현란하고 퇴폐적인 서구문화를 깽으로 비유한다. 깽은 자본주의국가
의 첨단 직업으로 날카롭게 풍자된다. 깽은 성급한 이 땅의 젊은이들에
게 침입하여 '양주'와 '딴쓰'를 전파하고 '정신'을 잃게한다. 심지어 "점
잖은 의상"을 입은 자본가들이 이것을 직업으로 삼는다고 시인은 비난
한다. 위장된 자본의 추함과 이념의 폭력성을 비난한다. 오장환의 현실
비판과 첨예한 현실 관찰은 해방공간 현실에 대한 미메시스다. 이는 극
단적 혼란의 현실을 표현하지 않고는 견딜 수 없는 치열한 시의식의 결
과이다.

결국 해방공간은 텅빈 실재에 대한 체험이며 결여를 드러내는 공간
이다. 오장환은 해방이라는 숭고한 실재와의 만남에서 착종된 현실의
모습을 시적 미메시스로 그려낸다. '발설할 수 없는 것'에 대한 언어적
발설이다.

4. 해방과 시적 발설의 의미

해방공간은 한민족에게 설명 불가능한 '전율'이자 '착종' 상태로 규

정할 수 있다. 함석헌이 8·15해방이 도적처럼 왔다 말하였듯 문인들은 현실을 포착할 어떤 주체적 언어도 성취할 수 없었다. 식민치하에서 박탈당한 모국어는 해방공간에서 다시금 혼란에 빠지고 '언어적 공황(恐慌)' 상태에 놓이게 된다. 소설가들은 미래적 역사전망을 할 수 없는 혼돈된 현실 속에 민족의 서사를 구성하기 어려웠다. 해방의 현장감을 체험의 직접성과 호흡의 급박함으로 드러낼 수 있었던 것은 시였다.

오장환에게서도 해방은 주체와 객체의 관계가 붕괴되는 언어재현 불가의 상황이었다. 시인은 "사물에 똑바른 척결을 내릴 방도"를 찾을 수 없다고 말한다. 시인은 격앙된 '울음'을 터뜨리면서 세계를 '인식'하고 '개념화'할 언어를 찾지 못한다. 시인은 '울음'이라는 언어 이전의 몰(沒) 언어적 공황을 신체적 격한 반응으로 드러낸다. 어떤 말도 필요없이 모든 언어를 빼앗아가는 감격은 전율적인 울음 체험으로 나타난다. '울음'은 현실을 재구성할 재현력 부재를 의미한다. 해방이라는 숭고한 대상과의 만남은 주체와 객체가 붕괴되는 급격한 것의 체험인 것이다.

해방이란 실재는 커다랗게 비어있는 '결여'일 뿐 '전율적인 공포' 체험이 되고 만다. 격앙된 해방 공간은 종말감과 무질서의 혼란이 극치에 다다르는 극단적 공포를 재현한다. 이데올로기의 난무와 이념의 대립 속에서 폭력단은 '인육'으로 충격화된다. 해방공간은 그로테스크하게 붕괴되는 시간을 예감한다.

사실 해방공간은 과잉된 발설의 공간이면서 극단적 언어 혼란의 시기였다. 해방공간에서 가장 많이 사용된 단어를 찾는다면 그것은 '민족'이라는 말이다. 일제 식민지를 거치면서 낯익은 단어가 되었지만 해방 이후 '민족'이란 말은 조선인 공동체를 호출하는 가장 선험적이자 생래적인 강력한 기호가 된다. 해방은 좌익이든 우익이든 '민족'이란 집단적 정체성으로 동질성을 찾아야 하는 공간이었고 동질감 속에서 '민족적 정체성'을 획득해야 하는 당위적 과제의 장이었다. 그러나 '민족'이란 말은 집단의 이데올로기마다 제각기 다른 표상으로 등장한다. 해방공간의 거리에 뿌려진 삐라는 '민족'이라는 이름을 내걸고 제 이념들을 정당화하고자 했다.

> "조국이 없으면 민족이 없고, 민족이 없으면 무슨 당 무슨 주의 무슨 단체가 존재할 수 있겠습니까?"
> "대저 민족은 모든 계급을 포섭한 생동하는 통일적 견해이다."
> "일체의 의타주의 사대주의를 배격하며 우리 민족 독자의 견지에서 일체의 사상적 혼란을 배제하고 진정한 민족 이념을 파악하야······."22)

조선민의 모든 이들을 통합할 수 있는 말은 '민족'이라는 호명이었다. '민족'은 이미 선험적으로 내재된 추상적 관념처럼 해방공간의 사람들에게 심정적 관념체가 되었다. 해방 공간에서 '민족'이란 말은 일종의 헤게모니를 장악하는 표상체계가 된 셈이었다. 그렇게 하여 해방 공간에서 난립한 조직과 단체들은 '민족'이란 말로 제 각기 집단의 이념을 드러내고 그것을 핵심적 정체성으로 삼고자 했다. '민족'이란 말은 말의 발신자에 따라 제각기 다른 관념으로 불려지고 그렇게 됨으로써 혼란한 추상성을 가중시켰다. '민족'은 철저하게 집단의 이데올로기적 목적을 위해 관념화되었고 주입되었다. 선험적 관념과 추상적 이념 속에서 민족은 '인민'이란 이름으로 '동무' '동지' '우리'라는 이름으로 불려지기도 한다.

> 원수 애초 맺지 말고
> 남의 손짓 미리 막어
> 우리끼리 굳셀뿐가
> 남의 恩惠 잊지 마세

정지용, 「愛國의 노래」23) 중에서

---

22) 고길섭, 「'민족'과 말의 실험실」, 『우리 시대의 언어게임』, 토담, 1995, 132~134면 인용과 참조.

해방은 물론 '민족'의 해방이었기에 시적 자아는 집단적 정서를 지니게 된다. 김기림은 "사치한 말과 멋진 말투 / 시의 귀족도 한량도 아니라 / 그대 그슨 얼굴 흙에 튼 팔뚝이 서로워 / 그대 속에 자라는 새날 목놓아 부르리라"(「새노래」, 1948)라고 노래한다. 정지용은 애국지사의 고국귀환을 보면서 "그대들 돌아오시니 / 피 흘리신 보람 燦爛히 돌아오시니!(「그대들 돌아오시니」, 1946)라고 노래한다. 그러나 기실 '민족' '우리' '동지'는 '해방'이라는 숭고한 추상이 불러온 또 다른 상상적 공동체였을 뿐 구체적 기표성을 지닐 수 없다. 언어(민족)의 범람은 언어의 과잉을 불러왔고 과잉은 언어의 혼란과 추상성만을 가져왔다.

오히려 오장환의 '울음'은 정직한 자기고백의 서정성을 지닌다. 어떤 역사적 지표도 없이 과격한 현실의 과잉으로 넘쳐흘렀던 해방공간에서 오장환은 언어를 잃고 격앙한다. 언어로 발설되지 않는 '울음'이야말로 정직한 주체의 내면성이다. 오장환의 언어 붕괴는 해방이 공허한 실재라는 것을 확인하면서 비판적인 언어 발설로 나아간다. 숭고한 것의 붕괴가 시작된다. 해방공간의 구체적 현실성은 이와 같은 주체와 대상과의 치열한 관계 속에서 당대적 삶의 본질을 구성한다.

김기림과 정지용이 해방직후 모더니즘과의 자기화해를 생략하고 급속하게 사회주의 강령과 자기를 일치시켜 간 것을 상기해 보자. 해방직후의 정치적 급박함에 연동하여 문학은 당의 외곽조직이라는 근본적인 한계를 넘어서기 어려웠다. 이때 오장환은 해방공간에서 실재와의 정직한 대면을 주체적 자아로 견인해 나아간다. 시인은 언어를 빼앗아 버린 실재의 숭고함 속에서 공허하게 텅 빈 결여를 간파한다. 해방공간은 거대한 숭고와의 만남이자 언어적 공황의 현장이었다. 오장환은 역사적 자의식 속에서 숭고한 대상의 붕괴를 시적 현실로 발설하고자 한 것이다.

---

23) 정지용, 『革命』 1호, 1946.1.

제4부
서정주, 비루함과 숭고의 시학

제1장 시어와 이데올로기

1. 시어와 역사적 상황 선택의 문제

낭만적 예술론에서 작가는 자연의 정령이며 천재로 그려진다. 천재로서 시인은 자신의 창작 과정에 무의식적으로 개입하여 전개념적 사유 능력으로 순진무구한 자연 그 자체를 드러낸다. 시인의 상상력은 과학적 개념과 중재가 무력해지는 지점에서 초개념적 감성을 발휘한다. 예술은 개념의 매개를 지우려는 역설적인 '의도'이며 스스로 인위성을 무효화해나가는 기술인 셈이다. 낭만적 예술론에서 표상으로서의 예술은 스스로 표상의 흔적을 지워나가는 과정이며 자연의 사물을 자연 그대로 드러내는 과정이다.

서정주의 시 언어를 마법성의 언어라 부르는 것에는 그의 언어 운용에서 특이한 아우라가 형성되기 때문이다. 서정주의 시 언어는 마치 혼이 깃든 정령처럼 이성과 개념 이전의 감성을 내포하고 있는 듯하다.

유종호는 미당의 창의적이고 독보적인 언어 구사는 우리말 시가 도달할 수 있는 최고의 경지에 이르렀다고 극찬했다.[1] 김화영은 미당이 일상적 세계의 소도구들을 시 속에 자유롭게 편입시킬 수 있었던 것이 구어체 산문시의 개발에 있다고 보았다.[2] 권오만은 미당의 시가 우리말의 결과 무늬와 음색을 만끽할 수 있는 향연장이라고 하였고 우리 고유의 것과 토착적인 것, 그리고 우리 고유어에 대한 시인의 애착이 그와 같은 결과를 가져왔다고 지적했다.[3]

서정주의 시 언어가 가지는 마음(혼)의 울림, 전통적 운율 속에서의 서사무가적 접신술, 무의식적 원형으로서의 민족적 상징은 조선말이 가지는 고유한 언어의 결과 음향(音響)과 풍속을 형상화한다. 그러나 시인이 자연과 예술적 세계를 경계짓는 그 표상의 과정에는 자연 모방을 위한 흔적을 끝내 지울 수 없다. 시인이 자연을 드러내는 방식에는 표상 세계의 '인위성'이 개입할 수밖에 없으며 그것은 결국 그가 세계를 구성하는 현실관, 문학관의 결과인 '언어적 구성'으로 드러난다. 주체는 스스로의 이데올로기로부터 자유로울 수도 없다. 사물에 대한 표상은 매재(언어)에 의한 표상인 셈이다. 그런 점에서 서정주 시 언어가 근대 이전의 생래적 호흡이라는 말에서 '생래적'이란 수식에 의아심을 제기해 볼 수 있다. 서정주 시를 논하면서 접신술, 영통주의와 연결지어 개념과 이념을 초월한 혼의 시학, 천재적 영감에 의한 예(藝)의 경지라 규정하는 부분에 대하여 좀더 심각한 숙고가 필요하다.

서정주가 보여주는 전통성은 몸으로 부닥친 생리적 정신성이라기보다 역사적 상황적 선택과 관계한다. 서정주는 그의 첫시집 『화사집』을 거쳐 1948년 『귀촉도』이후 구비 서사 무가, 신라주의, 불교적 샤마니즘의 주술성을 보여준다. 서정주의 '신라주의'는 사실 전후 전통파 시인[4]

---

1) 유종호, 「소리 지향과 산문 지향」, 『미당연구』(조연현 외), 민음사, 1994, 338면.
2) 김화영, 『미당 서정주의 시에 대하여』, 민음사, 1984, 130~152면.
3) 권오만, 「미당 시의 세 단계와 그 언어」, 『시와 시학』, 1966년 가을.

들이 전쟁의 공포와 불안에서 존재론적 정체성을 회복하고 서구 근대에 대하여 주체적 대항논리를 만들기 위해 발굴해 낸 전통이었다. 그런 점에서 서정주의 전통주의는 생리적 정신성에서 비롯되었다기보다 '반근대'의 논리로서 '근대'를 전제로/통해서 성립된다.

미당의 전통성과 반근대의 문학사적 의미는 재점검되어야 하겠지만 일단 필자가 문제삼는 것은 미당 시 언어가 갖는 이데올로기적 측면이다. 위에서 언급했듯 표상 공간에서 자연과 매개없는 결합이 불가능하다고 보았을 때 언어는 매개되고 시인의 언어는 현실관으로서의 자신의 이념을 전적으로 담아낼 수밖에 없다. 시인은 자신의 역사관과 현실관만큼 시를 쓴다. 이와 같은 입장은 문학과 삶을 별개로 구별하는 미학적 분리주의자들의 입장과 대립된다.

서정주 시가 평자[5]들에게 받는 찬탄에 가까운 숭배와 함께 극단적 비판[6]이 이루어지는 지점도 여기다. 일제 말 친일시를 쓰고 내선일체를

---

4) 조지훈·조윤제·정병욱 등에 의해 '신라'에 대한 관심이 있었다. 조지훈, 「고전주의의 현대적 의의」(문예, 1949.9), 『조지훈전집』 3, 나남출판, 1996.

5) 유종호, 「소리지향과 산문지향」, 『미당연구』(조연현 외), 민음사, 1994; 고은, 「서정주 시대의 보고」, 『문학과지성』, 1973 봄, 181면; 문덕수, 「신라 정신에 있어서의 영원성과 현실성」, 『현대문학』, 1963.4; 조연현, 「김동리와 서정주」, 『한국현대작가론』, 1965.2; 천이두, 「지옥과 열반, 서정주론」, 『시문학』, 1972.6~9.

6) 김윤식은 신라정신을 전통으로 말하는 서정주의 주장에 일단 반박을 하고 역사의 예술화를 지적하면서 동양숭배자들의 소행은 당시의 서구병 환자들과 동일한 차원이라면서 비판한다(김윤식, 「역사의 예술화」, 『현대문학』, 1963.10). 김종길은 서정주의 시가 신비적인 색채로 인간 이성을 무시하거나 현실감각을 완전히 포기한 무당의 말투라 비판한다(김종길, 「실험과 재능―우리 시의 현황과 그 문제점」, 『문학춘추』, 1964.6). 김우창은 서정주가 매우 고무적인 출발을 했으나, 그 출발로부터 경험과 존재의 모순과 분열을 보다 넓은 테두리에 싸 쥘 수 있는 변증법적 구조를 발전시키는 방향으로 나아가는 대신, 그것들을 적당히 발라 맞추어 버리는 一元的 感情主義로 후퇴하였다고 지적한다. 그 결과 그의 시는 한국의 대부분의 시처럼 자위적인 자기만족의 시가 되어버린 것이며 그런 점에서 서정주의 실패는 한국시 전체의 실패라고 결론내린다. 최근에 미당 시에 대한 비판은 친일 문제와 함께 불거지고 있는 셈이다(김우창, 「한국시와 형이상」, 『세대』, 1968.7). 김재용은 「서정주―전도된 오리엔탈리즘」(『협력과 저항』, 소명출판, 2004)에서 서정주 친일문학을 살피면서 동양의 신비화과정, 대동아공영권에 대한 동조 속에서의 동양주의에 대한 비판을 하고 있다. 김진석은 「초월적 서정주의에 스민

동조하였다는 점, 해방 후 문교부 초대 예술과장을 맡고 또 수년간 문인협회 회장을 맡으면서 현실 정치감각을 익혔다는 점, 이승만 이후 독재 위정자들의 평전을 쓰고 그들을 찬양하는 발언을 지속적으로 해왔다는 점 등으로 시인의 정치적 이력을 시에 직대입시킬 수는 없다. 실제 미당 시가 그의 정치적 이력 때문에 문학적으로 실패였다는 판단이나 미당 시의 탁월함은 문학적으로 평가할 만하지만 정치적 삶에서는 실패였다는 평가는 모두 다 문제적이다. 시인의 시어는 역사적 시대적 국면 속에서 미학적 태도의 문제와 연결된다. 무엇보다 미당 시 언어가 잠재하고 있는 무언가를 해석하는 데서 그를 둘러싼 맥락(컨텍스트)과 분리시킬 수 없으며 맥락(컨텍스트)을 무시하고는 미당 시의 정체를 정확하게 독해하지 못한다는 점이다.

시인은 세계를 바라보는 역사적 정황 속에서 시어를 선택하고 시 세계의 경계를 결정짓는다. 인간은 역사의 순간과 상황의 순간 속에 존재한다. 유기적 삶의 무의미함 속에서 살아가면서도 역사적 프로젝트의 의미-부여 속에서 살아가는 역사적 존재인 것이다. 시인의 언어는 컨텍스트와의 결합 속에서 선택되고 생겨난다. 이를테면 21세기 지금, 이곳에서 '학'이란 언어 / 사물을 호명하는 것과 전후 전통파의 이념추구 속에서 '학'을 호명하는 것은 분명 다른 변별성을 지닌다. 1950년대 미당이 시에서 '학'을 묘사해 냈다면 그것은 그 당대적 역사적 국면 속에서 시적 의미를 내포한다. 산문어와 달리 시어는 '함축적'인 의미를 내포한다. 함축성으로서의 은유와 상징은 지시적 의미라기보다 언어공동체 속의 묵계와 관습에 의해 결정된다. 그런 점에서 시어는 산문어보다 훨씬 시대적 변수를 지니고 있다. 시어의 기표성과 말이 환기하는 독특

파시즘적 탐미주의-서정주 비평을 비판한다」, 『소외에서 소내로』(개마고원, 2004)에서 문학 텍스트와 사회 행위 사이에 놓여 있는 내밀하고 복잡한 관계를 추적하는 일은 중요한 일이라고 하면서 서정주 시의 탐미주의가 철저하게 권력적 탐미이며 공허한 초월주의임을 비판하고 있다.

한 연상과 함축은 시대적 관습을 내포하고 있다. 시어는 '함축적'이기 때문에 산문어보다 훨씬 시인의 신념을 정치적으로 실천할 수 있다. 정치적 발언은 직접적 발화라기보다 대개 수사적 은유와 은유의 거대한 연쇄 구조의 환기적 분위기 속에서 실현되기 때문이다. 은폐(함축)되어 있기 때문에 더욱 이데올로기적일 수 있다.

결국 미당 시가 이성중심주의에 기반한 근대에 대한 대항논리로 반근대를 보여주었다는 점은 분명한 사실이지만 미당이 추구한 '전통'과 '동양주의'가 어떤 것이었는가에 대한 본질적 규명은 필요하다. 작품은 지성사적 맥락(컨텍스트) 속에서 형성되며 작품을 둘러싼 사회적 관계의 성격 속에서 해석된다. 시인은 작품과 작품을 둘러싼 사회적 구조 속에 놓여 있으며 시의 언어는 삶과 텍스트의 관계 속에서 결정되는 시인의 형식적 실천인 것이다. 시인에게 역사적 긴장감이 중요한 것은 이와 같은 이유에서다.

이 글은 『귀촉도』 이래 서정주 시 언어가 가지는 전통성과 동양주의의 의미를 살펴보되 시인의 문학관과 세계관을 통해 시어와 이데올로기적 국면을 규명해보자 한다. 서정주 시는 오랫동안 낭만적 서정성, 한국 민족의 원형적 공감대를 울리는 주술적 운율로 논의되어왔다. 서정주가 선택한 시어와 그의 세계관에 대한 규명은 지금껏 미당 시를 둘러싸고 있는 마법성 논의에서 서정주 시를 건져내는 작업이다. 시인의 신념과 시어의 선택, 사회적 정황의 고려 속에서 서정주 시는 정당한 해석의 국면을 찾아갈 수 있을 것이다.

2. 초월 상징의 참과 거짓

千年 맺힌 시름을
출렁이는 물살도 없이
고은 강물이 흐르듯
鶴이 나른다

千年을 보던 눈이
千年을 파다거리던 날개가
또한번 天涯에 맞부딪노나

山덩어리 같어야 할 忿怒가
草木도 울려야할 서름이
저리도 조용히 흐르는구나

보라, 옥빛, 꼭두선이,
보라, 옥빛, 꼭두선이,
누이의 수틀을 보듯
세상을 보자

누이의 어깨 넘어
누이의 繡틀속의 꽃밭을 보듯
세상을 보자

울음은 海溢
아니면 크나큰 祭祀와같이

춤이야 어느땐들 골라 못추랴

멍멍히 잦은 목을 제쭉지에 묻을바에야
춤이야 어느 술참땐들 골라 못추랴

긴 머리 자진머리 일렁이는 구름속을
저, 우름으로도 춤으로도 참음으로도 다하지못한 것이
어루만지듯 어루만지듯
저승결을 나른다

「鶴」 전문

시인이 선택하는 시어는 언어의 물질성과 감각성을 넘어 정신적 영역을 포함하고 있다. 미당은 동양적 관습에서 음폭이 큰 시어를 선택한다. 동양적 비유 속에서 시적 정신적 함축성을 일구어낸다. 은유는 언어표현의 문제만은 아니다. 은유란 하나의 개념 영역을 다른 개념 영역으로 전이 확장함으로써 대응하는 두 요소의 양끝을 연결하는 통합성을 전제한다. 이를테면 시인이 시 표면으로 "학"을 호명할 때 "학"은 동양적 관습에서 존귀함과 고고함, 장수(長壽)와 복(福)을 동시적으로 불러들이는 거대한 연쇄은유의 폭을 지닌다. "학"은 "千年"을 사는 길조의 상징이며 지조있는 선비의 덕목을 지닌다.7)

시에서 학은 "千年 맺힌 시름"을 간직한 채 물살같이 강물같이 난다. "千年"의 길고 그윽한 시간을 관조하면서 서름과 분노를 내면의 고요로 삭힌다. 산덩어리같은 거대한 분노가 "조용히 흐르"고 있다. 시인은 "千

---

7) 실제 전후 전통론자들은 근대의 위기를 극복하기 위한 초극의 가능성을 전통에서 찾으려 했다. 조윤제는 전통적 미의식을 우리 문학의 고유성에서 찾고자 하면서 '은근과 끈기' '애처러움과 가냘픔' 등을 제시한다(조윤제, 「현대문학의 전통론」, 『자유문학』, 1958.5, 212면). 정병욱은 고전문학에서 '유모아'와 '윗트' 그리고 시가문학에서의 '멋'과 '풍류 정신'을 현대문학이 계승해야 할 전통으로 내세운다. 남기혁은 전후 전통주의의 이론적 기반으로 조지훈과 서정주 시론을 유추적 세계관으로 설명하면서 미당의 신라 정신론이 '샤머니즘'의 일종으로 비판받았지만 전후 전통파 시인들의 세계관과 미의식의 중심내용을 이룬다는 점을 주목한다(남기혁, 「1950년대 시의 전통지향성 연구」, 서울대 박사논문, 1998 참조).

年을 보던 눈"으로 세상을 보며 저 너머의 세계를 보듯 세상을 보자고 말한다. "누이의 수틀을 보듯" 세상을 보는 자의 시선, 시인의 시선은 전후 이 땅에서의 황폐함을 전통에서의 거대한 상징을 빌어와 관조하며 삭히려 한다. 정체성 위기의 국면을 민족 고유성과 전통에서 미적 형상으로 극복하려는 고유한 미학적 탐구는 전통적 미의식 계승이다. 특히 극단적 슬픔을 인내하는 초극적 '한'의 정서는 민족공동체의 집단적 정체성으로 오랫동안 습득되어 온 것이기도 하다. "울음은 海溢"같고 "크나큰 祭祀와 같이" 가득하지만 가슴에 천년 맺힌 한은 그 한을 넘어서 "춤"으로 서러움을 풀어 내린다. 울음으로 춤으로 인내하고 견디면서 학은 "저승"을 어루만지며 스스로 '한(恨)'이 된다. 학은 민족적 상징으로 스스로 '한'의 실체가 됨으로써 한민족 공동체의 정서를 일깨운다.

미당 시가 가지는 유려한 운율, 반복구조는 공감의 진폭과 울림을 강화한다. "물살" "강물" "구름"은 흘러가는 부드럽고 조용한 동성(動性)을 지닌다. "누이" "수틀" "꽃밭" "울음" "누이의 어깨"는 둥근 원환을 지니면서 세상을 포용의 한 테두리로 이루어지게 한다. '나르다' '흐르다'는 현실적 정황을 넘어서는 초월적 흐름의 방향성과 동력을 지닌다.

> 내 마음 속 우리님의 고은 눈섭을
> 즈문밤의 꿈으로 맑게 씻어서
> 하늘에다 옴기어 심어 놨더니
> 동지 섣달 나르는 매서운 새가
> 그걸 알고 시늉하며 비끼어 가네
>
> 「冬天」 전문

이 시에서 "나르는 새" "하늘" "눈섭" "마음"은 동양적 전통과 관습을 함축하고 있는 축약 불가능한 오랜 시간의 은유들이다. '하늘의 뜻에 맡긴다'는 오랜 규범적 진리가 규약하듯 동양적 감각에서의 '하늘' '나르는새'는 초월의 순간적 영원을 상징한다. 미당은 '하늘' '구름' '새'란 동양적 시어를 시적 수사로 강화하고 운율화하면서 민족 전통적 상징에 호소한다. 이와 같은 상징적 종합은 마치 의식(儀式)적인 행위의 재창조처럼 신화의 국면을 만들어낸다. 동천의 한 풍경은 범접하지 못할 하나의 제의적 분위기를 암시한다. 전통적 상징과 은유와 환유와 의인법이 민족적 정체성에 거대한 연쇄를 널리 퍼지게 한다. 민족적 상징과 전통적 은유는 서로 이질적이면서도 함께 공존하고 있는 집단 형성의 주체를 천천히 지속적으로 결합하고 강화하는 효과를 지닌다. 특히 미당의 경우 전통적 시어들은 "우리님의 고은 눈썹" "맑게 씻어서"등 탐미적 시어들과 결합되면서 낭만적 탐미와 민족 정서를 통합하는 효과를 자아낸다.

미당 시가 가지는 초월의 아우라와 전통미의 극치는 이와 같이 시어가 가지는 근원적 상징과 관계한다. 문학적 의미를 민족적 상징으로 재통합하는 전통적 탐미주의다. 이때 베네딕트의 '상상적 공동체'로서의 민족과 민족 정서를 생각해볼 수 있다. '한'의 정서와 그것을 통한 초월적 비약(하늘을 나르는 고고한 새)이 존재분열을 극복하게 하는 민족적 가치가 될 수 있을 것인가를 숙고할 필요가 있다.

'한'의 정서는 자기발생적으로 생겨난 민족적 개념이 아니라 서구화 과정에서 한국 정체성을 구성하기 위한 시도라 볼 수 있다. 한의 정서는 근대화 이후에 나타난 담론체계이기 때문이다. 일본에 의하여 시작된 서구 식민지화 과정이 있기 이전에 한의 정서에 대한 논의는 찾아보기 어렵다는 사실이다.[8] 한은 합리적이고 공격적인 서구 가치체계와 변별적 위치에서 수동적이고 설명 불가능한 심정체계로 담론화된 결과이다. '한(恨)'이 일제식민 근대화 속에서 구성된 담론이며 현실을 받아들이면서 수동적으로나마 극복하고자 하는 내면적 정서라는 점에서 이데

---

8) 이에 대하여 고부응, 「문화와 민족 정체성」, 『비평과 이론』 5호, 2000 참조.

올로기화된 정체성이라 할 수 있다. 에드워드 사이드는 전통적인 서구의 동양론이 동/서를 이분법적으로 차별화하고 동양을 반복해서 타인의 이미지로 그림으로써 서구 식민을 정당화하는 논리를 획득해왔다[9]고 말한다. 미당의 전통론이 가지는 한국적 고유성과 미학적 한(恨)의 정서는 설명 불가능한 동양적 가치(오리엔탈리즘화된 동양적 가치)로 현실을 수락하고 서구 지배가치를 인정하는 국면을 초래할 수 있다.

서정주 시에 자주 등장하는 '흐르다' '나르다' 동사는 세상이치를 받아들이는 자의 순종과 초월적 관조를 담고 있다. 「鶴」에서 "누이의 어깨 넘어/누이의 繡틀속의 꽃밭을 보듯/세상을 보"려는 시적 화자의 시선, "시늉하며 비끼어 가"는 새의 시선은 경험적 현실을 직접적으로 대면하기를 거부하는 '한'의 시선과 닮아 있다. '한'의 정서는 발생 근거와 결과의 원인을 모두 스스로에게서 찾고 해결하는 자폐적 나르시시즘의 극복형식인 셈이다.

어깨 넘어서 보는 시선, 수틀의 아름다운 꽃밭을 보듯 미학적 대상으로 보는 시선, 비껴가며 흘겨보는 시선은 사실 김수영이 반복적으로 언급하는 "바로보마"의 세상과 정대립하는 시선이다. 의식을 정예화(精銳化)하고 현실 속에서 자기형성을 위해 시적 형식을 찾아가는 '바로봄'의 의식은 이렇게 전개된다. "나의 자식과 나의 아내와/내 주위에 놓인 잡스러운 물건들을 본다"(「구름의 파수병」, 1956) "내가 바로 바라다보는/저 허연 석회천정-"(「거리(1)」, 1955) "여름뜰이여/너의 廣大한 손(手)을 본다 /……/여름뜰을 흘겨보지 않을 것이다/여름뜰을 밟아서도 아니될 것이다/默然히 默然히/그러나 속지 않고 보고 있을 것이다."(「여름뜰」, 1956)[10] 서정주의 「鶴」(1956년)을 「冬天」(1966년)이 발표된 시기와 비교해본다면 미당은 전후 한국 시단에서 세계의 개진을 위해 끝없이 시적 현실의 긴장 속에 있었던 김수영과 대립적 의식의 국면을 보여주었던 것이 사

9) Edward W. Said, 박홍규 역, 『오리엔탈리즘』, 교보문고, 2000, 17면.
10) 김수영, 『詩』(『김수영 전집』 1), 민음사, 1981.

실이다. 김수영의 현실 직시는 "흘겨보"고 지나가는 새의 지나침이나 어깨 넘어 보는 방외자적 시선과 구별되는 직립적 시선이다.

미당 시의 전통성이 과거회귀적이며 자폐적 민족 고유성에 갇혀 있다는 점에서 보수적 한계를 지닌다는 것을 논하려하는 것이 아니다. 미당 시가 가지는 전통성이 당시 문협정통파의 전통적 모더니티 추구의 대표성을 위해 고석규 등 당시 신세대 비평가들에 의해 부각된 점[11]도 사실은 사실이려니와 확인해야 할 점은 미당의 전통의식과 전통적 시어가 갖는 '오리엔탈리즘의 근원'을 따져보는 일이다.

태평양전쟁 이후 일본이 내세운 대동아공영권은 서구로부터 동양이 일방적으로 억압되었던 것에서 벗어나 동양적 도의 가치로 서구근대의 야만을 극복하자는 것이다. 동양의 재발견을 통한 서양의 극복은 당시 일제말 서정주에게 자기비판적 성찰없이 매혹적인 담론으로 내면화된다.[12]

> 동양의 정신문화라는 것은 그 전부가 근저에 있어서 한자를 중심으로 하는 일환의 문화를 운위하는 것임은 두말할 필요도 없다. 동아공영권이란 또 좋은 술어가 생긴 것이라고 나는 내심 감복하고 있다. 동양에 살면서도 근세에 들어 문학자의 대부분은 눈을 동양에 두지 않았다……. 시인은 모름지기……. 중국의 고전에서 비롯하여 황국의 전적들과 반도 옛것들을 고루 섭렵하는 총명을 가져야 할 것이다.[13] (강조는 필자)

---

11) 김윤식, 「문협 정통파의 정신사적 소묘-서정주를 중심점으로」, 『펜문학』, 1993 가을.
12) 서정주가 친일을 하게 된 시점은 태평양 전쟁이 난 후 일본이 싱가폴을 공략한 1942년 2월 이후이다. 그전까지 친일에 동의하지 않던 그가 1942년 중반에 들어서 친일의 글을 발표하기 시작하고 이후 지속적으로 시와 산문을 발표한 것은 일본이 내세운 대동아공영권을 구체적 비판없이 동양주의와 결합시킨 데서 연유한다. 미당은 서양에 대한 동양의 저항이란 점에서 대동아공영권을 내면의 논리로 담론화하고 정당화한다(김재용, 「전도된 오리엔탈리즘」, 『협력과 저항』, 소명출판, 2004, 126면, 136~137면 참조). 민족전통성을 주장하던 김동리와 갈리지는 지점도 이곳이다. 대동아공영권이후 김동리는 절필을 한 데 반해 서정주는 더 집중적인 글 발표를 한 점은 대조적인 부분이다.
13) 서정주, 「시의 이야기」, 『매일신보』, 1942.7, 12~17면.

동양에 대한 자각과 일본의 대동아공영론을 일체화함으로써 서정주는 대동아전쟁을 '성전'으로 여기고 전쟁동원을 위한 친일시를 네 편 발표하게 된다. 김재용14)은 「항공일(航空日)에」 시15)를 분석하면서 대동아공영론과 동양의 발견이 내면적으로 이어져 있음을 주지시킨다. 그는 서정주의 전통 세계와 정한이 결코 해방 후에 시작된 것이 아니라 대동아 공영권과 연결되어 있다는 점에서 민족적인 것과는 아무런 관련이 없다고 말한다. 미당의 동양 자각과 전근대 옛사람들의 세계 추구란 것이 현실의 구체성을 결한 것이며, 이것이 근대와 팽팽한 긴장 속에서 민중 공동체의 삶에 대한 천착을 보여준 백석과 구별되는 점임을 밝히고 있다.

실제 서정주의 경우 동양과 서양의 이항대립적 관계 속에서 동양을 발견하는 구도는 서구중심의 근대 이분법을 되풀이하는 것이며 종국에는 파시즘적 집단주의로 빠지는 우를 범한다. 그런 점에서 미당의 동양주의가 대동아공영권과 맞닿아 있다는 것은 동양전통론에 대한 미당의 식을 밝히는 중요한 지점이다. 그의 전통론은 서구 / 동양의 관계를 변증법적 구조 내지 상호작용적인 것으로 파악하지 않고 동양중심의 배타성으로 전제한다. 오리엔탈리즘에서 타자화된 동양주의는 다시 한번 신화화된다. 사이드가 "순수한, 형용사가 붙지 않은 동양은 단 한번도 존재한 적이 없다"고 밝히듯 동양주의는 어떤 '표상'으로서의 이미지가 되

---

14) 김재용, 「전도된 오리엔탈리즘」, 『협력과 저항』, 소명출판, 2004, 138~141면.
15) 서정주는 1944년 『국민문학』이라는 일본어 잡지에 일본어 시 「항공일에」를 발표한다. 한국어로 번역하면 이러하다. "일곱 살짜리 내 이 어린 西雲女가 / 「하늘은 서울이래야」 / 속삭이던 그 하늘이어라. // 마늘과 기름때의 형제들이 / 가고 가서 물들인 / 그 하늘이어라." 이 시에서 '하늘'에 대한 숭배와 집착은 현실적 상황을 하늘의 뜻으로 받아들이는 수용적 태도를 의미한다. 서정주는 자서전에서 최재서와 의견을 나누면서 "일본인의 꽤 오랜 미래의 동양 주도권을 기정사실로 보는 데서는 일치했고, 그러니 아리든 쓰리든 여기 참가해서 겨레의 살 길을 찾을밖에 별수가 없다는 데도 생각이 같았다"고 술회하고 있다.(서정주, 「창피한 이야기들」, 『서정주 자서전』 2, 민음사, 1994, 154~155면)

는 것이다. 미당의 전통 미의식의 환상적 환기는 서구지배전략 속에서
의 동양주의를 미학적으로 전략적으로 되풀이하는 셈이다.

歷史여 歷史여 한국 歷史여.
흙 속에 파묻힌 李朝白磁 빛깔의
새벽 두 時 흙 속의 李朝白磁 빛깔의
歷史여 歷史여 한국 歷史여.

새벽 비가 개이어 아침 해가 뜨거든
가야금 소리로 걸어 나와서
춘향이 걸음으로 걸어 나와서
全羅道 石榴꽃이라도 한번 돼 봐라.

시집을 가든지, 안上客을 가든지,
해 뜨건 꽃가마나 한번 타 봐라.
내 이제는 차라리 네 婚行 뒤를 따르는
한 마리 나무 기러기나 되려 하노니.

歷史여 歷史여 한국 歷史여.
외씨버선 신고
다홍치마 입고 나와서
울타리 가 石榴꽃이라도 한번 돼 봐라.

「歷史여 韓國歷史여」 전문

　　서정주의 이 시(1967년)는 민족 단위의 휴머니즘을 전형적으로 보여준
다. "歷史여 歷史여 한국 歷史여"라고 거대한 담론을 호명한 뒤 민족을
상징하는 것들을 전통 속에서 찾아낸다. 이를테면 "李朝白磁" "가야금
소리" "춘향이 걸음" "全羅道 石榴꽃" "꽃가마" "외씨버선" "다홍치마".
민족 전통상징들은 역사적인 것을 미학적으로 상징화해냄으로써 민족

적 휴머니즘적 분위기와 도취감을 자아낸다. 한국적인 것은 과거유산 계승 속에서 과거적인 것에서 고유성을 찾고 미학성을 획득한다. 그런데 사실 "이조백자" "가야금 소리" "춘향이" "외씨버선" "다홍치마"는 국가주의 시절(국가적 민족주의를 강조한 박 정권 때) 민족 전통유산을 학습시키면서 정치적으로 미학화한 민족적 상징이다. 이조백자의 흰 빛과 아침 해가 뜰 때 가야금 소리, 춘향이의 사뿐한 발걸음, 외씨버선과 다홍치마의 곡선미는 국가민족주의의 학습 속에서 숭고한 민족적 도취감에 젖게 한다.

민족적 휴머니즘은 "단순하면서도 장엄한 분위기를 조장하여 숭고한 도취감"16)을 자아내는데 그것은 과거 역사적 유산 속에서 미적 상대를 찾아내고 탐미화시키는 것으로 가능하다. 민족과 역사의 개념은 구체적인 삶을 살아가는 민중과는 거리가 먼 개념이며 단지 추상적이고 애매한 '이미지'나 '이념'으로 사용된다. "한국 歷史"는 국수적인 이데올로기 차원에서 민족적 파시즘 형성에 기여하게 된다. 강력한 민족적 힘의 통합에 기여하는 것으로 존재는 맡겨지게 되는 것이다. 벤야민이 말하는 '정치의 미학화'는 이와 같은 사고의 마비, 집단적 신화의 맹종과 연결된다.

시인은 주문(呪文)한다. 한국 역사는 "李朝白磁"의 빛깔 속에서 "가야금 소리" "춘향이 걸음"으로 걸어나와 "꽃가마"를 타기도 하고 "울타리가 石榴꽃"이 한번 되기도 하라고 민족을 하나의 민족성으로 신화화하는 이데올로기는 역사적 맥락과 연결되고 역사적 심미화로 나아가게 된다. 민족의 심미화가 '근원'에 대한 동경을 통해 가능하기 때문이다. 근원 이념과 근원적 가치들을 재발견하고 미학화한다. 이때 "이조백자"의

---

16) 최문규, 「파시즘 문학의 담론과 정치적 기능」, 『문학이론과 현실인식』, 문학동네, 2001, 181, 217~224면 참조. 파시즘 문학은 구성원들의 "총체적 동원"이 발현되기 위해 순수하지 못한 것들을 제거하고 민족적 순수성만을 간직하면서 "백색 유토피아"를 추구한다. 파시즘 이데올로기에서 요청되고 있는 인간은 신비화된 개념인 '자연'과 '근원'을 토대로 사물의 세계를 뛰어넘는 "형이상학적인 본질"로서 파악되고 있다.

빛깔과 "가야금 소리" 등은 한국 역사, 한국민족, 민족 이데올로기와 동일화된다. 미당은 민족 전통 과거 상징에서 숭고함을 예(藝)의 경지에서 찾았다. 국가 민족주의과 탐미주의의 결합은 어떤 점에서 예상되는 바[17]이다. 미당에게 예도(藝道)는 "맹목적 생리"[18]처럼 몸에서 우러나는 것이다. 이와 같은 맹목적 탐미(耽美), 탐예(耽藝)는 민족신화화, 민족주의로 스미어가는 데 별 어려움이 없다. '맹목적'이고 '생리적' 예(藝)의 추구는 맹목적 집단화, 숭배화와 연결된다.

　미당 시에서 기표와 기의는 거의 일관되게 초월적 투명화를 지향한다. 현실경험의 의미들을 지워가며 과거 민족적 전통으로 학습되고 상징화된 관습적 은유로 기표와 기의의 차이성을 무화시킨다. 민족적 상징과 시적 분위기는 민족 정서의 상징적 재통합으로서 정서적 울림과 순수한 확신으로 작용한다. 동양주의의 배타적 선택은 오리엔탈리즘을 동양적 입장에서 반복하면서 민족과 역사를 심미화한다.

3. 혼령과 신비주의

　시가 인간경험의 결정적인 실존의 순간을 다루고자 한다면 그것은 죽음과 부활에 대해 노래할 때이다. 죽음과 삶의 순간은 최고의 시적 경험이자 고무적인 환상요소이다. 미당 시가 환상성[19]을 지니는 것은 인간

---

17) 김진석은 서정주의 서정적 탐미주의와 국가 민족주의의 열광이 내밀한 관계를 가지고 있다고 보면서 권력형 탐미주의와 초월적 서정주의를 연결시키며 설명하고 있다.(김진석, 『소외에서 소내로』, 개마고원, 2004, 408면)
18) 김윤식, 「文學에 있어 傳統繼承의 問題」, 『세대』, 1973.8, 223면.
19) 김점용, 『미당 서정주 시적 환상과 미의식』, 국학자료원, 2003. 논자는 미당의 미의식을 '죽음 환상' '모성 환상'으로 나누어 살피고 있다.

의 극단적 존재체험, 즉 죽음과 삶이라는 찰나적 영원을 소재로 하기 때문이다. 미당 시에서의 '숭고미'는 개인적 주체가 무력함이나 무로 축소해 버리는 죽음과 부활의 상황에서 일종의 '장관'의 모습으로 드러난다.

뻐꾸기는
강을 만들고,
나루터를 만들고,

우리와 제일 가까운 것들은
나룻배에 태워서 저켠으로 보낸다.

뻐꾸기는
섬을 만들고,
이쁜 것들은
무엇이든 모두 섬을 만들고,

그 섬에단 그렇지
백일홍 꽃나무나 하나 심어서
먹기와의 빈 절간을……

그러고는 그 섬들을 모조리
바닷속으로 가라앉힌다.

만 길 바닷속으로 가라앉히곤
다시 끌어올려 백일홍이나 한 번 피우고
또다시 바닷속으로 가라앉힌다.

「뻐꾸기는 섬을 만들고」 전문

뻐꾸기는 동양적 명상의 순간에 등장하는 새다. 깊은 산 속 뻐꾸기

소리의 울림과 여운과 침묵의 간극 속에서 시적 상상력은 발동한다. 하여 뻐꾸기 소리는 고요함 속에서 사물들을 생성하는 창조의 순간을 이룩한다. 뻐꾸기는 "강을 만들고/나루터를 만"든다. "섬을 만들고" "이쁜 것들"을 만든다. 섬 위에 "백일홍 꽃나무" 하나 심고 "먹기와의 빈 절간"하나 지어둔다. 시인의 상상력은 이 모든 것들을 뻐꾸기 소리로 만들어내고 다시 그 모든 창조한 것들을 바닷 속에 가라앉힌다. 다음 "다시 끌어올려 백일홍이나 한 번 피우"게 하고 "또다시 바닷속에 가라앉힌다." 뻐꾸기는 형이상학적 존재처럼 신화적 공간을 하나 탄생시킨다. 뻐꾸기가 창조한 이 신화적 세계는 실재하면서도 부재하고 부재하면서도 존재하는 세계다. 뻐꾸기가 창조한 섬은 백일홍 하나 피우고 다시 가라앉는 사라짐과 현존의 그 경계에 있다. 붉은 백일홍이 피었다 바닷속으로 사라지는 존재의 스침은 미학적 극치를 환기시킨다. 미당이 "꽃의 형이상학"을 즐기면서 과장된 탐미주의에 들어섰다는 견해[20]도 있지만 뻐꾸기가 만드는 강, 나루터, 섬은 지시체의 의미들을 지우고 시적 주술 속에서 신화적 전율적 장관을 만들어 그 세계 안으로 독자가 스며들게 한다. '뻐꾸기', '섬', '강', '나루터', '백일홍', '바다속'은 은유적으로 융화되고 스며들어 탐미적 아름다움의 위험한 경계를 드러내기도 한다.

섬이 드러났다 사라지는 국면은 초월적이고 도달불가능한 물(物) 자체와의 관계를 상기시킨다. 칸트에 의하면 숭고란 "그 표상을 통해서 자연이 관념들의 현전과 등가적인 것으로서 우리 손이 닿는 영역 너머로 고양됨을 정신이 응시할 수 있도록 해주는 대상이다."[21] 쉽게 말해서 어떤 표상으로도 나타낼 수 없는 초감성적인 것(이데아)에 대해 이성이 드리는 고양의 감정이라고 할 수 있다. 이때 미당시의 환상성은 표상불가능한 것을 현상계에 기입하면서 생겨난 초월적인 것의 흔적이라

20) 김진석, 앞의 글, 앞의 책, 403면.
21) Kanr I, 최재희 역, 『순수이성비판』, 박영사, 1984, 119면.

할 수 있다. 뻐꾸기가 만든 섬은 숭고성을 지니면서 표상할 수 없는 것을 감각적인 방식으로 현시한다.

서정주의 경우 표상할 수 없는 것, 숭고를 암시하는 방식이 '은유'의 형태로 드러난다는 점이다. 서정주 시가 가지는 은유적 표현은 표현 자체로 남는 것이 아니라 '이미지'로 기능하며 그 이미지의 의미는 관습적 전통적 '문맥'(컨텍스트, 연관성)을 형성한다. 이를테면 은유가 두 개의 대립적 쌍 즉, 본래적인 것과 본래적이 아닌 것, 혹은 외면과 내면, 현실과 꿈, 정신과 감정, 정신적인 것과 자연적인 것, 실상과 형상을 토대로 형이상학적 사유에서 출발한다고 보았을 때 미당은 서로 충돌하고 점유하는 과정을 벗어나 대립된 것을 절대적으로 현존하는 방향으로 문맥을 확산시킨다. 그것은 사물과 사물사이의 경계 변짐을 통해 죽음과 삶을 연결하고 세계와 주체를 결합하려는 통합에서 가능하다.

> 내가
> 돌이 되면
>
> 돌은
> 연꽃이 되고
>
> 연꽃은
> 호수가 되고
>
> 내가
> 호수가 되면
>
> 호수는
> 연꽃이 되고

연꽃은

돌이 되고

「내가 돌이 되면」 전문

　"내"가 "돌"이 되고 돌은 연꽃이 되고 연꽃은 호수가 되고 내가 다시
호수가 되고 호수는 연꽃이 되고 연꽃은 돌이 된다. 이 "되다"의 과정은
은유적 '전이(transport)'의 과정을 의미하는 것이다. 시인은 비유사적인 것
에서 '유사성'과 '차이'를 양립시키고 다시금 전통적인 유사성으로 회귀
한다. 나와 돌이 하나 되고 다시 돌이 연꽃이 되고 연꽃이 호수가 되고
내가 다시 호수가 되는 순환적 과정, 은유의 전이는 존재론적 흐름의
방식으로 순환한다. 이것은 무엇보다 현실과 비현실이라는 이분법의 해
체이다. 그 해체는 현실 자체를 일종의 환상으로 간주하는 과정을 통해
가능하다. 나와 현실이란 기껏 이 사물들의 무한한 흐름, 연쇄적 상호관
계의 과정 속에 놓여 있는 어떤 것이라는 사실. 혹은 그 과정에서 포착
가능한 어떤 것이라는 가정이다.

　이때 '되다'[22]라는 동사는 은유적 개념전이를 넘어 존재론적 전이,
범주이동에 의한 승화를 이끌어낸다. 불교적 의미에서 자아멸각, 탈각
속에서의 존재변이를 의미한다. 만해 시 「님의 침묵」에서 "다 타고 남
은 재는 기름이 됩니다"에서 질료적 변이는 존재론적 변이와 오도(悟道)
의 한 지점을 명시한다. 존재들은 '되어가는 과정' 속에서 있는, 앞 존재
의 그림자(이미지)인 것이다. 내가 돌이 되고 돌이 연꽃이 되고 다시 순환
하며 존재 전이되는 과정은 일원적 융합으로 일체의 차별이 사라지는
절대적 심상의 세계다. 지각의식으로 설명될 수 없는 무한한 의식의 자
유와 진여계의 세계다.

---

22) 서정주 시에서 '되다'는 동사는 시에서 반복적으로 나타난다. "주춧돌이 하나 녹아서
　/ 환장한 구름이 **되어서** / 동구 밖으로 걸어 나가고 있었지······. / 다듬잇돌도 / 또 하나
　녹아서 / 동구로 떠나 오는 구름이 **되어서**······."(「백일홍 필 무렵」)

이와 같은 존재경계의 해체와 삼투방식에서 효과적으로 기능하는 것이 서정주 시의 '은유'다. 서정주는 은유를 통해 대립되는 것들에서 내적 연관성을 확보하고 연속성에 대한 믿음으로 서로 교환 가능한 어떤 세상을 보여준다. 불교적 상상력과 만물생명 순환은 이와 같은 연속성을 가능하게 해 준다.

문제는 두 사물 사이의 근원적 교환이 어떤 내적 충돌이나 필연적 과정 없이 이루어진다는 점이다. 서정주는 한국의 불교적 관습에서 익숙한 시어 '돌' '연꽃' '호수' '하늘' '구름'과 같은 단어를 선택하고 그것들을 불교적 관습 속에서 은유적으로 통합한다. 주체와 세계와의 연속성을 드러낸다. 은유는 무엇보다 지배 권력이 저항없이 주체를 포섭해 나가는 그 '통합의 이데올로기'라는 점이다. 어떤 매개없이 세계와 하나되는 동일시는 비판없이 세계를 받아들이는 몰역사성을 낳게 한다.

서정주가 '신라정신'과 '신라의 하늘'에 심취하면서 주장하고 있는 '영통주의' 혹은 '혼교'도 이와 연관된다. 다음 시를 보자.

> 그 나비는 아직도 살아서 있다.
> 숙영이와 양산이가 날 받아 놓고
> 양산이가 먼저 그만 이승을 뜨자
> 숙영이가 뒤따라서 쫓아가는 서슬에
> 생긴 나빈 아직도 살아서 있다.
> 숙영이의 사랑 앞에 열린 무덤 위,
> 숙영이의 옷끝을 잡던 食口 옆,
> 붙잡히어 찢어진 치마 끝에서
> 난 나비는 아직도 살아서 있다.

「숙영이의 나비」 전문

숙영이의 나비에 담긴 유사(遺事)대로라면 먼저 죽은 애인 양산이의 무덤 앞에 숙영이가 오자, 무덤이 열렸다. 숙영이가 뛰어들려하자 옆에 있던 가족이 그리 못하게 치마 끝을 잡았고 그것은 찢어져 손에 잠깐 남았다 이내 나비로 변했다는 옛이야기다. 사랑의 애절함과 어긋남이 숙영이 치마 끝을 '나비'로 환생하게 하는 죽음과 삶의 연쇄적 흐름으로 형상화한다. 여성의 치마 끝이 환각적인 '나비'로 변이되는 존재 변이, 은유적 상상력이 독특하지만 무엇보다 4음보 단위로 끊어지면서 운율감을 살리는 시적 묘미가 있다.

그 나비는
아직도
살아서
있다
숙영이와
양산이가
날
받아 놓고
양산이가
먼저
그만
이승을 뜨자
숙영이가
뒤따라서
쫓아가는
서슬에
생긴 나빈
아직도
살아서
있다

혼령을 불러들이기 위해 생체리듬적 운율이 필요한 것이다. 몸의 호흡이 전우주적 기류흐름과 맞추어질 때 혼과의 마음 전달이 일어나고 우주와 내통할 수 있기 때문이다. 서정주의 서사무가적 시에서 시적 운율이 생겨나는 것은 언어와 영통관계를 맺는 방식 때문이다.

'영통'과 '혼교' 개념은 서정주 시의 핵심을 이루는 중요한 개념이다. 서정주는 "마음 전달의 영원한 계속"이라는 영통과 혼교 속에 끼어서 삶의 유한성과 죽음의 두려움을 극복하거나 초월하는 "영원한 참여자"이길 원한다고 말한다.[23] 서정주는 유교적 세계관이 당대 현실을 표준으로 하는 현실적 인격이라는 점을 지적하고 이에 비해 신라정신은 등급 없는 영원성의 세계이며 유기적 연관체의 현실로서의 우주관이라고 설명한다.[24] 그는 이어 샤머니즘(영통주의)을 "無形의 靈과 통하는 것을 특징으로 했던 우리 古代精神의 한 표현"이라고 설명하면서 우리의 고대인들이 "魂의 영원한 實存的 繼續的 존재를 믿었다"고 언급하고 있다.

"혼이 언어의 그릇에 담겨 있어 뒤에 남는 사람들의 마음 속에 들어가서 무형으로 이어진다"[25]는 사실은 서정주 시에서 유려한 운율을 낳는다. 언어 속에 담긴 혼이 언어를 들썩거리며 우주의 기운을 움직이게 하기 때문이다. 혼이 계속적인 존재라고 믿는 영통주의는 혼령과 산 사람의 연속적인 유기적 관계를 낳게 한다. 귀신과 인간의 연속성은 주술성으로서의 애니미즘의 세계다. "국화꽃이 피었다가 사라진 자린 / 국화꽃 귀신이 생겨나 살고 // 싸리꽃이 피었다가 사라진 자린 / 싸리꽃 귀신이 생겨나 살고"(「古調 貳」) 서정주의 시는 반복적 구조 속에서 시어의 운율감, 샤머니즘적 주술을 성취한다. 생명은 죽었다 다시 혼령으로 살아 뒤

---

23) 박현수, 「현대시와 마법성의 수사학」, 『현대시와 전통주의 수사학』, 서울대 출판부, 2004, 111~131면 참조. 박현수는 서정주와 김종길 사이에 있었던 마법성 논쟁을 중심으로 서정주의 '신비주의'를 살피면서 서정주 시학을 '마법성의 수사학'이라 명명하고 현대시사에서 자연스럽게 발생한 자생의 논리로서 근대주의를 극복하고자 하는 시학적 시도라는 평가를 내린다.

24) 서정주, 「신라문화의 기본정신」, 『서정주문학전집』 2, 일지사, 1972, 303면.

25) 서정주, 「내 정신의 현황―김종길 씨의 「우리 시의 현황과 그 문제점」에 답하여」, 『문학춘추』, 1964.7, 270면.

에 남은 것들과 이어진다. "妓生이 淸江의 神이 되어 정말로 살고 계시는 것을 보았는가. // 一. 四後退 때 나는 晉州 가서 보았다."(「晉州가서」)

그러나 서정주의 '신라주의'는 전후 비평가들에게 신랄한 비판의 대상이 되었던 바대로 역사의식의 맹점을 드러낸다. 당대 현실에서 수천 년 너머의 세계는 이상향적 아우라를 발생시키고 절대적 공간으로 심미화시켜 현실경험 세계를 상실하게 한다. '먼—먼—옛날'이란 말 속에 사실 현실의 황폐한 주체들의 현실을 덮으려는 신비주의의 은폐성이 감추어져 있는 것이다. 서정주는 "그냥 신라적인 정신태의 한 두어 가지가 근년 매력이 있어 시험삼아 본따"[26]본 데 기인하는 것으로 설명한다. 여기서 "그냥" "시험삼아"라는 수식이 작가정신의 치열함을 의심하게 하는 것은 분명하다.

은유의 통합력은 설명과 논리를 거부하고 신비주의와 결합할 것을 재촉한다.

> 언제든가 나는 한 송이의 모란꽃으로 피어 있었다.
> 한 예쁜 처녀가 옆에서 나와 마주 보고 살았다.
> (……)
> 그래 이 마당에
> 現生의 모란꽃이 제일 좋게 핀 날,
> 처녀와 모란꽃은 또 한 번 마주 보고 있다만,
> 허나 벌써 처녀는 모란꽃 속에 있고
> 前날의 모란꽃이 내가 되어 보고 있는 것이다.
>
> 「因緣說話調」 중에서

모란 꽃이었던 "내"가 다시 현생의 '내'가 되고 예쁜 처녀는 "모란꽃"이 되어 서로 마주 보고 있는 역전이 일어난다. 결국 다른 존재로 변화하여

---

26) 서정주, 앞의 글, 269면.

'되어가는' 과정에 은유적 통합, 동일시가 일어난다. 서정주에게 있어 은유는 죽음과 삶, 이 생명과 저 생명을 잇는 '교량'으로 등장함으로써 신비화과정을 이끌어낸다. '모란꽃' '하늘' '돌' '강물' '거울'과 같은 동양적 은유의 오래된 시어가 신비화를 재촉하고 있다. 신비주의는 "인간의 역사현실과 모든 형태의 역사적 담론을 미망, 환각, 비실재로 삼게 한다."[27]

서정주의 혼령주의는 은유의 신비주의와 결합하여 전후현실과 권력현실에 대하여 주체를 무력화시키고 대립과 갈등을 환상적으로 무화시킨다. 달관의 경지는 현실의 존재론적 치열한 한계 극점에서 솟아나지 않는 이상 '심미학의 이데올로기'로 전락할 수 있다.

4. 현실주의적 중인의식(中人意識)

서정주의 심미주의는 김윤식[28]의 말대로 "예인(藝人)"의 단계로서 민중 속에서 계승되는 한국 전통적인 예인의 풍모를 드러낸다. 생명의 촉각을 중시 여겨 하늘과 땅의 이치 속에서 생명을 이어가는 생명 감각을 중시한다. 그러나 서정주의 예인으로서의 민중적 생명감각은 현실에 순응하며 세상을 받아들이는 순응주의로서의 생명감각이다.

활 등 굽은 험한 山 콧배기를

---

27) 도정일, 「문학적 신비주의의 두 형태」, 『시인은 숲으로 가지 못한다』, 민음사, 1994, 109면.

28) 김윤식, 「文學에 있어 傳統繼承의 問題」, 『세대』, 1973.8, 221면. "예인들은 대개 남의 집 머슴이나 혹은 생활력은 전무하여 빈둥거리거나 마누라가 없거나 있더라고 인간 축에 잘 들지 못하는 축이다. 남색이라든가 기타 반풍속적인 것이나 하고, 어린애들과 놀고, 몸치장 따위에 깊은 관심을 기울인다. 이러한 부류는 그러나 동네 초상이 난다든가 축제나 벌어지면 혼자 도맡아 신명을 떨친다."

山골의 急流 맵씨있게 감돌아 나리듯
難世를 사는 處女들 福이 있나니.

秋夕 달 밝은 밤도 더없이 슬기로워서
어느골목 건달의 손에도 그 머리나 댕기
잡히지 않고
재치있게 피할줄 아는 處女들은 福이 있나니.

밖에 나서서는 南녘의 대수풀 사운거리듯.
房에 들어선 蘭艸만양 점잖게 앉는
치운 겨울의 處女 더 福이 있나니.

「福받을 處女」 전문

  해방 후 이승만 정부와 함께 정치에 참여한 친일파들이 친미로 돌아서
면서 내세운 것이 반공이데올로기였다. 5·16 쿠테타 이후 한국문인협회
는 정치적으로 반공 이데올로기를 주장하는 보수적인 성격을 가질 수밖
에 없었는데 서정주는 여기서 부회장을 세 번 역임하고 1977년 회장으로
취임하기에 이른다. 「福받을 處女」는 1976년 시집 『떠돌이 시』에 실려
있던 시로 1970년대 쓰여진 것으로 추정된다.
  시인은 "山골의 急流"가 "맵씨있게 감돌아 나리듯" "難世를 사는" 처
녀들이 복이 있다고 노래한다. 달 밝은 밤에도 건달의 손에서도 재치있
게 피할 줄 아는 처녀가 복이 있다고 노래한다. 밖에서는 수근거려도
방에서는 난초처럼 점잖게 앉는 처녀가 복이 있다고 노래한다. 시인은
맵시있게 급류를 타고 내리는 난세의 곡예, 위험한 손길에도 잡히지 않
고 피할 줄 아는 재치, 점잖은 척 앉아 있는 위장을 노래하고 있다. 험
난한 세상에서도 난세를 재치있게 피하면서 안과 밖이 다르게 요령껏
자신을 위장하며 사는 자의 처세술에 대한 시라 할 수 있다.[29] 시인은

---

29) 이동하, 「'순수' 문학과 '독재' 정권―김동리, 서정주, 김춘수의 경우」, 『대학문화』 12,

이러한 처세가 복받는 일이라 노래한다.

　순응주의[30]는 서정주가 익히 노래해 온 '하늘'과 만나는 지점이다. 노년의 서정주는 이와 같이 술회하고 있다.

　　나는 이때 그저 다만, 좀 구식의 표현을 하자면 −
　　「이것이 하늘이 이 겨레에게 주는 팔자다」하는 것을
　　어떻게 해서라도 익히며 살아가려 했던 것이니
　　여기 적당한 말이라면
　　「從天順日派」같은 것이 괜찮을 듯하다
　　(…중략…)
　　나는 이조사람들이 그들의 백자에다 하늘을 담아 배우듯이
　　하늘의 그 무한포용을 배우고 살려 했을 뿐이다.
　　지상이 풍겨 올리는 온갖 美醜를
　　하늘이 다「괜찮다」고 받아들이듯
　　그렇게 체념하고 살기로 작정하고
　　일본총독부 지시대로의 글도 좀 썼고
　　(…중략…)

　　　　　　　　　　　　　　　　　　　　　「從天順日派」 중에서

　'하늘'의 뜻을 따르겠다는 것에서 시인은 현실적 고통을 "괜찮다"로 자위한다(이것은 전후 1950년대 중반 시 「내리는 눈발속에서는」의 "괜찮타, ……. 괜찬타, ……. 괜찬타, ……"와 연결되는 안위와 순응의식이다). 즉 이미 "기정사실(일본인의 동양주도권)이 되어버린 것에 대하여 한국인도 거기에 맞추어서 어떻게든 살아 견뎌야 한다는 생각"[31]이다. 이것은 하늘의 뜻에 따르는 '순리(順理)의식'과 구분되는 '순응(順應)주의'인 것이다. 순응은 "체념"을

　　서울시립대, 1989, 259면. 이동하는 이 글에서 「福받을 處女」가 시인 자신의 바람직하지 못한 처세와 깊은 관련을 맺고 있다고 주장한다.
　30) 최두석, 「서정주론」, 『先淸語文』 20호, 1992, 109~116면.
　31) 서정주, 『서정주문학전집』 3, 일지사, 1972, 238~239면.

불러오고 "무한포용"이란 말로 변용된다. 그것은 한국의 숙명적 운명관과 연결된 "팔자"의식이다. "從天順日派", 하늘을 따르고 일본에 순종하는 일은 결국 현실을 맡겨진 운명적 팔자로 받아들이는 순응주의다.

이것을 '현실주의적 중인의식'이라 명명할 수 있다. 중인의식은 유교적 지조의식과 구분되는 현실적 처세와 민첩함을 발휘, 현실능력이 뛰어나다. 변동기에 민감한 정세판단으로 근대화의 과정에서 큰 변화가 일어나지만 역사관이 부재하다는 점을 지적할 수 있다.

서정주의 현실주의적 중인의식은 신분 봉건 제도를 넘어 격변기를 살아가면서 역사현실을 '하늘의 뜻'으로 받아들이는 순응주의를 보여준다.

서정주가 시에서 물 흘러가듯 '흐름'의 이미지가 반복적으로 나타나는 것도 '하늘의 뜻'을 받아들이는 무한수용의 자세와 관계한다.

> 노들강 물은 서쪽으로 흐르고
> 능수 버들엔 바람이 흐르고
>
> 새로 꽃이 핀 들길에 서서
> 눈물 뿌리며 이별을 허는
> 우리 머리 우에선 구름이 흐르고
>
> 　　　　　　　　　　　　　　　「노을」 중에서

> 이 사람힌텐 오래 두고 익혀 온
> 슬기론 거문고가 한 채 있어서
> 밤낮으로 마음을 잘 풀어 갔기 때문에
> 가난도 앞장질린 서지 못하고
> 뒤에서 졸래졸래 따라다녔다.
> 그래서 나날이 해같이 되일어나
> 물같이 구기잖게 살아 갔었다.
>
> 　　　　　　　　　　　　　　　「百結歌」 중에서

「노을」은 물처럼 바람처럼 구름처럼 '흐르는' 세상에 대한 관조가 드러난다. 「백결가(白結歌)」에서는 거문고 한 채로 마음을 "풀어"내려 가난도 물리치고 "물같이 구기갏게 살아"내는 초탈함이 드러난다. 서정주의 시에서 물같이 구름처럼 흘러가는 것은 세상의 이치에 거슬리지 않는 순응주의에 대한 의식을 내포한다. "나를 키운 것은 8할이 바람이다"(「自畵像」)라고 했을 때 서정주는 삶을 바람같이 흔적도 없이 흘러가는 것, 마음을 잘 풀어 하늘의 뜻으로 받아들여 순응하며 살고자 했다.

이러한 현실적 순응주의는 조지훈의 유교적 전통론과 구별되는 지점이다. 서정주의 말대로 유교적 세계관이 계급적 위계와 계층의식으로 인격을 억압한 데 반하여 유기체적 세계관은 유기적 연관체로 생명을 바라보는 평등주의임에 틀림없다. 그러나 조지훈의 유가적 선비 정신과 달리 서정주의 유기체적 연관성은 대립하는 세계와 역사를 몰각하는 '중인의식'으로서의 현실성이다. 신라의 영원주의가 어떤 점에서 도피가 아니라 가장 극명한 '현실주의'라는 점은 이런 이유에서 설명가능하다.

5. 맺으며

서정주의 시 언어는 마법성의 언어로 불려질 만큼 언어 운용의 독특한 구사와 전통성을 지닌다. 고유어와 풍속과 전통의 시화는 한국 시에서의 최고의 경지라는 찬탄도 받아왔다. 그러나 서정주 시에서의 시어가 한국 현실에 대한 치열한 각성에서 비롯된 것이 아니라 철저하게 전략화된 전통의 방식으로 채택되었다는 점, 역사적 상황에서 오히려 파시즘 민족주의와 이데올로기에 철저하게 복속되어졌다는 점은 분명 문제적이다. 서정주 시 연구에서 그의 정치적 이력 때문에 문학행위를 부정적으로 평가하는 입장이나 삶과 문학을 각각 분리하여 작품을 극찬하는 미학적 분리주의의 입장 둘 다 적합한 태도가 아니다. 양쪽 모두 서정주의 시 텍스트를 정확하게 읽어낼 수 없기 때문이다. 시인의 시는 철저하게 그의 삶과 현실, 역사적 상황 안에서의 선택의 문제이고 그 안에서 형성된다는 점에 주목해야 한다. 시인의 시는 컨텍스트 안에서 해석되고 분석될 때 시인 자신의 시의식이 드러난다. 시인에게 언어의 선택이 철저하게 역사적 정황 속에서의 선택이라 할 때 시 언어에 대한 해석 또한 시인을 둘러싼 맥락(컨텍스트)를 무시하고는 정확하게 독해할 수가 없다.

서정주의 시는 서구 근대에 대한 주체적 대항논리로 전통성을 시적 화두로 삼지만 그의 '전통'과 '동양주의'가 일제말 '대동아공영권'에서 주장한 파시즘의 논리와 닮아 있다는 점, 궁극적으로 인위적 숭고는 지배 이데올로기에 대한 순응을 결과적으로 이끌어내게 된다는 정치적 미학적 문제점을 지닌다. 서정주 시어에서 초월 상징은 전통적 관습어(학, 하늘, 구름 등)를 통해 인위적 숭고와 초월, 파시즘적 민족주의에 대한 우려를 드러낸다. 혼령주의는 신비주의와 결합하면서 은유의 이데올로기, 동일성의 함정을 담고 있다. 손쉬운 초월과 동일성의 시학은 현실과의 치열한 주체의 대결 속에서 구현되지 않고 전통적 소재를 시적 실험으로 차용하는("그냥 신라적인 정신태의 한 두어 가지가 근년 매력이 있어 시험삼아 본따") 과정과 연결되어 있다. 모든 것을 '하늘의 뜻'으로 알고 받아들이는 종천(從天)의식이 서정주 시에서 역사성의 부재를 가져온 원인이다. 그러나 한편 서정주 시가 갖는 능란한 운율과 언어의 미학적 구사는 윤리적 유교적 계몽성을 벗어난 자유로운 예인(藝人)정신이라 할 수 있다. 이것은 도덕적 질서를 벗어나고 합리적 계몽을 넘어선 예인 의식에서 발생한 것이라 할 수 있다. 유가적 윤리적 세계관과 구별되는 서정주의 장인의식이 서민의식과 결부되어 민중적 호흡을 찾아내 언어적 자유로움을 만끽하고자 한다. 그러나 맹목적 예인의식이 서정주 시에서 마법적 세계관을 구성하는 덕목이자 탐미주의의 극치로 몰아 간 몰역사성의 근거가 된다. 생래적 현실적 중인의식이 하늘의 뜻을 따른다는 종천(從天)의식으로 이어지고 미학적 순응주의를 완성시킨 것이다.

제2장 미적 근대성의 해방적 가치와 새로운 타자성의 의미

『질마재 신화』를 중심으로

1. 전통서정의 문학적 딜레마와 서정주

한국 현대시에서 '서정'의 개념이 '동일성의 시학'으로 범주화되고 정전처럼 고수된 데에는 18세기 서구 낭만주의의 영향이 크다. 낭만주의에서는 유한한 것과 무한한 것, 주관과 객관 사이에 어떤 질적인 분리도 없다. 낭만주의가 추구하는 경지는 자신과 대상의 절대적인 통일이다. 셸링은 지적 직관의 객관성은 철학보다는 예술에 의해 구현될 수 있다고 믿었다. 낭만주의 시학에서는 근대 이전 종교가 구현했던 세계의 통일성과 객관적 믿음을 예술이 다시 창출해 낼 수 있다 생각했다.[1] 예술작품은 어떤 것으로도 성찰되지 못하는 절대적 동일성을 제공해준다는 사실이다.

---

1) 최문규, 「근대의 예술과 종교, 그 가깝고도 먼 관계」, 『유심』, 2005 겨울, 194~195면.

한국시에서 '서정'의 범주는 낭만주의 시학의 핵심적 개념인 '동일성의 시학'에 근거해 왔다. 시인은 직관으로 주관과 객관의 통합을 이룩하고 이를 통해 동일성의 세계를 구축하여 궁극적 서정에 이른다고 여겼다. 이와 같은 절대적 통합으로서의 미적 경지는 근대화 과정에서 '미적인 것'이 분화되어가는 과정과 긴밀하게 연관되어 있다. 즉 미적 근대란 예술이 사회 이념·종교·도덕으로부터 독립되고 분리되어 특수하고 자율적인 영역으로 분화되는 과정이었던 셈이다. 칸트의 '무관심성' 개념도 예술이 독립된 지위와 영역을 확보하는 과정과 연결된다. 그러나 주지의 사실이지만 미적인 것의 자율성, 심미적 서정으로서의 세계는 양가적인 두 가지의 방향을 가진다. 즉 현실로부터 완벽하게 분리되면서 개별적 자율성을 획득하고 주체와 세계의 합일을 통해 분열된 주체의 통합과 초월을 이룩하는 대신 미적 자율성은 정치적 이데올로기에 효과적으로 복무하는 동원 수단이 된다는 혐의가 그것이다. 미적 자율성은 예술의 독립된 미학성을 보존하는 대신 현실로부터 철저하게 근대적 주체를 고립, 개별화시키는 경향을 낳았다. 이와 같은 이중성이 아도르노나 벤야민, 뷔르거가 지적한 현대 예술의 이중적 운명이기도 한 것이다.

한국 현대시에서 근대적 미적 자율성은 궁극적으로 심미적 서정에 이르는 길이었다. 한국현대시는 1930년대가 되어서야 시가 자율적인 언어 예술의 영역이라는 인식이 비로소 가능해졌다. 박용철은 『시문학』 창간사에서 '존재로서의 시' 개념을 설정하고 시 언어에 대한 자각을 보여주었다. 정지용은 '시의 신비는 언어의 신비'라는 명제를 통해 시의 언어와 정신에 관한 깊이 있는 성찰에 이른다. 정지용은 시언어의 미학적 가치를 강조하면서 교양적 고전주의를 내세운다. 이 두 사람은 시 장르가 가진 독립적인 차원에 대한 인식을 통해 다른 문학 장르와 구분되는 자립적인 시 언어에 대한 인식, 미적 영역을 강조했다.[2]

한국 현대시에서 미적 영역은 시 언어에 대한 자각과 윤리 도덕과 구분되는 미학적 체험에 대한 인식과 연관을 맺는 셈이다. 1930년대 임화가 말하는 시에서의 리얼리즘 주장이나 김기림이 말하는 시에서의 근대 문명 반영에 대한 주장 또한 문학에서의 '근대성'에 대한 논의들이었지만 시 장르에서의 자율과 독특성, 독립성에 대한 근대 미학적 자율성은 박용철과 정지용 시에서 보여주는 근대적 서정, 심미적 서정에서 그 계보를 찾을 수 있지 않을까 한다. 그러나 1930년대 시 언어에 대한 인식과 미적 영감에 대한 자각에서부터 시작되는 한국 현대시에서 '심미적 서정'은 도덕 윤리 등 사회가치 영역과 분리를 지향하면서 사회적 제도적 근대성을 비판하는 역사적 조건을 충분히 마련하지 못했다. 어떤 점에서 미학적 자율성을 취득한 결과 운명적으로 근대적 주체로서 현실역사에서의 고립을 초래하는 이중성을 한국 서정시는 담보할 수밖에 없었던 지도 모른다. 1930년대 말 정지용의 『백록담』, 식민지 말 청록파의 『청록집』 등에 대한 양가적 평가도 이러한 맥락에서 형성된다.

한국 현대시사에서 심미적 서정의 영역에서 이와 같은 딜레마의 핵심에 놓인 시인이 바로 서정주이다. 서정주가 초기 시집 이후부터 보여주는 '신라정신' '신라주의'로의 지향, '영원성의 시학'[3]은 주객관의 절대적 통합을 통한 궁극적 합일의 서정, 심미적 취향을 드러내는 국면이다. 서정주는 사회사적 측면까지도 자신의 예술적 자율성의 과정으로 수렴하면서 철저하게 자신의 심미적 자율성을 강화시켜 나갔는데, 이와 같은 궁극적 서정의 세계, 심미성의 세계가 서정주에 대한 양극단의 평가를 만들어내는 계기가 된 것이다.

---

2) 이광호, 「미적 근대성의 네 가지 차원」, 『미적 근대성과 한국문학사』, 민음사, 2001, 222~227면. 이광호는 1930년대 한국시에서 미적 근대성의 네 차원을 박용철·정지용·김기림·임화를 통해 살피고 있다. 박용철을 영감과 생리로 정지용을 신앙과 전통, 임화를 낭만성과 리얼리즘, 김기림을 문명과 모더니티로 구분하면서 1930년대 한국 현대시에서 근대성의 논의가 다양하게 충돌하면서 상호 교섭하고 있는 의미있는 공간임을 설파한다.

3) 최현식, 「서정주와 영원성의 시학」, 『서정주 시의 근대와 반근대』, 소명출판, 2003.

서정주의 시세계는 초기 『화사집』에서 원초성의 세계를 넘어 신라정신의 영원성을 거쳐 한국적 전통의 예(藝)를 실현하려는 『질마재 신화』에 가서 그 심미성이 극치에 다다르게 된다. 유종호4)는 『질마재 신화』가 구비적 성격으로 독자적이고 성공적인 민중문학의 가치를 세웠다 파악했고 김윤식5)은 『질마재 신화』를 미당의 근원적인 본질로 평가하면서 근대에 대한 미당의 미학적 대응으로 평가했다. 이에 반해 최두석6)은 순응주의와 역사의식의 마비로 인해 복고적이고 반근대적인 전통탐구에 그쳤다 파악했고 임우기7)는 탐미적 언어관과 시학이 사회현실과의 무갈등성, 반역사성에서 기인한다는 비판을 가한다.

서정주 시에 대한 이중적 평가의 공존은 지속적으로 계승되는 바 최현식8)은 서정주 시에서 '영원성'과 '심미성'에도 불구하고 주관적이고 탈현실적인 한계를 지닐 수밖에 없다고 평가하였다. 남기혁9) 또한 서정주 시가 자기 완결적이고 순환적인 질서 속에서 지속성과 영원성을 유지하는 자기동일성의 세계이지만 현실의 고통을 은폐하는 신비주의의 한계를 지적한다. 서정주 시를 70년대 산업화에 대한 미학적 응전으로 보면서도 무역사성에 대하여 비판한다는 입장(최현식 · 남기혁)은 근대 '미적인 것' '미적 자율성'이 가지는 딜레마를 고스란히 계승하는 입장이다. 즉 '미적 자율성' '심미적 자율성'의 강화는 정치적 종교적 언어를 심미화하여 궁극적으로 현실회피의 결과를 낳게 된다는 논의이다. 미적 자율성을 찾으려는 한국의 서정은 이와 같은 비판에서 결코 자유로울 수 없을 것이다. 더욱이 영통주의와 신라 영원회귀를 주장하는 서정주의 전통 서정성은 비현실적, 무역사적이라는 비판에 가장 적확한 대상

4) 유종호, 「시와 구비적 상상력」, 『사회 역사적 상상력』, 민음사, 1995.
5) 김윤식, 「전통과 藝의 의미-서정주」, 『한국근대작가논고』, 일지사, 1974.
6) 최두석, 「서정주론」, 『先淸語文』 20호, 서울대 사범대학, 1992.9.
7) 임우기, 「오늘, 미당 시는 무엇인가?-'回顧'의 아름다움?」, 『문예중앙』, 1994 여름.
8) 최현식, 『서정주 시의 근대와 반근대』, 소명출판, 2003, 238면.
9) 남기혁, 「1950년대 시의 전통지향성 연구」, 서울대 박사논문, 1998, 74~79면.

이 될 수 있다.

　그러나 근대의 '미적인 것' 또한 창조적 해방적 충동과 분리된 채 존재할 수 없으며 현실제도에 대한 팽팽한 긴장 속에서 '미적인 것'에 대한 창조가 이루어진다는 것에 주목해 볼 필요가 있다. 이를테면 서정주는 '질마재' 사람들을 '유자' '자연파' '심미파' 세 부류로 나눈 뒤 도덕적 규범적으로 점잖치 못하고 풍류만을 즐기는 '심미파'를 질마재 인물 탐구의 주류로 삼고 있다. 김윤식에 의하면 '심미파'는 "남의 집 머슴이나 혹은 생활력은 전무하여 빈둥거리거나…… 반풍속적인 짓이나 하고 어린애들과 놀고, 몸치장 따위에 깊은 관심을 기울인다. 그러나…… 동네 초상이 난다든가 무슨 축제나 벌어지면 혼자 도맡아 신명을 떨치"[10]는 '변두리 인간'이다. 변두리 존재에 지나지 않던 이들을 끌어들여 심미적 가치를 추구하는 방식, 변두리의 삶에서 생명력과 삶의 심미화 능력을 발견하는 전복의 방식은 미적 자율성, 심미적 자율성 추구 안에 숨겨진 시적 현실 재구축의 전복성이다.

　또한 『질마재 신화』에서 나타난 이야기형식에 대하여 "비시적인 줄글"에 불과하다는 비판적 견해[11]나 이야기꾼의 역할만 극대화했을 뿐 논평과 설명을 덧붙여 서정시다운 작품이 드문 것이 치명적인 결함이라고 비판하는 입장[12]이 있다. 그러나 어떤 점에서 서정시 양식으로서의 단형 시행들, 압축의 생략이 아닌 이야기체의 도입과 설화와 마술적 상상력의 수용, 구비적 이야기체의 비속성과 민중성의 도입은 제도화된 서정양식에 대한 양식적 일탈과 미학적 도전으로의 의미를 지닌다. 서정주의 『질마재 신화』는 이전의 시집에서 서정주가 보여주었던 영원성과 영통주의라는 합일성의 영역과 분명 구분되는 중대한 변환지점이며

---

10) 김윤식, 「전통과 藝의 의미」, 『미당연구』, 민음사, 1994, 124면.
11) 황동규, 「두 시인의 시선」, 『문학과 지성』, 1975 겨울, 949~951면; 조창환, 「산문시의 양상」, 『현대시학』, 1975.2, 107면.
12) 고형진, 「서정주의 『질마재 신화』의 '이야기 시'적 특성 연구」, 『예술논문집』 제34집, 대한민국예술원, 1995.12.

양식적 내용적으로 새로운 미적 근대성의 구축을 시도하고 있는 한국시 사에서 새로운 분기점이라고 할 수 있다.

서정주의 『질마재 신화』는 그 이전 시집 『신라초』 시편과 연결되면서 '영원성 시학'의 연장선상에서 논의되어 왔다. 『질마재 신화』는 근대에 대한 한 응전이면서도 신비주의, 반근대의 퇴행성이라는 혐의에서 자유로울 수 없었다. 이와 같은 평가는 한국 전통 서정, '미적 자율성'을 추구하는 한국근대 서정시의 운명과 동궤에 놓이는 것이기도 하다. 그러나 『질마재 신화』는 서정주의 이전 시집 『귀촉도』 『서정주시선』 『신라초』에서 보여주던 '전도된 오리엔탈리즘'[13]의 양상과 구분되는 미학적 응전으로서의 동양주의라는 의미를 새롭게 구현하고 있다.

이 논문은 한국 전통 서정성이 담고 있는 '미적 자율성'이라는 딜레마 속에서 심미적 서정이 오히려 해방적 전복적 가치를 구현할 수 있다는 점을 서정주 시를 통해 살펴보고자 한다. 서정주의 『질마재 신화』는 한국 전통 서정이 갖는 미학적 자율성의 해방적 의미와 동양주의의 '타자성'이 갖는 새로운 의미를 드러내는 분명하고 뚜렷한 지점이 될 수 있다 여겨진다.

---

13) 김재용은 「서정주-전도된 오리엔탈리즘」(『저항과 협력』, 소명출판, 2004)에서 서정주 시의 동양의식의 자각과 내면화는 대동아공영권과 긴밀하게 연결된 것이라 비판하면서 서정주의 친일파시즘 시에 대하여 살피고 있다. 이와 관련하여 졸고, 「서정주 시의 시어와 이데올로기」(『한국시학연구』 12, 한국시학회, 2005)에서 필자는 서정주의 『귀촉도』, 『서정주 시선』, 『신라초』에서 나타나는 전통적 소재, 탐미적 서정이 서정주의 몰역사성의 근거가 되는 것을 지적한 바 있다.

2. 이야기체의 흥과 음성적 아우라

구술적 이야기의 형식은 집단적 공동체험과 공동환상을 전제하고 있다. 구비 전승되어온 설화를 민족적 형식으로 재창조, 계승하는 방식은 현대시사 전통에서 그리 낯선 것은 아니다. 그러나 '이야기꾼'을 시속의 화자로 상정하면서 구술담론을 이끄는 것은 새롭고 적극적인 이야기성의 도입14)이라 할만하다.

『질마재 신화』에서의 이야기성이 '시적 긴장'을 이완하고 전통에 대한 맹목을 초래했다는 비판15)을 듣고 있지만 오히려 '이야기'에서의 구술 담론은 문자가 갖는 분석적이고 교화적인 근대적 사고를 넘어서 무의식적 감각의 일부를 이끌어낸다는 사실에 주목할 필요가 있다. 즉 활자에 깊이 영향을 받은 사람들은 말이 우선적으로 '목소리'로 이루어진 사건이며 그 말의 울림과 흐름 속에 음성의 힘이 흐른다는 사실에 주목할 필요가 있다. 목소리로서의 음성은 실제적인 사건의 현장을 제공하면서 종교적 아우라16)를 발생시킨다. 근대를 부정하고 근대 이전으로 되돌아가는 반근대적 회귀성의 현장에는 구어적 목소리의 아우라를 찾으려는 객관적 믿음이 공존하는 것이다.

---

14) 이계윤, 「서정주의 질마재 신화 연구-구연의 방식과 구연자의 태도를 중심으로」, 고려대 석사논문, 2002. 이계윤의 논문은 1970년대 시대적 요구와 부합하여 새로운 시형식을 추구했던 미당의 개인적 인식과 시 장르 확대의 한 양식으로 『질마재 신화』이야기 시의 의미를 찾고 있다.

15) 최현식, 『서정주 시의 근대와 반근대』, 소명출판, 2003, 247면 참조.

16) 원형적 이미지로서 신의 임재는 청각적 '목소리'로 나타나고 있으며 목소리로서의 음성의 제공은 종교적 제의의 한 국면을 제공하면서 초월적인 것의 물질성을 대변한다 할 수 있다.(최문규, 「근대의 예술과 종교, 그 가깝고도 먼 관계」, 『유심』 2005 겨울, 190면 참조. "예술과 종교는 형이상학적 종교적 세계상에 대한 통일성과 객관적 믿음을 가지면서 어떤 공통된 아우라를 지니는 것 같다. 그렇지만 종교는 '믿음'에 바탕을 두고 예술은 '상상력'으로 자신을 영위한다는 점에서 분리되고 있다.")

질마재 上歌手의 노랫소리는 답답하면 열두 발 상무를 젓고, 따분하면 어깨에 고깔 쓴 중을 세우고, 또 喪輿면 喪輿머리에 뙤약볕 같은 놋쇠 요령 흔들며, 이승과 저승에 뻗쳤읍니다.

그렇지만, 그 소리를 안 하는 어느 아침에 보니까 上歌手는 뒤깐 똥오줌 항아리에서 똥오줌 거름을 옮겨 내고 있었는데요. 왜, 거, 있지 않아, 하늘의 별과 달도 언제나 잘 비치는 우리네 똥오줌 항아리, 비가 오나 눈이 오나 지붕도 앗세 작파해 버린 우리네 그 참 재미있는 똥오줌 항아리, 거길 明鏡으로 해 망건 밑에 염발질을 열심히 하고 서 있었읍니다.

「上歌手의 소리」 중에서

홍청거리는 춤추고 잘 노는 상가수의 이야기는 심미적 삶을 실현하는 핵심적 인물이라 할 수 있는데 시는 상가수의 노랫소리를 흉내내듯 가락과 리듬의 몸감각[17]을 드러내고 있다. "질마재 상가수의 노랫소리는 답답하면 열두 발 상무를 젓고, 따분하면 어깨에 고깔 쓴 중을 세우고, 또 상여면 상여머리에 뙤약볕 같은 놋쇠 요령 흔들며, 이승과 저승에 뻗쳤읍니다." 시행들은 기억하기 쉬운 형태(patten)에 입각하여 리드미컬하고 균형 잡힌 패턴으로 이루어져 있다. '~고'의 두운의 반복과 "젓고" "세우고" "흔드며"와 같은 서술구들을 열거하면서 이야기는 야생적인 리듬을 따르게 된다. "고"와 "며"로 대등적 관계를 이루면서 전개되는 시행들끼리 물리적 말의 길이에서 등가성을 지니게 배치한다. 이처럼 서정주의 정형구들은 "~고" "~며"와 같은 열거와 장광설을 일찌감치 준비하고 있는데 이와 같은 열거와 연속적인 연결은 체계적인 사고를 분해하고 분석적인 사고를 와해하기 위한 것이다. 이것은 '구술(말하기)의 즐거움', 그 자체에 시적 의미를 두는 심미적 목적에 부합한다. 이것은 판소리사설에서의 열거법과 장광설과도 연결되는 국면인 바 이야

---

17) 몸의 작용과정은 단순한 '본능'이 아니라 생래적 호흡과 몸의 의식(意識)속에서 이루어지는 몸감각을 가지고 있다. 불교는 촉각을 '몸의 의식(身識)'이라 부르고 있다.(김용호, 『몸으로 생각한다』, 민음사, 1997 참조)

기를 끊이지 않고 긴장과 이완의 장단을 맞추며 이어가려는 구술문화 특유의 표현이다. 이야기는 새로운 이야기를 계속해서 생성해 나가는 이야기 구조 자체의 자기생성적 본성을 지니는 것이다. 하여 이야기는 이야기하는 그 자체의 힘으로 시를 이끌어가면서 계속 생성되는 끝없는 이야기 구조 그 자체가 된다. 이야기가 생성하는 구조적 층위, 이야기가 이끌어내고 복제하는 인물에 대한 재현적 층위는 하나의 독자적 생성의 힘을 지니면서 시 텍스트의 구연과 생성의 현장을 창출한다.

"그렇지만, 그 소리를 안 하는 어느 아침에 보니까 상가수는 뒤깐 똥오줌 항아리에서 똥오줌 거름을 옮겨 내고 있었는데요. 왜, 거 있지 않아, ……." 추임새와 같은 상용구("왜, 거 있지 않아"), 구어체의 정형구들("있었는데요")은 상가수의 행태와 모양에 대한 재현에서 더 나아가 이를 초월하여 스스로가 지시하던 세계와는 무관한 몸의 리드미컬한 시언어 자체 '노랫가락'을 환기하고 있다. 상가수는 가장 지상적인 똥오줌 항아리를 이승과 저승을 잇는 명경으로 삼았으니 이 얄궂은 행위로 천상의 신성성을 전파하는 노랫가락의 가수가 되는 것인데 사실 이와 같은 해학스러운 익살은 서정주의 이야기로서의 '가락', '몸의 흥'을 들썩거리게 한다. 이야기 그 자체의 자기생성적 즐거움이 자아내는 리듬의 전달력이라 할 수 있다.

김윤식은 상가수가 보여주는 '똥항아리의 거울화'가 '삶의 촉각으로서의 예(藝)'의 세계임을 이야기하고 있다. 「상가수의 소리」가 심미화를 추구하는 서정주 세계관의 중심이라는 발언은 서정주 시에 대한 가장 핵심적인 논평이라 여겨진다. 그러나 이에 덧붙여 정리해본다면 이 시에서 이야기하는 자로서의 구술 내러티브는 화자의 '목소리'를 극명화하고 음성의 결을 통해 몸의 리듬을 들썩거리게 한다는 점을 기억할 필요가 있다. 이것은 한국말 그 자체의 운(韻) 감각을 찾아가고자 하는 시인의 '언어적 인식'이라 할 수 있다. 사실 근대적 문학이란 근대 언어에 대한 자각적 인식이라 할 수 있다. 서정주는 이와 같은 시에서 언어의 감각을 '한국말' '말의 감각'에서 찾고자 했고 반복과 열거를 통해 몸의 흥과 리듬을 심리적으로 환기해 내려 한다.

> 그 애가 샘에서 물동이에 물을 길어 머리 위에 이고 오는 것을 나는 항용 모시밭 사잇길에 서서 지켜보고 있었는데요. 동이갓의 물방울이 그 애의 이마에 들어 그 애 눈썹을 적시고 있을 때는 그 애는 나를 거들떠보지도 않고 그냥 지나갔지만, 그 동이의 물을 한 방울도 안 엎지르고 조심해 걸어와서 내 앞을 지날 때는 그 애는 내게 눈을 보내 나와 눈을 맞추고 빙그레 소리없이 웃었읍니다. 아마 그 애는 그 물동이의 물을 한방울도 안 엎지르고 걸을 수 있을 때만 나하고 눈을 맞추기로 작정했던 것이겠지요
>
> 「그 애가 물동이의 물을 한 방울도 안 엎지르고 걸어왔을 때」 전문

"그 애"가 물동이에 물을 길어 머리에 이고 가는 모습은 일종의 "예 (藝)"의 경지와 다를 바 없다. 물동이에서 물 한 방울 떨어뜨리지 않고 지나갈 때 "그 애"는 자신의 일에서 '고수'가 되는 것이며 '고수'는 도의 극치, 예의 극치를 실현하는 실체가 되는 것이다. "그 애"는 물 한 방울 떨어뜨리지 않을 때 비로소 "나"에게 눈을 맞추며 빙그레 웃는다. 서정주 시에서 일상의 업에서 '도사', '고수'가 되는 것으로 신성의 경지에 오르는 인물들이 소개되기도 한다. 도를 닦는다는 것은 현실 밖의 숭고한 것에 있는 것이 아니라 비근한 생활의 현장 속에 있다는 사실이다.

삶을 심미화, 도의 경지로 끌어당기기 위해 시인에게는 구술의 목소리가 필요하다. 소리는 신체의 내부와 외부에서 동시적으로 울리면서 내부와 외부를 합치, 연결시키는 일종의 하모니를 구성한다. 목소리가 일종의 '주술성'을 지니면서 의식 이전의 무의식적 내면화를 가능하게 하는 것은 이와 같은 이유 때문이다. 하여 구술담론은 기억술과 청중의 호응을 이끌어내면서 반복적 정형구들을 만들어 리드미컬한 흐름을 돕는다. 위 시에서 "그 애"는 여섯 번 반복되고 있고 "나" "내"는 다섯 번 반복되고 있다. "그 애"와 "나"는 구술담론에 지속적으로 병치, 대응을

이루면서 반복 서술된다. 시의 서술화는 세계와 삶에 대한 전체성의 파악과 질서화의 욕구에서 비롯된다. 현실성 높은 의미로 재구성하고자 하는 의도가 깊다. 그러나 서정주 시에서 이야기체는 반복적·댓구적·등가적 통사구조의 나열을 통해 목소리의 질감을 촉지하게 하면서 몸 언어로서의 의식 이전의 감각들에 호소한다. 위의 시에서 "그 애가 ~이고 오는 것을 나는 ~지켜보고 있었는데요. ~그 애의 이마에 들어 그 애 눈썹을 적시고 있을 때는 그 애는 나를 ~그냥 지나갔지만, ~그 동이의 물을 한 방울도 안 엎지르고 ~그 애는 내게 ~소리없이 웃었읍니다." "그 애"의 반복은 목소리의 구술성을 극명화하고 신체 목소리의 물리적 느낌을 전달한다. 기록어일 경우 텍스트의 문맥을 잘 모른다거나 그 문맥 자체를 잊어버렸더라도 텍스트를 쭉 다시 읽으면 그 문맥을 회복할 수 있다. 그러나 구술발화는 이와 달리 발화되는 순간 사라지기 때문에 다시 앞의 말들 되풀이 설명을 첨언하면서 반복하게 된다. 직전에 말해진 것을 되풀이 하는 것은 화자와 청자 양쪽을 이야기의 본 줄거리에서 벗어나지 않도록 단단히 비끄러매둔다.[18]

그리하여 "그 애"가 물동이에 물을 이고 조용히 "나"를 지나가는 모습, 빙그레 "내 눈"을 맞추며 소리없이 웃는 그 모든 정경들은 구술의 반복과 소리(sound)의 가락으로 하나의 하모니를 이루면서 독자 개개인의 의식에 내면화된다.

서정주는 일상의 내부에서 '예'의 경시 '도'의 경지에 이른 이들을 찾아내고 그들을 심미화하되 이야기의 전달자로서 구술의 주술과 리듬으로 호흡과 신체적 실감을 이끌어낸다.

알뫼라는 마을에서 시집 와서 아무것도 없는 홀어미가 되어버린 알묏댁은 보름사리 그뜩한 바닷물 우에 보름달이 뜰 무렵이면 행실이 궂어져서 서방질을 한다는 소문이 퍼져, 마을 사람들은 그네에게서 외면을 하고 지냈읍니다만,

---

18) Walter J. Ong, 이기우·임명진 역, 『구술문화와 문자문화』, 문예출판사, 1995, 65면.

하늘에 달이 없는 그믐께에는 사정은 그와 아주 딴판이 되었읍니다.

陰 스무날 무렵부터 다음 달 열흘까지 그네가 만든 개피떡 광주리를 안고 마을을 돌며 팔러 다닐 때에는 「떡맛하고 떡 맵시사 역시 알묏집네를 당할 사람이 없지」 모두 다 흡족해서, 기름기로 번즈레한 그네 눈망울과 머리털과 손끝을 보며 찬양하였읍니다. 손가락을 식칼로 잘라 흐르는 피로 죽어가는 남편의 목을 추기었다는 이 마을 제일의 烈女 할머니도 그건 그랬었읍니다.

「알묏집 개피떡」 중에서

알묏댁은 홀어미가 된 후 달이 차면 서방질을 하고 다니지만 그믐께는 맛좋은 개피떡을 만들어 마을사람들의 칭찬을 도맡는다. 달이 찰 때 과잉되는 알묏댁의 성욕은 달이 기울 때 음식을 해서 먹이는 대모신적인 풍요로 연결된다. 현실제도적으로 비난받는 성욕도 개피떡을 맛있게 잘 빚는 그 솜씨 하나로 덮어진다는 사실이다. 서정주는 알묏댁의 이야기를 다시 이야기의 말투로 장황스럽게 풀어 이야기 자체의 즐거움을 전달한다.

기록담론이 분석적이고 조리정연하게 반복을 삭제하는 데 반하여 구술은 마음 속의 긴장을 풀고 몸의 리듬으로 말을 장황하게 늘어놓는다. 「알묏집 개피떡」은 하나의 문장이 다섯줄의 시행으로 이루어질 만큼 긴 호흡과 유장한 다변을 촉발한다. 유창하고 거침없는 말투는 구체적인 생활세계에 밀착되어 세계를 감정이입, 참여적인 것으로 만든다. 알묏집이 시집와서 한 행적들은 목소리로 된 말(the spoken word)로 전달되면서 독자 존재 감각 깊숙이 파고든다. 말은 소리라는 물리적인 상태로 인간의 내부에서 생겨나서 의식을 가진 내면, 즉 인격을 인간 상호간에 표명한다. 말은 이야기하는 자와 청자 사이에 일체감을 형성하면서 알묏댁의 흥미로운 사실에 대한 집단적 공동체적 구술현장을 형성한다.

모든 인간들은 태어나면서부터 몸에 지니는 구술성과 또 태어나면서부터 몸에 지니고 있지 않는 쓰기라는 기술과의 사이에 상호작용을 겪게 된다. 쓰기가 분할과 소외를 향하게 된다면 구술성은 저 먼 기원, 종교적 전통에서와 같이 말해지는 언어(spoken word)의 신성함을 취한다. 서정주의 이야기체는 유장한 흐름과 신체감각의 리듬, 목소리 질감의 극대화를 통해 '말해지는 언어'로서 일종의 성스러운 텍스트가 된다. 『질마재 신화』의 해방적 가치는 이야기의 소재적 차원이 환기시키는 분위기 뿐만 아니라 이야기체의 가락과 거친 장광설이 뿜아내는 '주술'과 '흥'에서 기원하는 것이라 할 수 있다.

3. 비루함의 숭고, 미학적 변칙

『질마재 신화』에는 해괴하고 기괴한 이야기들, 인물들이 등장하고 있다. 서정주가 그로테스크한 인물과 기괴한 이야기를 통해서 보여주고자 하는 것은 전근대적 풍속의 해괴함이 아니라 '비속함'을 통한 역설적 의미에서의 '해방'이다. 도덕과 제도로 운영되는 지배계층의 규범들을 단순간에 뒤집어 경직되고 획일적인 질서를 우스꽝스러운 것으로 만드는 것, 정상적인 것과 비정상적인 것을 뒤바꾸어 놓는 전복,[19] 이와 같은 것이 서정주가 『질마재 신화』에서 보여주고자 하는 그로테스크한 미학적 변칙이다.

〈눈들 영감 마른 명태 자시듯〉이란 말이 또 질마재 마을에 있는데요. 참, 용해요. 그 딴딴히 마른 뼈다귀가 억센 명태를 어떻게 그렇게는 머리끝에서 꼬리

---

19) Bakhtin, Mikhail.M, 이득재 역, 『바흐찐의 소설미학』(바흐찐비평선집), 열린책들, 1988, 243면 참조. 카니발의 세계는 고정된 위계질서를 전도하고 지배이데올로기를 낯설게 한다는 점에서 문학이 갖는 현실로부터의 해방적 성격과 연결되는 지점이 있다.

끝까지 쬐끔도 안 남기고 목구멍 속으로 모조리 다 우물거려 넘기시는지, 우아 랫니 하나도 없는 여든 살짜리 늙은 할아버지가 정말 참 용해요 (…중략…)

이것도 아마 이 하늘 밑에서는 거의 없는 일일 테니 불가불 할수없이 神話 의 일종이겠읍죠? 그래서 그런지 아닌게아니라 이 영감의 머리에는 꼭 귀신의 것 같은 낡고 낡은 탕건이 하나 얹히어 있었읍니다. 똥구녘께는 얼마나 많이 말라 째져 있었는지, 들여다보질 못해서 거까지는 모르지만……

「눈들 영감의 마른 명태」 중에서

이 시는 이미 잘 알려져 있는 바지만 시인은 시에서 귀신과 사람의 구분과 경계를 섞어놓는 독특한 경계를 만들어낸다. 위 아랫이가 하나 도 없는 눈들 영감이 마른 명태를 먹어치우는 신기함도 신기함이지만 식욕은 오히려 과잉된 본능으로 사람을 귀신의 영역으로까지 전이시키 는 매개가 되고 있다. 눈들 영감은 마른 뼈다귀 억센 명태를 머리끝에 서 꼬리 끝까지 조금도 남기지 않고 모조리 우물거리며 넘긴다. '눈들 영감(늙음) / 과잉된 식욕(젊음)'이라는 이 이중적 신체가 동시적으로 한 몸 에 공존하면서 일상적 누추함이 전복되는 현실 해방적 양상이다. "우아 랫니 하나도 없는 여든 살짜리 늙은 할아버지"는 "똥구녘께는 얼마나 많이 말라 째져 있"을지도 모르지만 귀신처럼 탈속적 인물로 변화하고 만다. 신성한 것과 비속한 것이 결합하고, 하락하고 물질적인 육체적 층 위가 영적이고 해방적인 본능으로 재생성된다. 서정주가 이렇게 비속한 것을 숭고의 자리로 옮겨놓고자 하는 것[20]은 금제(禁制)의 세계를 무너 뜨리는 것으로 비로소 '유희성'의 자유와 해방적 창조를 만끽할 수 있 기 때문이다.

小者 李 생원네 무우밭은요 질마재 마을에서도 제일로 무성하고 밑둥거리 가 굵다고 소문이 났었는데요 그건 이 小者 李 생원네 집 식구들 가운데서도

---

20) 그로테스크와 숭고함은 질서와 그 질서의 역전이라는 점에서 같은 대척점에 놓인 동 일한 시각의 다른 얼굴이라 할 수 있다.

이 집 마누라님의 오줌 기운이 아주 센 때문이라고 모두들 말했읍니다.

옛날에 新羅 적에 智度路大王은 연장이 너무 커서 짝이 없다가 겨울 늙은 나무 밑에 長鼓만한 똥을 눈 색시를 만나서 같이 살았는데, 여기 이 마누라님의 오줌 속에도 長鼓만큼 무우밭까지 鼓舞시키는 무슨 그런 신바람도 있었는지 모르지. 마을의 아이들이 길을 빨리 가려고 이 댁 무우밭을 밟아 질러가다가 이 댁 마누라님한테 들키는 때는 그 오줌의 힘이 얼마나 센가를 아이들도 할수없이 알게 되었읍니다. ―「네 이놈 게 있거라. 저 놈을 사타구니에 집어넣고 더운 오줌을 대가리에다 몽땅 깔기어 놀라!」 그러면 아이들은 꿩 새끼들같이 풍기어 달아나면서 그 오줌의 힘이 얼마나 더울까를 똑똑히 잘 알 밖에 없었읍니다.

「小者 李 생원네 마누리님의 오줌 기운」 전문

근대적 이성은 정신, 질서, 계몽을 신성시하기 위해 성, 배설, 놀이본능을 철저하게 이분하여 폄훼해 왔다. 시인은 근대 이성이 규범으로 삼는 높은 것, 영적인 것, 이상적인 것을 물질적 차원인 '대지' '몸'의 세계로 환원시킨다. 도덕 윤리, 종교와 같은 기성의 가치체계를 뒤집어 비속하고 저급한 것으로 대치한다. 현실제도가 주는 엄숙한 공포를 '웃음'으로 변형한다. 서정주의 『질마재 신화』에서 오줌, 똥, 소망(똥간), 서방질 등 비속한 것들은 오히려 신이한 능력으로 찬양된다.

시인은 여성에게 억압적인 본능인 '성' '배설'의 욕망을 비정상적일만큼 과대하게 극대화함으로써 해체된 질서의 통쾌한 반동을 체험하게 한다. 오줌기운은 성 본능의 기운과 비례한다고 할 수 있다. 마누라님은 오줌기운을 성적 부끄러움으로 숨기고 은폐하는 것이 아니라 무우밭을 튼실하게 키우는 생명력의 기운으로 삼고 있다. 마누라님은 장난치는 마을 아이들을 사타구니에 집어넣고 더운 오줌 맛을 보여주겠다 소리친다.

여성의 성과 배설의 과잉된 노골화를 보여주고 그것이 우주 생명을 지탱하는 근원적인 것으로 숭배될 때 서정주 시에 와서 '숭고함'이란 새로운 국면이 되고 만다. 비속하고 저급한 것이 초월적인 것, 신성한 것으로 변이된다. 기성의 가치체계가 파괴되며 현실논리가 역상되며 극복된다.

『질마재 신화』에서는 위생적이고 깨끗한 문명적인 것보다 불결하고 더러운 것이 신성한 것으로 승화되는 바 「외할머니의 뒤안 툇마루」에서 '때거울' 또한 그러하다. 오래되고 낡은 외할머니의 툇마루는 때절은 "때거울"이 되어 마음을 정화시키며 얼굴을 맑게 비추는 명경이 된다.

> 〈싸움에는 이겨야 멋이라〉는 말은 있읍지요만 〈져아 멋이라〉는 말은 없사옵니다. 그런데, 지는 게 한결 더 멋이 되는 일이 陰曆 正月 대보름날이면 이 마을선 만들어져 그게 1年 내내 커어다란 한 뻔보기가 됩니다. (…중략…)
> 막상 勝負를 겨루어 서로 걸고 재주를 다하다가, 한 쪽 鳶이 그 鳶실이 끊겨 나간다 하드래도, 敗者는 〈졌다〉는 嘆息 속에 놓이는 게 아니라 그 반대로 解放된 自由의 끝없는 航行 속에 비로소 들어섭니다.
>
> 「紙鳶勝負」 중에서

위 시에는 근대적 생존경쟁의 승부의식과 정반대의 '해탈' 논리가 담겨 있다. 연날리기 승부에서 패자는 "졌다"는 탄식보다는 오히려 "解放"의 기쁨 속에서 자유로움을 만끽한다. 근대의 지배 의지와 권력 의지에 대한 유쾌한 반역이자 저항이라 할 수 있다. 열등한 위치에 있던 인물이 오히려 격상하고 우월한 위치에 있는 인물이 격하된다. 근대적 승부 논리의 현실에서 서정주는 지배와 피지배의 계급적 관계를 뒤집어 해소한다. 경직된 질서와 계급화의 논리를 해학과 뒤집기로 희화화해 보는 것이다.

서정주 시에서 나타나는 현실 역상의 논리를 통해 알 수 있는 것은 현실의 엄숙주의와 경건주의를 뒤집는 시인의 '광대의식'이라 할 수 있다. 광대의식이야말로 위선적 질서와 권력적 규범을 뛰어넘어 온전한 해방으로서의 '자유로움'에 대한 추구라 할 수 있다. '광대의식'은 서정주가 말하는 '심미형의 인간21)'으로서 비도덕적이고 변두리의 존재지만 풍류적 인간으로 해학과 심미성과 놀이의식을 삶의 가장 중요한 기제로 삼는 인간형이라 할 수 있다. 서정주의 '광대의식'은 현실에 대해 철저하게 비역사적 태도를 견지하면서 현실을 전복적으로 넘어서려는 심미적 해방적 탈출 지점이라 할 수 있다.

4. 마술적 사실성과 동양적 괴기담

『질마재 신화』는 시편에 자주 등장하는 혼령체험이나 기이하고 마술 같은 이야기들로 인해 현실감각이나 현대적 방향성이 상실된 것이라는 비판을 계속해서 받아왔다. 인간과 혼령, 죽음과 삶, 인간과 자연, 성과 속이 기이하게 혼융되면서 마술적 상상력이 사실적 재현으로 펼쳐진다. 미당이 근대 이성과 폭력적 현실에 대하여 저항하기 위한 대안으로서 선험적 과거 환상을 재구성한 것이라 할지라도 기존의 연구자들이 보기에 미당의 혼교의식이나 영통주의는 전근대적 신비주의나 과거회귀의 복고적 반동으로 여겨졌던 것이 확실하다.

그러나 살아있는 자와 죽은 자가 함께 혼교로 만난다는 설정이 전근대적인 시간 체험이란 점에서 비역사적이라 비판받는다면 그러한 시각 또한 '근대적' 시각에 의한 재단이라는 점을 전제할 수 있다. 어떤 점에서 미당의 혼교체험, 신비하고 마술적인 상상력이 제도적 이성에 대한 하나의 전복으로의 환상체험이라는 점에서 오히려 후근대적 상상력에

---

21) 서정주, 「내 마음의 편력」, 『서정주문학전집』, 일지사, 1972, 26~31면 참조. 서정주는 '질마재' 사람들을 '유자' '자연파' '심미파' 세 부류로 나눈 뒤, '자연파'와 '심미파'가 자신의 원체험 형성에 가장 큰 영향을 미쳤다고 술회한 바 있다. 서정주의 『질마재 신화』는 이러한 '심미파'를 중심으로 인물 탐구를 한다.

맞닿아 있을 수도 있다는 점이다.

  항시 누에가 실을 뽑듯이 나만 보면 옛날이야기만 무진장 하시던 외할머니
는, 이때에는 웬일인지 한 마디도 말을 않고 벌써 많이 늙은 얼굴이 엷은 노을
빛처럼 불그레해져 바다쪽만 멍하니 넘어다보고 서 있었읍니다.
  그때에는 왜 그러시는지 나는 아직 미처 몰랐읍니다만, 그분이 돌아가신 인
제는 그 이유를 간신히 알긴 알 것 같습니다. 우리 외할아버지는 배를 타고 먼
바다로 고기잡이 다니시던 漁夫로, 내가 생겨나긴 전 어느 해 겨울의 모진 바
람에 어느 바다에 선지 휘말려 빠져 버리곤 영영 돌아오지 못한 채로 있는 것
이라 하니, 아마 외할머니는 그 남편의 바닷물이 자기집 마당에 몰려 들어오는
것을 보고 그렇게 말도 못 하고 얼굴만 붉어져 있었던 것이겠지요

「海溢」 중에서

 어린아이들은 현실을 어른보다 훨씬 극적인 환상으로 구성하는 유희
적 본능을 지니고 있다. 보고 있는 현실을 환상적으로 구성할 수 있는
능력, 현실과 그 한계를 뛰어넘을 수 있는 경계 넘나들기의 유연한 상
상적 본능 때문이다. 어린 화자가 "기쁜 종달새 새끼"처럼 마당을 뛰어
다니고 있던 날, 언제나 옛날이야기를 쉬지 않고 하던 외할머니가 "한
마디도 말을 않고" 늙은 얼굴에 엷은 노을빛이 불그레 물들어 바다 쪽
을 멍하니 보고 있는 모습을 보게 된다. 시인은 나중에 바다의 어부로
고기잡이 나갔다 영영 돌아오지 못한 외할아버지가 바다의 해일이 되어
외할머니의 마당에 몰려 온 것이라 여기게 된다.
 어린화자의 시선 속에서 자기 집 마당에 바다의 해일을 이끌어오는 것
은 마술적 상상력일 뿐만 아니라 보이는 세계 너머에 포착할 수 없는 '또
다른 현실'에 대한 제시라는 점에 주목할 수 있다. 어린아이의 세계에서
는 비현실적이라 여겨져 온 것이 오히려 '극적인 현실'일 수 있다. 일테면
미당에게 "혼교의식이 지식을 통해 습득된 관념이 아니라 생리의 차원에
속하는 어떤 것"[22]이라는 것을 받아들인다면 보이지 않는 허공에서 '혼

령'을 감지하는 태도는 '허구'나 '환각'이 아닌 '실제적 현실(the real)' 체험에 다름 아니다. 어린아이에게 꿈과 환상이 현실과 통합되는데 '비현실과 현실'이 긴밀하게 '혼합'될 수 있는 것은 그들에게 '환상'이 일상의 현실처럼 경계침범 가능한 영역이기 때문이다. 그런 점에서 서정주에게서 혼교의식은 비현실적 신비체험이라기보다는 현실 속에서 마술체험이라 할 수 있다. 일테면 현실의 일상에 마술적 요소를 조직적으로 증대시킨, 즉 사실주의와 환상문학을 결합시킨 마술적 사실주의[23]라는 개념을 상정해 볼 수 있다. 마술적 사실주의는 물질세계를 상세하고 다채롭게 서술한다는 점에서 현실 너머의 무의식 영역으로만 작동하는 '초현실주의'와 구분된다. 환상이 철저하게 물질적으로 메타포가 되면서 이성과 논리에 도전하는 시적 매력을 극단적으로 발휘한다. 그런 점에서 죽은 혼령이 거대한 바닷물이 되어 마당으로 몰려오는 '물질적 메타포'는 마술적이면서 사실주의적 실감을 가능하게 하는 시적 실재(實在)가 되는 것이다.

서정주 시에서 '마술의 물질화'는 여러 시에서 등장한다. 「상가수의 소리」에서 "똥오줌 항아리"는 이승과 저승을 연결하는 명경(明鏡)으로 나타나며 「沈香」에서 "沈香"은 선조와 천년 뒤 후대를 연결하는 신비로운 향내로 등장한다. 「石女 한물宅의 한숨」에서 한물댁의 웃음은 뒷산과 풀섶에서 '바람'을 일으키는 마술적 힘으로 물질화된다. 환상은 메타포를 통해 물질화, 사물화되고 그리하여 마술적인 것의 '사실주의'를 이룩하는 한 근거로 작용한다 할 수 있다.

하여 마술은 모든 이질적인 것들을 중첩하고 새롭고 낯선 경험으로서의 '낯설게 하기 시학'을 완성시킨다. 시인은 어린 화자 / 늙은 외할머니, 늙은 얼굴 / 붉은 새색시의 얼굴을 중첩하고 삶과 죽음이 하나의 몸

---

22) 최현식, 『서정주 시의 근대와 반근대』, 소명출판, 2003, 223면. 최현식은 미당 자신의 말을 인용하면서 혼교의식이 종교성에 기반한 '고대적 사유태도'이자 '고대적 감응태도' 다시 말해 '믿는다'와 '느낀다'는 동사가 하나로 결합된 정신의 운동이라고 설명하고 있다.
23) Wendy B. Faris, 김용호 역, 「세헤라자데의 아이들─마술적 사실주의와 포스트모더니즘 소설」, 『마술적 사실주의』, 한국문화사, 2001, 147면 참조.

에 공존하는 양립 불가능한 것의 공존을 극단화한다. 하나의 세계가 다른 세계, 표피 아래 비밀스런 세계로 형성되며 잠복해 있다 표면으로 드러나게 되는 것이다. 「海溢」에서의 유년의 사건이 등장인물의 '환각'인가 '기적'인가하는 근본적인 갈등을 느끼는 것은 시인이 보기에 근대적 인식론이 주는 인식적 망설임이라는 사실이다. 시인에게 자연과 인간과 혼령 사이 긴밀한 혼융 속에서 세계 간의 경계를 넘나드는 것은 '자연스러운' 우주적 감각이다. 그러나 서정주 시에서 시적 내용이 환각인가 사실인가 하는 '인식적 주저함'이 미학적 현실부정성을 성취하는 근거가 되기도 하는 것이다.

> 新婦는 초록 저고리 다홍치마로 겨우 귀밑머리만 풀리운 채 新郎하고 첫날밤을 아직 앉아 있었는데, 新郎이 그만 오줌이 급해져서 냉큼 일어나 달려가는 바람에 옷자락이 문 돌쩌귀에 걸렸습니다. 그것을 新郎은 생각이 또 급해서 제 新婦가 음탕해서 그 새를 못 참아서 뒤에서 손으로 잡아다리는 거라고, 그렇게만 알곤 뒤도 안 돌아보고 나가 버렸습니다. 문 돌쩌귀에 걸린 옷자락이 찢어진 채로 오줌 누곤 못 쓰겠다며 달아나 버렸습니다.
>
> 그러고 나서 四十年인가 五十年이 지나간 뒤에 뜻밖에 딴 볼일이 생겨 이 新婦네 집 옆을 지나가다가 그래도 잠시 궁금해서 新婦방 문을 열고 들여다보니 新婦는 귀밑머리만 풀린 첫날밤 모양 그대로 초록 저고리 다홍치마로 아직도 고스란히 앉아 있었습니다. 안쓰러운 생각이 들어 그 어깨를 가서 어루만지니 그때서야 매운재가 되어 폭삭 내려앉아 버렸습니다. 초록 재와 다홍 재로 내려앉아 버렸습니다.

「新婦」 전문

사실주의적 미메시스의 세계에 의문을 던지면서 마술적 세부를 들여다보려는 노력은 포스트모던의 입장과 연결되는 부분이기도 하다. 근대적 절대이성이 재현하는 현실에 저항하면서 마술적 상상 속에서 오히려 역사적 경험적 현실의 리얼리티를 구현하려는 노력이 제3세계 문학, 남미문학에서 일어나고 체험되고 있다. 마르께스의『백년 동안의 고독』의 환상성은 역사와 신화와 관련을 맺고 있다. 이처럼 역사에 마술과 민간 전승을 끌어들이는 것은 서구중심의 이성적 근대문학에 대항하는 민간 전승의 미학적 시공간 창조라 할 만하다.

「신부」는 익히 알고 있는 바 한국 전래 민간전승전설을 소재로 삼고 있다. 시의 전반부는 현실적 실재의 세계가, 후반부에는 기이한 괴기담의 세계가 전개되고 있다. 현실과 비현실이 혼합되는 세계, 꿈과 환상이 현실 속에서 통합되면서 '마술적 사실주의'를 이룩하는 순간이다. 혼령은 '초록 재'와 '다홍 재'로 물질화되면서 기시감의 환각을 현실적 실재감으로 떠올리게 한다. 서정주의 시세계에서 혼령은 인간세계에 함께 공존하는 존재로 자연과 초자연의 이율배반의 세계를 드러낸다.

서양의 괴기담에 '프랑케슈타인' '흡혈귀'와 같이 남성적 존재가 등장한다면 동양적 괴기담은 '여귀'와 같이 여성인 경우가 많다. 음양론의 논리를 떠나서 동양적 괴기담은 죽음과 삶의 형이상학적 넘나듦의 세계를 보여준다. 이때 경계의 넘나듦을 위해 여성적 슬픔의 요소가 필요하다. 동양적 괴기담은 서양적 파멸 대신 안타까운 비애의 '보존 형식'으로 지속된다. 비애가 강렬한 보존의 형식으로 남게 되는 것은 "예(禮)"에 대한 수호[24]를 통해 이루어진다.

'신부'가 신랑의 오해를 받아 첫날밤을 치르지도 못하고 도망간 신랑을 수 십 년을 기다리며 앉아 있었던 것은 한국의 전통적인 '한'(恨)의 요소로만 설명될 수 없을 듯하다. 이 시에서의 '안스러운' 비애감은 신부가 '예(禮)'를 다해 "귀밑머리만 풀린 첫날밤 모양 그대로 초록 저고리 다홍치마로 아직도 고스란히 앉아 있"다는 점이다. 신부는 첫날밤의 '예'를 다하는 초심의 단심(丹心)으로 비극미를 극대화한다. 부부간의 예의를 다하는 것, 군신간의 의리를 다 하는 것, 친구간의 우애를 다 하는

---

24) 장파, 유중하 외역, 「문화적 곤경의 표현—비극」,『동양과 서양 그리고 미학』, 푸른숲 1999, 166~196면 참조

것, 남녀간의 사랑의 예를 다하는 것에서 동양적 비극, 비애는 어떤 숭고의 의미로 확대 전이된다.

「신부」에서 보여주는 동양적 괴기담의 비현실적 마술성은 탈식민지적 관점에서 볼 수 있는 시각을 허용하기도 한다. 역사적 전설 속에서 역사와 존재론과 마술적 현실간의 상관성을 문제 삼으면서 시인은 전통과 공동체의 믿음이 가지는 경이로운 공동환상과 마술적 숭고를 보여준다. 동양적 괴기담에는 이승과 저승을 넘나드는 혼령이 대부분 등장하고 있으며 괴기담의 비애는 여성적 슬픔과 순결한 예의를 다하려는 서정의 국면을 지닌다는 점에서 민간전승과 공동체 환상을 완성한다.25)

『질마재 신화』에서 현실과 비현실의 혼융, 혼령주의의 환상, 마술적 샤머니즘의 실재는 동양적 괴기담의 일종으로 전통적 원형과 집단 환상의 힘을 드러낸다. 서정주는 전통의 비현실적 마술성으로 한국 근대시단에서 새로운 '낯설게 하기'의 환상성을 보여준다. 숨겨져 있던 민간문화를 마술적으로 승화하는 것은 근대 제도적 문학규범을 벗어나 전복과 이탈의 한 관점을 제공한다 할 수 있을 것이다.

---

25) 「李三晚이라는 神」에서 '李三晚'은 여름에 징그러운 뱀을 쫓아내는 소임을 가진 자로서 그가 죽고 나서도 그 이름 석자를 써 집 안 기둥 밑둥에 붙여두면 뱀들이 더 이상 기어오르지 못한다는 샤머니즘적 주술의 세계를 보여준다. 「내가 여름 학질에 여러 직 앓아 영 못 쓰게 되면」에서 여름 학질에 걸린 어린 화자는 "봉숭아 푸른 잎"을 밥풀로 짓이겨 등에다 붙여놓고 꼼짝 않고 바위에 누워 한 나절을 보내고 나서 비로소 성한 아이가 되었다는 민간요법을 전한다. 『질마재 신화』에서 비현실적 신념과 혼령의 신이 한 힘은 현실에서 절대적 논리가 되고 있다.

5. 근대적 미의식의 방법론적 전개와 동양 전통 문학성의 탈식민적 의의

이 논문은 서정주 시가 '영원성의 시학'이라는 전제 속에서 민족의 원형을 회복하려 했다는 찬사와 동시에 신비주의적인 신라주의로 회귀했다는 비판의 양가적 평가가 한국 현대 '서정시'의 미학적 딜레마였다는 데에 논의의 출발점을 두었다. 한국적 서정이 낭만주의 서정의 전통 속에서 미적 직관에 의해 객체와 주체의 통일적 합일을 추구하는 범주를 의식적 메커니즘으로 삼아왔다는 점을 전제한다면 서정주 시가 보여준 서정성을 이러한 메커니즘으로 재단할 때 언제나 이중적 평가를 동어반복할 수밖에 없을 것이다. 오히려 중요한 것은 서정주 시의 미학적 원리를 추적하고 그 속에서 시인의식의 궤적을 탐색하는 일이다.

무엇보다 본 논문은 서정주의 '영원성의 시학'이 『질마재 신화』에 와서 서정주 시세계에 중요한 전환적 분기점을 제공하고 있다는 것에 주목하고 싶었다. '신라주의'의 주관통합의 세계가 『질마재 신화』에 와서 민간전승적 집단기억 속에서 모순과 대립의 역설적 통합을 시도하는 근대적 미의식의 방법론적 전개를 보여준다는 점이다. 필자는 『질마재 신화』가 보여주는 미적 근대성, 미적 자율성의 특질들을 세 가지 국면에서 살피고자 했다. 『질마재 신화』는 이야기체의 흥과 음성주의, 그로테스크한 미학적 변칙늘, 그리고 포스트모던적 의미에서의 마술적 사실주의를 미학적 실체로 드러내고 있다.

우선 구어체의 음성주의를 통해 비루한 것에서 숭고를 찾는 태도는 정신적 도덕적 힘에서 숭고를 찾고 있는 한국문학사에서의 전통과 구별되는 독특한 지점이다. 조선적인 것으로서의 고전 탐구가 미적인 것으로 처음 표출된 것이 1930년대 후반 『文章』에서부터였다고 전제한다면 당시 이병기·이태준·정지용 등은 정서적 합일의 체험을 주로 '매화, 난' 등 유교적 이념의 자연물을 통해 그리고자 하였다. 1950년대 전후 전통시에서 조지훈은 유가 사상에 기반한 선비 정신으로서 시 형태에 관한 의식과 언어의식을 보여준다. 조지훈의 「고풍의상」 등은 문사적(文士的) 전통을 전형으로 인간과 자연의 유기적 생명의식을 드러내고자 한 것이다.

이에 반해 서정주의 전통시는 민간의 중요한 의식적 토대로서 역사적으로 기층 불교와 도교적 문화에 깊숙하게 관여하고 있다. 이와 같은 이유로 인해 서정주의 시는 상층 지배 이데올로기였던 유교와 달리 반권위적이고 다원적인 문화가치를 추구할 수 있었다. 이야기체의 '흥'과 음성주의가 갖는 민주주의적 집단성, 그리고 현실에서 소외되고 결핍된 것들의 신성성을 찾아가는 작업은 근대에서의 '타자성'의 복원을 시도하는 방법론적 전개라 할 수 있다.

무엇보다 한국 근대문학 담론에서 지루하게 반복되는 '전통적 신비주의' '과거의 이상화'에 대한 비판적 시선에 대해 재주목할 필요가 있다. 전통적인 것 혹은 과거적인 것에 대한 추구가 근대에 대한 대항의 의미라는 것을 승인하면서 동시에 탈역사적인 나르시시즘으로 한계짓고 있는 부분에 대한 새로운 관점이 필요하다. 전통파 시인들이 전통문화로 회귀하는 것을 반성적 이성으로 성찰하는 것은 온당하지만 어떤 점에서 이 또한 서구적 근대주의 시각을 답습한다는 사실이다. 근대문학 제도의 태동과 생성 이래 동양적인 것, 비서구적인 것은 비합리적인 것으로 차별받아 왔으며 특히 '신비주의'라는 관점에서 '주변화'되는 과정을 거쳐 왔다. 동양적 전통주의를 '신비화―주변화'시키는 것은 근대 지배문화가 대상을 동화시키기 위한 방법이었다. 특히 고유 문학 전통에 대한 배제화, 주변화의 기제가 발동하는 데는 '비서구적=전근대적 후진성'이라는 등식이 내재해 있다. 비서구적인 것으로서의 후진성과 미신성, 통속성을 지닌다고 여겨지는 것이 동양적 괴기담, 무협지적 상상력이다. 일테면 동양적 괴기담이 가지는 민간 전승적 요소는 강한 이야기성과 사전성(史傳性), 현실과 초자연의 교융(交融)[26]을 지니는데 이와 같은 요소는 '문화적 낙후성'으로 지속적으로 인식되어 왔다. 동양적 신비주의에 대한 '감상주의' '복고주의'와 같은 부정적 함의와 무의식적 폄하는 근대적 이성에 의해 제도화된 또 다른 오리엔탈리즘의 변주는 아닌가 스스로 질문해 볼 필요가 있다. 서정주 시집 『질마재 신화』에서 샤머니즘적 요소나 혼령과 인간의 교융, 동양적 기이함과 괴기담이 비현실성, 비역사성으로 비판된다고 볼 때 오히려 서정주 시의 한계가 서구 근대문학이 결여하고 있는 한국 시의 전통적 특징으로 치환될 수도 있다. 오히려 해학과 익살, 그로테스크한 변칙미학, 비속한 것의 숭고성은 해방적 가치로서의 현대적 전복성의 미학을 지닌다.

무엇보다 서정주의 시를 모더니즘의 양식에서 앎의 문제를 다루는 인식론적 사조로 이해할 때 기존의 이데올로기적 비판에서 자유로울 수 없다. 서정주의 시학은 인식적 영역을 다루는 것이 아니라 존재와 미학적 문제를 다루고 있으며 그런 점에서 서정주의 시는 존재론적 영역에서 파악될 필요가 있는 것이다.

---

26) 정재서, 『동양적인 것의 슬픔』, 살림, 1996, 75면 참조.

제5부

김수영, 문명어 / 민족어 / 근대어

제1장 시어의 혼성성과 다중언어의 자의식

1. 조선적 근대와 이중 언어

언어가 세계에 대한 구성력을 가진다는 말은 이미 낯익은 사실이다. 인간은 언어체계를 통해 사고하고 세계를 파악해낸다. 언어는 인간의 정신과정에 개입하고 인식과 사고의 틀을 제공하여 혼란스러운 경험에 질서를 부여한다. 대상에 언어를 부여하는 작업은 언어를 통해 새로운 의미의 질서를 나의 것으로 간취해 내는 것이다. 언어가 가지는 형성력과 창조적 발생력은 이런 데 근거하고 있다.

그런 의미에서 언어는 생래적으로 비유적일 수밖에 없다. 우리 삶이 언어의 기호로 물질화되는 순간 체험의 전면적인 직접성은 일정량 전달되지 못한 잔여물로 남게 된다. 작가에게 있어 글쓰기란 이와 같은 배제된 잉여를 찾아내는 작업이며 그 모색이라 할 수 있다. 기호화되는 순간 탈각되는 도저히 설명해 낼 수 없는 극주관적 지대, 이 미결정성과 여백이 글쓰기의 공간이 된다. 대상을 의미화 함으로써 세계와 유기적 관계를 가질 수 있다는 언어의 형성력은 언어가 기호화되는 순간 은폐와 배제의 논리를 따를 수밖에 없는 역설적 자기 모반성을 가지는 것이다.

이와 같은 언어의 역설성과 은폐화 속에 사실 언어의 이데올로기화 과정이 숨겨져 있다. 수사학에서 '은유'야말로 정치적 이데올로기화의 극치라 할 수 있다. 임금을 어버이라 칭하고 왕비를 국모라 칭함으로써 생겨나는 혈연적 연대는 봉건 왕권과 가족주의가 긴밀하게 봉합되는 그 은유적 동일성의 지대다. 상징적 동일화는 이념으로서의 '충효'를 국가 이데올로기로 형성해 낸다. 근대 국가형성 과정에서 '모국'과 '모국어' 도 사실은 언어를 통한 국민 통합력을 강화하고자 한 과정이다. 결국 언어결정권자 즉 지배자의 언어가 결정적인 언어라 보았을 때 '민족'이 란 명명도 국가적 관념을 심화시키고자 하는 언어결정권자의 은유 이데 올로기에 크게 빚지고 있다.

1894년 갑오경장의 최대 의의는 한국이 중국과의 거리를 확보할 수 있게 되었다는 점[1]이다. 조선은 그 당시 '민족'이라는 가치를 선명히 나 타내야할 필요를 느꼈고 그러기 위해서 먼저 중국 문명과의 관계 재정 립이 이루어져야 했다. 공동문명권이라는 틀안에서 해방되기 위해 조선 은 국가 대 국가라는 조정을 이룩하면서 독립된 주권국가로의 자의식을 쟁취하려 한다. 여기서 중요한 것은 전적으로 한문에 의존해 왔던 어문 생활에서의 큰 변화다. 공식 문서가 한문 대신 국한문으로 작성되면서 국한문혼용체를 허용하게 되었다는 점이다. 국가를 형성하는 데 있어 언어와 문자의 문제가 중요하다는 것은 익히 아는 바다. 국민이라는 새 로운 집단이 사용해야 할 언어는 '국어'였다. 그것은 이광수의 말대로 '봉건적 백성' 이 아닌 '국민적 주체'가 되기 위한 근대국가의 기획이기 도 했다. 결국 근대 조선의 계몽이 문맹의 깨우침에서 시작하였다는 점

---

1) 권보드래, 『한국 근대소설의 기원』, 소명출판, 2000, 131면.

은 이와 같은 '국어'의 발견 '모국어'를 통한 '민족의 발견'과 연결된다.

근대사회에서는 문자해독능력이 있어야 역사를 알게 되고 신문을 읽어 사회와 세계의 형편을 짐작하게 된다. 개인은 아침에 일어나 신문을 읽음으로써 집단구성원으로 소속되어 있다는 것을 재인식하고 집단의 규칙과 규범을 재하사받는다. 특히 근대 초기 '신문'이라는 매체는 개인을 공동체 사회의 구성원으로 일원화하는 데 크게 기여한다. 근대 초기 신문은 새로운 문명에 대한 소개와 학습이 이루어지는 장이었다. 신문은 공통의 역사와 공통의 관심사를 추출해 냄으로써 계몽과 민족 통합의 장을 이룩한다. 이때 '언어' 혹은 '모국어'는 '민족' '국가'를 표기하며 비유해 내는 극단의 보루였던 셈이다.

특히 문학언어는 특정 시대와 사회적 전제, 관습과 매우 긴밀한 관련을 맺는다. 문학의 경험과 이해는 '보편보다는 존재론적 주체'[2]와 연결된 특수한 시간 체험 현장과 관계한다. 그런 점에서 조선의 근대화 과정에서 '국어'의 형성 '모국어'에 대한 지향은 문학작품에서 시인이 언어적 자의식을 주체적으로 갖게 하는 중요한 관건이 된다.

이런 관점에서 유종호 교수는 일제 강점하에서 모국어지향의 작가들 이를테면 1930년대 시문학파 일군의 시인들과 김유정·이효석·김동리·황순원 등을 높이 평가한다. 기층민의 정서는 민족 토착어를 통해서 전달되고 오랫동안 회자되며 역사 속에서 호소력을 지닌다[3]고 밝히고 있다. 근대 시인 작가들의 토착어 발굴과 세련 과정은 모국어의 자기 발전과정에서 매우 중요한 의미를 지닌다.

그러나 '모국어'가 순수한 우리말, 문화와 역사적 시간이 담겨있는 잠재태인가에 대한 근본적인 의아심을 가질 필요가 있다. 다시 말해 '순종'이라는 문화적 순혈주의에 대한 의심을 해볼 필요가 있는 것이다.

한국문학은 오랫동안 한문과 국문, 이질적인 두 언어체계(이중 국어)의

---

2) 유종호, 「시와 토착의 지향」, 『현실주의 상상력』, 나남, 1991, 170면.
3) 위의 글, 위의 책, 188면 참조.

지배를 받아 왔다. 한문 소설과 한문 시는 국문 소설과 국문 시와 달리 소리 내어 읽고 듣기보다는 눈으로 읽고 생각하면서 수용되었다. 전달의 현장성을 문제 삼지 않기 때문에 흔들림 없는 문학의 논리가 추구된다. 한문 고유의 함축성은 은유적 심도를 더해주며 내관적(內觀的)이다. 18세기 이후에는 전통적인 한문어법에 매이지 않고 비교적 자유롭게 우리 일상어를 구사하여 이른바 '한국적 백화문'이라는 독특한 한문을 구사한 한문소설까지 보게 된다.4) 19세기 성황을 보인 판소리계 소설에 이르기까지 한문과의 교섭관계는 긴밀히 나타나고 있다. 요는 한국 고전문학사에서 한문과 국문의 이중 표기로 상징되는 이중 언어의 문제는 한문계와 국문계로 이분화되었으며 한문계는 이질감 없이 수용, 향유되어 국문문학에서 고상성과 품격, 문어적 어법을 조성하는 데 기여했다는 점이다. 결국 언어와 문화는 끝없이 흘러 들어오고 흘러 나가는 것들의 뒤섞임 속에서 형성되며 비동시성인 것의 동시성 안에서 구성된다. 식민지 당시 치열한 '모국어' 추구는 이 부정할 수 없는 혼류에 대한 반증이라 할 수 있는 것이다.

그런 맥락에서 일제 강점 하에서 일본식 한자어(외래한자어)가 재래한자어의 본래의 뜻을 왜곡하면서 잠식해 왔다는 부분에 대하여 크게 우려할 바는 아니다. 사실 재래한자어도 근본적으로 따져봤을 때 외래의 것이었고 전통은 기실 온갖 잡동사니의 규율적인 총화5)란 점이다. 식민지하에서의 조선인이 배우고 쓰고 사유한 언어체계는 결국 재래한자어, 일인식 한자어, 위의 것들과 구별되는 한글이라 할 수 있다.

일제시대 작가들은 일본어와 한글 이중 언어사용자였고 이러한 문제는 문학과 언어의 문제에서 매우 중요한 관심을 요한다.6) 왜냐하면 한국

---

4) 황패강, 「한국 고전소설과 이중언어」, 『國文學論集』, 단국대 국어국문학과, 17호, 2000, 121면.
5) 전통이란 지배이데올로기가 외래의 것과 기존의 것들을 섞고 배합하는 과정에서 문화와 언어로 호명하고 제도화 한 것들의 총합이라 할 수 있다.
6) 김윤식 교수의 『일제 말기 한국 작가의 일본어 글쓰기론』(서울대 출판부, 2003)은 일제 당시 작가들의 이중언어 글쓰기에 대하여 여러 가지 유형분류를 하고 사상의 선택

의 근대는 기존 삶의 조건들을 급격하게 변화시키면서 새로운 논리들을 작동시키는 형국이었다. 근대적 정신과 반근대적 경제구조, 전통이 끊임없이 중첩되고 양립하면서 동시에 충돌하는 그 현장이었기 때문이다. 물론 근대이전에 이(異)문화와 문물의 교환은 이루어졌지만 근대 초엽 제국주의 침략전쟁으로 인한 영토이동은 이(異)문화끼리의 접합과 교접을 급진전시키는 계기가 된다. 포스트모더니즘에서 문화담론으로 말하고 있는 혼종성 혹은 하이브리드는 이미 근대 자본주의의 진행과정에서 시작되고 있었으니 잡종성이란 결국 근대의 상황에서 "자기구성 과정의 불가피한 정황"7)이라 할 수 있다. 즉 잡종화란 현대(모더니티)를 경험하는 방식이자, 민족이란 관념을 투쟁적으로 구성해가는 방식인 것이다.

근대 조선의 상황은 집단적 정체성(민족성)의 순결과 근대문명에 대한 이질적인 것의 섞임 속에서 혼란과 재정립 자체를 자아형성의 과정으로 삼았다. 특히 일본유학생 문인들에게서 중요한 것은 새로운 근대문명이었다. 문명은 언어에 의해 형성되는 것이며 문명형성과정에서 언어는 새롭게 탄생하는 것이다.

그런 맥락에서 조선에서 '모국어'는 새로운 국면을 맞는다고 할 수 있다. 이를테면 정지용 시 「카페 프란스」에서 '루바쉬카'나 '패롤'과 같은 외래어, 김광균 시에서 '폴란드 망명정부의 지폐'와 같은 이국문화적 정취는 새로운 문명에 접한 조선어의 운명을 암시한다. 언어선택이 가장 신중한 시인에게 근대문명은 언어적 자의식을 더욱 첨예한 지점으로 옮아가게 한다. 문명은 시인에게 새로운 언어를 낳게 한다. 다중언어(영어, 일본어, 한국어)의 공존이 조선 시가 새롭게 국면한 근대의 시어가 된 것이다.

이 어떤 방식의 이중언어사용으로 드러나는지를 밝히고 있다.
7) 라틴 아메리카 문화에서의 토착문화와 스페인 포르투갈 문화의 상호 혼합과정을 생각해 볼 수 있다. 김명섭, 「세계화 시대의 문화적 혼성과 문명적 표준」, 『문학판』, 2002 여름.

2. 김수영의 혼성 언어와 언어적 자의식

김수영은 1921년 일제 강점 하에 태어났다. 김수영은 다섯 살부터 여덟 살 되기까지 서당을 다니면서 동몽선습, 천자문, 논어, 맹자 등을 공부했다.[8] 식민지 당시 시인들, 이를테면 정지용·이육사 등의 시에 나타나는 한학적 전통에 비추어 보면 일반적일 현상일 수 있겠지만 김수영의 경우는 좀더 면밀한 관찰이 요구된다. 김수영 시에 나타나는 자학적인 자의식, 도덕적 자기 강제, 속물적 근대주의에 대한 철저한 염오 등은 엄격한 유교주의를 드러내는 부분이다. 김수영의 엄격한 도덕적 양심과 정직에 대한 추구, 정신의 순수성은 유교적 인문주의자의 면모를 드러내기에 충분하다.

그러나 김수영이 유년기 한학공부를 중시하였다는 점에서 김수영 시에 빈번한 한자구사가 한학의 영향이라고 말하기[9]에는 무리가 있다. 김수영 시에서 한자는 철저한 일어식 한자라는 사실이다.

휴전이후의 1950년대 중 후반에 작가로 등단한 이들 흔히 '전후작가'들은 한결같이 1920년대에 태어나 해방과 전쟁이 끝날 쯤 20대 중반을 맞아 작품을 쓰게 된 이들(장용학, 선우휘 등)이다. 이들은 한결같이 그들이 교육받은 일본어로 작품을 구상하고 메모한 뒤 이를 다시 한국어로 고치는 식으로 습작을 한 경험을 지니고 있다. '4·19세대' 즉 '순 한글 세대'라고 규정하는 세대의 글쓰기와 어떤 차이점을 지니는가에 대하여 새로운 검토가 필요하겠지만 어떤 방식으로든 이들의 글쓰기는 다른 사유방식을 경유하면서 전개되었다는 점은 고찰할 필요성이 있다.

1920년대 출생하고 1950년대 작품활동을 하기 시작한 김수영 시의 경우도 이와 같은 언어혼용의 문제를 지닌다. 김수영 시에 나타난 무수

---

8) 김명인, 『김수영, 근대를 향한 모험』, 소명출판, 2002, 46면.
9) 김종윤, 「태도의 시학—김수영의 시론」, 『현대문학의 연구』 1, 바른글방, 1989.

한 한자어는 습득된 일본어에 대한 무의식적 결과이며 시적 소재들로 자주 등장하는 영어 이름의 잡지들(『VOGUE야』, 「아메리카 타임誌」, 「엔카운터誌」 등) 또한 새로운 서구문명에 대한 시적 현실의 표명이었다.

> 그 이전에 나는 「아메리칸 타임지」라는 제목의 작품을 일본말로 쓴 것이 있었다. …… 이 일본말로 쓴 「아메이칸 타임지」라는, 내 딴으로는 리얼리틱한 우수한(?) 작품 이전에 또 하나의 리얼리틱한 우수한 작품으로 「거리」라는 작품을 나는 썼다.10)

> 나는 우리나라의 문학의 연령을 편의상 대체로 35세를 경계로 해서 2분해본다. 35세라고 하는 것은 1945년에 15세, 즉 중학교 2, 3학년쯤의 나이이고 따라서 일본어를 쓸 줄 아는 사람이다. 따라서 35세 이상 중에서도 우리말을 일본어보다는 더 잘 아는 사람들과 일본어를 우리말보다 더 잘 아는 비교적 젊은 사람들이 있다.11)

김수영은 일본어를 통해 문학의 자양을 흡수한 사람이었고 일본어로 사고하고 일본어로 글을 쓴 사람이었다. 해방이 되자 김수영은 무의식적으로 내재화된 일본어로 시를 쓰고 그것을 다시 한글로 옮기는 작업을 했다. 시작과정은 실제 번역의 작업이기도 했지만 김수영의 이중의식, 즉 이중언어의 겹칩 속에서 일어식 한자와 한글이 시로 탄생되는 과정이기도 했다.

김수영은 또한 일제강점하에 일본으로 건너가 일본 모더니스트들과 영미 모더니스트들의 시를 공부했으며 영어와 미술에 대한 관심이 깊었다. 1951년 거제도 포로수용소 생활에서 김수영의 영어실력은 외과 과장의 통역이 되게 하기도 했지만 미군의 총애를 받으면서 처참상을 피했다는 자괴감을 심어주는 계기가 되기도 했다. 김수영의 시에서 일어

---

10) 김수영, 「연극을 하다가 시로 전향」, 『散文』(『김수영 전집 2』), 민음사, 1981, 227면.
11) 김수영, 「히프레스 文學論」, 위의 책, 200면.

식 한자와 영어, 한글의 혼용은 이와 같은 전기적 사실에서 살펴볼 때
그 연유를 알 수 있다.

> 가까이 할 수 없는 書籍이 있다
> 이것은 먼 바다를 건너온
> 容易하게 찾아갈 수 없는 나라에서 온 것이다
> 주변없는 사람이 만져서는 아니될 冊
> 만지면은 죽어버릴듯 말듯 되는 冊
> 가리포루니아라는 곳에서 온 것만은
> 確實하지만 누가 지은 것인줄도 모르는
>
> 「가까이 할 수 없는 書籍」 중에서

"2차 대전 이후의 긴긴 역사를 갖춘" 책은 미국에서 건너온 새로운
지배문화의 표상이다. 그러나 김수영은 '켈리포니아'를 일본식 발음인
'가리포루니아'로 표기함으로써 다중 언어의 표식을 드러낸다. 가까이
할 수 없는 서적, 주변없는 사람이 만져서는 아니될 서적, 김수영은 일
본과 또다른 신문명의 국면에서 새로운 떨림과 공포를 느낀다. 김수영
이야말로 일본식 근대와 미국적 근대, 한국적 문화의 낙후성이라는 잡
종적이고 혼성적 문화의 틈새에 놓여있었다. 이를테면 「轉向記」, "일본
의 [진보적]지식인들은 쏘련한데 / 욕을 하지 않는다고 한다. …… 쏘련을
생각하면서 나는 치질을 앓고 피를 쏟았다. …… 中共의 욕을 쓰고 있는
데 / 치질이 낫기 전에 또 술을 마셨다"에서 '일본진보주의자' '소련' '중
공'이라는 복잡한 이데올로기의 지구화시대에 시인은 이념의 혼종이라
는 의식의 작동방식을 보여준다. 때로 「美濃印札紙」라는 시 "우리 동네
엔 美大使館에서 쓰는 타이프용지가 없다우 / 편지를 쓰려고 그걸 사오
라니까 밀용인찰지를 사왔드라우"에서 시인은 여전히 미국식 문화에
대한 생활적 관심을 가지지만 한편 "누이야 / 너의 방은 언제나 / 너무나
정돈되어있다 / …… / 킴 노박의 사진과 / 國內小說冊들 …… / 이런것들

이 정돈될 가치가 있는 것들인가"(「누이의 방」)에서 미국문화에 대한 지독한 염증을 보인다.

우리 문학이 일본서적에서 자양분을 얻었다고 했지만, 정확하게 말하자면 일본을 통해서 서양문학을 수입해왔고, 그러한 경우에 신문학의 역사가 얕은 일본은 보다 더 신문학의 처녀지인 우리에게 중화적인 필터의 역할을(물론 무의식으로)해주었다. 그러나 해방과 동시에 낡은 필터 대신에 미국이라는 새 필터를 꽂은 우리 문학은, 이 새 필터가 헌 필터처럼 친절하지 않다는 것을 느꼈다. 「사께와 나미다까」는 의미를 알고 부를 수 있겠지만 「하이 눈」의 주제가는 그것을 부르는 김씨스터나 정씨스터도 그 의미를 모르고 부른다.[12]

이와 같은 발언은 김수영에게 일본어와 일본문학이 내재화되어 있는데 반하여 영어는 생소한 제국주의 언어로 남아 있다는 것을 암시한다. 김수영은 일본문학에 심취했던 식민지문학을 이해하지 않고 영어를 배우는 35세 이하의 젊은이들을 "뿌리없이 자란 사람"이라고까지 말한다. 그러면서 김수영은 "오늘날의 우리들이 처해 있는 인간의 형상을 전달하는 의무를 이행할 수 있는 언어—이러한 언어가 없는 사회는 단순한 전달과 노예의 언어밖에는 갖고 있지 않다"고 역설한다.

결국 김수영에게서 일본식 한자가 무의식적이며 생래적으로 이식된 언어체계라면 영어와 미국문화는 제국주의 자본주의의 음험한 논리와 함께 인식된 것들이다.

김수영 시에 대한 지금까지의 논의는 민족적 근대주의자 혹은 한국 모더니즘의 완성자라는 범주를 맴돌아왔다. 사실 이러한 논의의 근저에는 김수영의 시가 한국문학에서의 핵심적 논의라고 할 수 있는 미적 근대성의 중요지점이라는 점(이를테면 우리 시의 어법과 담론의 형식, 주체의 세계 대응에 대한 태도 등이 기존의 방식과 달랐다는 점)과 한국 역사의 이데올로기

---

12) 김수영, 앞의 글, 204면.

적 특수성 속에서 민족적 현실을 천착하는 리얼리즘 시라는 전제가 깔려 있다.

그러나 위에서 살펴본 바대로 김수영이 처한 언어적 현실에 대한 면밀하고 섬세한 역사적 사실들을 규명한다면 좀 더 다른 국면에서 김수영의 실체를 읽을 수 있는 계기를 맞게 된다. 즉 김수영에게서 시적 자의식은 전근대와 근대라는 그 첨예한 경계지점 이전에 바로 언어적 자의식, 모국어로서의 한국어와 생래적으로 이식된 일본어, 새롭게 학습된 영어라는 다중언어 체계속에서 시적 자의식이 출발하고 있다는 점이다. 이 글은 단순히 김수영이 이중 혹은 다중 언어 사용자로서의 글쓰기의 문제를 다루려는 것이 아니다. 오히려 김수영이 토착어가 아닌 이러한 외래언어를 통해 시로 형상화하고자 했던 문명과 지식의 문제, 그 천착을 통한 한국근대화에 대한 첨예한 고민의 문제에 대하여 접근하고자 한다.

사실 김수영은 철저하게 서책에 대한 물신주의자[13]였고 문자와 언어에 대한 관심은 그가 기자생활을 그만두고 양계장을 하면서 영어사전을 찾아가며 번역하는 모습[14] 등에서도 짐작할 수 있다. 김수영은 외래언어를 문명과 지식의 집적체로 살피려 하였다는 점이다. 이와 같은 사실은 1930년대 정지용이나 김광균이 보여준 포오즈화된 모더니즘의 형식주의과 구별되는 지점이다. 이 글은 그런 관점에서 김수영 시에 나타난 다중 언어의 특징과 그 섞임의 의미들, 시적 효과를 살펴보고 근대와 전근대 의식의 혼용 속에서 민족 언어의 자의식의 문제를 살펴볼 것이다.

---

13) 김수영의 시에서 「책」에 대한 무수한 시편들은 그것을 예증한다. 졸고, 「독서공간 안에서 독자의 계보학적 유형에 대하여」, 『내러티브』 7, 한국서사학회, 2003.

14) "프레이서의 現代詩論을 사전을 찾아가며 읽고 있으려니 / 여편네가 일본에서 온 새 잡지안의 金素雲의 수필을 보라고 내던져준다 / 읽어보지 않은 분은 읽어보시오 / 나의 프레이서의 책 속의 낱말이 / 송충이처럼 꾸불텅거리면서 어찌나 지겨워 보이던지"(「파자마바람으로」)에서 보면 영어 사전을 찾으며 영어책을 읽어내고 일본잡지에 실린 한국수필을 읽어야 하는 김수영의 복잡한 언어현실과 관심을 알 수 있다.

김수영 시의 혼종성에 대한 연구는 김승희의 「김수영의 시와 탈식민주의적 반(反)언술」[15]이 있다. 김승희는 김수영의 시를 포스트모더니즘의 관점에서 헤게모니를 가지고 식민화하려는 미국문화에 대한 강도높은 저항적 언어로 읽어내면서 김수영의 시가 탈식민주의적 문제의식을 드러냈다는 점에 주목한다. 문광훈의 글[16]에서 김수영의 이중언어 사용에 대한 짧은 언급이 있지만 주권을 읽은 백성의 서러움으로 해석하는 것에 그치고 있다. 그런 점에서 본고는 김수영 시의 혼성성과 언어적 자의식에 대한 최초의 본격적인 논의가 되리라 생각한다.

3. 번역된 근대성, 새 문명어로서의 명사(名辭)들

사람이란 사람이 모두 苦憫하고 있는
어두운 大地를 차고 離陸하는 것이
이다지도 힘이 들지 않는다는 것을 처음 깨달은 것은
愚昧한 나라의 어린 詩人들이었다
헬리콥터가 風船보다 가벼웁게 上昇하는 것을 보고
놀랄 수 있는 사람은 설움을 아는 사람이지만
또한 이것을 보고 놀라지 않는 것도 설움을 아는 사람일 것이다
그들은 너무나 오랫동안 自己의 말을 잊고
남의 말을 하여왔으며
그것도 간신히 떠듬는 목소리로밖에는 못해왔기 때문이다
설움이 설움을 먹었던 時節이 있었다
이러한 젊은時節보다 더 젊은 것이

---

15) 김승희, 「김수영의 시와 탈식민주의적 반(反)언술」, 『김수영 다시읽기』, 프레스21, 2000.
16) 문광훈, 『시의 희생자, 김수영』, 생각의나무, 2002.

헬리콥터의 永遠한 生理이다

「헬리콥터」 중에서

한국에 헬리콥터가 출현하게 된 것은 아마도 한국전쟁 이후로 추정된다. 전쟁은 한국문학에 체험적 실존적 큰 의미들을 지니는 것이기도 하지만 전쟁을 통해 이국적 문명, 문화의 이입이 이루어지게 되었다는 점은 주목해볼 수 있다. 특히 김수영은 새로운 문명 기술에 민감한 시적 반응을 드러낸다. 이를테면 전쟁과 관련된 소재들을 적극 시적 대상으로 도입한다. 시 「헬리콥터」, 「레이판彈」에서 '헬리콥터'와 '레이판彈'은 남근적 상징, 전투적 파괴의 상징을 넘어서서 당시 전쟁무기와 전후 한국문화의 새로운 변이에 대한 첨예한 관찰을 암시한다. 무엇보다 한국민은 한국전쟁을 통해 처음으로 최첨단의 신기한 문물을 발견하게 된 것이다. 한국전쟁은 미국·소련·중공의 물리적 충돌과 혼합이 이루어지는 격전장이기도 했지만 동시에 낯선 두려운 것들이 문화적으로 혼재하는 이질적인 것의 총화이기도 했다.

김수영은 헬리콥터를 보며 "어두운 大地를 차고 離陸하는 것이 / 이다지도 힘이 들지 않는다는 것을" 처음 깨닫는다. 그러나 신문물의 충격을 접하면서 동시에 한국의 낙후성에 설움을 느낀다. 충격적 발견은 "愚昧한 나라의 어린 詩人들"에게나 일어나는 일이다. 헬리콥터에 놀랄 수 있는 사람은 비로소 자신이 놀라는 것에 대한 '설움'을 알게 된다. 시인은 헬리콥터를 보고 놀라지 않는 것도 설움을 아는 사람이라고 언급하고 "그들은 너무나 오랫동안 自己의 말을 잊고 / 남의 말을 하여왔으며 / 그것도 간신히 떠듬는 목소리로밖에는 못해왔기 때문"이라고 말한다. 신문명에 익숙해지는 것은 새로운 남의 말을 알게 되는 것이며 떠듬는 목소리로 남의 말을 흉내낸 것에 불과한 것이다.

일본어를 모국어처럼 학습하고 번역하면서 한글로 시를 쓰고 다시 영어를 공부하는 다중언어의 발화는 각양각색의 사회적 인자, 이중 삼중 언어의 지배와 섞임을 드러낸다. 「헬리콥터」에서 시인은 "헬리콥터" "제트機" "카이고"라는 신문물로서의 전투기 이름, "린드버어그"라는 영어 고유명사와 "離陸" "愚昧" "風船"와 같은 일본식 한자어, 조사와 문장서술을 위한 한글의 통합을 이루어놓는다.

김수영의 다중언어적 글쓰기는 체질화된 일본식 한자와 구문을 한글로 번역하는 과정, 그 과정에서 틈입해 들어온 영어 새 어휘들의 혼류라 할 수 있다. 관념으로서의 근대와 실제 문물에서 비롯된 근대문화의 특수성이 빚어낸 상관성이라 할 수 있다. 사실 김수영의 다중적 글쓰기 자체는 일종의 번역불가능한 근대의 혼종을 드러내는 것이다. "너무나 오랫동안 自己의 말을 잊고 / 남의 말을 하여왔"다는 실어증은 근대성의 혼종에 대한 구체적 발언이다.

동일한 시간대 안에 놓인 다양한 차이와 그 차이의 불안정한 경계는 거대한 문명사 안에서의 대타의식을 함축한다. 이와 같은 타자의식이 세계의 근대사 속에서 한국이라는 낙후성을 생각해보게 하는 거리를 확보하게 한다. 자신의 언어 안에 이방인처럼 존재하는 것, 언어의 엉김과 분열증세를 반죽처럼 들여다볼 수 있는 것, 상이한 세력의 언어들, 다양한 언어의 가능성이 충돌하는 과정에서 근대적 인식으로서의 '피로'과 '설움'과 '속도'가 생겨난다.

그러나 여기서 주목할 수 있는 것은 전후세대 작가로서 김수영이 다른 모더니스트 시인들과 구별되게 특히 근대문명에 대한 지성적 관심과 세계문명사적 흐름에 대한 감각을 인지하고 있었다는 사실이다.

서양 근대문명의 힘은 과학 기술에 근거한다. 과학 기술은 서양의 합리적 사고와 인간의 자율적 이성에 대한 이념과 아울러 정치 사회적 자유주의를 동반한다.[17] 유교적 이념과 동시에 근대 지식과 개인주의 합리성을 추구한 김수영에게 언어의 선택은 그의 지성적 선택과 연결되어

---

17) 박이문, 「전통과 근대성」, 『문명의 위기와 문화의 전환』, 민음사, 1996, 193면.

있다. 이를테면 일어식 한자어("愚昧" "時節" "風船" "生理")는 관념이나 추상을 명료화할 뿐만 아니라 축어적으로 개념전달을 가능하게 하는 지성적 의미를 지니고 있다. 김수영이 특히 '서책' '먼 나라에서 건너온 책' '국립도서관의 책'에 주목을 하는 것은 근대지식의 보급과 유통경로에 대한 지식인적 고민을 함축한다. 구술문화에서 기록문자로의 전이를 가능하게 하게 한 것이 근대 초 인쇄매체의 발달과 보급에 따른 것이라고 보았을 때, 그리하여 인쇄매체로 인한 기록문자의 지식 보급이 민주화와 일반화로 나아가게 되었을 때 지식에 대한 과도한 지향을 가진 김수영이 지식과 문화의 접적체로서 '책'에 대한 과잉된 관심을 보인 것은 당연한 일이다.

문제는 새 문명의 이입이 '새로운 언어'와 함께 등장한다는 점이다. 근대의 물적 기반은 '사물' 혹은 '물건'의 출현과 그 생산 유통, 소비 과정으로 구현된다. 이때 신문물의 수용은 결국 '제국주의적 명사로 된 이름을 획득'하는 일이 되는 것이다. 일어식 한자어가 명사("純粹" "東洋" "自由" "悲哀") 혹은 명사의 동사화("橫斷하다" "離陸하다")로 연결되고 있다는 점, 영어 단어들이 신문물로서의 명사("헬리콥터" "린드버어그")로 출현하고 있다는 점이다.

「映寫板」에서 "映寫板"은 '스크린'의 일본식 한자번역어다. 「거리 2」 "구두여 洋服이여 露店商이여 / 印刷所여 入場券이여 負債여 女人이여"에서 '구두' '洋服' '露店商' '印刷所' '入場券' '負債' 등은 근대문물과 함께 일제 때 나타난 일본식 한자어다. 「바뀌어진 地平線」에서 "로날드 골맨의 新作品" "賣春婦의 生活" "클락 게이블" "大衆雜誌" "新聞記者"도 일본식 한자어와 영어의 고유명사다. 시인에게 언어의 발견은 일종의 문명의 발견이라고 할 수 있으며 문명 형성의 과정에서 새 언어는 탄생된다 할 수 있다.

국민국가가 민족공동체를 만들어내기 위해 국어를 상정하고 절대화하였을 때 국민국가의 형성에 언문일치라든가 속어 혁명이라는 것은 국

어 보급에 중요한 틀이 된다. 그런 맥락에서 볼 때 한국에서의 언문일
치 과정은 매우 특이한 과정을 거치게 된다. 20세기 이후 꾸준히 진행되
어 온 언문일치 운동은 글자 그대로 말하듯이 쓴다는 취지다. 하지만
보다 쉽고 유연성 있는 일상언어를 향한 지향과 병행해서 일본식 한자
어가 함께 특징적으로 나타나게 되었다는 점이다. 언문일치 운동에서
특이하게도 일본식 한자가 무제한적으로 나타나게 된 데[18]에는 무엇보
다 지식계층에게 일본식 한자어가 상용어가 되었다는 것을 의미한다.
김수영이 시에서 쓰고 있는 일본식 한자는 김수영에게 일상어로 굳어진
것이다. 김수영이 쓴 일본식 한자는 전후 오십년 동안 지금 한국민이
쓰는 한국의 일상어로 정착되어 왔다. 그런 점에서 볼 때 김수영의 시
에 나타나는 무수한 한자어와 영어의 도입은 고의적이거나 전략적 선택
이었다기보다는 근대 문명 삶에 대한 도시적 지식인의 일상이었다고 할
수 있다.

"집과 文明을 새삼스럽게 / 즐거워하고 또 비판한다"(「가옥찬가」) "문명
에 대항하는 비결은 당신 자신이 文明이 되는 것이다 / 미스터 리!"(「미스
터 리에서」) "이미 오래전에 / 일과를 전폐해야 할 / 文明이 / 오늘도 또 나
를 이렇게 괴롭힌다."(「파리와 더불어」) 결국 이와 같은 문명에 대한 치열
한 자의식이 김수영 시에서 신문물의 상징으로서 외래어 '명사'를 등장
시켰으며 근대 삶에 대한 일상적 기록을 가능하게 했다. 근대가 현대적
개인에게 가르쳐준 깃은 '생활'의 국면이며 생활의 구체적 삶의 현장에
서 '일상성'은 매우 중요한 요소다. 김수영은 근대 생활과 일상의 국면
에서 그가 습득한 일본식 한자어와 영어를 구사했고 신지식으로서의 문
명어에 지식인적 자의식을 곤두세웠다. 이것이 토착적 서정과 재래 민
중어를 추구하려 한 서정주와 구별되는 지점이다.

---

18) 유종호, 「시와 토착어지향」, 『현실주의 상상력』, 나남, 1991, 169~171면 참조 유종호
선생은 언문일치운동이 교육받은 지식층중심으로 일어났기 때문에 일반 민중이 소외되었
고 그렇게 됨으로써 외래어의 무제한적 개방성향이 드러나게 되었다고 설명하고 있다.

4. 낯선 전통, 숨겨진 타자의 호명

김수영은 "해방 후 20년 만에 비로소 번역의 수고를 덜은 문장을 쓸수 있었다"고 고백한 적이 있다. 김수영이 해방이 되고 나서 오랫동안 일본어로 창작하고 다시 한글로 옮겨 쓰는 번역 작업을 해오다 20년이 될 무렵 비로소 체질적으로 이식된 일본식 문장을 벗어났다는 것일까. 그렇다면 1964년에 발표된 「巨大한 뿌리」는 매우 의미있는 시로 부각된다.

> 비숍女史와 연애를 하고 있는 동안에는 進步主義者와
> 社會主義者는 네에미 씹이다 統一도 中立도 개좆이다
> 隱密도 深奧도 學究도 體面도 因襲도 治安局
> 으로 가라 東洋拓殖會社, 日本領事館, 大韓民國官吏,
> 아이스크림은 미국놈 좆대강이나 빨아라 그러나
> 요강, 망건, 장죽, 種苗商, 장전, 구리개 약방, 신전,
> 피혁점, 곰보, 애꾸, 애 못 낳는 여자, 無識쟁이,
> 이 모든 無數한 反動이 좋다

「巨大한 뿌리」 중에서

근대적 인식체계는 주체가 보는 시각의 주체이면서 동시에 보여지는 대상이라는 타자성의 인식과 연관된다. 이는 "나 자신을 보는 나 자신을 본다"는 명제로 공식화될 수 있다. 주체는 곧 대상을 시각 속에 고정시키는 주체이면서 동시에 보여짐을 통해 비로소 자신을 인식하는 주체다. 단순한 예로 최초의 인간 아담과 이브는 낙원에서 벗은 몸을 부끄러워하지 않았지만 지식에 눈을 뜨면서 벗은 몸을 가리기 시작한다. 그들은 타자의 시선을 의식하기 시작한 것이다. 바라봄으로 충만하던 시절에서 보여짐이 들어서는 순간 타자의 시선은 의식 분열의 한 지점을

제공한다. 동일화가 파괴되며 자아와 거리를 유지하게 되기 때문이다.

비숍여사에 의해서 말해지는 조선의 장안거리를 상상하면서, 시인은 비로소 이 '기이한 관습'의 나라를 바라보고 동시에 바라보여진 조선을 생각한다. 비숍여사의 시선을 통해 시인은 타자의 다른 이질적 시선으로 자신을 들여다보고 다시 자아와 거리를 두는 자기반성적인 시선의 거리를 회복하는 것이다.

그리하여 시인이 발견하는 것은 '요강' '망건' '장죽' '장전' '구리개 약방' '곰보' '애꾸' 와 같은 민족의 구체적 생활어들이다. 이를테면 '進步主義者' '社會主義者' '統一' '中立' '隱逸'과 같은 추상적인 관념이 아니라 삶의 구체적 기억과 원시성을 함축한 단어이다. 그것은 경험과 체험의 축적과 관계하며 기억의 구체와 연관된다. 해방공간을 지나 근대의 불연속적 충돌의 과정을 거치면서 김수영이 발견한 전통은 제국주의적 문물을 통과하고 얻은 소수민족의 구별된 문화 기호라 할 수 있다. 근대의 공간에서 김수영의 시가 다중적 언어의 접합점이었다면 김수영의 후기 시는 무수한 이질 문화의 교차와 충돌의 운동 끝에 문화적 차이를 수용하는 근대의 민족시학이다.

그러나 김수영이 나열하는 이 전통의 기호들은 단순한 사회적 상상물 즉 국민을 단일체로 나타내려는 정치적 이데올로기적 동일시의 언표와 구별된다. 김수영은 오히려 유교적 엄격한 전통에서 소외되고 무시된 무수한 반동의 타자들, 즉 곰보와 애꾸, 무식쟁이, 애 못 낳는 여자를 이끌어 냄으로써 민족이나 전통이라는 숭고의 대상, 은유화되어 추상화된 국민이라는 상상적 공동체를 해체한다. 국민은 언제나 은유적 운동에 의해 존재해 왔고 상상적 알레고리 속에서 작동해 왔다. 그런 점에서 김수영은 비숍에 의해 관찰되는 타자의 시선을 의식하면서 다시 스스로 한국을 들여다보았고 그럼으로써 낯선 이방인의 시각을 지니게 된다. 이방인의 시선으로 전통밖에 숨겨져 있던 파편들 '애꾸' '곰보'를 발견한다. 역설적이게도 "문화와 언어의 이질성은 모국어를 발음하기 위한 불가피한 문화적 조건이 되는 것"[19]이다.

> 市場거리의 먼지나는 길옆의
> 좌판 위에 쌓인 호콩 마마콩 멍석의
> 호콩 마마콩이 어쩌면 저렇게 많은지
> 나는 저절로 웃음이 터져나왔다
>
> 「生活」 중에서

　김수영의 모국어 탐색은 시장거리에서 토종적 먹거리로 등장한다. '호콩' '마마콩'은 국민문화의 비유적 상관물로서 향수와 동질성을 특화한다. 이것은 그야말로 "生活의 極點"이며 "愛情처럼 솟아오른 놈"이다. 음식과 종자는 유년의 향수와 연결된 육체의 기억이다. 그것은 공동체 집단과 언어의 문화적 동일시를 구현한다.

> 이유는 없다 ─
> 가다오 너희들의 고장으로 소박하게 가다오
> 너희들 美國人과 蘇聯人은 하루바삐 가다오
> 美國人과 蘇聯人은 「나가다오」와 「가다오」의 差異가 있을 뿐
> 말갛게 개인 글 모르는 백성들의 마음에는
> 「美國人」과 「蘇聯人」도 똑같은 놈들
> 가다오 가다오
> 「四月革命」이 끝나고 또 시작되고
> 끝나고 또 시작되고 끝나고 또 시작되는 것은
> 잿님이할아버지가 상추씨, 아욱씨, 근대씨를 뿌린 다음에
> 호박씨, 배추씨, 무씨를 또 뿌리고
> 호박씨, 배추씨를 뿌린 다음에
> 시금치씨, 파씨를 또 뿌리는
> 夕陽에 비쳐 눈부신

---

19) 호미바바, 나병철 역, 『문화의 위치─탈식민주의 문화이론』, 소명출판, 2002, 325면.

일년 열두달 쉬는 법이 없는
걸쩍한 강변밭같기도 할 것이니

「가다오 나가다오」 중에서

　김수영 시는 4·19 혁명을 기점으로 후기로 넘어오면서 어떤 속도감
을 회복한다. 속도감은 외래어보다 한글위주 산문의 서술성이 강화되고
한국적 체험의 역사화가 가능해지면서부터 가능해진다. 미국인과 소련
인에게 "'나가다오" "가다오"로 외치는 유사 언어의 반복, "끝나고 시작
되고" "끝나고 시작되는"의 반복이 의미의 강화를 일으킨다. "뿌리고"
"뿌린"의 변형적 반복이 시에서의 박진감 있는 의지를 드러나게 한다.
"잿님이 할아버지"가 살아온 역사는 한국적 기억의 총화이면서 한국주
체의 연속적 에너지와 연결된다. 토종 씨앗인 "호박씨" "배추씨" "시금
치씨"는 파종과 수확의 지속성과 연결된다.
　"잿님이할아버지" "경복이할아버지" "두붓집할아버지"는 순수한 고
유명사로서 개인적 경험과 이야기가 궁극적으로 집단적 정체성을 지닐
수 있음을 암시한다.
　이와 같은 문화적 파편들은 단순히 국가주의에 의해 고안된 역사적
고안물이라고 할 수가 없다. 김수영 시에서 낡은 문화적 조각들은 생활
의 언어로서 구체적 삶의 조건과 다양성을 노출시킨다. 씨앗의 이름들
과 순수모국어로서의 할아버지의 이름은 생물적 토착성과 매우 밀접한
관련이 있다. 대개 토착어란 토양과 수질과 날씨라는 지역상황과 관련
지어 형성된 생물어이면서 풍토어인 것이다. 토착어의 소멸은 생물적
다양성을 소거해버리는 것과 같다. 김수영의 토착문화의 명명은 시인에
게 육화되고 내면화된 민족역사의 표징이라 할 수 있다.

5. 문명 형성으로서의 민족어

김수영은 간혹 한국어에 지독하게 서툴렀다는 평을 받는다. 한국 전통 시에 익숙한 독자에게 김수영의 시는 곤혹스러운 독서물 중의 하나이다. 그것은 그의 시가 지금까지의 모국어, 모성으로서의 토착어, 젖내의 언어를 과감하게 벗어나 새로운 언어를 보여주기 때문이다. 김수영 시는 그 이전 소월이나 만해가 보여주었던 여성적이고 청각적이고 서정적인 한국 정조와 정서를 벗어나 지성적이고 도시적 감수성을 드러낸다.

김수영은 한문과 한글, 조선어와 일본어, 영어와 우리말 사이를 고통 스럽게 이주하면서 끝없이 언어 번역 과정을 통과한다. "日記의 原本은 日本語로 쓰여져 있다 / 글씨가 가다가다 몹시 떨린 漢字가 있는데 / 그 것은 물론 現政府가 그만큼 惡毒하고 反動的이고 / 假面을 쓰고 있기 때문이다"(「中庸에 대하여」, "일본말보다 빨리 영어를 읽을 수 있게 된 / 몇 차례의 언어의 이민을 한 내가 / 우리말을 너무 잘해서 곤란하게 된 내가 // 지금 불란서 소설 을 읽으면서 아직도 말하지 / 못한 한가지 말─政治意識의 우리말이 / 생각이 안 난 다."(「거짓말의 여운 속에서」)》 일본어로 일기를 쓰고 다시 영어를 읽는 김수 영의 언어 이민은 김수영이 철저하게 제국주의 언어 이식자로서 다중언 어의 혼류 속에 놓여 있음을 보여준다.

일본식 한자어(橫斷, 愚昧), 영어(린드버어그, 카이저), 영어와 일어의 결합 (제트機, 가리포루니아), 재래 한국어(애꾸, 곱추)의 혼류와 시적 수용은 김수 영에게서 근대를 번역해가는 과정이었다. 김수영은 추상화된 이념적 대 상이라는 근대의 이성과 불연속적 충돌을 구체적 사물에 대한 명명(命 名)을 통해 드러내고자 한다. 근대는 신문물에 의해 구체화되고 새로운 물건에 이름을 붙여줌으로써 언어를 발생시킨다. 그것은 '전쟁' '사랑' '애국' '삶' 따위의 추상성을 거둬내고 정치적 작위를 해체한다. 김수영 은 스스로의 경험 세계가 구성되는 문화의 파편들, 사물들의 이름을 구성하는 방식으로 근대의 자의식을 구성했고 그것으로 자신의 글쓰기를 지적으로 계도해나가고자 했다. 그것이 생활 세계의 언어에서 정치적 사회적 사실들을 구성해나가는 김수영 특유 시세계라 할 수 있다.

김수영의 시는 초기 외래문물에 대한 시적 관심과 다중 언어의 적극적 수용을 보이다 후기로 넘어오면서 순수 한글 재래어와 한국문화에 대한 관심으로 옮아온다. 그의 마지막 시로 알려진 「풀」에는 한자와 외래어가 단 한 개도 나오지 않는다.

그러나 이와 같은 시적 변이과정을 두고 김수영의 모국어로의 민족적 급선회라고 말하는 것은 매우 단순하고 범박한 논리다. 사실 김수영의 「거대한 뿌리」에서 시인이 발견한 전통이란 소외되고 숨겨져있던 익명의 타자들이다. "요강" "망건" "애꾸" "애 못 낳는 여자" 등은 유교전통에서 무시되어온, 엄격한 의미에서 전통의 범주에 속해 있지 않던 것들이다.

한국 현실에서 '전통'은 권력과의 인적 유착을 통해 '관제문화'가 되어 왔다. '한국적인 것' 혹은 '토착'문화란 기성세대의 완고한 권력을 유지하기 위해 사용되는 경우가 빈번했다. '한국적인 것'이란 오래 전부터 정형화된 형식을 작위적으로 불러오는 것에 불과하다.

이때 김수영이 주목한 것은 '국민적 알레고리'로서의 낙후된 물건들이 아니라 지금 여기서 살아가는 것을 시적 언어로 구현하려는 문명적 감각이었다. 김수영은 세계를 바라보는 대타의식 속에서 한국을 들여다보고자 했다. 이를테면 김수영의 시에서 '바라본다' '생각하다' '발견하다'라는 술어가 빈번히 나타난다. 문명의 상징으로서 외래어 명사를 접하고 있었다면 그 외래어 명사(名辭)에 대(對)하여 김수영은 '바라보다' '생각하다' '발견하다'라는 동사(動詞)로 대응하여 간다.

오늘 또 活字를 본다
限없이 긴 활자의 連續을 보고

瓦斯의 政治家들을 凝視한다

「아메리카 타임誌」 중에서

좁아도 좋고 넓어도 좋은 房안에서
나의 偉大의 所在를 생각하고 더듬어보고 짚어보지 않았으면

「나의 家族」 중에서

헌 옷과 낡은 구두가 그리 모양수통하지 않다 느끼면서
나는 옛날에 죽은 친구를
잠시 생각한다
(…중략…)
내가 바로 바라다보는
저 허연 석회천정 —

「거리 1」 중에서

근대의 인식체계가 '보는 주체'로부터 형성되고 시각에 의해 이성의 지각틀이 만들어진다는 것은 데카르트 이후 합리적 사유의 은유로 받아들여진다. 「孔子의 生活難」에서 "바로 보마"라는 언명에서도 보여주듯 김수영은 사물을 명석성과 객관성 속에서 보고자 한다. 이것은 사물의 본질까지 꿰뚫어 보겠다는 형이상학적 충동을 드러내는 부분이기도 하다. '바라보다' '생각하다' '응시하다'는 곧 보는 주체와 대상세계에 대한 길항적 견인관계, 주체가 사물에 대하여 판단하려는 '대타의식' 속에서 가능하다.

미개 상태에서 문명으로의 전이가 삶의 외경과 신비에 대한 감각, 모든 생명있는 것에 대한 공감과 연민, 고통받는 사람들에 대한 상상적 이해, 도덕적 염결성과 정의에 대한 간구라 할 때 김수영은 문명사의 흐름 속에서 한국의 문화를 지성적으로 통찰하려는 지속적인 갈망을 놓치지 않았다. 김수영에게서 '문명'의 단위는 '서구적 개념의 개화'가 아

니라 '자각된 민족개념', '각성된 주체 / 타자의식'으로서의 한국, 미국, 일본이었다.

'한국적인 것'을 찾으려할 때 한국민은 시원을 따지는 습관이 있다. 그러나 시원은 정체성 판단에 아무런 기여를 하지 못한다. 오히려 지금 현재 한국이 갖고 있는 것이 정체성 판단의 근거가 된다. 정형화되거나 혹은 존재하지 않는 과거를 탐구해 한국 것을 주장하는 것은 무의미하다. 김수영은 이 세계와 한국과 자기자신을 상대화하며 바라보려 하였고 지금, 살아있는 현재 안에서 문명의 의미를 읽어내려 하였다.

이와 같은 대타의식 속에서 김수영은 엄격한 유교 전통에서 소외된 살아있는 생활언어를 발견하게 된다. 시인은 한국 안의 이질성을 바라보면서 끝없이 움직여가는 민중의 생활과 그 생활 세계에서 살아있는 '경험언어'를 발견한다. 김수영의 문명과 세계에 대한 응시의 거리, 인식적 관조는 무비판적으로 쏟아지고 이식되는 외래문물에 대한 성찰적인 지식인의 태도이기도 하지만 무엇보다 다중 언어 속에 놓인 시인이 치열한 자신의 시어를 모색하는 과정에서 나오게 된 결과다. 요컨대 "요강" "망건" "장죽"은 전근대적인 민족어라기보다는 서구문명에 대한 대타의식 속에서 비로소 발견하게 된 '새로운 전통 언어'다. 김수영은 이식된 서구 개념으로서의 '문명'개념을 넘어서서 한국 전통풍속 그 자체에서 한국적 문명을 찾아낸다. 그것은 대타적 문명사적 시각에서 비로소 인식하게 된 재래문명어다.

"린드버어그" "가리포루니아" "時節" "愚昧" "요강" "망건" "장죽"은 표준화되고 일반화된 한국어가 아니다. 김수영 시는 일어, 영어, 소외된 한국어를 섞어 혼재함으로써 근대가 번역되는 과정과 문화적 전이를 드러낸다. 이것은 새로운 종류의 문체를 만들고 새로운 종류의 언어적 규칙으로 밀고 나가 낡은 언어적 규칙을 희석시킨다.

이를테면 소수자의 언어란 소수자들이 사용하는 자신만의 언어가 아니라 다수적 언어안에서 그것을 변형시키고 '더듬거리게 하는'방식으로 만들어진다고 보았을 때 다중 언어의 변형된 양식은 새로운 변이 지대를 창출한다. 모국어의 순수성과 토속성을 고수하려는 노력은 이런 점에서 언어학적 자폐증의 일종이다. 들뢰즈와 가타리는 좀더 근본적으로 "모국어는 없다"라고 말한다.

> 진정한 아름다운 우리말의 낱말은? …… 그런 말들('마수걸이' '에누리' '색주가' '은근짜' '군것질'—필자 주)이 반드시 순수한 우리의 고유의 낱말이 아닌 것은 물론이다. 이 점에서 보아도 민족주의의 시대는 지났다……. 우리들의 실생활이나 문화의 밑바닥의 精密鏡으로 보면 민족주의는 문화에 적용되어서는 아니된다. 언어의 변화는 생활의 변화요, 그 생활은 민중의 생활을 말하는 것이다. 민중의 생활이 바뀌면 자연히 언어가 바뀐다.[20]

자신의 언어 안에서 이방인이 되는 것, 동일한 언어 안에서 이중 언어, 다수의 국어를 쓸 수 있는 것, 순수한 인종 안에서 혼혈 내지 서출이 되는 것, 바로 여기서 김수영이 근대성을 바라보는 타자적 인식과 현대적 문체가 발생한다. 언어는 강밀해지고 새로운 문법의 시 언어가 탄생한다. 동질적이고 항상적인 체계로서의 표준어가 아닌 창조적이고 잠재적 생성으로서의 언어가 탄생한다.

김수영이 자국문화에 대한 이방인적 시각을 지닐 수 있었던 것은 '현대적 지성'에 대한 강렬한 욕망 때문이다. "우리에게 가장 결핍된 것이 지성이다. 지성이 없기 때문에 오늘의 문제점의 소재를 파악하지 못하고 있다. …… 이 시대의 지성이란 정의 자유 평화를 사랑하고 인류의 운명에 적극적 관심을 가지는 것"[21]이라고 말한다.

그런 맥락에서 김기림의 「동양에 관한 단장」(1941)은 의미있는 한 지점을 제공한다. "동양은 그저 덮어놓고 경도될 것이 아니라 다시 발견되어

---

20) 김수영, 「가장 아름다운 우리말 열 개」, 『散文』(『김수영 전집 2』), 민음사, 1981, 281~282면.
21) 김수영, 「지성이 필요할 때」(1967년), 위의 책, 78면.

야 하리라고 말했다. 그러면 어떻게 발견될 것인가. 서양적인 근대문화가 우리들의 시야에서 한창 관찰되기에 알맞은 거리로 마침 우리가 물러선 기회에 우리는 이 근대문화의 심판장에서 무엇을 명일의 문화로 가져갈 유산인가를 반성해야 할 것이다." 김기림의 문명에 대한 새로운 구상은 외래 서구문명의 전방위적 유입속에 놓여 있던 김수영이 선택한 문명에 대한 감각과 만나는 지점이다. 김수영에게서 문명은 내성을 가진 자가 거리를 두고 스스로를 관찰할 수 있는 지적 의미에서의 문명이다.

김수영은 다중언어를 사용하여 근대적 반성의 자의식을 구축하며 다양한 이종 언어(일본어, 영어, 소외되었던 한글)를 통해 문명의 의미를 찾아내고자 했다. 김수영은 주체적인 자기자신의 문명어를 성취해 낸다.

그렇게 하여 김수영은 그의 시를 통해 민족어란 민족의 감수성과 감각을 훌륭하게 살려내는 언어가 아니라 전통과 문명의 형성을 창조해내는 언어라는 것을 보여준다. 현재, 지금, 여기, 살아있는 언어로서의 문명어, 김수영은 다중언어의 혼류 속에서 생활의 극단과 만나며 생동하는 문명어를 보여준다. '동일시의 상상'이라는 평면적 민족시학이 아닌 '문명적 감각으로서의 민족시학'이다. 다중언어 속에서 차이적 기호를 통한 문학언어의 정치적 실천이라 할 수 있다.

제2장 시어에 나타난 분열된 남성의식

1. 들어가며

1) '남성언어'와 김수영

김수영 시는 일상의 삶에서 존재가 맞닥뜨리게 되는 비극적 인식과 긴밀한 연관을 지닌다. 일상과 생활, 억압과 강제 속에서 시인은 대결의식으로 그것들과의 심리적 긴장을 유지한다. 김수영의 시는 일상과 대결하는 대응 의식의 결과물이며 도덕적 자의식이 뱉어놓는 자기반성의 표출물이다. 그의 시에서 숨가쁜 속도감을 느끼는 것은 쉼이 없는 그의 양심이 긴박한 언어적 추진력으로 그의 시를 견인해 내고 있기 때문이다.

그는 자신의 비겁함과 소심함을 비난하고 위악적 목소리로 자학하며 현실의 원칙에 대항한다. 그는 우리 삶의 결핍과 패배를 드러내려 한다. 그는 우리 삶 속에 들어 있는 결핍을 바라보게 한다. 행동으로 나아가지 못하는 그 속에서 패배를 체험하게 한다. 이 결핍과 패배의 자리가 그의 시가 잉태되는 진원지이며 꿈의 발원지이다.

이제까지 연구에서 김수영은 '온몸시학'과 관련하여 참여문학의 주창자로, 모더니즘의 근본정신을 수용한 모더니스트[1]로 혹은 난해 시인으로 평가되어 왔다.[2] 이러한 기존의 논의에서 보고된 김수영 시의 시적 주제를 집약하면 '자유', '사랑', '예술가의 양심과 윤리', '죽음', '정직' 등[3]이다. 특히 그의 시론은 시에 대한 시인 나름의 사변이 일정한 체계 안에서 정리되어 있다. 이를테면 「시여 침을 뱉어라─힘으로서의 시의 존재」와 「반시론」 등이다. 김수영의 시평이나 월평에서 자주 등장하는 용어는 '힘'이다. '힘'은 그의 다른 주제어들인 '자유', '사랑', '양심', '윤리' 등과 상관성을 가지면서 주제어가 되고 있다. 그는 실제로 "진정한 시를 식별하는 가장 손쉬운 첩경이 이 힘의 소재를 밝혀내는 일"[4]이라고 주장함으로써 그의 중심적 지향점을 드러낸다.

그런데 사실 이러한 '힘'에 대한 주제들은 일종의 '남성다움'에 대한 열망과 관계되어 있다는 사실이다. 김수영의 시에서 자주 등장하는 '時間', '宇宙', '蒙昧', '運命', '歷史', '矜持'와 같은 단어들은 관념성을 지닌 한자어들이며 '제트機', '레이판彈', '파편', '四星將軍', '적'과 같은 단어들은 군대용어들이다. 또한 아내에 대하여 '여편네'라고 표현한다거나 아내와 관련된 모든 일상 생활에 대하여 하찮은 것으로 여긴다거나 '체면', '목표'와 같은 단어들을 보여주는 그것들은 '남성성'과 밀접한 연관을 가진다. 김수영의 시는 분명 자아와 세계와의 불화를 보여주

---

1) 이종대, 「김수영 시의 모더니즘 연구」, 동국대 박사논문, 1993; 강연호, 「김수영 시 연구」, 고려대 박사논문, 1995.
2) 그의 시세계와 시의식을 이해하려는 논의로는 김현, 「자유와 꿈」, 『김수영시전집』, 민음사, 1974; 황동규, 「정직의 공간」, 『김수영시전집』, 민음사, 1976; 김우창, 「예술가의 양심과 자유」, 『궁핍한 시대의 시인』, 민음사, 1978; 유종호, 「시의 자유와 관습의 굴레」, 『세계의문학』, 1982 봄; 최유찬, 「시와 자유와 죽음」, 『연세어문학』 제18집, 1985.12.
3) 강웅식, 『시, 위대한 거절』, 청동거울, 1998.
4) 김수영, 『김수영 전집』 2, 민음사, 196~197면.

고 있지만 한편 그것은 굴곡의 시대속에 살던 한 남성적 자아의 자기인식, 혹은 불화의 과정이다.

2) '남성성'의 개념과 근대적 자아

사회학에서 '남성성'에 대한 연구는 '여성학'과 마찬가지로 사회문화적 요인 속에서 설명되고 있다. 성은 선천적으로 결정되는 것이며 생물학적 법칙에 종속되는 것인 반면, 성별은 사회문화적 요인들에 의해 설명되어야 할 후천적 속성들을 지칭하는 개념으로 구분한다. 그럼에도 성별특징이 생물학적 성의 차이에 의해 결정되는 보편적인 것으로 오해되곤 한다. 성별이 사회문화적 개념이면 그것이 일반화된 정의보다는 구체적인 사회 문화적 맥락 속에서 파악되어야 할 것이라는 점은 분명하다. 어떤 특징을 갖는 이가 '남성다움'인가는 사회나 문화에 따라 다르며 심지어는 문화에 따라 규정하는 남성성의 특징들과 상호모순될 수도 있다는 사실이다. 이런 이유로, '남성성'이라는 단어는 적절치 못하다. 마치 남성성 그 자체와 어떤 것이 실재하는 것과 같은 환상을 심어줄 수 있다는 점에서 위험하다.

또한 그것에는 '남성성'이 '여성성'과의 대립적 관계 속에서 그 의미를 갖는 이분법적 위험성도 내재되어 있다. 여성주의자들은 이런 대립적인 이해방식이 다시 세계를 여성적인 것과 남성적인 것으로 이분화하여 보게 만듦으로써 성차별화된 기존 현실을 유지 강화하는 반여성주의적 결과를 낳게 될 우려가 있다고 본다. 그런 점에서 젠더 이론은 매우 유효한 입장을 보여준다. 남성성이나 여성성은 보편적인 어떤 실재가 아니며, 단지 삶의 여러 조건들과의 관계 속에서 이해되어야 할 다양한 남성성들과 여성성들이 있을 뿐이라는 입장이다.[5] 그렇다면 '남성성', '남성다움'을 문학 속에서 살펴보려는 논의는 성과 성별 간의 균열, 성과 성별 정체성 간의 균열, 권력에 접근하는 남성들 사이에 존재하는 의식의 문제 등을 드러내 주어야 할 것이다.

해방 이후 50년과 60년의 근대사는 냉전 체제와 그 논리를 구축한 이항 대립이란 이름의 고전적 형식을 바탕에 둔다. 일제 강점기의 '아비는 종이 었다'의 명제가 그러하고, 해방 공간에서부터 팔십 년대 전 기간을 은밀히 울리던 '아비는 남로당이었다'의 명제가 그러하다. 작가들은 역사와 결합 된 이러한 대립의 논리에서 자유로울 수가 없었다. 여기서 '아버지'는 김수 영에게서 일종의 전통이며 역사이고 보수성이다. 근대화의 과정에서 그것 은 이념의 대립속에서 불온한 것이었으며 산업화의 과정에서 파괴되고 훼손된 불구의 모습이었다. 그런 점에서 김수영에게 아버지(전통)는 따라야 할 아버지면서 동시에 넘어서야 할 아버지이다. 50,60년대 지식인들이 고 뇌하며 껴안아야 할 문제가 바로 우리나라의 후진성이었다고 볼 때 김수 영은 후진성의 '전통'과 '근대성'의 경계에 서 있는 자였다. 그는 「현대식 교량」 위를 건널 때마다 '懷古主義者'가 된다고 말한다. 그는 이 현대식 다리를 부자연스러워 한다. 이 '부자연스러움'에서 김수영 시는 발원되는 데 이 의식의 균열들이 '의식의 충돌'로 치닫게 되는 것이다.

이러한 자아분열의 과정들이 '근대성' 속의 '남성성'에 대한 관념 형 성과 매우 상관성을 지니고 있다.6) 봉건 가부장제 하에서 '남성성'에 대 한 관습적 개념들이 '근대'로 와 성별화된 영역의 이분법, 즉 사적 영역

---

5) 엘리자베트 바덴테, 최석 역, 『XY—남성의 본질에 대하여』, 민맥, 1993, 143~149면 참조.
6) R. W. Connel은 현재 우리들이 갖고 있는 남성성이 개인성 개념이 형성된—식민지 제 국과 자본주의 경제관계가 성장하던—초기 근대유럽에서 발달한 것이라고 주장한다. 18 세기 이전 유럽문화에서 여성은 분명히 남성과 다른 것으로 여겨졌지만, 그 다름의 동일 한 특징(예컨대, 이성의 기능)을 불완전하게 갖는 것 또는 열등한 존재였다는 것일 뿐, 여성과 남성을 질적으로 다른 특징의 담지자로 여기지 않았다는 것이다(허라금, 「서구 정치사상에서의 성차별적 공사구분」, 『여성학논집』, 이화여대 출판부, 1997 참고). 여성 과 남성을 대립적인 것으로 보는 방식은 신분 대신 성이 새로운 사회조직원리의 기초로 등장하게 된 근대 부르조아 사회라는 특정 조건에서 비롯된 것이라 보는 것은 상당한 근거가 있다.

의 여성과 공적 영역의 남성이라는 분할을 만들어낸다. 그러면서 가장(家長)의 성역할 영역이 강화되고 현재의 '남성'을 특징짓게 되는 것이다.

김수영은 '문명'과 '도구'를 특징으로 하는 근대성 속에서, 전통의 계승자로서 남성의 균열을 보여준다. 김수영이 보여주는 의식의 가열찬 저항들은 근대와 대면하면서 치르게 되는 '남성성' 혼란의 과정과 충분히 맞닿아 있다. 이러한 '남성성 혼란'이 '공격충동'의 양상을 띠게 되는데 그것이 남에게 향해 있을 때 '독설'이 되고 자신에게 향해 있을 때 '자학'이 된다. 그것은 사회적으로 규범화된 '남성성'에 소외되고 위축된 자아의 부정적 억눌림의 언어라 할 수 있다. 일상의 논리와 당위성으로 무장된 '남성성'의 크고 당당한 목소리가 소심한 자아를 가로막고 있다. 김수영의 시는 '당위성으로서의 남성성'에 대하여 '위축되고 불구화된 남성언어'라 할 수 있다.

우리 현대시사에서 김수영 시만큼 시에서 읽을만한 많은 '계기'들을 제공하는 시인은 드물다. 그럼에도 지금까지의 김수영에 대한 독법들은 '산문식의 읽기 방식'에 주로 급급해 왔다. 그런 식의 독서법은 김수영에게 속는 일이면서 동시에 김수영을 모독하는 일이기도 하다. '대결의 결과'에 대한 시적 승리를 획득하기 위하여 '시적 대결 과정'들을 희생시키고 만 결과이다. 김수영 시에서 중요한 것은 억압에 대한 '대결의 결과'가 아니라 '대결의 과정'이다. 김수영의 시는 좀더 섬세한 감수성의 코드로 읽어 내려가야 할 숨겨지고 내포되어진 언술들이다. 전통과 역사와 근대성의 문제속에서 김수영 시를 건져내 그 속에 굴절되어 접혀있는 '의식 / 무의식'의 지대를 펼쳐보려는 작업은 오히려 김수영의 전통과 역사와 근대성의 문제를 진면목으로 건져 올리고 복원시키는 일이다.

본고에서는 김수영 시에 나타난 이러한 '의식 / 무의식'의 영역을 살펴보되 그 속에서 도출되는 '남성의식'을 다루려 한다. 아버지 의식에 대한 추적과 가족 관계 속에서 왜곡된 자아, 남성성에 대한 균열과 그 틈새를 살펴봄으로써 근대라는 이름으로 다가온 근대적 실존의 흔적들을 찾아보고자 한다. 그것은 해방과 전쟁과 독재라는 근대를 살아오면서 나타난 김수영의 사회적 실존과 그 시적 투영을 파악하는 일이다. 김수영의 치열한 자의식은 자아와 세계와의 불화이지만 한편 전통적 남성이 근대 속에서 분화되며 붕괴되는 과정이기도 한 것이다.

요컨대 근대와 대면한 김수영의 남성적 '대결과정'을 살펴봄으로써 '남성성'의 이분법이 해체되어가는 과정을 젠더이론의 입장에서 규명해보고자 한다. 김수영의 시의식과 시적 주제에 경도되어 온 지금까지의 연구사를 감안할 때 본 연구는 김수영 시를 '남성의식과 근대성'이라는 관점에서 바라보는 새로운 접근법이 될 것이다.

2. 직선의 속도감과 남성성장주의의 신화

김수영의 언어는 쾌속을 느낄 만큼 동적인 진행감을 수반한다. 그것은 곧 마음의 기운이며 양심이 '점화'[7]되는 순간의 속도감이다. 윤리적 자의식에 쫓기듯 시인은 자신의 주체적 지각과 체험을 언어의 반복과 거침없는 진술로 표출해 낸다. 이것은 김수영이 「언어와 나 사이에 한 치의 틈사이도 없」(詩作 노우트 6)다는 사실과도 연관된다. 즉 내용의 밀도가 형식을 결정하며 내용이 형식이 되는 순간인 것이다. 이를테면 그의 시 「瀑布」를 보자.

瀑布는 곧은 絶壁을 무서운 기색도 없이 떨어진다

---

7) 정현종, 「시와 행동, 추억과 역사」, 『숨과 꿈』, 문학과지성사, 1982, 99면.

規定할 수 없는 물결이
무엇을 向하여 떨어진다는 意味도 없이
季節과 晝夜를 가리지 않고
高邁한 精神처럼 쉴사이없이 떨어진다

金盞花도 人家도 보이지 않는 밤이 되면
瀑布는 곧은 소리를 내며 떨어진다

곧은 소리는 소리이다
곧은 소리는 곧은
소리를 부른다

번개와같이 떨어지는 물방울은
醉할 瞬間조차 마음에 주지 않고
懶惰와 安定을 뒤집어놓은 듯이
높이도 幅도 없이
떨어진다

「瀑布」 전문

　이 시에서 '떨어진다'라는 동사는 수식없이 사람의 마음을 건드린다. 그것은 현재 진행되고 있는 직선의 언어이다. '떨어진다'의 움직이는 동력은 시인의 세상에 대한 '당당함'과 거침없는 '단호함'을 드러낸다. 이러한 단호함은 '규정할 수 없는 물결' '의미도 없이' '가리지 않고' '쉴사이없이' '마음에 주지 않고' '높이도 幅도 없이'라는 부정을 통해 위엄의 권위를 거느린다. 그것은 단정적이고 거침없는 자신감에서 일어나는 '결단의 목소리'이다. 어떤 것도 거역할 수 없는, 어떤 것도 거스를 수 없는 당위적 명령처럼 폭포의 물줄기는 '떨어진다'.
　시인의 목소리는 이 '떨어진다'라는 동사와 함께 밖으로 튀어나온다. '떨어진다'라는 동사는 텍스트에서 네 번 반복된다. 반복은 의미의 강화와 진행성과 속도를 부른다. 독서의 진행은 마치 폭포의 물줄기가 아래로 거침없이 떨어져 내리듯 속도감을 일으킨다. 독자는 망설이거나 주저하지 않고 반복과 리듬의 완급 속에서 시를 읽어 내려간다. '떨어진다'의 반복과 不定의 반복은 어떤 두려움이나 불안함도 없는 현실적인 운동감을 시읽기의 속도감으로 빚어낸다.

4연에서 '곧은 소리'는 세 번 반복되며 '소리'는 여섯 번 반복된다. 이 흔들림 없는 '곧은 소리'는 김수영 시에서 최고의 명령이다. 그의 시가 성취해야 될 이념이며 정직성이다. 어쩌면 폭포수의 '곧은 소리'는 이념이 현실이라는 대륙에 닻을 내리는 소리인지도 모른다. 내면 양심의 소리, 김수영은 그 소리를 찾고 있음에 틀림없다.

그러나 '나타와 안정을' 뒤집고 끝없는 부정 끝에 도달하게 되는 그어떤 지점은 어디인가. '무엇을 향한다'는 목표지점도 없이 '계절과 주야'도 가리지 않고 일방향성의 폭포가 향해 가고 있는 곳은 어디인가. 끝없이 내질러 버리는 김수영의 질주의 언어는 분명 참을 수 없는 열정의 언어이다. 속도의 맥박은 최초의 생명적 리듬을 표현하면서 독자의 마음과 접촉을 일으키고 전율을 전달한다. 그렇지만 질주가 가지는 의미들은 단정적이고 직선적인 숨막힘을 준다. 시인의 목소리가 명확하고 간단할수록 그것은 분명 이분법적 질서 속의 닫힌 에너지, 남성정신을 연상시킨다. 어떤 비틀림도 뒤틀림도 무너짐도 없는 직선의 목소리는 '속도의 회로'에 갇혀 있다.

그것은 '가기'라는 진행 집착에 빠져 있다. 「구슬픈 肉體」에서 시인은 '나는 쉴사이없이 가야 하는 몸이기에'라고 노래한다. '가야한다'는 그것은 개방성과 내적 자유를 보여주기보다 현실에 한치의 틈도 없이 투신하여 정진하는 일방향성의 확신을 의미한다. 이분법적 서열 속에서 타자로서의 의미들을 억압하여 고정시켜 버리는 절대진리로서의 의미가 바로 '고매한 정신'은 아닐까. 김수영 시에서 이분법은 개념과 명제 또는 입장이 최고의 논리적 명료성을 획득함으로써 나타난다.

이 '규정성'의 언어가 남성적 언술이라 할 만하다. 김수영의 시에서 '젊은 詩人이여 기침을 하자' '그놈의 사진을 떼어서 밑씻개로 하자'라는 청유형적 명령들은 망설임이 없는 단정적, 단언적 언표행위이다. 그 것은 남성적 사유체계 속에서의 '힘'에 대한 메타포이다.

군더더기가 없이 모든 것들의 부정을 통하여 '떨어지는' 폭포수는 겉으로는 보이지 않는 억제된 동력성을 지닌다. 그것은 우회의 욕망이 거세된 남성의 강제된 힘이다. 시인은 언제나 '올바로 精神을 가다듬'(「아메리카 타임誌」)어야 한다는 자의식에 가득차 있다.

> 새로운 目標는 이미 나타나고 있었다
> 죽음보다도 嚴肅하게
> 귀고리보다도 더 가까운 곳에
> 종소리보다도 더 玲瓏하게
> 나는 오늘부터 地理敎師모양으로 壁을 보고 있을 필요가 없고
> 老衰한 宣敎師모양으로 낮잠을 자지 않고도 견딜만한 强靭性을 가지고 있다
>
> 　　　　　　　　　　　　　　　　　　　　　　　「玲瓏한 目標」 중에서

> 등잔은 바다를 보고
> 살아있는 듯이 나비가 죽어누운
> 무덤 앞에서
> 나는 나의 할 일을 생각한다
> (…중략…)
> 나비야 나비야 더러운 나비야
> 네가 죽어서 지분을 남기듯이
> 내가 죽은 뒤에는
> 고독의 명맥을 남기지 않으려고
> 나는 이다지도 주야를 무릅쓰고 애를 쓰고 있단다
>
> 　　　　　　　　　　　　　　　　　　　　　　　「나비의 무덤」 중에서

김수영의 시에서 '적' '무기' '헬리콥터' '전쟁' '제트기' 같은 전투적 남성 소재들이 시적 대상으로 등장하고 있다. 이 단어들은 도전적인 공격성을 지니면서 남성적 용기나 호전성을 환기시킨다. 시 「레이판彈」에서 이것이 미국에서 새로 발명된 유도탄이라는 주를 본다면 김수영의 이런 소재들은 전쟁직후 한국의 기억에 남아있는 전쟁에 대한 상흔과 파편의 준거들이라 할 만하다. 김수영은 '작전' '지휘' '지배' '적' 등 삶에서 자아와 세계와의 대면에서 대결적 구도를 결코 놓치지 않는 길항을 계속한다. 남성에게 있어 전투와 전쟁은 근원적 의식처럼 무의식의 지대에 자리잡고 있다. 김수영에게서 전투와 전쟁의식은 경쟁과 지배라는 근대 의식과 맞물리면서 자아와의 싸움이라는 내면적 첨예함으로 뻗어 나아간다.

남성적 의지들은 능동적인 동사의 움직임을 상정하지 않을 수 없다. 김수영 시에서 '풀들이, 풀새끼들이 / (…중략…) // 시멘트가죽을 **뚫고** 일어나면'(「거짓말의 여운 속에서」) '내 땅에 **박는** 거대한 뿌리'(「거대한 뿌리」) '대숲 사이로 **침입하는** 무자비한 푸른 하늘'(「詩」) '지렁이같은 **꿈틀거리**는 바닷바람'(「煙氣」) 등에서 나타나는 '뚫다' '박다' '침입하다' '꿈틀거리다' 등의 동사들은 분명 남성적 동성을 내장하고 있다. 그것은 뿌리 상상력[8]으로 대변되는 남근의식과도 연관된다. 뻗어 나아가 뚫고 침범하는 동물적 심상이나 원시적 이미지들은 분명 남성적 전복의 힘을 환기시키고 있다.

또한 김수영 시에서 연쇄적인 어휘항목들을 살펴보면 그의 시가 집요하리만큼 '명사'에 집중하고 있음을 눈치채게 된다. 대개 '명사'들은 한자어이거나 관념어들로 이루어져 있는데 그것은 김수영 텍스트에서 '형식적 반복'을 보여주면서 텍스트 기저에 흐르는 중심 메시지를 환기시킨다. 이를테면 '歷史' '傳統' '眞實性' '蒙昧' '訓練' '悲慘' '生活' 등

---

8) 물론 뿌리상상력은 뿌리가 세계와 연이어진 세상과의 탯줄이라는 점에서 식물적 젖줄의 이미지 혹은 여성적 생명성의 이미지를 동시에 연상시킨다.

이다. 동사와 달리 명사는 텍스트가 궁극적으로 전달하고자 하는 중심 메시지의 의미와 정보를 응축하고 있다. 시인이 시 텍스트에서 한자로 시어를 기록한다는 것에는 이미 그 시어에 대한 전경화의 의미와 의미 강화로서의 문체적 기법을 생각하게 한다. 여기서 김수영이 선택하고 있는 명사와 한자어들은 모두 시인의 도덕적 윤리적 사회적 가치관을 표출해 내고 있는 것이다. 그것은 시인의 정신적 밀도의 농축이면서 신념적 이념적 가치규범의 개입이라 할 만하다.

사실 이러한 이념과 도덕, 역사성과 성공의 논리는 남성적 가치규범의 세계와 밀접한 연관을 가진다. 위의 시 「玲瓏한 目標」에서 나타나듯 시적 화자가 제시하고 있는 목표는 "죽음보다 嚴肅하게" "종소리보다도 더 玲瓏하게" 나타나고 있다. 삶에서 목표를 세우고 자신의 목표를 위해 매진하여야 한다는 세계 대면의 과정은 남성 지배이데올로기가 표명하고 있는 남성정체성 형성의 과정과 일치한다. 남성지배 사회에서 자신이 어떻게 억압받는 것인가를 살피는 여성정체성 탐색과정과 달리 남성들은 좀더 존재론적 질문, 삶의 업적과 능력에 대한 질문의 방식으로 삶에 접근한다. 모든 질서와 사회규범에서 빛나는 이성적 목표의 강인성이 문명 세계 속에 살아가는 남성적 '법'이며 '섭리'이다. 남성은 강한 느티나무처럼 자신감에 넘치고 강해야 하며 용기와 주관을 가진 결단력 있는 자여야 한다.

김수영 시에서 곡선이나 우회적 사선보다 직선이나 대각선에 대한 관심이 등장하는 것도 그가 내세우는 영롱한 목표와 무관하지 않다. 이미 앞에서 살핀 「瀑布」에서 직선의 메타포는 시작되고 있다. 이리 저리 비틀거리는 유연한 곡선이 사색과 유희의 정신을 제공해 준다면 직선의 기능은 주저앉거나 멈추거나 놀 수 있는 어떤 일체의 기능들을 거세한다. 시인은 "오고가는 것이 直線으로 혹은/ 對角線으로 맞닥뜨리는 것 같은 속에서 / 나의 설움은 유유히 자기의 시간을 찾아갔다"(「방안에서 익어가는 설움」)라고 노래한다. 오직 목표만을 향해 최단거리로 달려가라고 외치는 것이 직선의 '영롱한 목표'이다. 시인은 "설움을 逆流하는 야릇한 것만을 구태여 찾아서 헤매는 것은 / 우둔한 일"이라고 연이어 노래한다. 고정된 법칙이나 절차적 합리성이 직선의 원칙이다. 헤매고 방황하기를 거부하는 이 직선의 의식이 김수영의 설움이 열리는 공간이다. 이것이 김수영을 운명적인 방안의 고독자로 만들어주고 있다.

그리하여 김수영은 「나비의 무덤」에서 "나는 나의 할 일을 생각한다" "죽은 뒤에는 / 고독의 명맥을 남기지 않으려고 / 나는 이다지도 주야를 무릅쓰고 애를 쓰고 있단다"라고 말한다. 성취와 일에 대한 집착, '가기'에 대한 강박은 삶과 맞닥뜨린 자의 존재론적 명제처럼 보일 수도 있지만 분명 그것은 근대성이 남성에게 부과한 남성성과 맞닿아 있다. 도구적 합리성과 업적을 중시하는 근대성이 남성에게 형성지운 책임감, 결단력과 관계한다.[9] 논리적인 결단력과 인과적 사고, 구체적 목표의식이 근대가 요구하는 남성정체성이었다면 김수영이 끊임없이 생각하였던 '일'이나 '힘'이라는 것은 근대 인간적 주체로서의 당위적 명제였음에 틀림없다. 남성이 한 순간의 자유로운 시간도 없이 부지런히 개미처럼 일하고 타인의 존경을 받고 공동의 가치를 추구하려 한다는 것은 근대 사회 체계 안에서 목록화된 남성성의 특징들이다.[10]

김수영이 '피로'에 집착하며 또 '피로'하여야 한다고 자신을 다그친 것은 이러한 '일'을 통해 자아의 본래적 존재양태를 받아들이고 의미를 가지려 했던 자신의 생각을 드러낸다.

---

9) 조한혜정, 『한국의 남성과 여성』, 문학과지성사, 1988, 241면 참조 전근대에서 남자와 여자의 직종은 전사라든가 수렵인 혹은 협력하는 농부와 같은 것이었는데 공업자본주의사회에서의 직종은 여러 직종을 낳게 되었다. 근대사회에서 이윤추구와 도구적 합리성을 토대로 남성들은 책임감, 합리성, 자제력, 결단력을 요구받게 되었고 남성들에게 '부양자의 윤리'가 강조되었다.

10) 객관적이고, 감정에 흔들리지 않으며, 경쟁적인 특징들을 갖는 것으로 해석되는 남성성 개념이 어떻게 사구적 문화 전통에서 형성되며, 특히 근대적 조건에서 강화되는가에 대한 계보학적 연구로 로빈 메이 쇼트의 「인식과 에로스」(이화여대 출판부, 1999)를 참조할 수 있음.

너무나 잘 아는
循環의 原理를 위하여
나는 疲勞하였고
또 나는
永遠히 疲勞할 것이기에
구태여 옛날을 돌아보지 않아도
설움과 아름다움을 대신하여있는 나의 긍지
오늘은 필경 긍지의 날인가보다

　　　　　　　　　　　　　　　　　　　「矜持의 날」 중에서

　김상환은 김수영전집 2권에서 '사람은 바빠야 한다'는 김수영의 명제
와 '力耕主義'라는 표현을 찾아낸다.[11] 그는 인간적 주체는 일 속에서
또는 일을 통해서만 자신의 진실에 도달할 수 있고 또 그렇게 도달하여
야만 한다고 말한다. 김수영이 말하는 '일'이란 의식이 자기동일적 관계
를 유지하면서 외적 풍경에 대하여 능동적 주체로서 관계하는 유일한
조건이라고 말하고 있다.

　김수영은 시 「矜持의 날」에서 '영원히 피로할 것'이며 '나의 源泉'과
'最終點'은 '긍지'라고 노래하고 있다. 그에게는 분명 일과 수고를 자아
의 당위적 본질로서 명령하는 배후의 원리가 남아 있다. 김수영에게 아
름다움과 설움의 극치는 자아의 소모와 피곤을 거쳐서 도달하게 되는 보
람과 '긍지'의 단계이다. 일을 한다는 이 노동의 실행성은 침체하는 자신
을 부정하면서 이르게 되는 부단한 자기갱신의 노력을 의미한다.

　이것은 지극히 남성적 가치체제와 관계 있다. 관계 중심적이고 감정
적 친밀함으로 정서적 교류를 중시하는 여성성과 크게 구별된다. 즉 그
것은 힘과 기술로서, 노동과 일로서 '성장주의'를 향해 매진하고 있는
존재의 피로와 그럼으로써 획득하게 되는 자기긍정의 국면이다. 김수영

---

11) 김상환, 「모더니즘 또는 사유의 금욕주의 2」, 『현대시학』, 1993.9, 242~244면.

은 성장주의 과정에서 성숙의 단계로 '한치를 더 자라는 꽃'이 되기 위해 스스로 자신에게 최고의 명령[12]을 내린다. 모든 감정을 초월하고 완수할 일을 위해 자신을 소진하며 일을 통해 자아성취를 이룩하는 이러한 '남성적 특징'이야말로 합리성에 토대를 두는 자본주의 체제와 닮아 있다. 김수영의 '긍지의 날'은 근대라는 역사 위에서 존재의 진보와 계몽을 갈구하였던 근대사회 '남성'이 이루려 한 바로 그 날라 할 수 있다.

3. 분열된 남성성과 갈림의 언어

가부장적 남근의식은 보이는 데도 보이지 않는 것처럼 가리는 그 커튼의 휘장을 가지고 있다. 김수영 시를 꼼꼼히 살피면 휘장 뒤의 그 '보이지 않는 것'을 볼 수 있다. 그 틈새는 이미 내장되어 있는 분열의 파장이며 일방향성의 속도감이 분비해 내는 피로의 흔적이다. 그것은 흔히 김수영 시에서 자의식의 치열과 고투의 상징으로 논의되지만 오히려 그것은 남근 지배언어가 갈라지는 '갈림의 언어'라 할 수 있다.

> 팽이가 돌면서 나를 울린다
> 제트機 壁畵밑의 나보다 더 뚱뚱한 주인 앞에서
> 나는 결코 울어야 할 사람은 아니며
> 영원히 나 자신을 고쳐가야 할 運命과 使命에 놓여있는 이 밤에
> 나는 한사코 放心조차 하여서는 아니 될 터인데

---

12) 김수영의 시대는 '명령의 과잉을 요구하는 시대'이다. 그에게 「시쓰기」는 자신에게 내리는 최고의 명령이며 또한 「성장」은 시가 따라야 하는 최고의 명령이다. 시 「긍지의 날」 후반부에서 '모든 설움이 합쳐지고 모든 것이 설움으로 돌아가는/ 긍지의 날인가보다/ 이것이 나의 날/ 내가 자라는 날인가보다'고 노래한다.

팽이는 나를 비웃는 듯이 돌고 있다
비행기 프로펠러보다는 팽이가 記憶이 멀고
강한 것보다는 약한 것이 더 많은 나의 착한 마음이기에
팽이는 지금 數千年前의 聖人과같이
내 앞에서 돈다

「달나라의 장난」 중에서 (강조는 필자)

　남성으로서 가져야 할 남성성 신화는 절대적인 힘, 두려움, 고통, 죽음 등의 억압이나 애틋한 감정으로부터 벗어나야 한다는 것이다. 그러나 대부분의 남성들들은 자신이 결코 실현할 수 없는 남성적 유형과 싸우고 있다는 사실을 깨닫게 된다.[13] 그것은 남성공모의식에서 생겨난 집단적 가치와 실제적 삶 사이에 일종의 긴장이 유발되면서 시작된다. 김수영의 시에서 시인은 "나는 결코 울어야 할 사람은 아니"라고 말한다. "나는 한사코 放心조차 하여서는 아니될 터인데"라고 말한다. 결코 울어서도 방심조차 하여서도 안된다는 남성성으로서의 규칙과 이념은 불안정한 감정과 싸우는 김수영의 자기절제와 고투를 느끼게 한다. 팽이는 마치 '스스로 도는 힘'을 얻기 위해 일순간의 방심도 허용하지 않은 채 돌고 있다. 그것은 마치 수천년 전의 '성인'처럼 이상적인 것으로 등장한다. 시인은 팽이의 스스로의 도는 힘을 보면서 "영원히 나 자신을 고쳐가야 할 運命과 使命에 놓여있는" 필연적 실존성을 이야기한다. 그러나 김수영이 완벽함을 추구하면 할수록 그의 확신이 분명하고 단호할수록 그 속에는 일종의 불확실이 숨어있다. 팽이는 나를 '비웃듯이' 돌고 있다. 강박적 이상추구에 걸려 있는 남성적 확신은 기실 소심하고 불안한 또 다른 자아의 분열된 모습이다.
　자신이 비웃음을 당하고 있다는 위축감은 가부장 사회의 남성 가치에서 비롯된 끝없는 강박관념과 무관하지 않다. 근대사회에서 남성은 성장

---

13) 엘리자베트 바덴테, 최석 역, 『XY-남성의 본질에 대하여』, 민맥, 1993, 209면 참조.

하면서 자신이 남근의 전능성을 지닌 존재가 아니라, 실제 초라한 성기를 가진 존재에 불과하다는 것을 깨닫는다. 김수영은 방심조차 할 수 없고 울 수도 없다고 한다. 시인은 사명을 맡은 자이고 사명을 완성해야 하는 운명자이다. 그러나 남근은 실제의 성기가 아니라 하나의 추상적 기호표현이라는 것을 깨닫게 된다. 그것은 현실의 국면에서 항상 결여되어 있음을 알게 한다. 김수영은 '가야하며' '돌아야 하는' 부단한 이상적 남성성의 진행성 앞에서 주체의 부정과 억압을 경험할 수밖에 없다.

> 나의 表情에는 무엇인지 우스웁고 간지럽고 서먹하고 쓰디쓴 것마저 섞여
> 있다
> 그것은 둔한 머리에 움직이지 않는 思念일 것이다
>
> 「여름뜰」 중에서

> 그러나 사람들이 웃을까보아
> 나는 적당히 넥타이를 고쳐매고 앉아있다
>
> 「바뀌어진 地平線」 중에서

「여름뜰」이라는 시에서 "操心하여라! 自重하여라! 무서워할 줄 알아라!"는 규범화된 남성적 명령이다. 가풍이며 이념이며 강제화된 현실의 명제들이다. "億萬의 소리가 비오듯 내리는 여름뜰"에서 시인은 합리와 비합리의 틈새에 앉아 있다. 시인의 표정에 "우스웁고 간지럽고 서먹하고 쓰디쓴 것"이 섞인다.

시인이 도달해야 할 남성적 힘의 신화적 기준에서 김수영은 모든 과거와 현재의 맛이 섞이는 둔중한 느낌을 혀끝으로 맛본다. 사회적 명령은 과잉의 명령이지만 내면의 명령이기도 하다. 복합적인 내면화된 자아는 결코 울어서도 안 된다. 사람들이 비웃을까봐 적당히 넥타이를 고쳐매야 하는 자기방어기제의 강화로 치닫게 된다.

그러나 이러한 자기반성적 자아가 이르게 되는 것은 세계와의 원천적

인 불화에서 빚어내는 억눌리고 엇갈리는 목소리, 공격적이고 자학적인 목소리, 소외되고 부정된 목소리이다. 시인은 "차라리 偉大한 것을 바라지 말았으면"(「나의 家族」) "하루에 한번씩 찾아오는 / 수치와 고민의 순간을 너에게 보이거나 / 들키거나 하기가 싫어서가 아니라"(「도취의 피안」)라고 말한다. '── 가 싫어서가 아니라'라고 말하지만 그것은 '── 싫다'고 중얼거리는 소심하고 분열된 자기모순적 진술에 다름 아니다. 시인은 수치와 고민의 순간을 들키는 것에 대한 두려움을 이야기한다. 시인의 목소리는 갈라지고 나누어지는 '갈림의 언어'가 된다.

물론 내면 실제의 자아와 사회적 명령을 하는 남성성 사이의 틈새와 균열은 일상과 맞닥뜨린 존재의 비극적 인식과 만난다는 점에서 보편적 주체의 인간본질 박탈과 관계하기도 한다. 그러나 김수영의 경우 전통, 아버지에 대하여 거리두기와 아내에 대하여 위악적 자기 공격적 목소리, 자학적 과도한 자기노출의 모습은 분열된 남성성의 한 일면을 드러낸다. 강박적 남성의식은 진실을 드러내려고 애쓰는 모든 것에 대항하여 자기파괴와 공격성의 원인으로 작용한다. 김수영에게서 자기강박적 압박은 적극적일 때 공격적 위악성으로 소극적일 때 자학적 자기파괴로 드러난다. 사실 남성성이라는 전능의 가면이 떨어지고 나면 갓난아이의 모습이 드러나고 만다는 인류학자 길모어의 말은 이런 점에서 의미심장하다.

4. 부재 / 현존하는 아버지, 서책

김수영의 단절감은 그의 부재하는 아버지와 연관 있다. 그의 시들은 아버지 없는 아들의 기록이라 할 만하다. 아버지는 카오스인 자연상태에 문화와 법을 부여하여 세계의 질서를 세우는 존재이다. 아버지의 권위를 인정한다는 것은 기존 세계의 질서를 존중한다는 것이다. 아들은 아버지의 질서를 배우면서 사회에 편입한다. 그러나 김수영을 강력한 목적의식으로 이끌어 줄 아버지는 거꾸로 서 있는 아버지이다.

倒立한 나의 아버지의
얼굴과 나여

나는 한번도 이(虱)를
보지 못한 사람이다

어두운 옷 속에서만
이(虱)는 사람을 부르고
사람을 울린다

나는 한번도 아버지의
수염을 바로는 보지
못하였다

　新聞을 펴라

이(虱)가 걸어나온다
行列처럼
어제의 물처럼
걸어나온다

「이(虱)」 전문

　어두운 옷 속에서만 사람을 부르는 '이'는 무엇일까. 어두운 옷 속에서 어둠을 뒤집으며 옷 밖의 현실로 나오는 그 걸리적거림의 정체는 아버지라는 부름이다. 그러나 '이'와 같은 아버지는 사람을 부르고 사람을 울리고 있는, 바로 서 있지 못하는 아버지이다. '바로 서 있다'는 것은 세상에 자리를 점하며 뿌리를 내리는 것이다. 거꾸로 서 있는 아버지는 자식의 뿌리가 될 수 없는 아버지, 뿌리를 내리지 못하는 아버지이다. 아버지가 '바로' 서 있지 못하기 때문에 시적 화자도 아버지를 '바로' 보지 못한다. '아버지의 수염'은 아버지의 권위와 위엄을 현상한다. 아버지의 수염을 바로 보지 못한다는 점에서 아버지는 이미 시인에게 '기이한 전능'이며 '전도된 가치'이다. 한번도 본 적이 없는 '이'처럼 그것은 부재하지만 어두운 옷 속에서 사람을 울린다. 신문을 펴면 '어제의 물'처럼 걸어나온다. 부재하면서 현존하는 아버지는 바로 '어제의 물'처럼 하나의 '역사'처럼 신문을 펴면 걸어나오는 현실 속의 유령이다. '行列'이 되어 귀환하는 유령은 바로 진행형의 과거이다. 그것은 어둠 속에서 현실의 빛 속으로 행렬을 지어 걸어나오고 있다.

김수영에게 아버지는 세계의 질서를 설명하고 신화를 가르쳐 줄 교사로서의 아버지가 아니다. 아버지는 시인을 성인으로 입문식을 치러줄 사제로서의 아버지가 아니다. 이미 '상처받은 아버지'는 아들에게 그 상처를 전가시킨다. 정상적인 동일화의 모델을 찾지 못한 아들에게 이 상처를 물려준다. 아들의 몸 속에 시대의 송수관을 제공하지 못하는 아버지를 시인은 회피한다. 그는 아버지의 '수염'을 바로 보지 못한다.

한 개인의 정체성은 시공간 속에서 자신의 존재를 연속체로 자각하게 되고 외부사물로부터 구분되는 자신의 다양한 측면들을 통합하여 일관된 인격으로 느끼게 됨으로써 형성된다. 김수영의 경우 남아로서 아버지에 대한 동일화를 회피함으로서 그의 정체성은 미완성 혹은 불균형의 균열을 가질 수밖에 없다. 결핍된 아버지 그리고 정서적으로 부재하는 아버지는 어머니의 전능성으로부터 자신의 탯줄을 끊어줄 칼을 가지고 있지 못하다.

이러한 결핍은 근대사회나 전통적 사회의 남성적 이상과 관련되어 있다. 존재의 근거로서의 아버지의 부재, 이것은 삶과 역사의 주체로서의 남자 부재를 의미한다. 이와 같은 아버지의 결핍과 도립(倒立)은 근대 역사에서 주권상실, 전쟁, 분단 등으로 이어져 온 우리의 근대사와 밀접하게 연관되어 있다. 서구 문물의 유입 속에서 시작된 근대는 철저하게 전통으로서의 남성성을 거세하였다. 권위와 명분과 이념으로 남아 있는 아버지를 전도시키고 훼손했다. 현실 속에 억눌려 있는 아버지는 현실 속에서 부재하는 듯 현존한다. 아니 부재한다는 점에서 더욱 강력하게 존재한다. 김수영은 부재함으로써 더 강력한 아버지에게 붙잡혀 있다. 그는 잃어버린 아버지를 대신해 자신의 존재의 근원을 스스로 찾으려 한다.

아버지의 寫眞을 보지 않아도
悲慘은 일찌기 있었던 것

돌아가신 아버지의 寫眞에는
眼鏡이 걸려있고
내가 떳떳이 내다볼 수 없는 現實처럼
그의 눈은 깊이 파지어서
그래도 그것은
돌아가신 그날의 푸른 눈은 아니요
나의 飢餓처럼 그는 서서 나를 보고
나는 모오든 사람을 또한
나의 妻를 避하여
그의 얼굴을 숨어 보는 것이요
(…중략…)
그의 寫眞은 이 맑고 넓은 아침에서
또하나의 나의 팔이 될 수 없는 悲慘이요
행길에 얼어붙은 유리창들같이
時計의 열두시같이
再次는 다시 보지 않을 遍歷의 歷史……

「아버지의 寫眞」 중에서

근대사의 역사에서 아버지의 세대는 언제나 욕된 것이었다. 그러나 몇 백년의 유교적 전통에 의해 심층 깊이 자리잡았던 부권의 절대성이 쉽사리 해체되는 것은 아니다.[14] 보잘 것 없는 부권이지만 아버지에 대한 무의식적 존경은 미약하게 지속되는 것이다. 그러나 이 시에서 김수영은 아버지를 "悲慘" "떳떳이 볼 수 없는 現實"이라고 말한다. 역사를 대변하는 아버지의 상징적 부권마저 철저하게 파괴하면서 부권존중의 유교적 이념을 완벽하게 파기한다. 시인의 "無理하는 生"에서 아버지의 사진도 "無理"이듯이 아버지는 "나의 팔이 될 수 없는 悲慘"이다. "再次는 보지 않을 遍歷의 歷史"이다.

그러나 부권의 잔재마저 사라진 권위 소멸의 과정에서도 시인은 조바심을 내며 아버지의 사진을 본다. 모든 사람과 처를 피해서 그의 얼굴을 본다. 결국 남성에서 있어 아버지는 남성의 자의식이 생기는 공간이다. 세계로 입문하기 위하여 남성은 자기 남근의 표피를 벗겨줄 아버지가 필요하다. 아버지의 질서는 인간을 사회에 오려붙이는 것이다. 남성은 아버지를 잃어버림으로써 세계의 본질적인 국면을 상실하게 된다. 시인은 "나의 飢餓"와 같은 비참한 아버지의 얼굴을 숨어서 볼 수밖에 없다. 시인은 부재속에서 아버지를 다시 찾아야 하고 '비참'이라고 격하함에 대한 죄의식에 보상해야 한다.

결국 시인은 아버지의 사진이라는 '쇄잔한 전능'과 끝없는 유약함 사이에서 흔들린다. 그는 '똑바로 보기'와 '숨어보기'의 도피하려는 소심함 사이에서 갈등한다. 아버지는 돌아가셨지만 그 지배의 사슬을 분쇄할 수 없는 그것. 시인의 시선은 돌아가신 아버지를 과거에서 불러내 환생시키고 있다. 시인은 거역할 수 없는 이 귀환한 유령과 싸운다.

사진은 바르트의 말대로 과거의 시간을 부동화하는 가장 극단적인

---

14) 이남호, 「편모슬하에서 시쓰기」, 『문학의 위족』, 민음사, 1990, 99면.

방법이다. 사진은 그야말로 '역사의 사물화'이다. 사진은 역사를 누리게 하고 믿게 하며 세계와 역사를 나누어 갖게 한다. 김수영이 '아버지의 사진'에서 느끼는 것은 무엇인가. 김수영에게서 아버지의 사진은 역류하는 과거 시간의 공간화이다. '아버지의 사진'은 과거의 시간을 멈추어 놓으면서 시인에게 '비참'을 체감하게 한다. '아버지의 사진'은 살아있는 자에게 부정에 대한 알리바이를 필사적으로 전달한다. 지나간 역사의 후진성과 슬픔을 각인시킨다.

그러면서 '돌아가신 아버지의 寫眞'은 시인에게 '죽음'을 각인시킨다. 죽음을 환기시킨다. 아버지의 사진은 과거의 삶을 간직하면서도 죽음을 만들어내는 것15)이다. 즉 시인을 죽음의 세계로 불러들이고 맥빠진 또 다른 죽음을 맛보게 한다. 아버지의 죽음 속에서 시인은 자신의 죽음을 바라본다. 김수영이 거부하고 싶은 '편력의 역사', 그것은 다시 자신이 만들어야 할 역사이다. '아버지의 사진'은 자신이 기다려야 할 다른 죽음이다. 현재 속에 놓인 과거는 또 다른 미래의 씨를 잉태하고 있다.

> 가까이 할 수 없는 書籍이 있다
> 이것은 먼 바다를 건너온
> 容易하게 찾아갈 수 없는 나라에서 온 것이다
> 주변없는 사람이 만져서는 아니될 冊
> 만지면은 죽어버릴듯 말듯 되는 冊
> (…중략…)
> 第二次大戰 以後의
> 긴긴 歷史를 갖춘 것같은
> 이 嚴然한 冊이
> 지금 바람 속에 휘날리고 있다
> (…중략…)
> 그 冊張은 번쩍이고

---

15) 롤랑 바르트, 조광희 역, 『카메라 루시다』, 열화당, 1986, 93면.

연해 나는 괴로움으로 어찌할 수 없이
이를 깨물고 있네!

「가까이 할 수 없는 書籍」 중에서

모두들 공부하는 속에 와보면 나도 옛날에 공부하던 생각이 난다
(…중략…)
그러나 「그때는 그때이고 지금은 지금이라」고
구태여 達觀하고 있는 지금의 내 마음에
샘솟아나오려는 이 설움은 무엇인가
冒瀆당한 過去일까
掠奪된 所有權일까
(…중략…)
오 죽어있는 厖大한 書冊들

너를 보는 설움은 疲弊한 故鄕의 설움일지도 모른다
豫言者가 나지 않는 거리로 窓이 난 이 圖書館은
創設의 意圖부터가 諷刺的이었는지도 모른다

「國立圖書館」 중에서

남성의 역할을 절단이나 폭력 등, 여성적 본성의 원초적 융합에 대항하려는 것으로 본다면 남성을 상징하는 문화적 도구는 칼이나 칼날이 아닐까. 공격적인 남근의 욕망과 모양이 닮아 있는 칼은 욕망의 형태적 변주임에 틀림없다. 특히 칼날은 남아에게 할례를 의미하며 남성은 상징적 할례를 받음으로써 순수한 남성성을 간직하게 된다. 어머니와 연결된 탯줄을 끊고 할례받은 남성이 아버지 문화 질서로 본격적으로 들어오게 되는 것은 문자와 책에 의해서이다. 책은 바로 아버지의 전통과 역사의 물질적 입방체이다. 이성과 이념을 세우게 하고 남성적 질서에 편입해 가게 하는 책은 좀더 두꺼워진 칼날의 은유이다.

근대사회에서 여성도 문자의 세계로 들어오게 되지만 이미 오래 전

부터 글자와 책은 남성의 전유물이다. 남성들은 그것을 통해 그들의 규범을 세우고 정체성을 찾고 이데올로기를 강화 구축해 왔다. 책은 그들의 아버지이며 또 대면할 세상이었다.

근대사회를 맞이한 김수영에게도 책16)은 전통의 오래된 족보이다. 책은 역사성에 대한 은유이다. 동시에 앞으로 그가 맞이할 미래의 텍스트이기도 하다. 책은 김수영을 비참하게 하는 '아버지'에 대한 메타포이기도 하다. 버릴 수 없는, 숨어서 보아야 하는 낡은 책, 그것은 그의 아버지였다.

김수영의 시에서 자주 등장하는 '책'과 '서적'에 대한 그의 태도는 전통과 역사에 대한 그의 일관된 자조와 부끄러움, 동시에 절박한 자의식을 팽팽하게 함유하고 있다.

'먼 바다'에서 건너온 서적은 '번쩍거림'으로 인해 가까이 할 수 없다. 이때 책은 읽기 위한 것이 아니라 쳐다보는 사물 중의 하나17)가 된다. "주변없는 사람이 만져서는 아니되"며 "만지면은 죽어버릴듯 말 듯"한 이 조심스러운 물건은 해석을 기다리는 세상처럼 시인 앞에서 놓여있다. '가까이 할 수 없는 書籍'은 과거의 관습이 충격을 가하면 변질되고 사라질지도 모르는 '미래의 책'이다. 새로운 역사를 만들어 지금의 모든 역사를 비참으로 버리게 할 그것은 지금 닫혀있고 읽히지 않은 채 놓여있다. 만지면 죽어버릴지도 모르는 이 책은 만지는 것을 거부한 채 고집스럽게 닫혀있다. 그것은 신기한 다른 문명의 현실로 연결될 하나의 입구이다. 다만 '멀리' 보는 시인의 시선만을 허용하고 시선만으로 존재하는 책, 그러나 시선의 의식마저도 책은 빛의 번쩍거리는 반사로 물리치려는 한다. 이로 인해 시인은 "이를 깨물"며 괴로워한다. 읽히기를 거

---

16) 김수영에 대한 최근의 연구들에서 '책'과 '서적'에 대한 포스트모더니즘적 논의는 의미 깊은 논의들임에 틀림없다. 김상환, 「김수영과 책의 죽음—모더니즘의 책과 저자」, 『풍자와 해탈 혹은 사랑과 죽음』, 민음사, 2000.
17) 김상환, 위의 글, 위의 책, 125면.

부하면서 그러나 현존하고 있는 서적, 여기서 시인의 설움이 시작된다. 여전히 읽혀지지 않는 서구 근대문명의 문화적 코드, 난해의 해법과 독법의 방식을 시인은 찾을 수 없다.

이에 반해 「국립도서관」은 '폐허의 고향' 처럼 죽은 책들의 공동묘지이다. 새롭게 열려질 세상으로서의 책이 아닌 '죽어있는 방대한 서적들'은 '모독당한 과거'이며 '약탈된 주도권'의 상징물이다. 그것은 아버지의 책이며 죽음의 책이다. 자신이 어린 시절 읽었던 책들, 아버지의 역사가 기록된 책들, 모욕당한 오욕의 역사들이 폐허 속에 묻혀있다. 어린 시인을 길러냈던 책들, 옛날에 시인이 공부하던 책들, 도서관의 책은 시인이 도착한 현재에서 과거를 거슬러 올라가는 그 지점, 역사의 궤적 속에 존재하는 책들이다. 사람이 죽음으로 사라진 그 자리에 대신 책들이 있다. 지금까지 읽혀지고 쓰여진 역사과 삶이 있다.

도서관이 거대한 텍스트이듯 김수영이 대면하고 있는 세계도 또 하나의 거대한 텍스트이다. 전통이라는 거대한 역사의 텍스트와 서구근대라는 새로운 텍스트 사이에 김수영은 포개져 있다. 그는 국립도서관에 꽂혀있는 전통과, 근대의 변화와 가능성이라는 가까이 하기에 두려운 광택의 문명 사이, 협곡에 끼여 있다. 부정과 경외의 텍스트 그 틈새에서 쓰여지는 것이 김수영의 텍스트이다.

5. 좌절된 팔루스의 세계

김수영에서 성은 역사와 전통이 전도된 아버지의 세계에서 폭력적인 현실과 닮아 있다. 남성의 모양과 꼴을 아버지에게 물려받지 않은 자는 폭력적인 성을 수반하게 된다. 강한 힘, 강한 성 이미지, 이는 강력한 팔루스로서의 남성을 상징하는 장치들이다. 그러나 성행위의 과도한 과시로서 거세된 남성성을 회복하리라는 욕망은 일그러진 성의 또다른 모습이다.

> 그것하고 하고 와서 첫번째로 여편네와
> 하던 날은 바로 그 이튿날 밤은
> 아니 바로 그 첫날 밤은 반시간도 넘어 했는데도
> 여편네가 만족하지 않는다
> 그년하고 하듯이 혓바닥이 떨어져나가게
> 물어제끼지는 않았지만 그래도
> 어지간히 다부지게 해줬는데도
> 여편네가 만족하지 않는다
>
> 이게 아무래도 내가 저의 섹스를 概觀하고
> 있는 것을 아는 모양이다
> 똑똑히는 몰라도 어렴풋이 느껴지는
> 모양이다

「性」 중에서

김수영의 시에서 여성은 비하된 지칭어로 등장하는데 아내 대신 '여편네' '이게' , 여자 대신 '그것' 와 같은 용어들이 그것이다. 시적 화자는 다른 여자와의 외도 후 아내와의 성행위를 위해 열심히 애를 쓰지만 몰입이 되지 않고 다만 서로가 서로를 속이는 행위일 뿐이라고 말한다. 자신의 아내를 '여편네'로 지칭하며 자신의 성행위를 까발리는 노골적 적나라함은 과도한 노출을 통해 스스로를 풍자하고자 하는 시인의 자의식이다. 김수영 시에서 '고백의 과잉성'은 자기학대에 가까울 만큼 위악성을 지니며 극단적 자기반성을 이끌어내는 방식들로 나타난다.

그럼에도 불구하고 김수영 시에 나타나는 '여성'과 '가족'에 대한 것들은 일상성의 노출 이상의 의미를 지니고 있는 듯하다. "여자의 본성은 에고이스트 / 뱀과같은 에고이스트"(「여자」) "그녀는 盜癖이 발견되었을 때 완성된다"(「식모」) "돈에 치를 떠는 여편네"(「도적」) 등에서 시인은 분명 여성에 대한 편향된 혐오와 경멸을 가지고 있다. 여성이 흔히 진부한 일상성과 물질성으로 대변된다는 점에서 남성에게 있어 여성은 저급한 생활의 일부이거나 성에 탐닉하게 하는 유혹자이다. 시쓰기와 현실에 대한 이념적 자의식에 사로잡혀있던 김수영에게 '아내'로 대변되는 여성은 자신의 남성적 고귀한 명분과 사명을 빼앗는 자이다. 그녀는 적으로서의 일상이며 생활자로 전락하게 하는 안주(安住)의 상징이다.

시인은 아내를 속이기 위한 모든 행위들이 스스로가 오히려 속는 행위였음을 고백한다. 김수영에게 성행위는 어쩌면 좌절된 이상의 대리행위로서의 성행위이다. 일상 세계의 환멸에 대응하는 행위로서의 성은 이미 도구화된 성이다. 도피로서의 성이며 일그러진 성이다. 이것은 결국 현실의 남루와 성의 남루를 말한다. 오르가즘이 없는 성, 불감증으로서의 성은 곧 허무와 절망과 설움의 성행위이다.

불모로서의 성은 '좌절된 팔루스의 세계'를 상징한다. 시인이 남성성을 쟁취하려면 할수록 그것은 '불구의 성' '결핍된 성'으로 드러난다. 김수영의 남성성 맹위의 신화는 근본적으로 자기 안에 있는 여성성에 대한 혐오와 관계한다.

우산대로
여편네를 때려눕혔을 때
우리들의 옆에서는
어린놈이 울었고
비오는 거리에는
四十명가량의 醉客들이
모여들었고

집에 돌아와서
제일 마음에 꺼리는 것이
아는 사람이
이 캄캄한 犯行의 現場을
보았는가 하는 일이었다
― 아니 그보다도 먼저
아까운 것이
지우산을 現場에 버리고 온 일이었다

「罪와 罰」 중에서

위의 시에서 '여편네'를 우산대로 때려눕힌 행위보다 시인은 아는 사람이 현장을 보았는가 하는 것이 마음이 걸리고 우산을 현장에 버리고 온 일이 더 아깝다고 말한다. 시인이 과도할 만큼 자신의 가학성을 노출하는 이유는 무엇인가. 위악적일 만큼 자신의 가학성을 밝히는 것은 피학성의 다른 모습이다. 비오는 거리에서 아내를 때려눕히는 폭력성과 야만성에 대하여 그것보다 자신의 체면에 소심하게 신경쓰는 이중성에 대하여 과장되게 공포하는 노출의 과잉은 시인의 극단적 자기 엄격 혹은 결벽과 관계한다.

그러나 시인이 때려눕히고자 한 것은 바로 자기 안에 매복되어 있는 여성성이다. 남성은 여성성을 부정함으로써 자신의 정체성을 획득하게 된다. 여성에 의해 길러진 남성은 자신 삶의 대부분을 여성으로부터 분화라는 과제를 안고 살아간다.[18] 남성으로서의 정체성과 연대성은 어머니로부디 거리두기, 어머니에 대한 상징적 살해 행위를 통해 비로소 완성된다. 아버지가 부재하는 아들의 어려움은 적극적인 모델의 실제적 도움없이 여성성에 대한 끝없는 부정과 거부를 통하여 여성성에 대한 일종의 탈동일화를 성취하는 데 있다.

---

18) 엘리자베트 바뎅테, 최석 역, 『XY-남성의 본질에 대하여』, 민맥, 1993, 66면.

시 「죄와 벌」에서 패권주의적 남성성이 등장한다. 시인의 '사나이다운 남성의 행동력'은 여성성에 대한 공포의 반증적 행위이다. 시인의 죄와 벌은 여성성의 혐의에서 벗어나려는 내적 고통과의 싸움에서 빚어진다. 김수영은 남성다움으로서의 자기결벽을 증명하기 위해 공격적이 된다. 김수영은 어쩌면 자기 안에 내재한 여성적 비겁과 소심함을 가진 아내를 괴롭힘으로써 자신의 수동성과 여성성을 절단하려 하였는지도 모른다. 자신의 여성성을 배반하여야만 비로소 그는 완전한 남성이 될 수 있다. 그러나 과도한 자기폭력의 노출의 근거는 자기 아이러니와 자기 풍자에 있다. 시인은 결국 아내와 현실에 대한 좌절 국면을 드러낸다.

김수영에게서 여성과의 사랑도 지둔한 것이 된다. "그대신 사랑이 생기었다 / 굵다란 사랑 / 누가 있어 나를 본다면은 / 이것은 確實히 우스운 이야깃거리다."(「愛情遲鈍」) 여성을 자신으로부터 떨어지게 하는 것이 남성성을 구제하는 유일한 수단이라고 할 때 감정을 전달하는 애정행위를 거부하는 것이 남성적 정체성의 근원이다. 그는 사랑에 굶뜨고 둔하다. 정서적 감정의 교류는 그에게 익숙한 것이 아니며 '確實히 우스운 이야깃거리'이다. 김수영의 「性」이라는 시에서도 남성성에 대한 과도가 성적인 정열에 재갈을 물리듯, 남성적 명분이 사랑의 감정에 재갈을 물린다.

아내는 문명의 생활을 익숙하게 습득한 채 전통과 역사의 흔적으로 남은 김수영을 제압하는 현실원리로도 등장한다. "여름밤에 / 아내가 마루에서 거미를 잡고 있는 / 꼴이 우습다 // (…중략…) 야 고만 죽여라 고만 죽여"(「거미잡이」), "오늘 오후에는 새 라디오가 승격해 들어왔다 / 아내는 이런 어려운 일들을 어렵지 않게 해치운다 / 결단은 이제 여자의 것이다 / 나를 죽이는 여자의 유희"(「金星라디오」). 김수영의 시 「거미」에서 설움의 정체로서 자신을 거미로 비유한 것을 상기한다면 아내가 죽이고 있는 것은 바로 김수영 자신이다. 또한 아내는 '새 것'인 문명에 대한 결단이 손쉬워 주춤거리는 시인의 소심함을 비웃고 있다. '아내'는 시인을 죽이는 공포이며 분열된 자기 안의 타자이다.

결국 시인에게 남성성을 찾는 과정들은 반여성다움을 찾아가는 과정과 일치한다. 이러한 과정이 부정적 남성적 정체성의 근원이 되면서 강박적 자학과 피학, 소심함에 대한 자기증오가 증폭되는 양상으로 드러난다.

6. 새로운 역사, 새로운 사랑

김수영의 시는 근대와 맞닥뜨린 한국 지식인 남성의 자기인식을 드러낸다. 근대 '남성다운 남성'의 표준형은 책임과 결단, 독립성과 성취주의, 힘과 합리성을 갖춘 인간상에 근접해 있다. 이는 전통 사회에서 내세운 문사적이고 균형잡힌 인간상과는 크게 의미를 달리한다. 실제 전통사회에서 배출해 낸 '이상적' 남성은 한편으로는 명분주의적이고 이상주의적이면서 현실생활에서는 상당히 나약하고 상호의존적인 인간이었으며 다른 한편으로는 특수한 인간관계를 매우 중시하는 사회성이 높은 남성19)이다. 그런 점에서 김수영이 근대 속에서 느껴야 했던 근대적 '남성다움'과 '전통적 남성다움'사이에는 연속성보다 단절성이 더 깊음을 알게 된다.

코도로우에 의하면 여성 정체성 형성이 순환적이고 유동적인 데 반하여 남성 정체성 형성은 직선적 발전적 전개를 보인다. 근대와 대면한 김수영은 전통과 역사의 예정된 발전이 유예되고 거부된 한국의 후진성이라는 현실 앞에서 놓여있다. 역사와 전통의 연속성은 김수영 자신의 남성 정체성 확인과 동일선상에 놓여있다. 여기서 김수영은 역사의 단

---

19) 조한혜정, 『한국의 남성과 여성』, 문학과지성사, 1988, 250면 참조

절성과 정체성의 분열을 체험한다. 아버지는 바로 볼 수 없는 전통이며 아내는 새 문명을 선탈취한 자이며 현실에 발빠른 결단자이다.

근대 한국역사의 환멸 체험 속에서 한국 남성의 비극적 실존이 김수영의 시에서 드러난다면 '지식인적 사유와 고민'이라는 김수영에 대한 지금까지의 논의는 남성 시각적 관점에서 본 근대에 대한 또 다른 '허위'일 수 있다. 인간 주체나 진보에 대한 믿음을 근간으로 하는 근대적 자아는 '허위적 자아'이다. 이 허위적 근대적 자아의 범주 속에서 김수영의 혁명성이 고려되어 진 것은 아닐까. 근대적 자아는 남성적 자아이다. 근대적 자아는 타자를 소외시키는 위계적 질서를 합리성으로 두고 있다. 김수영의 자기정직과 교정의 끝없는 노력 경주는 자기성장과 동일성 보존을 중시하는 근대적 남성 정체성 논리와 맥을 같이 한다. 수영의 '영원히 나 자신을 고쳐가야 할 運命과 使命'이란, 이념을 내세운 남성적 허위현실과 관련있다. 모험과 탐구의 정신, 전위적 의식과 당위로서의 삶은 부단한 자기 갱신을 요구한다.

그러나 절대이념의 논리성과 결단력은 결국 개체의 결여체험으로 몰아간다. 근대가 여성과 남성, 자연과 문화, 무시간성과 역사라는 양극화를 전제하는 서구의 억압적 궤도 속에 놓여져 있을 때 자아의 불안과 결여는 시작된다. 김수영은 발전적 역사관과 후진적 전통의 현실 사이에서 설움과 피로를 느낀다. 그는 근대문명 앞에서 한국의 후진성을 한탄하며 동시에 그것을 껴안아야 한다는 착종된 현실에 봉착한다.

그리하여 그는 '현대식 다리' 위에서 낡은 역사와 새로운 역사의 만남을 목격한다. 전통과 역사 앞에서 갑자기 나타난 이 현대식 다리의 부자연스러움에 시인은 "심장을 기계처럼 중지시킨다." 시인은 "이 다리 밑에서 엇갈리는 기차처럼" 서로 오고 가는 시간의 충돌을 본다. 그러나 시인은 과거와 미래가 만나는 기차의 오고감처럼 늙음과 젊음이 겹쳐지는 이 다리 위에서 지금까지 '긍지와 사명'이라는 속도의 관성에서 빠져 나온다. 다리는 지금까지 시인이 추구했던 속력을 일순간 정지시켜 새로운 것을 보게 한다. 그는 현대식 교량 위를 건너가는 젊은이들을 보면서 '새로운 역사'라고 노래한다. 시인은 비로소 '사랑을 배운다'라고 노래한다.

전통과 근대를 연결하는 다리, 다리는 전통과 근대 위에 각각의 뿌리를 묻는다. 그것은 아들[20] 혹은 젊은이의 내부에 숨겨진 뿌리의 근거들이다. 그 뿌리[21]는 여성성의 근원으로 가닿아 껴안고 눕는다. 김수영의 후기시 「풀」에서 시인은 남성성의 허위에서 벗어나 잃어버린 여성성의 몸을 체험한다. 풀이 바람보다 먼저 일어나고 웃을 수 있고 울 수 있는 것은 바람보다 먼저 누울 수 있는 유연성과 이타심 때문이다. 내면의 깊이를 지향하며 누운 정지의 자세, 풀이 눕는 유연성은 초기 김수영이 지향하던 속도감, 거역할 수 없는 폭포의 직선적 의무감과 대별된다. 풀이 눕는 자세는 폭포의 수직과 구분되는 수평이다. '눕는다'는 것은 세계에 대한 투항, 혹은 세계에 대해 자기주장을 멈추는 행위일 수도 있지만 세계에 대한 침묵의 포용, 세계 표면 위로의 수평적 확산이기도 하다. 즉 자기방기라기보다 삶에 대한 겸허, 평화적 성찰과 관계한다.

시인은 마지막 연에서 '풀뿌리'의 깊이로까지 내려간다. 땅 속에 눕는 '풀뿌리'는 공격적 동물성이 무의식의 사색과 포용으로 들어가는 입구를 보여준다. 이러한 '풀'과 '풀뿌리'의 숙연함은 합리성의 권위에 압살된 내면성의 복원과 연관된다. 결국 유연한 수그림과 뿌리의 원시적 생명력은 양성성의 획득이다. '사랑'과 '웃음'의 성취이다.

근대의 불안속에 거처없던 김수영이 도착한 정신적 거처는 결국 힘겨운 껴안음의 자리, 전통과 근대, 웃음과 울음의 경계가 이완되며 대립과 모순이 감싸여지는 자리이다. 이것은 관념적 이념이 아닌 풀이라는 몸 체험이 빚어내는 '유연함'의 자리이며 풍자가 아닌 누이의 해탈의

---

20) 김수영 시 「사랑의 變奏曲」에서 아들을 보며 새로운 사랑을 이야기하고 있다.
21) 뿌리는 남성성의 동물성을 가지는 것이면서 동시에 여성적 젖줄을 연상시키는 생명성의 근원을 일깨운다.

자리이다.

그럼에도 다시 엄격하게 생각한다면 김수영의 「풀」은 완벽한 껴안음의 자리가 힘겨운 줄 당기기를 하고 있다고 말해야 옳을 것 같다. 그는 「풀」에서 '바람보다 더 빨리' '바람보다도 먼저' '바람보다 늦게'라는 이 비교법의 이분법에서 벗어나지 못하고 있다. 바람에 대(對)한 상대적 움직임이 '보다'라는 비교격의 부사와 동사속에서 진행된다는 점은 여전히 그가 대상에 대한 대결의식에서 자유롭지 않다는, 현실과 길항상태를 내포하고 있다. 풀 밭위에 선 자의 이 '웃음'이 결국 '함께'가 아닌 '먼저' 웃는 자의 웃음이라는 점에서 김수영 시는 현실적 근대적 삶과 연계되어 있다. 김수영의 시는 결국 '근대적 남성의 삶'의 분열과 갈등, 그리고 '남성적 극복'을 보여준다. 풀밭 위에서의 '웃음'은 눕고 일어난 끝에 웃을 수 있는 '혁명적' 성취의 웃음이며 남성적 자아의 '대결' 끝에 이루어지는 '웃음'이다.

그런 점에서 「풀」에 대한 지금까지의 논의는 새로운 국면에서 해석이 가능하다. 자아와 세계의 부조리한 관계의 고통을 거쳐 '풀'에 도달하면서 비로소 찾은 자유로움이라는 지금까지의 해석은 '남성대결' 끝에 이룬, '남성적 해결방식' 속에서 얻은 '자유로움'이라고 해석해볼 여지가 있다. '풀의 승리'는 분명 모든 사물의 번성, 확장을 통한 우주 생성의 가치와는 구별된다.

제6부
김종삼, 이중어 글쓰기 세대의 시인

제1장 전후 한국시어의 '현대성'과 그 계보적 가설

1. 전후 시와 미적 현대성

김종삼은 『문예』지에서 "꽃과 이슬을 노래하지 않았기 때문"이라는 이유로 추천에서 거절당한다. 이 대목은 시사하는 바가 크다. 그것은 1950년대 전쟁 후 이념문학이 이념적으로 제외된 상황에서 남게 된 전통서정과 신세대문학의 간극이 매우 컸다는 것을 의미한다. 일제 식민지 기간 동안 모국어와 토속어로 시를 썼던 시인들과 달리 1950년대 시작을 시작하려는 시인들 경우, 모국어 대신 일어로 읽기 / 쓰기 언어를 배운 입장인 바 이들은 해방이 되자 한국어를 외국어 배우듯 공부한 세대였다.[1] 토속어에 대한 애정이 없었으며 "전통의 맛을 익혀야 될 선배 시인들을 갖지 못했다."[2] 고석규는 서정시와 주지시를 범주화하면서 전

---

1) 김현, 「전봉건을 찾아서」, 『김현문학전집』 3, 문학과지성사, 1991, 409~410면.
2) 김현, 「김종삼을 찾아서」, 『김종삼전집』(장석주 편), 청하, 1988, 236면. 김종삼은 실제

자를 전통시, 후자를 현대시로 부르는데3) 그는 실제 '서정성'에 '철학적 지성'이 부가되는 신서정을 주장하기에 이른다. 1950년대는 알려진 바 대로 한국현대시에서 새로운 시에 대한 요구, 한국현대시의 모더니티에 대한 강렬한 욕구로 가득차 있던 바, 김종삼 시의 모색도 그 가운데 하나였다. 즉 "꽃"과 "이슬"을 노래하지 않았다는 것은 토속어, 모국어, 전통서정을 넘어서서 서구사조를 수용, 한국현대시의 모더니티를 구축하려는 1950,60년대 모더니티의 분위기를 전제한 것이다.

요컨대 우리나라에 있어서 순수감각이나 주지성을 토대로 한 현대시는 엄밀한 의미에서 6·25 동란 후에나 비로소 본격적인 활동을 개시했다. 산문적인 요소와 감각적인 경험 세계를 배제함으로써 근대적 시적 주체와 서정을 이룩하려 했던 바다.

당시 전통적인 정서와 언어감각에 충실한 시인으로 박용래·박재삼·이동주·한하운이 있었다면 모더니즘 시인으로 김수영·김종삼·김경린·김규동·김춘수·박인환·송욱·신동집·이봉래·조병화 등이 있어 새로운 감수성으로 활발하게 시를 선보이고 있었다.4) 이 가운데서 김구용의 초현실주의 시론, 김춘수의 넌센스시론, 김수영의 반시론 등으로 대표될 수 있는 그 세대의 시론들은 전통과의 싸움보다는 그것의 부정 혹은 무시에 더 엑센트를 주고 있다.5) 이들은 전통과 선배에게서 뿌리 뽑힌 세대였다.

1950년대 모더니즘 시단은 1930년대 모더니즘 김기림, 최재서 등에 상당 부분 의존하면서도 그 한계를 전제하고 자신의 모더니즘에 대한 관점

인터뷰에서 서정주와 청록파의 초기 시편들과 전봉건·박성룡·마종기·정현종 등의 시를 즐겨 읽는다고 말했다. 서정주와 청록파 이전의 시인들에 대해서는 단 한 마디도 언급하지 않았다.
3) 고석규, 「現代詩의 深淵」, 『예술집단』, 1955.12.
4) 이남호, 「1950년대와 전후 세대 시인들의 성격」,(『1950년대의 시인들』(송하춘 외편), 나남, 1994) 등 1950년대 시단에 대한 전반적 개관을 참조.
5) 김현, 「김종삼을 찾아서」, 위의 책, 236면.

을 구축해 나간다. 이봉래에 의하면 진정한 모더니즘이란 "현대에 살고 있다는 현대인으로서의 사회의식과 감각 그리고 그것을 조직화하는 철학을 그 문학에 반영시키는 '현대중심의 문학'을 말하는 것"6)이다.

　지금 우리가 논하고 있는 現代詩는 「읽는 시」 또는 「생각하는 시」를 말하는 것이지 결코 과거의 시와 같은 愛誦 朗讀하는 시가 아니다. 애송 낭송하는 시는 사람들의 기억과 마음 속에 卽刻的으로 反射되어야 하기 때문에 그러한 시는 자연히 언어의 韻律的 要素나 평범한 언어의 形式을 취하지 않으면 안 된다.7)

　새로운 시는 「읽는 시」 「생각하는 시」이며 언어가 아닌 "이메지"의 다양성, 또는 언어의 사상성을 중요시한다는 입장을 강조하고 있다. 이는 한국시 언어와 형식에 대한 근본적인 질문을 전제하는 것으로 자연발생적인 시보다는 의식적인 창작 방법을 통해 작품을 만드는 즉 '만들어진 시'에 대한 그들의 지향으로 모아진다. 이들의 지향이 자연스럽게 모더니즘 시단을 형성한다. 「후반기」 동인에 참여한 김규동 · 이봉래 · 조향 등이 초현실주의적인 시작 방법에 관심을 가지며 실제 창작에 임하기도 했다.

　그러나 「후반기」 동인이 50년대 모더니즘의 문을 열었다는 것은 인정할 만하지만 그 문학적 성과는 긍정적이라 말하기 어렵다. 1950년대 모더니스트 시인들이 보여준 해괴한 한자어들(일본식 한자어),8) 어색한 통사구조는 한국어 번역의 어려움, 시적 실험의 힘겨움, 한국어의 빈약성을 드러내는 한 국면이다.

　1950년대 시단은 4 · 19세대 김현의 말대로 자신이 책임질 수 없는 역사에 대한 환멸로 말미암아 감정의 극대화와 새것 콤플렉스의 차원으로 나아갔다는 평가에서 자유롭지 않다. 실제 김수영 자신도 1950년대 모

---

6) 이봉래, 「한국의 모더니즘」, 『현대문학』, 1956.5.
7) 이봉래, 「現代詩와 言語—11월의 創作評」, 『조선일보』, 1956.11.23.
8) 김수영, 김종삼 초기 작품들에서 어눌한 통사구조와 한자어들.

더니즘 시의 난해성, 서구지향에 대하여 "정신은 없고 코스츔만 있다"는 통렬한 일침을 가하기도 했다. 이러한 평가는 기실 1950년대 모더니즘 연구가 지나치게 「후반기」 동인에 대한 관심으로 집중되어왔다는 데서 이유를 찾을 수도 있다. 1950년대 개별 시인들의 구체적인 작품 성과를 검토하고 1960년대 시적 모더니티를 성립해가는 과정을 살핀다면 한국시의 모더니티 연구는 새로운 계기를 찾게 될 수 있다.

필자는 이 지점에서 김수영·김춘수·김종삼에 주목하고자 한다. 일테면 김수영·김춘수·김종삼에 와서 1950년대 서구 지향적 모더니즘이 한국적 모더니즘적 가치를 가지며 정착하게 것은 아닐까 한다.9) 이들이 모더니즘의 규범적 흐름과 실존주의 사상을 수용하면서 모더니티의 문제, 지성의 문제, '주체의 문제'가 제기될 수 있는 정신의 깊이를 가지게 되었다는 점, 그것이다. 특징적으로 이들의 시세계는 새로운 문명 속에서 문화어, 시적 공간과 일상적 공간의 경계 해체, 감각적 경험 세계가 배제된 자율적 시적 주체가 나타나고 있다는 점에 주목할 필요가 있다.

1950년대 모더니즘은 모더니즘적 기교를 넘어서서 '사상'의 수립을 외쳤던 김수영에 의해 변증법적 지양10)이 가능해졌으며 '언어와 실존'의 문제에 천착한 김춘수에 의해 실존적 깊이와 근대적 자아의 문제에 초점을 두게 되었다. 이와 같은 성과들은 대개 50년대를 거쳐 60년대에 와서 좀더 구체적 형상으로 나타나게 되는 바 여기서 김수영·김춘수·김종삼 시세계의 변별점을 구체적으로 환기해볼 필요가 있다. 김수영이 현실에 대한 근대주체의 끝없는 부정적 의식을 드러내려 하고 김춘수가 허무적 역사의식을 전제로 실존적 고민과 무의미 세계 지향11)을 통해

---

9) 물론 1950년대 시인으로 전봉건 등 신진시인들도 50년대 중요한 특질을 보여준다 할 수 있겠지만 본고에서는 이 세 시인에게 주목을 해볼까 한다.

10) 조영복, 「1950년대 시 연구와 이론의 모색」, 『한국 현대시와 언어의 풍경』, 태학사, 1999, 187면 참조.

11) 무의미시를 위해 김춘수는 묘사적 이미지(그에 따르자면 서술적 descriptive 이미지)를

언어실험의 극단으로 나아가려 할 때 김종삼은 현대시 모더니티, 이 양
갈래의 방향 그 중간에 존재한다. 사상적 극단과 언어실험의 극단 사이
에 김종삼 시의 현대성이 놓인다.

김종삼은 전후 현실이 주는 삶의 비극적 인식 속에서 보들레르를 읽고
그 후에 다시 릴케로 옮아간다.[12] 김종삼은 처음 보들레르를 읽으며 현
대적 시 기법으로 상징성을 섭취하고 릴케로 옮아가면서 '새로운 언어'
라는 '언어' '이미지' 문제에 천착한다. "「보오 드레엘」이 최초로 시도한
「그의 순수시」의 건축을 위하여 발명해 낸 그의 「시 방법」은 그 후 상징
주의 시인들에게 계승되어 「사람은 「이데에」(관념)에 의해서가 아니라 언
어에 의해서 시구를 만든다.」[13]는 전제를 상기해보자. 이것은 발레리에
게 와서 "窮極까지 순화된 언어의 의식적인 操作을 말하는 소위 「상징주
의적 방법」"[14]이 되는데 김종삼 시세계가 견지하는 '묘사' '암시' 혹은
일체의 주관적 감상과 설명을 배제하는 회화적 묘사 기법은 이러한 상징
주의 방법을 전유한 것이다. 이렇게 하여 김종삼은 보들레르에게서 방법
적 기법으로서의 상징주의를 릴케에서 '새로운 언어'[15]인 이미지 추구[16]
의 방식을 습득한다. 또한 발레리의 지적 투시화법(透視畵法)[17] 속에서 현

연습한다. 하나의 집중된 의미를 향해 구성되지 않고 개별적으로 흩어져서 낱낱이 의
미를 발산하는 방식을 통해 대상과의 심리적 거리를 조절하고 있다. 여기서 무의미시
는 의미를 와해시키면서 의미를 생산하는 특성을 지닌다.

12) 김현, 「김종삼을 찾아서」, 『김종삼전집』(장석주 편), 청하, 1988, 242면 참조.

13) 전봉건, 「現代詩의 衣裳」, 『현대문학』, 1955.5.

14) 위의 글.

15) "나는 「리르케」가 말한─새로운 言語槪念에 대해서 敬虔히 머리를 수그리는 기쁨을
오늘에 이르기까지도 잊어버리지는 않고 있다. 그는 말하기를 새로운 言語란 도끼가아
직도 들어가 보지 못한 깊은 樹林 속에서 홀로 숨 쉬고 있다고 말했다." 김종삼, 「意味
의 白書」, 『김종삼전집』(장석주 편), 청하, 1988, 229면.

16) "나의 마음의 幸福과 「이미쥐」의 紡績을 짜보는 것을 나의 精神의 整理라고 생각하
고 그러한 나의 行爲를 몹시 사랑하고 있다." 김종삼, 「意味의 白書」, 『김종삼전집』(장
석주 편), 청하, 1988, 228면.

17) "「바레리」는 個我와 他我가 제 각기 지니는 精神面의 諸現想을 調節하는 精神의
機能을 精神의 政治學이라는 分野에서 解決지으려고 하지만 나는 그와 같이 偉大한
詩人이 아니어서 그런지 個我와 他我가 벗어지고 서로 얽혀져서 混雜을 이루는 詩의

실과 거리를 둔 시적 직관, 자율성의 세계를 찾게 된다.

이 논문은 1950,60년 한국 모더니티의 기반을 이룬 김수영·김춘수·김종삼 이 세 가지 갈래 속에서 김종삼 시세계의 모더니티 징후를 주목하고자 한다. 50년대 전쟁이라는 원체험 속에서 실존적 주체의 문제, 전통 거부에서 비롯된 '새로운 언어'와 시적 주체의 문제에 주목한 김종삼 시의 미적 모더니티 징후를 찾아내고자 한다. 그렇게 하여 한국 현대시 모더니즘 세 가지 방향과 그 계보의 일맥을 소략하게나마 가설 세워보는 것을 목표로 한다.

2. 묘사, 상황으로서의 사건

1950년대 전란은 문인들에게 윤리적 붕괴와 아픔을 경험하게 했다. 시인에게 있어 그것은 저주와 분노로 드러나기도 했지만 그 저류에는 죄의식과 자의식적 내면의식이 내포되어 있었다. 전란이전이 서정적 세계였다면 전란 이후 한국문학은 서사적 세계 즉 자아와 대상이 서로 침투할 수 없는 절대적 긴장과 대결이라는 문학적 표상(表象)의 세계로 나아간다.[18] 서사적 대결의 세계는 가시화(可視化)된 세계이며 가장 비시적인 세계이다. 이때 서사체로서의 소설은 UN군(軍), 온갖 병기, 이색적인 풍물, 살육 등등 시각적 이질적 세계의 요소들을 도입한다.

시인들도 내면세계, 실존의 문제에 직면하게 되면서 사회적 양심의

雜踏함 속에서 언제나 한 발자욱 물러서서 나의 詩의 境內에서 나의 이미쥐의 觀照에 時間을 보내기를 더 所重히 여기고 있는 것이 事實이다." 김종삼, 「意味의 白書」, 『김종삼전집』(장석주 편), 1988, 청하, 228면.

18) 김윤식, 『한국근대문학사상비판』, 일지사, 1978, 306면 참조.

문제와 직접적으로 맞닥뜨리게 된다. 그러나 전쟁체험은 그 자체가 커다란 원체험이 되고 하나의 억압 기제로 작용함으로써 하나의 '금지된 표현'[19] 그 자체가 되고 만다. 전쟁 체험은 하나의 원죄적 억압으로 내면 깊숙이 자리잡아 주체 욕망을 간접화시키고 그것의 기표화를 끊임없이 차단한다.[20]

김종삼의 경우 시적 자아는 성찰적 태도를 가진 서정적 자아가 아니다. 김종삼의 시적 자아는 자아 일탈이라는 자아 부재의 태도를 견지한다. 자아일탈은 서정시 전통을 부정하는 것을 의미한다. 시인은 세계에 대한 적극적 개입을 거부하고 세계 표현 가능성에 계속적인 '트라우마적 멀미'를 표출한다. 이때 시적 주체는 '반성적 비판적 주체'(김수영)도 아니며 '내면적 초월적 주체'(김춘수)도 아니다. 김종삼의 주체는 경험이 완전히 외적 표현으로 나아갈 수 없는, 그렇게 하여 표현 형식이 거꾸로 경험에 형태를 부여하는 방식으로 나아간다. 내면세계는 형상화할 수 없는 것으로서의 밑그림, 묘사적 상징 풍경으로 등장한다.

> 苹果 나무 소독이 있어
> 모기 새끼가 드물다는 몇 날 후인
> 어느 날이 되었다.
>
> 며칠 만에 한 번만이라도 어진
> 말솜씨였던 그인데
> 오늘은 몇 번째나 나에게 없어서는
> 안 된다는 길을 기어이 가리켜 주고야 마는 것이다.
>
> 아직 이쪽에는 열리지 않는 果樹밭

---

19) 미하일 바흐찐, 『마르크스주의와 언어철학』, 한겨레, 1988, 125면.
20) 조영복, 「1950년대 모더니즘 문학논의를 위한 비판적 검토」, 『외국문학』, 1993 겨울, 열음사, 197면.

사이인
수무나무 가시 울타리
길줄기를 벗어 나
그이가 말한 대로 얼만가를 더 갔다.

구름 덩어리 앝은 언저리
植物이 풍기어 오는
유리 溫室이 있는
언덕쪽을 향하여 갔다.
안쪽와 周圍라면21) 아무런
기척이 없고 無邊하였다.
안쪽 흙 바닥에는
떡갈나무 잎사귀들의 언저리와 뿌롱드 빛갈의 果實들이 평탄하게 가득 차
있었다.

몇 개째를 집어 보아도 놓였던 자리가
썩어 있지 않으면 벌레가 먹고 있었다.
그렇지 않은 것도 집기만 하면 썩어 갔다.

거기를 지킨다는 사람이 들어와
내가 하려던 말을 빼앗듯이 말했다.

당신 아닌 사람이 집으면 그럴 리가 없다고―.

「園丁」22) 전문

「園丁」은 김춘수에게 극찬을 받으며 데뷔한 김종삼의 데뷔작인 바 시
인의 비극적 세계인식을 가장 뚜렷하게 드러내는 시다. "어진 / 말솜씨였

---

21) 김현은 "周圍라면"이 "周圍사면"의 오식으로 보고 있다.
22) 1953년 종합잡지 『신세계』에 「園丁」을 발표함으로써 작품활동을 시작한다.

던 그"가 "나에게 없어서는 / 안된다는 길을 기어이 가리켜 주고야" 마는데 "아직 이쪽에는 열리지 않는 果樹밭 / 사이" 그가 말한 대로 얼마의 길을 가니 유리온실이 나타난다. 안쪽과 주변이 다 기척이 없고 경계가 없더니 떡갈나무 잎사귀와 과실들이 풍성하고 가득 한 그곳에서 "나"는 몇 개의 과실을 집어보았는데 집는 것마다 벌레가 먹고 썩어 간다.

여기서 "어진 말솜씨"의 "그"는 신의 형상이라 할 수 있다. 이쪽에서 열리지 않는 과수밭 사잇길은 신성한 곳으로의 인도라 할 수 있다. 주위가 고요하고 인기척조차 없는 고요한 평화와 풍성한 생명 세계로 인도되어 가지만 시적 화자인 "나"는 이곳을 오히려 부패하게 만드는 근원이 된다. 과수원에서 자기가 집은 과일마다 썩어 있거나 벌레가 먹었다는 발견은 곧 원죄의식을 드러낸다. 거기를 지키던 사람이 들어와 시적 화자의 죄의식을 환기시키듯("내가 하려던 말을 빼앗듯이") 말한다. "당신 아닌 사람이 집으면 그럴 리가 없다고—." '나'는 그곳을 지키는 사람, '또다른 나'에게 정죄된다.

결국 "내가" 집은 과실들이 한결같이 부패하고 훼손되었다는 것은, 시인의 자의적 선택이든 운명의 불가피한 신탁이든, 시적 화자가 그 길을 예사롭게 갈 수 없을 것이라는 비극적 전망의 통찰을 날카롭게 표현한다. 이렇게 하여 「園丁」은 세계와 불화하는 시인 내면을 상징적으로 표상(表象)한다. 시인은 황폐화된 세계에 대해 정서와 관념을 극도로 억제한다. 시 표면상 시적 화자 '내'가 등장하지만 '나'는 자폐적일만큼 감정과 심중을 숨기고 있다. 시적 화자가 등장하지만 거의 부재로 느껴질만큼 대상과의 거리를 취한 채 탈현실적 풍경을 견지한다. 이같은 절제가 이 시의 산문적 성격을 극복하게 한다. 김현의 지적대로 한국 전통 서정 종결어미는 "~하네" "~러라" "~하도다" "~이다"와 같은 현재형인데 김종삼의 경우 묘사의 과거체를 사용하고 있다.[23] 묘사의 과거체

---

23) 김현, 「김종삼을 찾아서」, 『김종삼전집』(장석주 편), 청하, 1988, 237면.

는 김종삼에 와서 현대시에 처음 나타난 종결어미이다. 이는 기존의 시 문법을 뛰어넘으려는 시인의 새로운 시도라 할 수 있다. 과거체는 서정 적 통합 대신 화법적 거리를 형성하면서 세계에 대한 자폐적 거리와 불 안, 절제와 내면편향을 암시한다. 철저한 정서 억제를 통해 내면을 드러 내는 방식은 극단적 '묘사와 상징'의 방식이다.

> 조선총독부가 있을 때
> 청계川邊一O錢 均一床 밥집 문턱엔
> 거지소녀가 거지장님 어버이를
> 이끌고 와 서 있었다
> 주인 영감이 소리를 질렀으나
> 태연하였다
>
> 어린 소녀는 어버이의 생일이라고
> 一O錢짜리 두 개를 보였다.

「掌篇 · 2」 전문

이 시는 김종삼의 작품 연보상 후기에 발표된 것이지만 자아 부재의 과거체 묘사, 상황성을 드러낸다. 한 풍경이 제시하는 것은 과거 "조선 총독부가 있을 때" "거지소녀가 거지장님 어버이를" 청계천변 밥집 문 턱으로 이끌고 와 서 있자 주인 영감이 소리를 지른다. 어린 소녀는 태 연히 어버이의 생일이라고 십 전 동전 두 개를 보인다. 이 시는 사실적 현장감을 사진을 찍듯 보여주면서 '과거체 현실'로 구사해낸다. 시적 자 아의 일체 개입이 없이 즉물적 묘사 풍경을 통해 구체적 일상과 내면을 암시한다. 시인이 보여주고자 하는 것은 과거 암울한 식민시절 가난과 치욕 속에서의 상황적 아이러니다. 밥집 주인 영감이 소리를 지르는 박 대와 태연하게 어버이 생일이라고 동전을 내밀고 있는 거지소녀의 대 립, 소리를 지른 이후에 내 보여주는 십전짜리 두 개의 상황은 거지 가족을 쫓아내는 쪽과 따뜻한 효심사이에서 상황충돌이다. 이는 현장의 사실제시 그 자체에서 빚어지는 시적 울림인 셈이다.

시인은 탈자아와 산문 과거체로서 세계를 표상하고 제시한다. 이것은 탈전통 후기 현대사회에서 보여주는 현대적 자아 양상과 동일하다.

> 1947년 봄
> 深夜
> 黃海道 海州의 바다
> 以南과 以北의 境界線 용당浦
>
> 사공은 조심 조심 노를 저어가고 있었다.
> 울음을 터뜨린 한 嬰兒를 삼킨 곳.
> 스무 몇 해나 지나서도 누구나 그 水深을 모른다.

「民間人」전문

위의 시는 김종삼 시에서 익히 알려진 작품이다. 피난길에 우는 아이를 바다 속에 처넣는 민족적 비극을 한 장면으로 묘사한다. 위태로운 이념의 군사경계선을 넘는 과정에서 구체적인 정황, 사건의 구체성은 모두 생략되고 울음을 터뜨린 영아를 물에 빠뜨린 비정한 행위만이 객관적으로 초점화된다.

자아부재 속에서 긴장촉발의 상황을 극적 순간으로 카메라가 포착한다. 풍경은 서사적이지만 정지된 듯 묘사적이다. 이 극적인 상황 묘사에 인간의 잔인함과 위선, 상황 속에서의 무력감이라는 비극성이 깃든다. 이외에 「시체실」에서도 시인은 일체의 감정을 배제한 채 냉혹하고 건조한 문체로 정경을 보여준다.

김종삼은 묘사를 통해 주관적 감정이나 이념을 직접적으로 진술하지 않고 객관적으로 대상화한다. 사물을 즉물화 객관화시킴으로써 세상과 직면하게 한다. 시적 자아는 철저하게 숨겨져 있다. 과거체 묘사, 그 안에서의 자아부재는 서정자아가 거세되고 서사적 거리로 세계를 관조하는 탈자아, 탈인간적이라는 현대성을 드러낸다. 자아의 부재, 상징화된 자아의 그림자라는 측면은 성찰적 비판적 주체로 세계에 전면화하지 않는다는 점에서 탈역사성이라 비난받을 수 있다. 김종삼 시는 역사와 현실에 대하여 적극적 주체로 개입하지 않고 있으며 그런 점에서 분단의식은 단순한 시적 모티브에 불과하다는 부정적 평가에 머물 수도 있다. 하지만 극악한 현실이 서정적 개입으로 기표화될 수 없을 때 표현형식이 경험을 결정짓게 한다. 서사적 거리와 역사 풍경에 대한 관조는 탈역사적 태도가 아니라 오히려 '죽음'이라는 당대적 현실에 대한 참여적 투시라 할만하다.[24] 시인은 상황으로서의 사건을 독자의 면전에 '그려' 보여주는 것으로 독자로 하여금 철저하게 역사적 현장 속에 개입하게 한다. 서사적 이야기라기보다는 시공간적으로 제한된 한 상황에서 벌어지는 상황제시(에피소드 제시), 드라마틱한 극적 구성, 이는 인간행위가 진전하고 발전하는 서술(네러티브)이라기보다는 장면에 국한된 기술이라는 점에서 '묘사'에 더 가깝다 할 수 있겠다. 이렇게 하여 시인은 전후의 세계를 정적이고 평면적으로 추상화시키는 것이 아니라 오히려 시인의 원죄의식에 객관적 거리를 확보하고 현실에 대한 전면적 역사 개입을 시도한다.

---

24) 유종호는 현대시의 나아가야 할 바를 형태에 대한 배려, 의식의 절제, 역사의식과 비판정신 그리고 모국어의 특성에 대한 의식적 배려라고 말한다(유종호, 「모더니즘의 공과」, 『20세기의 문예』, 박우사, 1964). 김종삼의 경우 모국어를 읽기／쓰기 언어로 익히지 못한 세대로서 모국어활용에 장애를 느끼지만 형태문제, 절제, 역사의식 부분에 대한 현대성을 충분히 보여준 시인이라 할 수 있다.

3. 순수와 상징, 서구적 문화어

그러나 원죄의식 속에서 절제된 김종삼의 역사인식은 세계에 대한 적막감으로 나아가게 된다. 이는 실존적 허무와 시인의 생래적 자괴감에서 비롯한다. '생략'과 '절제' '암시'로 드러나는 시작의 방법적 형식은 시인자신의 결벽증적 염결성을 드러낸다. 즉 "시라는 건 우선 인간이 돼야 좋은 게 나오는데, 나는 인간이 돼먹지 못해 내 시는 대체로 우거지다" "살아가노라면 어디서나 굴욕 따위를 맛볼 때가 있다. 그런 날이면 되건 안 되건 무엇인가 그적거리고 싶었다. 무엇인가 잔난 삼아 그적거리고 싶다"[25]라는 거리낌 없는 토로를 환기해볼 수 있다. 시인의 원죄의식은 자괴감으로 이어지고 다시 결벽증적 염결성과 허무의식에서 미학적 상징주의로 나아간다.

  내용 없는 아름다움처럼

  가난한 아희에게 온
  서양 나라에서 온
  아름다운 크리스마스 카드처럼

  어린 羊들의 등성이에 반짝이는
  진눈깨비처럼

「북치는 소년」 전문

전쟁 체험이라는 원억압이 기제로 사용될 때 자기 내적 욕망의 파편적 기호를 역설적으로 드러낼 수밖에 없다. 사물에 대한 변증법적 인식

---

25) 권명옥 편, 「적막과 환영」, 『김종삼전집』, 나남, 2005, 328면.

보다는 즉물주의적 태도가 지배적 경향으로 대두되거나(2장에서 살핀 바)
위의 시에서처럼 기표와 기의가 잘 대응되지 못하는 상징적 표출로 드
러나게 된다.

「북치는 소년」에서 비유는 피수식어가 생략된 채 수식어들로 이루어
져 있다. 가난한 한국 아이의 손에 들려진 서양나라의 크리스마스 카드,
어린 양 등성이에 진눈깨비가 반짝이고 북치는 소년이 그려진 이국적인
카드는 '내용없는 아름다움처럼' 현실 위에 놓여져 있다. 낙원 밖으로
내쫓긴(「園丁」) 시인에게 현실 너머의 세계에 대한 추구는 북에 고향을
둔 실향민 체험이라는 실낙원 경험과 연결된다. 실낙원 경험은 술과 음
악에 탐닉하는 시인의 탐미주의와 관련을 가지면서 미학주의, 더불어
엑조티즘으로 이어진다. 엑조티즘은 1930년대 모더니즘의 피상적 모방
성처럼 '내용없는 아름다움'에 대한 추구처럼 보이기도 하지만 여기서
'내용없는 아름다움'이란 단순한 모방, 포오즈로서의 서구취향이라기보
다 이곳 광폭한 현실에 대한 시적 응전으로서 방법적 형식, 형식적 미
학성이라 할 수 있다. "~처럼" "~처럼"에서 수식어만 남는 것으로 실
체와 기의는 사라지고 그 실체들의 이미지 혹은 이미지의 여운으로 상
상력의 울림을 강화한다. 시인은 비의적 심미성과 현실적 잔해를 겹쳐
놓음으로써 당시 한국 사회의 소외와 비극성을 동화적 이미지와 병치시
킨다. 즉 "내용 없는 아름다움" "크리스마스 카드" "진눈깨비" "북치는
소년" 등은 모두 크리스마스 카드라는 동일한 대상에 담겨 있는 단상들
을 분해해 놓은 것들이다. 이미지들을 분해하고 중첩 병치함으로써 연
상과 울림을 강화한다. 이미지와 이미지 사이에 상상의 공간을 만들고
단순하게 연결짓는 것으로 상상적 풍경으로 나아간다. 이미지의 파편과
언어의 절제는 모국어를 습득하지 못한 1920년산 시인들의 실어증과 연
관있다. 자신에게 남겨진 언어의 잔해를 가지고 낙원의 충만한 언어를
재현하려는 시도라 할 수 있다.

그렇게 하여 "내용 없는 아름다움처럼" "~아름다운 크리스마스 카드

처럼" "어린 羊들의 등성이에 반짝이는 진눈깨비처럼"에서 시인은 이미지의 파편들을 각 행마다 준비하고 그렇게 하여 서양크리스마스 카드에 그려진 이국의 '북치는 소년' 환상적인 이미지를 완성한다. 극도로 압축된 이미지 구조는 의미나 관념을 제거하면서 자율적인 미의 공간을 태어나게 한다.[26]

> 그해엔 눈이 많이 나리었다. 나이 어린
> 소년은 초가집에서 살고 있었다.
> 스와니江이랑 요단江이랑 어디메 있다는
> 이야길 들은 적이 있었다.
> 눈이 많이 나려 쌓이었다.
> 바람이 일면 심심하여지면 먼 고장만을
> 생각하게 되었던 눈더미 눈더미 앞으로
> 한 사람이 그림처럼 앞질러 갔다.
>
> 「스와니강江이랑 요단강江이랑」 전문

김종삼 시에는 자주 어린 소년 소녀들이 등장하는데 그것은 불확정한 세대적 불안 속에서 추구하는 '순수'의 이미지 모티브라 할 수 있다. 모국어 쓰기언어를 습득하지 못한 세대, 전통이 부재했던 세대, 김종삼은 전후 개인적 허무의식 속에서 낡은 형식을 벗고 자기 표현을 모색하는 새로운 언어탐색에 들어가야 했는데 새로운 언어에 대한 탐색은 일종의 새로운 문화어에 대한 감각을 의미하는 것이기도 하다.

1950년대 이후 한국시는 우리말에서 새로운 '언어' 탐구에 집중하게 된다. 김현승은 언어를 개인이나 민족을 막론하고 감각과 정서, 생활의 표현도구로의 기본어인 감각어(感覺語)와 "지적 향상과 문명의 발달에 수반하여 漸進되는 문화적인 생활"을 대변하는 문화어(文化語)[27] 두 부

---

26) 이승훈, 「현대시의 종언과 미학」, 『시와사상』, 2006 가을, 39면.
27) 김현승, 「우리말의 특질과 현대시의 과제」, 『현대문학』, 1956.11.

분으로 나누어 설명하고 있다. "문화어는 물론 감각어에 비해 높은 지적 수준을 요구하지만 감각어는 보다 표현적이고 使用效率이 놓은 기본적인 언어"28)로 인식해야 한다는 것. 우리의 감각어는 순수한 우리 고유어로 형성되어 있어야 하는데 일례를 들면 "쌔얗다, 하얗다, 희다, 허옇다, 허여무레하다. 희끗하다……" 등으로 한 단어가 지니는 "뉴-앙스의 풍부함"에 "陽性母音과 陰性母音"의 배려된 조직이 있어야 한다.

김종삼은 토속어의 풍부한 감각어29)를 익히지 못한 세대로 새로운 언어표현의 혁명 속에서 새로운 생활과 경험을 구사한다. 산문체 과거 종결어미("나리었다" "살고 있었다" "들은 적이 있었다" "쌓이었다" "앞질러 갔다")는 시적 감각어를 배제한 채 사물을 객관적 관조 속에서 묘사한다. 유치환이 철학성을 띤 관념어를 문화어로 드러내고 있다면 김종삼은 서구문화 속에서 서구적 문화어, 비의적 풍경을 드러낸다. "스와니江" "요단江"은 서양음악과 노래에 나오는 공간이다. 시인은 서구문화 관습 배경을 시의 전면적 공간으로 들고 나온다.

눈이 많이 내린 어느 해 한국 시골 초가집 나이 어린 소년은 서양 멀리 어딘가에 있다는 스와니 강과 요단강을 생각한다. 눈은 많이 내리고 먼 고장을 생각하다 "눈더미 눈더미 앞으로 한 사람이" 환상처럼("그림처럼" "크리스마스 카드처럼") 질러 가는 모습을 보게 된다. 눈더미 앞으로 앞질러 가는 한 사람은 시인의 환영일 수도 있고 어린 소년의 분신일 수도 있다. 이곳이 아닌 저곳의 세계를 향해가는 순수자아의 그림자이다.

김종삼의 시는 이렇게 또 상징적 풍경 한 장면을 제시한다. 완결된 구체성의 세계가 아니라 구체와 시적 자아가 결여된 여백의 미학은 개인적 허무와 순수를 상징화시키는 한 방식이다. 서양음악에 심취했던

---

28) 김현승, 위의 글.
29) 소월 시에서 "아름따다" "즈려"(「진달래꽃」), 정지용 시에서 "쌍그란 계절의 입술 거리의 등불이 함폭 눈물 접구나"(「귀로」) 등의 예를 생각할 수 있다.

김종삼의 경우 새로운 생활의식 속에서 새로운 생활의식에 적합한 표현양식과 제재를 찾게 되는데 여기서 나타나는 서양 노래에 나오는 지명, 서양음악가 등은 타락한 유기적 공간에서 그의 정신이 한결같이 추상적 공간으로 초월해가고자 함을 예시한다. 일상생활에서 오염되고 훼손된 것들을 벗어나 타락 이전의 순결과 순수의지를 보존하고자 하는 욕망 추구라 할 수 있다.

순수와 여백적 상징에 대한 추구는 다음과 같은 시들에서 의미의 표상은 사라지고 음상으로만 환기되는 대상을 남겨놓는다.

하늘 속 맑은
변두리
새 소리 하나
물방울 소리 하나
마음 한 줄기 비추이는
라산스카

「라산스카」 수록 4 전문

김종삼 시에는 「라산스카」, 「그리운 안니 로 리」 「드빗시 산장」 「앙포르멜」 「샹뼁」 「아우슈뷔츠」 「트럼펫」 「올페」 「스와니강」 「피카소의 낙서」 「미켈란젤로의 한낮」 「아우슈뷔츠 라게르」 「베들레헴」 「앤니로리」 「헨셀과 그레텔」 「볼프강 아마데우스 모차르트」 「그라나드의 밤」 등 서구역사, 문화, 예술, 음악에 대한 강박적일만큼의 추구가 나타난다. 서구 문화추구는 소월의 토속어가 환기하는 감각어들 "즈려" 등과 구분되는 신교양주의, 세계문명 감각주의의 한 측면이자 서구어 발음 그 자체를 기표화, 새로운 언어에서 순수이미지를 찾으려는 시인의 새 언어 추구이기도 하다. "라산스카 라산스카"[30] 하고 되풀이해서 입으로 외어보면

---

30) 김종삼은 '라산스카'가 무슨 뜻이냐고 묻는 질문에 웃으며 대답을 회피한 적이 있다. "라산스카가 뭐냐고? 밑천을 왜 드러내. 그걸로 또 장사할 건데. 묻는 사람이 여럿 있어

그 말이 지시하고 환기하는 의미 표상은 사라지지만 발음으로서 '라산 스카'만이 남는다. 대상 없이 라산스카는 유니크한 음상으로 절대적인 자기 충족적 성격을 띤다. 이때 기표('라산스카')는 지시적 의미(대상)를 상실한다. 기표가 기의로 환원되지 않고 기표 사이에 공백이 존재하면서 그 여백에서 이미지와 상징들이 만들어진다.[31]

이는 1950년대 현대시 문단에서 순수감각 추구와 연관이 있다. 현대시에서 "순수성은 관념, 인생이나 사회적 공리 목적 당위 등 경험적인 것은 사상해 버림으로써 일절 볼 수 없는 표상 속에 전개되는 영상이나 위상의 감각적인 미의 세계 추구"[32]이다. 김종삼 시는 관념이 단절된 진공 공간에서 음상, 순수 감각, 주지성을 전제하는 바, 서구 예술, 서구 발음 음가로 개성적인 자기 언어, 신문화어를 창조해 낸다. 그 안에서 고도의 상징성을 획득한다. 또한 서구문화 예술 역사에 대한 세계 문명적 감각과 예술취향을 통해 새로운 생활양식, 새로운 문화어를 드러낸다. 먼 이국의 지명이나 인물 연상은 현실 억압에 대한 해방 욕망과 연관[33]된다. 동시에 세계문화어를 수용함으로써 세계주의에 대한 한 추구를 보여준다.

이때 김종삼에게서 서구 '문화어'[34] 차용이란 점은 생각해 볼거리다. 일테면 과거 식민강점기 "일본어=문화어"[35]라는 도식이 전후 한국에서

요. 안 가르쳐 줘요" (강석경, 「문명의 배에서 침몰하는 토끼」, 『김종삼전집』(장석주 편), 청하, 1998, 293면) 자율적 음상세계에 발음을 남겨두고자 하는 미학주의자의 태도라 할 수 있다. 이는 곧 일상 생활에서 오염되고 훼손되는 말 대신 타락 이전의 순결한 말을 보존하고자 하는 강렬한 욕망이라 생각된다.

31) 이승훈, 「현대시의 종언과 미학」, 『시와사상』, 2006 가을, 39면.
32) 최일수, 「현대시 순수감각 비판」, 『문학예술』, 1956.4.
33) 홍용희, 「꿈과 평화의 시학—김종삼론」, 『高鳳論』 16, 1995, 254면.
34) 여기서 '문화어'란 용어가 김현승의 개념과 임화의 개념 또한 필자가 생각하는 개념이 다 다를 수 있을 것인데 일단 여기서 문화어는 일상 기본 생활언어(토속전통어)가 아닌 신문명감각을 전제하고 근대 지성과 철학을 배경으로 하는 언어로 개념화할 수 있을 듯하다.
35) 임화는 문화어인 일본어냐 모어인 조선어냐를 두고 일으키는 논쟁이란 용어의 문제일

"서양어=문화어"라는 등식으로 환치되었다는 점이다. 그러나 일본어가 강제된 데 반해서 서양어가 전후 한국에서 모어 대신으로 강제된 것은 아니다. 서양어=문화어는 전후 한국에서 급격하게 쏟아진 서구생활양식과 문화, 언어들을 생각해 본다면 새 문명, 생활양식으로 문화어의 시적 수용이라 할 수 있다.

김종삼의 경우, 서구언어의 차용은 박인환 등과 달리 환상으로 현실을 견디려는 의지로 여겨진다.[36] 외래 문화와 세계문명 교양과 관계되면서 동시에 시 음성 순수성 속에서의 미학과 상징성을 찾는 과정이다. 김종삼의 시어는 당초부터 탈이데올로기적이자 동시에 탈로컬적이다.

4. 철학적 서정성

위의 장에서 살펴볼 때 김종삼 시는 아름다움이 있는 부재, 즉 내용 없는 아름다움 그 자족의 세계를 이루는 듯 보인다. 생과의 관계를 최대한 단절하고(「어부」에서 바다로 나가고 싶어하는 이유가 혼자서 「중얼거리려고」였음을 상기하자) 「내용없는 아름다움」을 추구하는 것을 미학주의의 한 극치라고 부를 수 있다.[37] 이 세상에 없는 세계, 현실에서 멀리 떨어진 비현실적인 형상 표출에 대해 김종삼 시인의 탈역사성 혹은 탈인간화를

뿐 중요한 것이 아니라고 생각했다. 작가란 어떤 경우에도 최선의 언어를 사용한다는 것. 따라서 좋은 말이란 자기가 표현하기 알맞고 타인이 읽기에 알맞은 것이어야 한다는 생각이었다. 창작을 조선어로 하든 일본어로 하든 상관없고 다만 어느 쪽이든 자연스럽기만 하면 좋은 말이라고 여겼다.(임화, 「말을 의식한다」, 『경성일보』, 1939.8.16~20)

36) 생활을 위해 구멍가게를 연 상태의 치사스럽고 괴로운 상황을 이기기 위해 드뷔시를 동원하는 것만 봐도 그렇다. 황동규, 「잔상의 미학」, 『김종삼을 찾아서』(장석주 편), 청하, 1988, 255면.

37) 황동규, 「잔상의 미학」, 『김종삼을 찾아서』(장석주 편), 청하, 1988, 254면.

비난할 수도 있다. 그러나 김종삼의 순수추구 미학주의는 당시 현실성에 대한 상징적 추구(「북치는 소년」에서의 가난한 한국소년과 부유한 이국소년의 대조)라 할 수 있다. 상징성 추구는 예술적 미학성을 일차적 관심에 두는 시인의 예술적 태도와 관련이 있다.

김종삼은 모더니즘 시대 예술인의 생활부적응과 자기부정성을 견지해 간다. 1960년대 다방 아리스에서 추억의 모자를 쓰고 쓴 커피를 마시거나 김수영과 영어번역에 대한 잡담을 하기도 한다. 찾아온 인터뷰어가 시인의 근황을 묻자 정색을 하고 "나는 폐인이요"라고 말한다. 평생 셋방을 면하지 못하고 "현실적 목숨 부지에 대해 철저하게 외면"했던 시인은 "나는 시인이 못 된다. 시인은 먼저 인간이 돼야 한다. 나 같이 인간도 덜된 놈이 무슨 시인이냐. 후라이나 까고"[38] 위악적인 자기부정 자조적 결벽증을 뿜어낸다. 전봉건 시인은 그를 "현실에 대응하는 감각은 전혀 보유하지 아니한 사람"이라고 「어느 시인의 몰락」이란 수필에서 쓴 바 있다.

그러나 이런 자기부정성은 실존주의적 자기인식과 연관되어 있는 것이고 그것은 곧 생의 진실을 전면화하는 국면으로 나아간다. 실제 당시 고석규는 '존재'의 문제를 중심으로 모더니즘 문학의 방향성을 제시하기도 한다.

> 나는 여백을 한동안 믿어야 할 것입니다. 그것이 이 절박한 시간을 극복하는 나의 안정이라 할 것 같으면 나는 나의 불투명한 여백과 부재의 사고에서 새로운 존재의 새로운 사고를 다시 발견할 것이 아닙니까.[39]

고석규가 말하는 '여백에다 존재의 본질을 채워넣기' 국면은 분명

---

38) "누군가 나에게 물었다. 시가 뭐냐고 / 나는 시인이 못 됨으로 잘 모른다고 대답하였다"(시 「누군가 나에게 물었다」 중에서).

39) 고석규, 「현대시와 비유」, 『여백의 존재성』, 지평, 1990, 39~40면.

1930년대 모더니즘에서 보여주던 기교주의와 비유법에 대한 반성을 전제, 1950년대 모더니즘의 입지에 대한 분명한 입장을 보여준다. 고석규의 실존의식에 대한 관심은 결국 현대시에서 '지성'의 영역을 어떻게 포용할 것인가 하는 문제와 연결되고[40] '모더니티'가 어떻게 형이상학적인 깊이의 문제까지 나아갈 것인가 하는 문제와 연결된다. 실제 1950년대 모더니즘 시인들은 릴케에 대한 경사와 관련 자신의 실존의식을 드러낸다.

여기서 고석규가 주장하는 '여백의 존재성'은 김종삼 시세계와 연관을 지닌다("불투명한 여백과 부재의 사고에서 새로운 존재의 새로운 사고를 다시 발견"). 김종삼 시는 여백의 상징성과 함께 실존의식, 존재와 죽음에 대한 본질적 성찰에 빠진다.

> 물먹는 소 목덜미에
> 할머니 손이 얹혀졌다.
> 이 하루도
> 함께 지났다고,
> 서로 발잔등이 부었다고,
> 서로 적막하다고,

「墨畵」 전문

선배시인들과 달리 전쟁을 겪고 난 이후 전후 시인들에게 자신의 본질, 삶에 대한 질문은 무엇보다 중요한 자기의미화의 과정이다. 김종삼의 대표적인 서정시 「墨畵」는 인간 삶과 존재의 적막함, 연민, 교감과 동감이라는 서정적 철학성을 내포한다. 할머니의 손이 하루 고된 일과를 끝마치고 물을 먹는 소의 목덜미에 얹혀졌다. 생의 끝자락을 마무리하는 할머니와 하루의 일과를 다 마치고 기력이 쇠한 소의 모습을 함께

---

40) 고석규, 「시인의 역설」, 『문학예술』, 1957.6.25.

병치시킨다. 생명있는 존재들끼리 저녁 마무리 한 순간을 함께 통과하면서 생명이 다해가는 것에 대한 말없는 동감, 교감을 시적 여백 속에 잔잔히 전한다. "함께 지났다고", "서로 적막하다고", 할머니 심중의 말은 화자의 입을 통해 미처 다 완결되지 못하고 불완전한 구문으로 끝이 생략된 채 표출된다. 생략을 통한 여백의 울림, 「墨畵」는 삶에 대한 철학적 서정성을 더 큰 진폭으로 담고 있다. 김종삼은 즉물적인 한 시골 저녁풍경, 할머니와 물먹는 소를 겹쳐놓는 것으로 생의 고단한 일상, 생과 죽음, 존재의 풍경을 묘사적 이미지로 암시한다.

> 희미한
> 風琴 소리가
> 툭 툭 끊어지고
> 있었다
>
> 그동안 무엇을 하였느냐는 물음에 대해
>
> 다름아닌 人間을 찾아다니며 물 몇 桶 길어다 준 일밖에 없다고
>
> 머나먼 廣野의 한복판 얇은
> 하늘 밑으로
> 영롱한 날빛으로
> 하여금 따우에선
>
> 「물桶」 전문

시인이 황야의 삶, 광야의 삶을 마감하는 순간 죽음 앞에서 생을 돌아보는 존재적 무상과 삶에 대한 소박한 관조를 보여준다. "희미한 / 風琴 소리 / 툭 툭 끊어지"는 것은 소리로 인식되는 이생에서의 시간들, 그 시간들이 다해가는 것에 대한 상징으로 나타난다. "그동안 무엇을 하였

느냐는" 신의 물음에 시적 화자는 "다름아닌 人間을 찾아다니며 물 몇 桶을 길어다 준 일밖에 없다"고 대답한다. 생명있는 것의 목을 조금 축이게 하는 것, 목마름과 결핍과 적막을 건너는 생명에 대한 연민을 보내는 것이 이생에서의 소명을 다하는 것이다. 이러한 자기성찰적 묵상은 이생과 죽음 사이에서 개인 내적인 연속성을 보장받고자 하는 실존적 자기 인식의 태도다.

죽음과 연관된 자기성찰은 결국 전쟁체험의 트라우마, 실향과 와병생활에서 비롯되는 '주체'에 대한 관심이다. '나'는 과연 누구인가와 같은 의식은 휴머니즘와 실존적 존재 개인에 대한 인식론적 사유로까지 나아가게 한다. 전후, 작가들은 실존적 개인의식에 열중하면서 작품과 더불어 존재 개인으로서의 자기 생에 대한 '순수'에도 치열하게 관심을 쏟게 된 것이다.

이 시에서 완전한 문장형태를 갖추고 있는 것은 1연뿐이다. 나머지 2연, 3연, 4연은 모두 종결어를 생략하고 있다. 시인은 "동사를 기다리는 불완전한 종결어미"[41]를 가지고 시적 긴장과 생의 절실한 물음에 대한 성찰적 여백을 제공한다. 황동규는 꼭 있어야 할 자리에 빠진 빈 시행이 울림을 주는 것은 감각의 관성 때문이라고 설명한다.[42]

김종삼의 실존적 의식은 후기 시로 나아가면서 반복적으로(강박적으로) 나오는 '죽음'의식에서 더욱 진해진다. 시인은 죽음을 의식하되 철저한 지적 절제와 정서 억제로 자의식을 수렴한다. 이는 바로 황폐한 삶의 현장 내에서 순수한 이미지로서의 자아존재 의미를 추구하는 태도라 할 수 있다.

---

41) 황동규, 「잔상의 미학」, 『김종삼전집』(장석주 편), 청하, 1998, 248면.
42) 위의 글.

5. 새로운 자아 구성과 현대시사 계보

김종삼 시는 한국 현대시사에서 암시와 생략, 절제와 순수로 익히 정평이 나 있다. 이는 1950년대 한국전쟁 상황이라는 비극적 인식 속에서 본질적 이념으로서의 기의를 상실한 채 시적 징후로서 현실을 형상화할 수밖에 없는 전후 시인들의 시대적 실어증을 내포하고 있다. 이는 김수영과 김춘수 · 김종삼을 포함한 1950년대 문학인 전체에 해당하는 사안이다. 이들은 "외국어(일본어)로 사고하고 구성하고 모국어로 그것을 옮"[43]겨야 하는 불구적 창작방식의 세대였다. 유련한 리듬과 토속의 능숙한 구사를 원천적으로 제약당했던 세대가 민족 고유어나 민요를 계승할 수 없는 것은 당연한 일이었다. 박재삼이나 박용래와 같은 일부 시인을 제외하고 대부분 시인들이 모더니즘에 경사된 측면은 어쩌면 필연적이라 할 수 있다. 이 가운데서 김종삼은 비극적이고 황폐한 현실 인식, 가난과 소외와 죽음 의식, 실존의 문제에 천착하면서 독자적인 시 형식을 보여준다. 불완전한 구문, 자주 급격히 끊어지는 리듬, 논리적 유추를 거부하는 생략과 비약, 여백들. 이는 '낡은 언어를 버리고 새로운 언어'를 찾고자 하는 시인의지이다. 세계 인간에 대한 부조리, 폐허 속에서의 부재의식, 피안−순수의 세계를 지향하고자 하는 초월적 낭만의지와 연관되며 릴케 영향 받은 후 실존주의에 대한 심취, 서양문화, 음악에 대한 경도와 연관된다. 이와 같은 심취는 다시 미학적 시적 형식으로 육화된다.

시대적 불안, 절망, 허무, 부조리는 일차적인 현실 차원에서 직접적으로 드러나는 것이 아니다. 잠재된 무의식적 내면이 의식적인 언술체계로 표상되도록 유도하면서 시적 묘사와 풍경은 비현실적, 자아부재, 절제된 환상으로 드러나게 된다. 김종삼 시에서의 언어 절제와 생략, 외래

---

43) 남진우, 『미적 근대성과 순간의 시학』, 소명출판, 2001, 275면.

어 차용에서의 환상은 그러니까 비극적 사회상에 대한 형식의 표출이며 무의식의 이동 경로 속에서 '상징성'과 '이미지' 추구라 할 수 있다. 무엇보다 김종삼 시에서 시적 생략과 절제는 "……와 같이" "……처럼" 류의 직유로 인한 불필요한 말의 나열을 막는다. 불필요한 토시와 연결어를 생략한 채 이미지의 직관적 풍경을 제시한다. 결국 '이미지'가 추구하는 것은 '이미지' 자체가 아니라 '이미지의' 힘을 빌려서 하나의 효과를 내려고 하는 데 있다.

김종삼의 자아일탈, 자아 부재는 현대성의 구현이란 측면도 있지만 탈역사주의, 반성적 자아의 부재라는 부정적 평가도 가능하게 한다. 실제 김종삼은 수많은 고유명사(외래어 고유명사 등)를 시에 차용하고 대부분의 동사들을 생략했다. 이국 정취가 깃든 외국의 인명이나 지명에 의존했던 것은 될 수 있으면 이곳, 현실에서 멀리 떨어진 형상을 만들어 내려는 그의 취향 때문이다. 이는 명사의 세계, 새로운 문명어와 문화어, 사물어 자체의 이미지(소리로 의식되는 시적 음향성)에 심취하면서 동적인 움직임 세계 '이곳 현실에서의 동사 세계'에서 멀어지려 한다.

그러나 자아일탈을 통한 풍경의 제시 자체가 이미지를 통한 현실성, 실존적 자기 성찰의 모습이라는 측면을 감안해야 한다. 김종삼은 무엇보다 이미지를 통한 상징성, 개성적 언어형식을 통해 새로운 개성적 자아를 구축하고자 했다. 충분히 한국시사에서 현대성을 구축했다 할 수 있다.

이렇게 해서 1950년대 한국시 모더니즘은 1960년대에 안정적인 구도를 찾아간다고 할 수 있다. 한국시의 새로운 흐름은 소월, 만해에서 페시미즘과 토속적 초월주의, 미당의 전통설화에서의 민속주의, 청록파의 자연주의를 부정하면서 김수영·김춘수라는 한국 모더니즘의 새로운 국면으로 접어든다. 김수영의 현실부정의 시학과 역동적 시적 주체의 문제, 김춘수의 언어실험 극단에 발생하는 도발적 이미지 충돌과 언어 본질 기능의 천착. 그 극단의 양 갈래 사이에 김종삼이 위치하는 것은 아닌가 한다. 김수영의 대사회적 삶의 태도, 김춘수의 역사허무주의 속에서 언어본질 탐구, 그 사이에 김종삼의 무정부주의적[44] 삶의 한 단면[45]을 생각해 볼 필요가 있다.[46] 1960년대 한국 현대시 모더니티의 정착에서 새로움이 자아 인식, 개인의 발견, 일상적 개인의 추구라 한다면 김종삼 시는 지금까지 한국시에서 일찍이 볼 수 없었던 묘사적 '이미지를 통한 상징성', 개성적 언어형식을 통한 '여백과 생략의 심미성'을 보여준다. 한국모더니즘 계보사가 김수영-황지우로, (그 사이에 방계로 김지하를 생각해 볼 수 있다) 김춘수-이승훈으로 이어진다고 본다면 김종삼 시가 보여주는 이미지 상징성, 그 계보적 측면은 뚜렷하지가 않다. 1990년대 박형준 정도로 볼 수도 있지 않을까 한다.

김종삼 시는 전후 세대에 속하는 당시의 신인들 중에서도 전대 시인들의 미학을 비판하는 가장 극단적 입장에 놓여 있는지 모른다. 김종삼 시의 미적 반역은 재래의 인습적 논리형식과 의미와 대담하게 단절하고 진공의 공간에서 우러난 영상, 감각과 상징의 미학을 추구하는 데 있다. 이는 "시의 境內에서 이미쥐의 觀照에 시간을 보내기를 더 所重히 여기는"[47] 시인의 새로운 언어, 언어형식에 대한 추구와 연관된다. 김종삼은 한국현대시 모더니즘의 계보사에서 그 계승적 측면이 고려되어야 할 주목할 만한 시인 중 하나다.

44) 황동규는 김종삼에 대해 무시민주의자란 말을 쓴다.(황동규, 「殘像의 美學」, 『김종삼 전집』(장석주 편), 청하, 1998, 255면)
45) 강석경, 「문명의 배에서 침몰하는 토끼」, 『김종삼전집』(장석주 편), 청하, 1998, 286면. "육순이 된 지금도 「파리 뒷골목 로트렉이 살던 곳 같은 데선 살 수 있다.」 그의 혼은 「어제 속에 잠든 망해亡骸 세자르 후랑크가 살던 寺院 주변에」 머무르고 「스테판 말라르메가 살던 本家에」 머무른다. …… 김수영이 살아 있을 때 …… 딱 한번 이런 말을 한 적이 있다. 너한테선 왜 버터 냄새가 나느냐고 시가 아니라 사람이 …… 그에게 국적의 틀을 끼우려는 것은 무의미한다."
46) 장석주, 「한 미학주의자의 상상세계-김종삼론」, 『김종삼전집』(장석주 편), 청하, 1998, 33면.
47) 김종삼, 「意味의 白書」, 『김종삼전집』(장석주 편), 청하, 1998, 228면.

제2장 이중어 글쓰기 세대의 한국어 시쓰기

1. 전후세대의 언어관 문제

1950년대 한국문학에는 역사적 격동을 직접 체험한 뒤에 오는 역사적 절망과 환멸이 숨겨져 있다. 문학의 외적 상황의 변화는 필연적으로 내적인 변화를 동반할 수밖에 없었다. 시대와 현실에 대한 새로운 인식 체계가 필요했으며 문단과 문학은 새로운 구도로 재정비되면서 새로운 모색을 시도해야만 했다. 문학의 유산을 "분단된 현실의 시점에서 재정리하고 재통일을 함으로써 참된 고유성이 무엇인"[1]지를 모색하고 찾아야 한다는 전통 논의[2]가 민족문학의 확립이라는 전제 속에서 대거 등

---

1) 최일수, 「우리문학의 고유성」, 『현실의 문학』, 형설출판사, 1976, 79~80면.
2) 김상일, 「고전의 전통과 현대」, 『현대문학』, 1959.2; 문덕수, 「전통과 현실」, 『현대문학』, 1959.4; 조윤제, 「현대문학의 전통론」, 『자유문학』, 1958.5; 김기석, 「민족문화와 그 이상」, 『협동』, 1953.4.1 정병욱, 「고전과 현대문학의 제과제」, 『사상계』, 1956.12; 백철, 「현대문학과 전통의 문제」, 『조선일보』, 1956.1.6~7.

장했다. 한국문학의 전통에 대한 논의는 일제 식민상황에서도 당위론처럼 대두되었던 바 흔한 것이었다. 하지만 정작 전통의 확립을 요구하는 구체적인 '현실'에 대한 논의는 부재하는 상황이었다. 그들에게 민족의 해방과 잠시 뒤 민족의 이념 전쟁이라는 역사적 현실을 설명하고 규명해낼 논리적 인식과 질서체계가 없었기 때문이다. 이는 분단이후 이데올로기의 "폐쇄적 개방성"[3]의 과정에서 생겨난 정치적 국면과 연관된다. 즉 남북분단으로 좌파 문인들이 대거 북한으로 넘어가고 남한은 일방통행적인 반공이데올로기, 즉 강력한 이념국가의 폐쇄성으로 무장되었다. 이와 같은 이념의 폐쇄성 속에서도 금지된 사상 영역 이외의 것은 무차별 수입하는 '개방성'을 동시에 보여주었던 것이다.

이념적으로 폐쇄되었지만 무수한 서구이론과 사상들이 넘쳐나듯 수입되자 한국문단은 새로운 세대론이 등장하기 시작했다. 민족문학의 정립을 위해 전통을 재확립해야 한다는 입장과 역사를 얼룩지게 한 비극적 세대와 결별하면서 새로운 시대의식을 문학적 언어로 나타내야 한다는 신세대군이 그들이다. 새로운 세대에 대한 기성세대들은 문학적 관습과 규준에 반대하면서 "自意識의 過剩과 自意識의 悲劇 그리고 自己解體와 自己廢棄와 虛無主義 등으로" "그 배후에 인간이 들어 있지 않은 주의와 사상"[4]이라고 비난한다. 이는 실존주의와 보들레르, 발레리를 중심으로 하는 프랑스 상징주의의 본격적인 문학적 수용으로 갖게 되는 지식인의 심리적 관념성과 그 과잉에 대한 우려였던 셈이다. 이에 대하여 신세대군은 "제네레이슌 交替"을 엄숙하게 선언하며 비극적 역사의 유습을 전통이라는 이름으로 단죄하고 부정정신을 시대의 새로운 시대정신으로 전제한다. "무기력한 이 땅의 문학을 강렬한 의지로서 의욕하는 무수한 신인들의 문학정신은 한번은 기성층의 그것과 대결되지 않으면 안될 것"[5]이라 주장하기에 이른다. 이에 대하여 최일수는 "1950

---

3) 김현, 「테러리즘의 문학—50년대 문학의 소고(小考)」, 『문학과지성』, 1971 여름.
4) 김양수, 「新世代論의 附言」, 『현대문학』, 1956.9.

년대 오늘 우리 문학에서는 그 어느 때보다도 새로운 세대와 지난 세대 와의 사이에 이어질 수 없는 커다란 차이가 나타나 제각기 외곬으로 편향해가고 있다"고 전제한다. "기성세대는 젊은 세대에 대하여 '모더니스트'니 '실존모방작가'니 하는 이름으로 아직 나이 어린 경박한 소치라고 하면서 이들을 하나의 유행으로 치워버리는가 하면서 이에 반하여 젊은 세대들은 기성세대에 대하여 일체 낡은 것으로 보아 버리며 이들은 그 모랄이나 사고가 낡은 것이기 때문에 모조리 거부되고 반항의 대상이 되어야 한다고 무시해 버리고 있"6)다고 일갈한다. 그 가운데서 백철7)은 신세대의 구세대에 대한 문학적 반동, 즉 고전과 전통을 무시하고 무차별적으로 외국문학을 기계적으로 받아들여서 모방8)하고자 하는 경향을 자제하고 유산 계승을 진지하게 모색해야 한다는 주장을 하기에 이른다.

이러한 주장은 1950년대 「후반기」 동인이 보여준 모더니즘적 경향과 관련이 깊다. 「후반기」 동인의 초현실주의, 의식과잉에서 비롯된 난해성과 실험성이 1950년대의 모더니즘을 대표하듯 논의되어 온 것이 사실이다. 그러나 실제로 그들이 쓴 시가 얼마만큼 문학적 성과를 성취했는가 하는 것에는 의문이 남는 지점9)이다. 오히려 김춘수, 전봉건, 김종삼, 김수영 등의 시에서 1950년대의 특질과 구체적 의미를 찾아보는 것이 중요한 작업일 터이다.

실제 식민지 강점과 8·15해방, 6·25전쟁이라는 격심한 변동을 겪어오면서 한국문학은 "비정상적인 언어"와 "용어의 부족"10)으로 의사를

---

5) 천상병, 「나는 거부하고 반항할 것이다-내일의 작가와 시인」, 『문예』, 1953.2.
6) 최일수, 「문학상의 세대의식-오늘 우리 문학의 현실에서」, 『지성』, 1958 가을.
7) 백철, 「新世代 文學論」, 『사상계』, 1957.9.
8) "自然主義니 寫實主義니 또 무슨 주의니 하는 구라파의 전통에서 생겨난 필연적인 소산물을 갑자기 우리가 모방한다고 하는 것이 소화불량에 걸린 결과밖에는 없는 것" 김양수, 「新世代論의 附言」, 『현대문학』, 1956.9 참조.
9) 조영복, 「1950년대 시 연구와 이론의 모색」, 『한국 현대시와 언어의 풍경』, 태학사, 1999, 186면.

표현하기에 매우 부박한 상황이었다. 한국전쟁이 끝나자 "일제 말기에 대단한 압력을 받은 빈사상태의 한국어에 새로운 활력을 불어 넣어, 식민지 잔재가 여기저기 널려 있는 혼란된 사회에 하나의 예술적 질서를 부여하는 작업"[11]이 필연적 과제였다. 그러니까 1950년대 문인들에게 무엇보다 "시대에 관한 명백한 개념구성"[12]이 필요했다. 그것을 통해 신선한 지성과 감각으로 새로운 한국문학을 건설해야 한다는 "막중한 부담"[13]이 자리했던 것이다.

이러한 1950년대 한국문학의 상황에서 김종삼·김수영은 한국 시문학에서 새로운 언어 형식을 보여주는 하나의 분기점이 된다. 김종삼·김수영 시에 와서 한국시는 새로운 '근대적 주체'의 문제, 근대적 시 언어에 대한 탐색, 시어와 일상과 산문성의 넘나듦 등 문제적 지점들을 얻어낸다. 이들은 흔히 모더니즘계 시인으로 유형화되어 왔는데 김종삼은 보헤미안적 허무주의로 김수영은 현실 참여적 시인으로 분류되어왔다. 그럼에도 이들을 세대론적 차원에서 공통된 언어습득 환경을 거쳐온 1920년산 세대들이란 것을 기억할 필요가 있다.

1950년대 문인들에게 중요한 것은 "해방 후 독립된 민족의 긍지와 문명적 세계적인 시야와 신시대적이요 민주주의적인 신환경의 생활체험"[14] 속에서 새로운 민족언어, 새로운 문학언어를 형성해 가야 한다는 암묵적인 사명감이었다. 이 과정에서 1950년대 문인들에게 '한국어'로 시를 쓴다는 것은 어떤 의미를 가지는 것인지를 먼저 고려해보아야 한다. 이들은 대부분 1920년대 태어나고 모어로 한국어를 배웠지만 학교에서 일본어를 배우고 공부한 세대다. 이들은 우리말을 다루고 쓰는 데 어색했고 오히려 일본어로 구상하고 일본어 글쓰기에 익숙한 세대였다.

10) 김양수, 「新世代論의 附言」, 『현대문학』, 1956.9.
11) 김현·김윤식, 『한국문학사』, 민음사, 1973, 234면.
12) 천상병, 「나는 거부하고 반항할 것이다—내일의 작가와 시인」, 『문예』, 1953.2.
13) 염무웅, 「50년대 시의 비판적 개관」, 『민중시대의 문학』, 창작과비평사, 1979.
14) 백철, 「新世代的인 것과 文學」, 『사상계』, 1955.2.

그의 세대(50년대 문인들-인용자)는 대부분 중학교 졸업반이나 전문학교 혹은 대학교 예과 시절에 해방을 맞이하였기 때문에 해방 후에 한국어를 외국어 배우듯 다시 공부한 세대이다. 일본어로 사고하고 그것으로 자신을 표현하도록 길들여진 사람들이 갑자기 그것을 가장 기피해야 될 상황에 직면하게 된 것이다. (……) 잃어버린 유년시절과 외국어로 새로 배우게 된 모국어는 그의 세대의 상당수의 문인들로 하여금 관념적이고 도시적인 어휘들을 사용하게 한다. 그의 세대보다 조금 위의 세대들이 보인 한자어에 대한 기피증과 토속어에 대한 애정이 그들에게는 없다. 그 반면 시나 소설의 구성이나 표현법에 관한 이론적 반성이 심하게 행해진다.[15]

본 논문에서는 1950년대 한국 시문학에서 근대적 시적 주체와 근대성을 미학화하고자 한 시인 김종삼을 다루고자 한다. 김종삼에게서 '시 언어'란 무엇인가 하는 문제는 1920년산 세대라는 특수한 '세대론' 차원에서의 전제들을 통과하지 않고는 해결될 수 없다. 김종삼에게서 '언어'의 문제는 전후 한국적 상황, 1920년대 출생, 50년대 활동 시인에게서 '한국어 시쓰기'의 문제와 직접적으로 연결된다. 요컨대, 1950년대 쟁점화되던 '신세대논쟁'을 '후반기 동인'의 초현실주의, 관념 과잉의 노출에 대한 부분으로 초점을 맞추기보다 1920년대 산(産), 50년대 활동 문인들이 겪게되는 '언어 공황'의 문제(모어와 학습어 사이의 간격), 민족전쟁 체험후 이념 과잉 / 부재(강요된 결핍)의 문제에 주목해 본다면 오히려 1950년대 시인들의 세대적 좌표는 분명해지리라 생각한다. 시인에게 '시어'를 선택한다는 것은 문학에 대한 '입장'(이념, 세계관)을 드러내는 궁극적인 방식인 바, 1950년대 1960년대 김종삼에게서 언어는 자신의 실존의 미를 현실에 표면화하는 본질적인 지점이었다.

김종삼에 대한 연구가 시작품 개제와 함께 총론형식으로 정리된 것은 1989년 『김종삼전집』[16]에서였다. 여기서 주목해 볼만한 논의를 살펴

---

15) 김현, 「전봉건을 찾아서」, 『김현문학전집』 3권, 문학과지성사, 1991, 409~410면.
16) 장석주 편, 『김종삼 전집』, 청하, 1989.

보면 김현은 김종삼의 어법에서 '과거적 묘사체'[17])에 주목하고 있으며 황동규는 '잔상과 여백'[18])의 미학을 김주연은 '비세속성'[19])을 살피고 있다. 전체적으로 김종삼 연구는 주제적인 측면에서 적막의 미학,[20]) 평화[21])와 죽음의식과 극복,[22]) 심미주의적 허무주의,[23]) 여백과 영원성의 세계[24])로 요약될 수 있고 형식적인 측면에서 생략과 대비,[25]) 포스트모더니즘의 수사학,[26]) 탈자아의 시적 태도[27]) 등으로 정리된다. 이 글은 1920년대 출생 1950년 대 문인이라는 세대론 입장에서 김종삼에게서 한국어의 의미, 그를 통한 새로운 시어와 시 형식 실험미학을 탐색하고자 한다. 궁극적으로 전후 폐허의 현실 속에서 한국문학을 새롭게 건립해야 하는 전후 세대들에게 한국 시문학의 현대성은 어떻게 형성되어 갔는가를 살피고자 하는 것이 본 논문의 목표지점이다. 본고에서 김종삼의 1950~1960년대 시를 대상으로 삼고자 한다.

2. 현실의 관념화, 한자어 조어

1950년대 문단은 일제 침략기 이후 근대문학이 제대로 언어를 갖지

---

17) 김현, 「김종삼을 찾아서」, 『김종삼전집』(장석주 편), 청하, 1989.
18) 황동규, 「잔상의 미학」, 위의 책.
19) 김주연, 「비세속의 시」, 위의 책.
20) 권명옥, 「적막의 미학」, 『한국문예비평연구』 15호, 한국현대문예비평학회, 2004.
21) 이승훈, 「평화의 시학」, 앞의 책(장석주 편).
22) 홍용희, 「꿈과 평화의 시학」, 『高鳳論集』 16, 1995.
23) 장석주, 「한 미학주의자의 상상세계」, 앞의 책(장석주 편).
24) 오형엽, 「풍경의 배음과 존재의 감춤」, 『한국 근대시와 시론의 구조적 연구』, 태학사, 1999.
25) 고형진, 「김종삼의 시 연구」, 『상허학보』 12, 상허학회, 2004.
26) 박현수, 「김종삼 시와 포스트모더니즘의 수사학」, 『우리말 글』 31호, 2004.
27) 진순애, 「김종삼 시의 현대적 자아와 현대성」, 『泮矯語文硏究』 10호, 1999.

못하여 주체가 박약하고 표현이 빈곤할 수밖에 없었다는 것을 반성하면서 이제 자기의 의사를 제대로 표현할 수 있는 시대를 맞아 한국문학이 새롭게 정립될 필요를 역설하게 된다.[28] 이 가운데서 문단의 신인들에게 한국문학의 사상과 표현방식에 대한 진지한 추구, 새로운 가치에 대한 탐색을 기대하게 되는데 여기서 김수영은 1950년대 모더니즘이 보여주는 '기교'를 비판하면서 '사상'을 주장하게 된다. 김종삼은 "아무도 봐주지 않는 토막풍경들의 셔터를 눌러서 마구 팔아먹는 요새 시인들의 그릇된 버릇들을 노상 고약하게 생각해 내려오는 터"라 그는 "시의 잡답 속에서 언제나 한 발자국 물러서서" "시의 경내에서 이미지의 관조의 시간을 보내기를 더 소중히 여"[29]겨야 한다고 주장한다.

김종삼은 1921년 황해도 은율에서 태어나 숭실중학교를 거쳐 일본으로 건너가 7년 동안 일본에 체류하면서 도요시마(豊島) 상업학교와 동경문화원문학과에서 수학한다. 그는 모어로서 조선어를 말로 배웠지만 학교에서 일본어로 글을 쓰고 읽는 것을 배운 세대였다. 더욱이 김종삼은 일본에서 7년이라는 짧지 않은 유학시절을 통해 일본어로 학습한 체험을 가지고 있다. 그는 일본 강점 하에서의 문인들처럼 "구상은 일본말로 하니 문제가 안 되지만 쓰기를 조선글로 쓰자니……"[30]와 같이 이중언어 글쓰기의 고뇌에 빠진 세대이다. 이를테면 '구상'은 일본어로 하지만 '쓰기'던 조선어로 써야 조선문학이라고 생각했던 것, 즉 조선이라는 근대국가, 국민국가를 보존하기 위해 독립운동의 일환으로서 '국어'(조선어)로 문학을 해야 한다는 강박이 있었던 바이다. 이로 말미암아 이중어 글쓰기는 근대국가, 국민국가를 만들기 위해 필수적으로 '국어'(조선어)로 쓰여져야 한다는 현실적 상황과 당위적 논리의 힘겨운 딜레마를 의미하는 것이기도 했다. 하여 조선의 문인들은 조선어로서 가능할 수 있

28) 김양수, 「新世代論의 附言」, 『현대문학』, 1956.9.
29) 김종삼, 「의미의 白書」, 『한국전후문제시집』, 신구문화사, 1964.
30) 김동인, 『김동인전집』 6, 조선일보사, 1988, 19면.

는 시적 형상화의 최대치를 위해 매진하였다. 정지용·김영랑·이상화·백석·이용악 등이 보여준 감각어와 조선어 방언은 조선어 고유의 언어적 특질들을 살리기 위한 노력들이었다.

그러나 1950년대 이미 해방을 맞았고 전쟁체험을 통해 전통부정을 체험한 김종삼에게 '조선어'의 고유성을 강조해야 할 필연성보다 새로운 시대 새로운 언어로서 '한국어'를 찾아내야 한다는 의식이 더 앞질렀다. 즉 토속적 서정과 민족적 운율, 리듬으로서 조선어의 아름다움을 찾고자 하던 세대와 달리 김종삼은 역사적 지평 속에서 새롭게 제기된, 당대의 규범적 흐름, 실존주의에 지배당하고 있었고 전통부정을 통해 그들의 시론을 스스로 만들어가야 하는 문학적 과제에 당면해 있었다.[31]

오래인 限度表의 停屯된 밖으로는
晝間을 가는 聖河의 흐름 속을 가며
오는
구김살이 稀薄하였다.

모호한 빛발이
쏟아지는 수효와의 驛라인이
엉키어 永劫의 현재 라는
길이 열리어지기 前

固執되는 夜水의 그늘이
되었던 얄이한 집들, 울타리
였다.

分娩되는

---

31) 김구용의 초현실주의 시론, 김춘수의 넌센스 시론, 김수영의 반시론 등은 이를 대표한다. 이 세대들의 시론들은 전통과 싸움보다는 그것의 부정 혹은 무시에 더 엑센트가 주어져 있다.(김현, 「김종삼을 찾아서」, 『김종삼전집』(장석주 편), 청하, 1988, 236면 참조)

뜨짓한 두려움에서

永劫의 현재 라는
內部가 비인
하늘이 가는
납덩어리들의……

있다는 神의 墨守는 차츰 어긋나기
시작하였다.

「凝音의 傳統」 전문

　김종삼 시에서 자주 나타나는 한자어와 한자어 조어들은 무엇을 뜻
하는 것인가. 위의 시에서 '停屯'은 정지해있으면서 둔한 것을 의미하는
조어이다. '聖河' 또한 시인이 만든 한자어 조어이다. 많은 평자들은 김
종삼 시의 특징을 정통적인 통사법의 파괴나 불완전한 구문 처리, 비약
과 암시로 가득찬 모호한 표현들[32]이라 지적한 바 있다. 이에 대하여
어떤 평자[33]는 전쟁이라는 원초적 체험에서 비롯된 삶의 부조리에 대
한 확인이 시인으로 하여금 '실어증'을 앓게 하는 이유라 언급하기도
한다. 김종삼 시에서 나타나는 극단적 비약과 암시, 모호한 구문들은 분
명 생략과 침묵으로 향하고자 하는 시인의 '감춤의 미학'과 연관있다.
전쟁체험과 그 이후 반공이데올로기라는 50년대 시대적 강박 속에서 시
인은 철저하게 언어를 아끼며 내면 속으로 침잠할 수밖에 없을 것이다.
이 가운데서 김종삼은 의도적으로 비문법적인 언어, 소통이 불가한 어
눌한 어법 등을 구사하게 되는데 이러한 경향이 그가 처음 『문예』지 추
천에서 심사위원들에게 거절당한 이유가 되기도 했다.[34] 그러나 이것은

---

32) 황동규·이경수·오형엽 등이 김종삼 시에서의 불완전한 구문에 대한 언급을 한 바
　　있다.
33) 남진우, 『미적 근대성과 순간의 시학』, 소명출판, 2001, 181면.
34) "꽃과 이슬을 노래하지 않았기 때문이었고 지나치게 난해하다는 것." 이것이 심사위

"몇 년의 시차 때문에 일본 식민지 치하에서 한국어로 시를 쓸 기회를 잃어버리고 해방 후에는 정치적 정황 때문에 의지할 만한 상당수의 선배들을 빼앗겨 버린 세대"35)의 비극성과 연관이 있다.

첫 연 "오래인 限度表의 停屯된 밖으로는/晝間을 가는 聖河의 흐름 속을 가며/오는/구김살이 稀薄하였다"에서 '停屯' '聖河' '夜水'의 한 자어는 조어이기 때문에 한 자 한 자 뜻풀이를 해야만 시의 해석이 가능해진다. 즉 조어로서 관념어들은 즉각적인 이해의 통로로 들어오는 것이 아니라 뜻풀이의 인식체계를 거치는 과정을 통과해야 해독이 가능한 것들이다. 시인은 의도적으로 즉각적인 이해과정을 방해하고 한자의 의미들을 추적하게 하며 시를 관념적 추상화의 영역으로 만들어버린다. 성스러운 빛의 물결을 '성하'로 표현하고 견고한 밤의 무게를 "固執되는 夜水의 그늘"로 표현한다. 1연에서 "구김살이 稀薄하였다", 2연 "모호한 빛발이/쏟아지는 수효와의 驛 라인" 3연에서 "固執되는 夜水의 그늘" 4연 "分娩되는/뜨짓한 두려움" "永劫의 현재라는/內部가 비인/하늘이 가는", 모두 어색한 한자어와의 연결 속에서 의미를 의도적으로 관념화하고 추상화하고 있다.36)

이와 같은 한자어의 삽입은 분명 순조선어로서 조선문학을 지키고자 한 일제 식민지 시인들과 구분된다. 오히려 '한국어'를 의도적으로 어색하게 일그러뜨리고 무질서와 혼란을 드러내는 한 방식, 혹은 과도하게 관념성을 부여하고자 하는 탐색처럼 보인다. 김종삼이 쓰고 있는 한자어가 '국한문 혼용체'에서 숙지된 '한자'인지 일본어 숙달로 인해 일본어 속의 한자인지 구분할 수는 없다. 이중언어 글쓰기 세대의 언어적 양상 속에서 어디까지가 일본어의 흔적인지를 가려내는 것은 본질적으

원들에게 거절당한 이유였다.

35) 김현, 「김종삼을 찾아서」, 『김종삼전집』(장석주 편), 청하, 1988, 236면.

36) 이와 같은 난해하고 관념적인 한자어 사용은 같은 1920년 산(産) 세대, 김수영의 초기 시에서도 많이 나타나고 있는 바다.(졸고, 「김수영 시의 혼성성과 다중언어의 자의식」, 『현대문학의 연구』 24, 한국문학연구학회, 2004.11)

로 불가능하다. 유종호에 의하면 20세기 초 "언문일치 운동이후 일본인들이 만들어 쓴 생소한 한자어가 재래적인 한자어를 사나운 기세로 대치해 갔다"[37]고 보고 있다. 분명한 것은 일제 강점 하에서 우리말의 대한자(對漢字) 개방성과 관련, 외래한자어(일본어 한자어)가 도입되었다는 것이며 1920년산(産) 이들 세대는 언어습득 배경 속에서 순수한 한국어(토착어)로 시를 지을 수가 없다는 것이다. 그런 점에서 1950년대 국어에 대한 모든 정치적 압제에서 자유로워졌지만 일본어에 오염된 한국어에서 순수하게 한국어를 걸러내야 한다는 순혈주의적(내지 민족주의적) 의지들은 현실적으로 불가능한 선험적 의식이 되어버린다. 김종삼은 순 한국어로 시를 써야된다는 강박 속에서도 '일본어 글쓰기의 번역어로서의 한국어'에서 벗어날 수 없었고 이에 오히려 시인은 역으로 한국시의 새로운 형식 실험으로 나아가게 되었다. 이는 전통부정과 관련된 세대론적 시대의식과 관련되는 바 1950년대는 한국시에서 새로운 언어를 시도해야 한다는 탐색의지로 충일되던 때이기도 했다. 김종삼은 "내가 닦고 있는 언어에 때가 묻어버리면 큰일이라고 생각하는 일종의 퓨리턴에 속"했던 바이고 그는 "릴케가 말한 새로운 언어 개념"을 숙고하면서 "새로운 경지로서의 새로운 시의 언어"[38]를 찾고자 했다.

실제 그의 작품에서 빚어지는 모순적 언어들 "永劫의 현재"(「凝音의 전통(傳統)」) "죽었으리라는 茶友들이 가져 온" "死者라는 전화벨이 나고 있지 않은가"(「전봉래」) 등은 이율배반적인 언어로 새로운 언어실험을 하고자 하는 시인의 의도와 관련이 있다.

다음의 시에서도 한자어로 만들어지는 새로운 관념어, 개념어를 볼 수 있다.

天井에 붙어 있는

---

37) 유종호, 「시와 토착어 지향」, 『동시대의 시와 진실』, 민음사, 1995, 14면.
38) 김종삼, 「의미의 白書」, 『김종삼전집』(권명옥 편), 나남, 2005, 297면.

흰 헝겊이 한꺼풀 씩
내리는 無人境의 아침
(…중략…)
人工의 靈魂 사이
(…중략…)
休息은 無限한 푸름이었다.

「올페의 유니폼」 중에서

廣漠한 地帶이
(…중략…)
凍昏이 잦아들었
다 포겨놓이던 세번째가
비었다.

「돌각담」 수록 1 중에서

깊어가리마치 깊어가는 欠谷

「制作」 중에서

　"無人境"이나 "凍昏"은 시인이 의도적으로 만든 조어이다. "無人境의 아침"은 사람도 없고 해서 경계마저도 사라진 아침을 암시하고 있고 "凍昏"은 얼어있는 황혼의 의미를 내포하고 있다. '하품하다'라는 뜻을 가진 한자 '흠(欠)'을 차용해 만든 '흠곡(欠谷)'은 김종삼이 만든 개인적 조어이다. 이 한자어들은 모두 한자의 뜻풀이를 통해 관념적으로 의미를 추상화시키고 있다. 이는 어눌함이나 침묵, 새로운 표기법으로서의 한국어를 시도하고자 하는 시인의 전략과 연결된다. 김종삼이 만들어내는 조어와 조어의 창안은 반복되는 추상화의 과정이 따르게 마련이고 추상화의 과정은 본질적으로 서정적 국면이 아니라 관념적 산문적 해석의 과정으로 이끌리게 된다. 조어와 새로운 의미를 만들고자 하는 한자어들은 오히려 '의미내용'이 부재하는 텅빈 기표 더미처럼 텍스트 위에 남겨진다. 그 의미들은 기표, 언어형식과 만나지 못하고 다만 한자어로서의 관념어, 추상성으로 표현된다. 지시대상이 부재하는 관념성은 이중어 언어환경을 거쳐 오면서 새로운 언어를 모색하고자 하는 김종삼 초기 시세계의 실험과 탐색의 결과라 할 수 있다.

결국 이와 같은 불연속적인 단어 사이의 단절감, 의미연결의 낯선 결합, 한자어가 가지는 개념적 추상적 의미는 김종삼 시가 반미학과 반서정으로 언어미학을 시도하고자 한다는 것을 드러낸다. 특히 김종삼 시에서 "언어적 자폐성, 어눌성, 청각을 잃어버린 벙어리(농아)"[39]의 어휘 사용은 한국어로 '말'을 배우고 일본어로 '글'을 배운 세대적 의미를 다시 한번 숙고해 보게 한다. 김종삼에게 말이 아닌 '글'로서 시를 짓는다는 것, 한국어로 시를 쓴다는 것은 이중 언어 글쓰기의 혼돈스러움이며 동시에 순조선어주의 전통을 넘어서 새로운 언어형식을 찾고자 하는 탐색, 실험이라는 점을 주목할 수 있다.

3. 과거체 서술과 서사적 긴장

전후 시인들에게 중요한 관건은 시 작품에서 사용할 '한국어'를 '쓰기 언어'로 정착하는 문제였다. 이를테면 '조선어'의 운율과 조선어 수사의 방식들은 새로운 전환을 맞게 되는 셈이었는데 즉 '말'로 익숙한 조선어를 '쓰기'의 언어로 전환하는 방식들, 서정적 주체에서 서사적 반성적 주체를 가지는 주체정립의 방식이 그것이다.

---

39) 권명옥, 「적막의 미학」, 『김종삼전집』(권명옥 편), 나남, 2005, 373면.

발레리는 개아(個我)와 타아(他我)가 제각기 지니는 정신 면의 제현상을 조절하는 정신의 기능을 정신의 정치학이라는 분야에서 해결지으려고 하지만, 나는 그와같이 위대한 시인이 아니어서 그런지 개아와 타아가 벗어지고 서로 얽혀지는 혼잡을 이루는 시의 잡답 속에서 언제나 한 발자국 물러서서 나의 시의 경내에서 나의 이미지의 관조의 시간을 보내기를 더 소중히 여기고 있는 것이 사실이다.[40]

개아와 타아라고 함이 주체과 객체의 관계를 의미한다고 볼 때 김종삼은 자아와 대상간이 서로 상호침투하는 서정성을 벗어나 대상으로부터 철저하게 거리를 둔 채 대상을 관조하고자 하는 산문적 거리의식을 보여준다. 김종삼은 철저하게 지적 투시화법으로 주체와 객체 사이를 긴장관계에 놓으면서 '말'로서의 조선어가 아니라 '글'로서의 한국어 시어를 시도한다.

나는 옷에 배었던 먼지를 털었다.
이것으로 나는 말을 잘 할 줄 모른다는 말을 한 셈이다.
작은 데 비해
청초하여서 손댈 데라고는 없이 가꾸어진 초가집 한 채는
'미숀'계, 사절단이었던 한 분이 아직 남아 있다는 반쯤 열린 대문짝이 보인 것이다.
그 옆으론 토실한 매 한가지로 가꾸어 놓은 나직한 앵두나무 같은 나무들이 줄지어 들어가도 좋다는 맑았던 햇볕이 흐려졌다.
이로부터는 아무데구 갈 곳이란 없이 되었다는 흐렸던 햇볕이 다시 맑아지면서,
나는 몹시 구겨졌던 마음을 바루 잡노라고 뜰악이 한 번 더 들여다 보이었다.

그때 분명 반쯤 열렸던 대문짝.

---

40) 김종삼, 「의미의 白書」, 위의 책, 296면.

반쯤 열린 대문짝 사이로 보이는 풍경을 시각적 묘사력으로 재현해 내고 있다. "청초하여서 손댈 데라고는 없"는 미숀계 사제가 사는 집, 그 집의 대문짝은 반쯤이 열려있고 반쯤 열린 문짝 사이로는 토실한 나직한 앵두나무와 맑은 햇볕이 있다. "나"는 맑은 햇빛이 비치는 그 성스러운 공간을 잠시 엿보는 것으로 "몹시 구겨졌던 마음을 바루 잡"을 수 있다 생각한다. 시적 화자는 그 탈속적인 틈을 들여다보기 위해 옷에 배었던 먼지를 털었다. 시적 화자는 어떤 '말'의 발화마저도 그 깨끗한 성스러움을 더럽혀서는 안 된다는 심한 '염결성' '결벽증적 순수지향'의식을 가지고 있다. 그리하여 1행 "나는 옷에 배었던 먼지를 털었다"와 2행 "이것으로 나는 말을 잘 할 줄 모른다는 말을 한 셈이다"는 불연속적 의미의 연결로서 상징적인 의미의 연결을 가능하게 한다.

김종삼의 시에서 염결성에 가까운 영원성에 대한 추구는 숭실중학교에서의 수학과 관련된 기독교적 세계관의 영향으로 보인다. 기독교적 세계관은 그의 전체 시세계에서 카톨릭 신앙관으로 전이되면서 지속적으로 나타나고 있는 바다.

위의 시 "나는 옷에 배었던 먼지를 털었다" "보인 것이다" "햇볕이 흐려졌다" "더 들여다 보이었다"에서 나타난 산문성의 과거체 사용은 그 이전 시인들에게서 보이는 서정적 현재, 주객체의 상호교응과는 전적으로 다른 방식이다. 이것은 '말 언어'가 아니라 '쓰기 언어'로서 한국시의 어법적 구성을 새롭게 하는 국면이기도 한 바 김현은 이를 가르켜 '묘사의 과거체 사용'이라 명명한다. "한국시에 가장 흔하게 드러나는 정경묘사는 종결어미를 생략하고 대상을 병치시키는 류(박목월 · 박용래)나 현재형(~like)(~러라)을 사용하는 류이다. 종결어미를 생략하고 대상을 병치시키는 정경묘사는 전통적인 동양화 수법에 가깝다. 현재형의 사용은 시에 구체성보다는 상징성을 더 부여한다. 그러나 과거체로 정경을

묘사할 때에 시는 단단한 구체성 설화성을 띠게 된다."41) 김종삼은 한
국 전통 서정시가 가지는 종결어미와 분명히 구분되는 산문체로서의 과
거형을 사용하면서 한국시에서 '노래'나 '말'의 시어가 아니라 '쓰기'언
어로서의 시어를 개척하려 한다.

> 내 호주머니 속엔 밤 몇 톨이 들어
> 있는 줄 알면서
> 그 오랜 동안 전해 내려온 전설의
> 돌층계를 올라가서
> 낮모를 아이들이 모여 있는 안쪽으로
> 들어섰다 무거운 거울 속에 든 꽃잎새처럼
> 이름이 적혀지는 아이들에게
> 밤 한톨 씩을 나누어 주었다

「復活節」 중에서

위의 시에서 서술의 방식을 살펴보면 "(나는) ~돌층계를 올라가서 ~
들어섰다" "(나는) ~아이들에게 ~나누어 주었다"로 되어있다. 산문적 과
거체 서술방식은 대상과 주체의 철저한 거리의식 속에서 나타나는 서사
적 긴장이며 응시의 거리를 드러낸다. 주체의 주관적 정서적 개입을 적
극적으로 차단하고 객관적 풍경제시, 행위에 대한 절제된 서술방식을
통해 산문적 설화성보다는 압축된 시적 긴장을 내포한다. 즉 '쓰기 언
어'로서 산문적 과거체의 서술방식을 현대시 텍스트의 언어형식으로 차
용하면서도 시에서 산문적 서술성을 드러내지 않고 함축과 내포의 상징
공간, 절제된 도시적 허무를 드러내고 있다.

> 몇 그루의 소나무가
> 얕이한 언덕엔

---

41) 김현, 「김종삼을 찾아서」, 『김종삼전집』(장석주 편), 청하, 1988, 237면.

배가 다니지 않는 바다,
구름 바다가 언제나 내다 보였다

나비가 걸어오고 있었다

줄여야만 하는 생각들이 다가오는 대낮이 되었다.
어제의 나를 만나지 않는 날이 계속되었다.

골짜구니 大學建物은
귀가 먼 늙은 石殿은
언제 보아도 말이 없었다.

「背音」 중에서

시적 주체는 풍경을 바라본다. 몇 그루의 소나무와 언덕, 그리고 구름 바다, 나비, 대낮 속에서 시적 상념이 계속되고 물상들은 귀가 멀고 늙었고 또 말이 없다. '나비'조차 날아가는 가벼움 대신에 걸어오는 철학적 숙연함을 보이고 무거운 건물과 석전(石殿)이 세상 바닥을 누르고 고요하게 자리한다. 그 고요함과 정적 속에서 "어제의 나"(반성적 주체)를 끝없이 떠올리려 하지만 나타나지 않는다. "어제의 나"를 떠올리는 것은 일상적 시간의 진행 속에서 반복적으로 지속되는 자의식의 진행을 의미한다.

김종삼 시에서 산문적 과거체를 사용하며 '쓰기언어'로서 "~했다" "~었다"를 시텍스트에 양식적 형태로 보여주고 있는 것은 현실인식 수준이나 체계 외적인 질서의 변화와 충분한 관련을 가지고 있다. 경직된 이데올로기와 전쟁이후 실존의식의 과잉 속에서 김종삼은 정태적인 묘사를 보여주고 그 응시 안에 담겨 있는 삶의 추상성, 추상적 공허, 덧없음과 여백을 드러내고자 한다. 극악한 세계와 권력의 세계에서 시인은 자기 존재의 '동일성'을 찾을 수 없고 이에 대하여 시인은 주체와 세계

사이에 엄격한 간극을 두어 세계에 대한 실존적 거리를 유지하고자 한다. 자기 동일성이 위기에 다다른 시대에 김종삼은 과거체 동사를 통해 내면에 대한 형이상학적 질문에 다가간다. 김종삼을 일컬어 흔히 '순수 시의 극치'라 평가하는 것은 주관적 서정을 철저히 배제한 채 산문적 과거체를 통해 행위묘사 자체에서 비롯되는 생에 대한 본질적 인식을 보여주기 때문이다. 광포한 역사의 체험이라는 거대한 기의를 절제된 묘사적 과거체로 기표화함으로써 상징적 암시를 드러내고자 한다.

이러한 현실 인식에 따른 양식의 변화, 과거체 동사를 시 텍스트 양식으로 수용하는 과정은 주체의 비판적 인식과정과 연관을 맺는다.

이를테면 서정주 이후, 모더니즘 시의 '비유법'에 대한 비판 및 반성이 50년대에 들어서면 강렬하게 제기된다.42)

소위 모더니즘은 다음과 같은 亞流로 나타나 있다. 무엇보다도 외래적인 이미지를 비판 없이 引致하려는 경향이니 그것들은 노상 서투른 시어로서 齟齬되는데 예를 들어 「....와 같이」, 「....처럼」類의 死隱喩의 頻復과 대뜸 「그리하면」하는 따위의 발상 또는 토씨의 불필연적인 移動 등에서 실험 아닌 실험으로 만족하고 있는 것을 보고 嘔吐感을 느낀다.43)

내가 한동안 붙잡힌 것이 정지용 류의 형용사의 수풀이었다. 무엇처럼 무엇마냥만 하는 류의 수사의 허영에 한동안씩 사로잡힌 것은 비단 나 혼자만도 아닐 것이다 – 그 결과로서 형용사 대신에 좋든 언짢든 행동을 표시하는 동사의 집단이 내 시에 등장하게 되었음은 물론이다.44)

고석규와 서정주의 이와 같은 발언은 1930년대 모더니즘이 피상적

---

42) 김현승, 「인생파와 모더니즘」, 『현대문학』, 1956.2; 조지훈, 「전통의 입상」, 『조지훈전집』 3, 일지사, 1973, 196면; 조영복, 「1950년대 모더니즘 문학 논의를 위한 비판적 검토」, 『외국문학』, 열음사, 1993 겨울, 195면 참조.
43) 고석규, 「現代詩의 深淵」, 『예술집단』, 1955.12.
44) 서정주, 「나의 시인 생활 자서」, 『백민』, 1948.1.

수사방법, 비유법(~처럼, ~같이)에 매달려 온 것을 반성하면서 현대시가 감각적 수사에서 벗어나 삶의 내면에 대해 좀더 진중한 성찰이 필요하다는 것을 말하고 있다.

1950년대 시인들이 감각적 비유 '형용사'의 세계에서 벗어나 '동사' 집단에 관심을 갖게 된 것은 1950년대라는 시대조건 자체가 훨씬 형이상학적 인간실존의 문제에 봉착하게 되는 시기이기 때문이다. 김종삼의 시에서 새로운 서술법, 동사의 '과거체'는 단순하게 산문성을 의미하는 것이 아니라 현실에 대한 비판적 주체의 정립 과정에서 비롯된 인식의 결과이다. 시인은 모순되고 혼란한 세계를 비판적으로 수용할 객관적 응시의 거리가 필요했다. 김종삼은 '형용법'으로 세계를 드러내고 감각화하려 했던 초기 모더니즘 전통에서 벗어나 '실제적 동사의 세계'로 삶의 내면에 가 닿고자 했다. 감정을 극단적으로 배제하는 시인의 과거체 서술양식은 주객의 거리 속에서 세상을 통찰하는 형이상학적 긴장과 깊이를 마련해 준다.

이렇게 하여 김종삼 시는 말, 말하기 언어인 한국어를 '쓰기 언어'인 한국어로 시 언어의 양식적 변화를 보여준다. 과거체의 객관적 제시를 통해 시대에 대한 비판적 성찰과 긴장의 여백을 보여주고자 한다.

4. 음성주의, 문화어와 문학어

1950년대는 이념전쟁 후 휴머니즘과 실존주의에 대한 관심들이 지배적이었다. 동시에 변화하는 새로운 시대와 새로운 가치, 문명과 세계에 대한 인식 또한 새로운 기점을 드러내는 시기이다. 새로운 세대에게 "우선 세계인으로서의 자격을 가질 수 있는 한국인이 되어야 한다. 한국인으로서 세계인과 공통할 수 있는 가치의 인간(精神)이 되어야 한다"45)고 역설하기에 이른다. 이때 한국에서 근대성, 근대문학이 일본을 통한 번역된 근대였다는 점을 상기해 볼 수 있다. 김종삼이 스스로 영향을 받았다고 말하는 발레리나 릴케도 일본어 번역본에서 습득한 것이다. 그러나 1950년대이후 근대문물은 미국문명, 미국문물을 통해 직접적으로 수입되기에 이르게 되고 김종삼의 경우 그것은 '카톨릭 세계'46)와 서양 음악의 세계체험으로 연결된다.

서구문물, 서구문화에 대한 관심이 수입된 외래의 것에 대한 무차별적 수용 때문만은 아니었다. 거대하고 포악한 현실을 기표화할 수 없을 때 김종삼은 순수한 관념의 이미지로 의미를 최대한 배제한 채 '순수감각' '음악적 효과' '신앙적 암시'의 방식을 빌려오고자 한다. 현실세계를 구체적으로 의미화할 수 없고 암시적 감각으로 드러낼 수밖에 없었던 것은 전후 문인들이 겪게된 '정신적 공황'때문이었다.47) 김종삼 시인이 6·25라는 이념적 서사적 세계를 문학적으로 극복하는 방법으로 선택한 것이 순수감각으로서의 시어 음성주의이다.

　　미구에 이른 아침
　　하늘을 파헤치는
　　스콥 소리

　　하늘 속

---

45) 김양수, 「新世代論의 附言」, 『현대문학』, 1956.9.
46) 김종삼은 유아세례를 받은 가톨릭신자였고 남한생활에서는 거의 미사에 나가지 않았다. 그는 죽어 의정부 외곽 한 성당 묘역에 묻혔다.
47) 김윤식, 『韓國近代文學思想批判』, 일지사, 1978, 311면. "徐廷柱가 정신이상에 걸렸다는 사실이 抒情的인 것의 황폐를 가장 단적으로 보여주는 것이다. 1950년 7월 중순 具常과 더불어 종군한 徐廷柱가 역사와 피의 마주침에서 발광상태, 피해의식에 빠져 정신파단 현상을 일으켰다는 것은 단순한 한 시인(詩人)의 개인적 신경의 여림을 드러냄에 멈추지 않고 詩的인 것의 限界를 엿보게 하는 것이다. 그리고 그 질병의 치유는 新羅世界의 靈通 혹은 靈媒作用에서만 겨우 가능했던 것이다."

맑은
변두리
새 소리 하나
물방울 소리 하나

마음 한 줄기 비추이는
라산스카

「라산스카」 수록 2 전문

　김종삼 시에서 '라산스카'란 제목의 시는 반복해서 연작으로 발표된
다. 김종삼은 「라산스카」라는 제목의 시를 여섯 편 남겼다. 현실의 황폐
함 속에서 김종삼을 안정적으로 이끈 것은 "平均率의 나직한 晉律"(「발
자국」)이다. 시인은 "첼로의 PABLO CASALS"를 듣지 않으면 "나는 다시
死體이다"라고 외칠 정도다. 라디오프로그램에서 서양고전음악코너를
맡았던 체험에서 연유한 것이라 짐작할 수 있다.
　「라산스카」는 행배열과 연에서 율독을 요구하도록 단시형태로 배열
되어 있다. 시인은 1연 첫 행과 세 번째 행에서 명사로 끝맺음하면서 행
말 휴지를 가능하게 하며 '여운'과 '여백'이라는 특유의 미학적 특질을
드러낸다. 2연에서도 각 행말에 명사적 종결을 통해 휴지를 주고 각 행
을 완결된 하나의 구조로 만들고자 한다. 마지막 연에서 '라산스카'로
끝맺으면서 또다른 여운을 던져준다. 이것은 결국 하늘에서 울려나는
신이하고 신묘한 소리, 음악소리 같기도 하고 마음에 한줄기 빛을 던져
주는 환영의 소리 같기도 하다. 행배열과 행말 휴지에 의한 종결어법,
그 모든 여운을 마지막으로 매듭하는 '라산스카'라는 시어는 "영겁의
현재"(「응음의 전통」)와 같은 영혼의 순간, 환영의 초월적 순간을 음상적
으로 전해주는 기호이다. '라산스카', 이 뜻 모를 말은 김종삼이 만들어
낸 "음상효과를 위한 조어, 암호기호[48]이다." '라산스카'는 /l/음 /s/음 /k/
음 즉 유음과 격음의 독특한 배합으로 이국적이면서 탈속적인 현실너머

영원성의 세계를 이미지화한다. '라산스카'의 음상은 기표 그 자체만으로 세계에 대한 순수한 감각, 소리로 연상되는 관념의 순수를 드러낸다. "음악의 경우 언어와 달리 짜임새 있는 기표로부터 기의를 분리해 낼 수 없기 때문에 우리는 붙잡을 수 없는 기의가 그 뒤에 숨어 있다고 느끼게 되고, 그 순간 무의식에 떠돌던 기의가 그 뒤를 받쳐주게 된다."[49] 김종삼이 극구 '라산스카'의 의미를 숨긴 것은 이와 같은 언어의 의미 세계로부터 분리된 '원초적 신성' '순수감각'으로서의 음상을 느끼게 하는 방식 때문이라 할 수 있다.

그 외 시 "유연한 유카리나무"(「시작노우트」)에서도 부드러운 모음, 유음 /l/음, 경음/k/ 음이 반복적으로 나타난다. 실제 독자들은 '유카리나무'가 어떻게 생겼는지도 모른다. 다만 음성, 리듬 그 자체가 가지는 이미지의 연상망을 통해서 시적 정서적 상태를 환기한다. 시어가 가지는 음성학적 이미지를 통해 시인은 소리에 대한 고유한 가치를 텍스트 안에서 찾고자 한다. 이를 김종삼 시에서의 '음성학적 상징주의(symbolisme phonetique)'[50]라 부를 만하다.

김종삼이 시 텍스트 안에서 노리는 음성학적 이미지는 자연의 소리와 분명히 다른 '언어의 소리'를 상기시킨다. 시인은 시를 음향의 대상으로 삼고자 한다. 김종삼은, 대상을 '지시'하기보다는 '암시'함으로써 독자의 상상력과 연상 작용을 최대한 증폭시키고자 하는 상징주의적 시 기법을 드러낸다.

이에 연이어 생각할 부분은 김종삼 시가 영어 외래어를 직접 시에 도입하는 것으로 '순조선어'로 조선문학을 만들어가야 한다는 해방 전 민족문학, 전통주의 입장을 벗어나려 한 점이다. 「드빗시 산장」 「스와니

---

48) "생전에 그는 이 말뜻의 풀이를 완곡하게 거절했었다. 누구는 이것이 20세기에 생존한 미국의 흑인 소프라노의 실명이라고 말해 우리를 놀라게 하기도 했다." (권명옥, 「적막의 미학」, 『김종삼전집』(권명옥 편), 나남, 2005, 364면)
49) 서우석, 「소리의 의미」, 『기호와 해석』(한국기호학회 편), 문학과지성사, 1998, 133면.
50) 김동규, 『프랑스 상징주의 시와 한국 모더니즘 시』, 새미, 2004, 13면.

강江 이랑 요단 강江이랑」에서 영어 외래어를 직접적으로 시 텍스트에 도입하고 있다. 식민당시 문인들이 '일본어=문화어'라는 도식 안에서 일본어냐 모어인 조선어냐의 고민에 빠져 있었던 데 반해 1950년대 김종삼세대에게 외래어는 자유롭게 시 텍스트 안에서 문명의 상징처럼 문화어로 쓰이게 된다.

나의 無知는 어제 속에 잠든 亡骸 쎄자아르 프랑크가 살던 寺院 주변에 머물렀다.

나의 無知는 스떼판 말라르메가 살던 本家에 머물렀다.

그가 태던 곰방댈 훔쳐 내었다
훔쳐 낸 곰방댈 물고서
나의 하잘것이 없는 無知는
방 고호가 다니던 가을의 近郊 길바닥에 머물렀다.
그의 발바닥만한 낙엽이 흩어졌다.
어느 곳은 쌓이었다.

나의 하잘것이 없는 無知는
쟝 뽈 싸르트르가 經營하는 煙炭工場의 職工이 되었다.
罷免되었다.

「앙포르멜」 전문

김종삼은 개인적으로 「앙포르멜」51)을 자신이 아끼는 시라 선정했다. 김종삼은 「앙포르멜」에서 서구예술 사상 문화에 어떻게 영향을 받았는가를 시로 형상화한다. 음악가 쎄자아르 프랑크, 시인 스떼판 말라르메,

---

51) 앙포르멜은 근/현대 미술(입체파, 다아이즘, 추상파 등)의 모든 요소를 가지면서 현대미술에서 화가의 행위자체도 중요하다고 생각한다. 유럽 쪽에서 번진 추상표현주의 예술운동이다.

화가 반 고호, 사상가이자 문인 샤르트르가 그들이다. 외국의 지명(스와
니 강, 요단강)이나 서구 예술가들(프랑크, 말라르메, 샤르트르 등), 외국의 문화
(크리스마스 카드, 북치는 소년, 부활절)가 시 텍스트 표면에 등장한다. 김종삼
시에 나오는 낯선 먼 외국지명이나 인물이름은 1950년대 시문학의 특징
이기도 하다.52) 하지만 이것은 단순히 엑조티즘이나 황폐한 현실 억압
에서 벗어나고자 하는 해방의지로 해석해서는 안 된다. 현실이탈의 서
구추수주의라고만 할 수는 없다. 김종삼 시에서 자주 등장하는 외래어,
외국인물 이름, 문화는 1950년대, 세계라는 큰 범주 속에서 열리게 된
한국의 역사, 그 안에서 소통하는 한국어와 외래어의 현상을 명백히 한
다. 시 텍스트 표면에 드러난 외래어는 한국시에서 새롭게 수용하는 새
로운 '문화어'로서의 외래어라 할 수 있다. 한국시에서 좀더 폭넓어진
시어의 선택이 가능하다는 사실, 즉 순조선어주의에서 벗어나 외래어를
도입하여 시어를 확대하고 시공간적 범주를 확장하여 새로운 문화, 문
화어를 문학어로 일구어낸 의미를 찾을 수 있다.

5. 순수와 전위, 한국시의 새로운 현대성

일제 강점 하 조선의 근대문학, 즉 민족문학파, 계급문학파, 모더니즘
문학 3대 문학지형도는 1950년대에 오면서 민족문학(전통파)과 모더니즘
양 계열로 압축된다. 이들은 계급문학파들이 해방과 전쟁이후 월북한

---

52) 이에 대하여 최일수는 "민족보다는 세계인이 되려하고 민족이라 하면 그저 낡아버린
것으로 개념화하면서 주체성보다는 범인간에 진리에 근원을 두려하는 것이 가장 옳은
시적 사고인가"라고 비판한다. 서구추수주의적 현대성에 대한 비판이라 할 수 있다.(「현
대시의 순수감각비판」, 『문학예술』, 1956.4)

뒤 선배 없는 세대로 지내게 되면서 이후 정치적 폐쇄성(반공이데올로기)으로 말미암아 전통적 서정이나 전쟁으로 인한 실존적 내적 세계 속으로 침잠하게 된다. 이 가운데서 모더니즘 시 경향은 계급문학이 사라진 이후를 담당하면서 현실세계에 대한 이탈 혹은 저항이라는 현실 대립항을 뿜어내고자 한다. 김종삼 시에서 주체가 사라지고 대상이 부재하는 절제와 여백, 그리고 극단적 순수미의 극치는 탈현실의 지점이면서 동시에 현실 대결로서의 언어형식 실험이라 할 수 있다. 이는 새 언어 형식을 찾으려는 순수 그 자체가 또다른 문학적 전위가 될 수 있다는 즉 '순수와 전위'라는 문학 실천적 의미이다.

무엇보다 김종삼·김수영을 포함한 1950년대 문인들은 이중어 글쓰기 현장에 놓여 있었다. "외국어(일본어)로 사고하고 구성하고 모국어로 그것을 옮"겨야만 했던 그들의 불구적 창작 방식은 유려한 리듬과 토속어의 능숙한 구사를 원천적으로 제약했다. 이에 대하여 유종호는 "토씨만 바꾼 채 한자어를 그대로 채택한 일본시의 번역같은 느낌"[53]을 주는 시라 비판하지만 실제 제도권 교육 속에서 읽기 쓰기를 '일본어'로 학습하고 일본에서 7년간 유학한 김종삼의 경우 민족 고유의 민요나 민족 토속어를 계승한다는 것은 처음부터 불가능한 일이었다. 그런 점에서 1920년산 세대가 박재삼이나 박용래 일부 시인을 제외하고 거의 대부분 모더니즘에 경사된 것은 어쩌면 필연적이라 할 수 있다.[54]

김종삼은 초기 시에서 이중어 글쓰기의 혼란 속에서 일본어식 한자어, 관념의 추상성을 드러낸다. 그것은 1920년 산 세대의 언어혼란이었으며 동시에 논리적 설명이 불가해한 전후 현실에 대한 추상화, 관념화 과정이었다. 둘째로, 순조선어주의의 강박에서 벗어난 전후 세대들은 '말'로서의 조선어를 벗어나 '쓰기언어'로서의 시어를 찾게 된다. 김종삼은 동사의 과거체를 시에 도입함으로써 '쓰기 언어'로서의 한국어를

---

53) 유종호, 「시와 토착어지향」, 『동시대의 시와 진실』, 민음사, 1995, 14~19면 참조.
54) 남진우, 『미적 근대성과 순간의 시학』, 소명출판, 2001, 275면 참조.

정착시키면서, 서사적 긴장으로서의 주체와 객체의 비동일화를 보여준다. 그 다음으로 김종삼은 시 음감의 음성주의적 상징을 통해 시언어의 순수감각, 외래어 지명과 인물명을 통해 문화어로서 한국시 시어를 확장시키고자 한다.

김종삼은 당시 일부 모더니즘 시인들의 포오즈화된 난해시와 달리 6·25전쟁 이후 이중어 글쓰기 세대로서 '한국어'로 시를 쓴다는 것이 어떤 언어형식으로 가능할 수 있는가를 고민한 시인이다. 그는 1930년대 임화가 제기한 바대로 문화어, 즉 교양, 지성의 방식으로 시의 언어와 미학의 문제에 주목하고자 하면서 동시에 전후 새시대에서 '세계어'로서의 '한국어', '문화어', '쓰기언어'에 대하여 고민한다. 이는 1920년 산(産) 1950년 활동, 이중어글쓰기의 혼란에 놓여있던 세대들이 보여주는 한 방식이기도 하다. 김종삼은 전통관습과 구분되는 새 언어형식을 모색하고자 하면서 유려한 조선어 율독을 의도적으로 저해하는 한자어들, 낯선 외래어, 서사체를 통한 상징적 장면의 제시를 보여준다. 이는 그 이전 전통에서 보여주는 '세계와 주체의 관계'를 다른 방식으로 정의하는 것이다. 즉 주체가 세계표면에 직접적으로 표면화되는 대신 철저하게 숨겨지거나 약화되면서 언어기표의 전면적 제시, 시적 장면 제시를 통해 세계를 극단화시키고자 하는 방식이다. 지금까지와 다른 낯선 시어들의 등장, 또다른 문명어로서의 문화어들의 제시도 한국시의 시어확장을 이루어나가고자 하는 한 방식이다. 이렇게 하여 1950년대 한국시는 순 조선어, 토속어의 강박에서 자유로워지자 다양한 외래어, 상징주의적 순수감각, 언어실험 등을 통해 현대시의 미적 현대성을 향해 더욱 나아가게 된다.

제1부/ 제1장

참고자료

김재용 편,『백석전집』, 실천문학사, 1997.

송준 편,『백석시전집』, 학영사, 1995.

정효구 편저,『백석-한국현대시인연구』, 문학세계사, 1996.

참고문헌

고형진,『현대시의 서사 지향성과 미적 구조』, 시와시학사, 2003.

김기동・전규태 편,『춘향전』, 서문당, 1984.

김기림,『문학개론/ 문학평론』(『金起林全集』3), 심설당, 1998.

김명인,「백석시고」,『우보 전병두박사 화갑기념 논문집』, 우보 전병두 박사 화갑기념논문집 편찬위원회, 1983.

김영민,「백석 시의 특질 연구」,『현대문학』, 1989.3.

김준오,「시의 형식과 이데올로기」,『문학사와 장르』, 문학과지성사, 2000.

김현주,「판소리 문학에서 구술성과 기술성의 관련양상 및 장르적 의미」,『판소리연구』2호, 판소리학회, 1991.

박태일,「백석과『만선일보』, 그리고 우리시의 북극성」,『한국 근대문학의 실증과 방법』, 소명출판, 2004.

송효섭,「구술성과 기술성의 통합과 확산-국문학의 새로운 사유와 담론을 위하여」,『국어국문학』131호, 2002.

유종호,「시와 토착어 지향」,『동시대의 시와 진실, 유종호 전집』2, 민음사, 1995.

_____,「시원 회귀와 회상의 시학-백석의 시세계 1」,『다시 읽는 한국시인』, 문학동네, 2002.

윤택림,「기억에서 역사로-구술사의 이론적, 방법론적 쟁점들에 대한 고찰」,『한국문화인류학』25호, 한국문화인류학회, 1994.

이경수,「백석 시의 반복 기법 연구」,『상허학보』7, 2001.

이효덕, 박성관 역,「음성(音聲)의 변용」,『표상공간의 근대』, 소명출판, 2001.

임성조,「백석 시의 한 이해-형상화 방법과 禪味에 관하여」,『국어국문학』110호, 1993.

임화,「역사적 반성에의 요망」,『조선중앙일보』, 1935.7.5~16.

정효구,「백석시의 정신과 방법」,『한국학보』, 1989 겨울.

천정환,『근대의 책읽기』, 푸른역사, 2003.

함한회,「구술사와 문화연구」,『한국문화인류학』25호, 한국문화인류학회, 1994.

황종연,「한국문학의 근대와 반근대-1930년대 후반기문학의 전통주의 연구」, 동국대 박사논문, 1991.

Walter J. Ong, 이기우・임명진 역,『구술문화와 문자문화』, 문예출판사, 1995.

제1부/ 제2장

참고자료

김학주 역,『노자』, 명문당, 2002.

박일봉 역,『노자』, 육문사, 2001.

참고문헌

고형진, 「白石의 「국수」」, 『시안』 제3호, 시안사, 1999.3.

권유성, 「백석 시에 나타난 전통지향의 양상 연구」, 경북대 석사논문, 2001.

김기림, 「'동양'에 관한 단장」, 『문장』, 1941.4.

김병택, 「백석시의 특질에 관한 고찰」, 『어문연구』 제24집, 어문연구학회, 1993.10.

김용섭, 「老子에서의 理想的 人間과 社會」, 『철학연구』 제46집, 대한철학회, 1990.7.

_____, 「노자의 생명 존중 정신」, 『철학연구』 제63집, 대한철학회, 1997.12.

김용희, 「백석 시에 나타난 구술과 기억술의 이데올로기」, 『한국문학논총』 제38집, 한국문학회, 2004.12.

박정호, 「전통의 시화 및 시적 변용 – 백석 시의 전통성 고찰」, 『한국어문학연구』 제9집, 한국어문학연구회, 1998.

손진은, 「백석 시의 '옛것' 모티프와 상상력」, 『한국문학이론과 비평』 제24집(8권 3호), 한국문학이론과 비평학회, 2004.9.

신범순, 「현대시에서 전통적 정신의 존재형식과 그 의미」, 『국어교육』 96호, 한국국어교육연구회, 1998.

신은경, 『風流 – 동아시아 美學의 근원』, 보고사, 1999.

유약우, 이장우 역, 『中國詩學』, 명문당, 1994.

유종호, 『다시 읽는 한국시인』, 문학동네, 2002.

이명희, 「『문장』이 보여준 '전통'의 의미와 의의」, 『상허학회』 4호, 2001.

이혜원, 「백석 시의 에코페미니즘적 고찰」, 『한국문학이론과비평』 제28집(9권 3호), 한국문학이론과비평학회, 2005.9.

인정식, 「시국과 문화」, 『문장』, 1939.12.

장석주, 『느림과 비움』, 뿌리와이파리, 2005.

장파, 유중하 역, 『동양과 서양, 그리고 미학』, 푸른숲, 1999.

지순임, 『산수화의 이해』, 일지사, 1991.

최인정, 『불교와 세계종교』, 서울 : 도서출판 여래, 1998.

최정례, 「백석 시 연구 – 근원에 대한 질문으로서의 근대성」, 고려대 석사논문, 2001.

한국도가철학외 편, 『자에서 데리다까지』, 예문서원, 2001.

제1부/ 제3장

참고문헌

곽봉재, 「백석 시의 이미지 연구 – '불'과 '여성'의 이미지를 중심으로」, 『국어국문학』 제124권, 1999.

김경훈, 「문화와 풍속에 대한 짧은 시론」, 『세계문학』 2004 봄.

김기림, 「'사슴'을 안고」, 『조선일보』, 1936.1.29.

김남천, 「일신상의 진리와 모랄」, 『김남천 전집』 1(정호웅·손정수 편), 박이정, 2000.

박수연, 「백석의 「사슴」에 나타난 모더니티 연구」, 『어문연구』 제28집, 1996.

박용철, 「백석시집 '사슴'평」, 『박용철 전집』 2, 동광당, 1940.

송준 편, 『白石詩全集』, 학영사, 1995.

안석영, 『조선문인인상기』, 백광, 1937.

오장환, 「백석론」, 『풍림』 5호, 풍림사, 1937.4.

유종호, 「시와 토착어지향, 한국시의 자기정의」, 『현실주의상상력』, 나남, 1991.

이경, 「근대 소설과 음식의 기호학」, 『현상과 인식』 28권, 2004 봄·여름, 2004.

이명찬, 『1930년대 한국시의 근대성』, 소명출판, 2000.

이태준, 『증정 문장강화』, 박문서관, 1949.

임호준, 「국가로서의 여성－혁명 후 쿠바 영화에서의 페미니즘과 민족주의」, 『이베로아메리카연구』 11호, 서울대 스페인중남미연구소, 2000.

정효구, 「백석의 삶과 문학」, 『백석』(정효구 편저), 문학세계사, 1996.

주창규, 「탈－식민 국가의 민족과 젠더(다시)만들기」, 『영화연구』 12호, 2000.

최봉영, 「문화와 욕망의 형성과 실현」, 『주체와 욕망』, 사계절, 2000.

Homi K. Bhobho, 나병철 역, 『문화의 위치－탈식민주의 문화이론』, 소명출판, 2002.

Julia Kristeva, 고갑희 역, 「시적 혁명과 경계선의 철학」, 『페미니즘의 오늘과 미래』, 민음사, 2000.

Partha Chatterjee, *The Nation and its Pragments:Colonial and Postcolonial Histories*, Princetion University Press, 1993

제2부/ 제1장

참고문헌

김명옥, 「정지용 시에 나타난 현대문명과 도시성」, 『비평문학』 12호, 한국비평문학회, 1998.7.

김미영, 「일제하 한국 근대소설 속의 질병과 병원」, 『우리말글집』 37, 우리말글학회, 2006.8.

김용희, 「정지용 시의 데카당티즘과 지적 허무」, 『정지용 시의 미학성』, 소명출판, 2004.

대한결핵협회 편, 『한국결핵사』, 대한결핵협회, 1998.

류소영, 「정지용, 무서운 시계에 대한 한 읽기」, 『시와시학』 18호, 시와시학사, 1995 여름.

사나다 히로코, 「鄭芝溶 후기 散文詩의 象徵性과 社會性에 대한 고찰」, 『어문연구』 10, 한국어문교육연구회, 2001.6.

서정주, 『서정주 문학전집』 5, 일지사, 1972.

신범순, 「정지용 시에서 병적인 헤메임과 그 극복의 문제」, 『한국현대시의 퇴폐와 작은 주체』, 신구문화사, 1998.

안종길, 「신경쇠약은 어떤 병인가－특히 청년기에 많은 영적 신경쇠약에 대하여」, 『동아일보』, 1934.2.26.

오성호, 「향수와 고향, 그리고 향토의 발견」, 『한국시학연구』 7, 한국시학회, 2002.

이경훈, 「오빠의 탄생－식민지 시대 청년의 궤적」, 『오빠의 탄생』, 문학과지성사, 2003.

이광수, 「문사와 수양」, 『창조』 8, 1921.

이선이, 「정지용 후기시에 있어서 전통과 근대」, 『우리문학연구』 21, 우리문학회, 2007.2.

이수정, 「정지용 시에서 '시계'의 의미와 '감각'」, 『한국현대문학연구』 12, 한국현대문학회, 2002.12.

이진경, 『근대적 시, 공간의 탄생』, 푸른숲, 2002.

이형권, 「정지용 시의 '떠도는 주체'와 감정의 차원－시적 자아의 이국정조와 슬픔을 중심으로」, 『한국문학이론과 비평제』 19, 한국문학이론과비평학회, 2003.

정지용, 「朝鮮詩의 反省」, 『문장』 27, 1948.10.

최동호·맹문재 외, 『다시 읽는 정지용 시』, 월인, 2003.

한만수, 『모더니즘문학의 병리성 연구』, 박이정, 2002.

C. Hanscom, 손광수 역, 「근대성의 매개적 담론으로서 신경쇠약에 대한 예비적 고찰－박태원의 단편소설을 중심으로」, 『한국문학연구』 29, 한국현대문학연구학회, 2005.

Massal Burman, 윤호병·이만식 역, 『현대성의 경험』, 현대미학사, 1994.

참고자료

정지용, 『시』(『정지용전집』 1), 민음사, 1988.

_____, 『시』(『정지용전집』 1), 민음사, 2005.

_____, 『산문』(『정지용전집』 2), 민음사, 2005.

최동호 편저, 『정지용 시어 사전』, 고려대 출판부, 2003.

참고문헌

권보드래, 『연애의 시대』, 현실문화연구, 2003.

권정우, 「전통과 근대의 대립에 대한 지용의 입장」, 『20세기 한국시론』(한국현대시학회 편), 글누림, 2006.

김기림, 「현대시의 발전」, 『김기림 전집』 2, 심설당, 1988.

김동식, 「연애와 근대성」, 『민족문학사연구』, 민족문학사학회, 2001.

김진송, 『서울에 딴스홀을 許하라』, 현실문화연구, 1999.

김행숙, 『문학이란 무엇이었는가―1920년대 동인지 문학의 근대성』, 소명출판, 2005.

박현수, 『현대시와 전통주의의 수사학』, 서울대 출판부, 2004.

백철, 『新文學思潮史』, 新丘文化社, 1980.

사나다 히로코, 『最初의 모더니스트 鄭芝溶』, 역락, 2002.

사에구사 도시카쓰 외, 『한국 근대문학과 일본』, 소명출판, 2003.

여태천, 『미적 근대와 언어의 형식』, 서정시학, 2007.

이경훈, 『오빠의 탄생』, 문학과지성사, 2003.

이은주, 「근대체험과 내면화의 새로운 글쓰기」, 『상허학보』 16, 상허학회, 2004.

이효덕, 박성관 역, 『표상 공간의 근대』, 소명출판, 2001.

정혜영·류종렬, 「근대의 성립과 '연애'의 발견」, 『한국현대문학연구』 18, 한국현대문학회, 2005.

정혜영, 『환영의 문학』, 소명출판, 2006.

_____, 「세계체제 내 식민지 근대의 심상지리―1920년대의 해외 기행문」, 『한국 근대문학의 형성과 문학 장의 재발견』(민족문학사연구소 기초학문연구단), 소명출판, 2004.

최문규, 『자율적 문학의 단말마』, 글누림, 2006.

가라타니 고진, 박유하 역, 『일본 근대문학의 기원』, 민음사, 1999.

Rey Chow, 방수현·김우영 역, 『디아스포라의 지식인』, 이산, 2005.

참고자료

김학동, 『오장환 評傳』, 새문사, 2004.

오장환, 『병든 세월』, 정음사, 1946.7.

_____, 『오장환전집』(김재용 편), 실천문학사, 2002.

참고문헌

김남천, 「일신상의 진리와 모랄(5)」, 『조선일보』, 1938.4.22.

김영철, 「오장환 시론 연구」, 『건국어문학』 15호, 건국대 국어국문학연구회, 1991.

김용희, 「김수영시의 혼성성과 다중언어의 자의식」, 『현대문학의연구』 24, 한국문학연구학회, 2004.

_____, 「세태와 풍속―장편소설개조론에 기함」, 『동아일보』, 1938.10.14.

김진송,『현대성의 형성, 서울에 댄스홀을 허하라』, 현실문화연구, 1999.

김학동,『吳章煥研究』, 시문학사, 1990.

박윤우,『한국현대시와 비판정신』, 국학자료원, 1999.

송기한,「오장환 연구-시적 주체의 의미 변이에 대한 기호론적 연구」,『관악어연구』15집, 서울대
　　국어국문학과, 1990.12.

신범순,「30년대 모더니즘에서 산책가의 꿈과 재현의 붕괴」,『한국 현대시사의 매듭과 혼』, 민지사,
　　1991.

_____,『한국현대시의 퇴폐와 작은 주체』, 신구문화사, 1998.

신범순 외,『이상 문학연구의 새로운 지평』, 역락, 2006.

오성호,「『성벽』에서「붉은 산」까지의 거리-오장환 시의 변모과정에 대한 연구」,『민족문학사연
　　구』6호, 민족문학사학회, 1994.

유종호,『다시 읽는 한국 시인』, 문학동네, 2002.

이경훈,「식민지의 '트라데 말크'」,『오빠의 탄생』, 문학과지성사, 2003.

이명찬,「오장환 시의 시공간적(視空間的) 특징」,『중한인문과학연구』8호, 중한인문과학연구회,
　　2002.

임화,『문학의 논리』, 학예사, 1940.

최두석,「오장환의 시적 편력과 진보주의」,『오장환전집』하(최두석 편), 창작과비평사, 1989.

M. Calinescu, 이영욱 외역,『모더니티의 다섯 얼굴』, 시각과언어, 1993.

제3부/ 제2장

참고자료

김기림,『김기림전집』2, 심설당, 1988.

김재용,『오장환 전집』, 실천문학사, 2002.

김학동,『오장환 전집』, 국학자료원, 2003.

정지용,『詩』(『정지용전집』1), 민음사, 1988.

참고문헌

고길섶,「'민족'과 말의 실험실」,『우리 시대의 언어게임』, 토담, 1995.

권영민,「해방공간의 시단 형성과 쟁점」,『한국현대시사의 쟁점』(김용직 외), 시와시학사, 1991.

김기림,「오장환 시집「성벽」을 읽고」,『조선일보』, 1937.9.18.

김광균,「문학의 위기-시를 중심으로 한 일년」,『신천지』, 1946.12.

김상태,「해방공간의 문학현실과 전개 양상」,『국어국문학』115호, 1995.

김윤식,「해방공간의 시적 현실」,『해방공간의 문학사론』, 서울대 출판부, 1989.

_____,「해방공간 문화운동의 갈래와 그 전망-임화, 김남천의 내면 풍경 분석을 중심으로」,『한국
　　학보』16호, 1990.

김진희,「오장환의 30년대 시와 모더니즘의 문제」,『이화어문논집』15호, 이화어문학회, 1997.

문병호,『서정시와 문명비판』, 문학과지성사, 1995.

박세영,「현단계와 시인의 창작적 태도」,『예술』제2권, 건설출판사, 1946.2.

박윤우,「오장환 시연구」, 서울대 석사논문, 1988.

배경열,「해방공간의 민족문학론과 그 이념적 실체」,『국어국문학』112호, 국어국문학회, 1994.

서준섭,『한국 모더니즘 문학 연구』, 일지사, 1988.

_____,「모더니즘의 반성과 재출발-1940년대 모더니즘시의 전개」,『현대시사상』, 1995 가을.

심재휘, 「오장환 시연구」, 고려대 석사논문, 1989.

오성호, 「『성벽』에서 「붉은 산」까지의 거리, 오장환 시의 변모과정에 대한 연구」, 『민족문학사연구』 6호, 민족문학사학회, 1994.

유종호, 『다시 읽는 한국 시인』, 문학동네, 2002.

이승훈, 「1940년대 한국 모더니즘시 연구」, 『한국학논집』 32−1, 한양대 한국학연구소, 1998.

장도준, 「吳章煥 시의 모더니즘과 리얼리즘」, 『어문학』 60호, 한국어문학회, 1997.

정지용, 「산문」, 『문학』, 1948.4.

최두석, 「오장환의 시적 편린과 진보주의」, 『오장환전집』 2, 창작과비평사, 1988.

한계전 외, 『한국현대시론사 연구』, 문학과지성사, 1998.

Karl Heinz Bahrer, 최문규 역, 『절대적 현존』, 문학동네, 1998.

Slavoj Zizek, 이수련 역, 『이데올로기라는 숭고한 대상』, 인간사랑, 2002.

제4부/ 제1장

참고문헌

고부응, 「문화와 민족 정체성」, 『비평과이론』 5호, 2000.

권오만, 「미당 시의 세 단계와 그 언어」, 『시와시학』, 1966 가을.

김상환, 『예술가를 위한 형이상학』, 민음사, 1999.

김우창, 「한국시와 형이상」, 『세대』, 1968.7.

김윤식, 「역사의 예술화−신라정신이란 괴물을 폭로한다」, 『현대문학』, 1963.10.

_____, 「文學에 있어 傳統繼承의 問題」, 『세대』, 1973.8.

_____, 「문협 정통파의 정신사적 소묘−서정주를 중심점으로」, 『펜문학』, 1993 가을.

_____, 「미당의 어법과 김동리의 문법」, 서울대 출판부, 2002.

김재용, 「서정주−전도된 오리엔탈리즘」, 『협력과 저항』, 소명출판, 2004.

김점용, 『미당 서정주 시적 환상과 미의식』, 국학자료원, 2003.

김종길, 「실험과 재능−우리 시의 현황과 그 문제점」, 『문학춘추』, 1964.6.

김진석, 「초월적 서정주의에 스민 파시즘적 탐미주의−서정주 비평을 비판한다」, 『소외에서 소내로』, 개마고원, 2004.

남기혁, 「1950년대 시의 전통지향성 연구」, 서울대 박사논문, 1998.

도정일, 「문학적 신비주의의 두 형태」, 『시인은 숲으로 가지 못한다』, 민음사, 1994.1.

박현수, 「현대시와 마법성의 수사학」, 『현대시와 전통주의 수사학』, 서울대 출판부, 2004.

서정주, 「내 정신의 현황−김종길 씨의 「우리 시의 현황과 그 문제점」에 답하여」, 『문학춘추』, 1964.7.

_____, 『서정주 문학전집』 3, 일지사, 1972.

송주성, 「'전통'과 '근대성'−1950년대 미당 시의 전통성과 초근대성 문제」, 『건국어문학』 21호, 1997.

우실하, 『오리엔탈리즘의 해체와 우리 문화 바로 읽기』, 소나무, 1997.

유종호, 「소리 지향과 산문 지향」, 『미당연구』(조연현 외), 민음사, 1994.

이동하, 「'순수' 문학과 '독재' 정권−김동리, 서정주, 김춘수의 경우」, 『대학문화』 12, 서울시립대, 1989.

조지훈, 「고전주의의 현대적 의의」(『문예』, 1949.9), 『조지훈전집』 2, 나남출판, 1996.

최두석, 「서정주론」, 『先淸語文』 20호, 1992.

최문규, 「파시즘 문학의 담론과 정치적 기능」, 『문학이론과 현실인식』, 문학동네, 2001.

최현식, 『서정주 시의 근대와 반근대』, 소명출판, 2003.

Edward W. Said, 박홍규 역, 『오리엔탈리즘』, 교보문고, 2000.1.
George Lakoff and Mark Turner, 이기우·양병호 역, 『시와 인지』, 한국문화사, 1996.
Kanr I, 최재희 역, 『순수이성비판』, 박영사, 1984.
Slavoj Zizek, 이수련 역, 『이데올로기라는 숭고한 대상』, 인간사랑, 2002.

제4부/ 제2장

참고자료

서정주, 『미당 시전집』 1, 민음사, 1994.
_____, 『미당자서전』 1·2, 민음사, 1994.

참고문헌

고형진, 「서정주의 『질마재 신화』의 '이야기'시적 특성 연구」, 『예술논문집』 제34집, 대한민국예술
　　원, 1995.12.
김윤식, 「전통과 藝의 의미-서정주」, 『한국근대작가논고』, 일지사, 1974.
_____, 『미당의 어법과 김동리의 문법』, 서울대 출판부, 2002.
남기혁, 「1950년대 시의 전통지향성 연구」, 서울대 박사논문, 1998.
박현수, 「현대시와 마법성의 수사학-서정주와 김종길의 논쟁을 중심으로」, 『현대시와 전통주의의
　　수사학』, 서울대 출판부, 2004.
유종호, 「시와 구비적 상상력」, 『사회 역사적 상상력』, 민음사, 1995.
이계윤, 「서정주 질마재 신화 연구-구연의 방식과 구연자의 태도를 중심으로」, 고려대 석사논문,
　　2002.
이광호, 「미적 근대성의 네 가지 차원」, 『미적 근대성과 한국문학사』, 민음사, 2001.
임우기, 「오늘, 미당 시는 무엇인가?-'回顧'의 아름다움?」, 『문예중앙』, 1994 여름.
장파, 유중하 외역, 『동양과 서양 그리고 미학』, 푸른숲, 1999.
정재서, 『동양적인 것의 슬픔』, 살림, 1996.
조연현 외, 『미당 연구』, 민음사, 1994.
최두석, 「서정주론」, 『先淸語文』 20호, 서울대 사범대학, 1992.9.
최문규, 「근대의 예술과 종교, 그 가깝고도 먼 관계」, 『유심』, 2005 겨울.
_____, 『문학이론과 현실인식』, 문학동네, 2000.
최현무, 「미하일 바흐찐과 후기구조주의」, 『문학사상』, 1985.3.
최현식, 『서정주 시의 근대와 반근대』, 소명출판, 2003.
Bakhtin, Mikhail.M, 이득재 역, 『바흐찐의 소설미학』(바흐찐 비평선집), 열린책들, 1988.
Lois Parkinson Zamora Anf wenfy B. Faris, 우석균·박병규 외역, 『마술적 사실주의』, 한국문화사, 2001.
Walter J. Ong, 이기우·임명진 역, 『구술문화와 문자문화』, 문예출판사, 1995.

제5부/ 제1장

참고자료

김수영, 『詩』(『金洙暎 全集』 1), 민음사, 1981.
_____, 『散文』(『김수영 전집』 2), 민음사, 1981.

참고문헌

고미숙 외, 『들뢰즈와 문학-기계』, 소명출판, 2002.

권보드래,『한국근대소설의 기원』, 소명출판, 2000.
김명섭, 「세계화 시대의 문화적 혼성과 문명적 표준」, 문학판, 2002 여름.
김명인, 「김수영, 근대를 향한 모험』, 소명출판, 2002.
김승희, 「김수영의 시와 탈식민주의적 반(反)언술」,『김수영 다시읽기』, 프레스21, 2000.
김우창 · 피에르 부르디외 외,『경계를 넘어 글쓰기』, 민음사, 2001.
김윤식,『일제 말기 한국작가의 일본어 글쓰기론』, 서울대 출판부, 2003.
김종윤, 「태도의 시학 – 김수영의 시론」,『현대문학의 연구』1집, 바른글방, 1989.
문광훈,『시의 희생자, 김수영』, 생각의나무, 2002.
박이문,『문명의 위기와 문화의 전환』, 민음사, 1996.
방민호, 「장용학의 소설 한자 사용론의 의미」,『한국 전후문학과 세대』, 향연, 2003.
신교춘, 「오스트리아 문학의 정체성 문제」,『카프카연구』6권, 한국카프카학회, 1998.
유종호,『현실주의 상상력』, 나남, 1991.
최하림,『김수영 평전』, 실천문학사, 2001.
황패강, 「한국고전소설과 이중언어」,『國文學論集』17호, 단국대 국어국문학과, 2000.
Deleuze / Guattari, 이진경 역,『노마디즘』1, 휴머니스트, 2002.
Deleuze / Guattari, 조한경 역,『소수집단의 문학을 위하여 – 카프카론』, 문학과지성사, 1992.
Homi k. bhabha, 나병철 역,『문화의 위치, 탈식민주의 문화이론』, 소명출판, 2002.
사에구사 도시카쓰 외,『한국근대문학과 일본』, 소명출판, 2003.

제5부/ 제2장

참고문헌
강웅식,『詩, 위대한 거절』, 청동거울, 1998.
강희근, 「김수영 시 연구」,『한국문학연구』제8집, 동국대 한국문학연구소, 1985.
권영민, 「진실한 시인과 시의 진실성」,『문예중앙』, 1981년 겨울.
김경수 외,『페미니즘과 문학비평』, 고려원, 1994.
김우창,『궁핍한 시대의 시인』, 민음사, 1978.
김윤식, 「김수영 변증법의 표정」,『세계의 문학』1982 겨울.
김준오, 「한국모더니즘의 현단계」,『현대시사상』, 1988.1.
김현, 「김수영에 대한 두 개의 글」,『책읽기의 괴로움』, 민음사, 1984.
김현자,『한국현대시작품론』, 민음사, 1988.
대우학술총서 공동연구,『감성의 철학』, 민음사, 1996.
문혜원, 「한 모더니스트의 갈등과 지향」, 문학사상, 1990.1.
오생근 · 윤혜준 편,『성과 사회』, 나남, 1998.
오세영, 「80년대 도시시의 위상」, 문학정신, 1989.7.
유종호, 「시의 자유와 관습의 굴레」,『세계의 문학』1982 봄.
이남호,『문학의 위족』1, 민음사, 1990.
이은정,『현대시학의 두 구도』, 소명출판, 1999.
정현종, 「시와 행동, 추억과 역사」,『숨과 꿈』, 문학과지성사, 1982.
조혜정, 「'남성다움'의 구성과 재구성」,『한국의 여성과 남성』, 문학과지성사, 1988.
진형준, 「상상적인 것의 인간학 – 질베르 뒤랑의 신화 방법론 연구」, 문학과지성사, 1992.
한계전, 「전후시의 모더니즘적 특성과 그 가능성」,『시와 시학』, 1991 봄.
허라금, 「여성주의적 관점에서 본 남성성」, 이화어문학회 하계학술대회 발표 요지, 1999.8.

황도경, 「김승옥 소설에 나타난 남—성의 부재」, 『이화어문논집』 제17집, 2000.
황동규, 「양심과 자유, 그리고 사랑」, 『김수영의 문학』, 민음사, 1985.
황혜경, 「김수영 시의 아이러니 연구」, 이화여대 박사논문, 1998.
Adorno Theodor, 김주연 역, 『아도르노의 문학이론』, 민음사, 1985.
Elizabeth Batante, 최석 역, 『XY—남성의 본질에 대하여』, 민맥, 1993.
Gaston Bachelard, 윤인선 역, 『반항의 시인, 로트레아몽』, 청하, 1985.
Glickberg Charlrs, 이경식 역, 『20세기 문학에 나타난 비극적 인간상』, 종로서적, 1983.
Lita Pilscy, 김영찬 · 심진경 역, 『근대성과 페미니즘』, 거름, 1998.
Martin Heidegger, 소광희 역, 『詩와 哲學』, 박영사, 1989.
Mercuse Herbert, 김인환 역, 『에로스와 문명』, 나남, 1989.

제6부/ 제1장

참고자료
권명옥 편, 『김종삼 전집』, 나남, 2005.
장석주 편, 『김종삼 전집』, 청하, 1989.

참고문헌
고석규, 「現代詩의 深淵」, 『예술집단』, 1955.12.
고형진, 「김종삼의 시 연구」, 『상허학보』 12, 상허학회, 2004.
권명옥, 「적막의 미학」, 『한국문예비평연구』 15호, 한국현대문예비평학회, 2004.
김기석, 「민족문화와 그 이상」, 『협동』, 1953.4.1.
김동규, 『프랑스 상징주의 시와 한국 모더니즘 시』, 새미, 2004.
김상일, 「고전의 전통과 현대」, 『현대문학』, 1959.2.
김양수, 「新世代論의 附言」, 『현대문학』, 1956.9.
김윤식, 『韓國近代文學思想批判』, 일지사, 1978.
_____, 『일제말기 한국작가의 일본어 글쓰기론』, 서울대 출판부, 2003.
김윤식, 『한국문학사』, 민음사, 1973.
김현, 「테러리즘의 문학—50년대 문학의 소고(小考)」, 『문학과지성』, 1971 여름.
___, 「전봉건을 찾아서」, 『김현 문학전집』 3권, 문학과지성사, 1991.
___, 「김종삼을 찾아서」, 『김종삼 전집』(장석주 편), 청하, 1989.
김현승, 「인생파와 모더니즘」, 『현대문학』, 1956.2.
남진우, 『미적 근대성과 순간의 시학』, 소명출판, 2001.
문덕수, 「전통과 현실」, 『현대문학』, 1959.4.
미하일 바흐찐, 송기한 역, 『마르크스주의와 언어철학』, 한겨레, 1988.
박현수, 「김종삼 시와 포스트모더니즘의 수사학」, 『우리말 글』 31호, 2004.
백철, 「新世代 文學論」, 『사상계』, 1957.9.
_____, 「新世代的인 것과 文學」, 『사상계』, 1955.2.
_____, 「현대문학과 전통의 문제」, 『조선일보』, 1956.1.6~7.
서우석, 「소리의 의미」, 『기호와 해석』(한국기호학회 편), 문학과지성사, 1998.
서정주, 「나의 시인 생활 자서」, 『백민』, 1948.1.
염무웅, 「50년대 시의 비판적 개관」, 『민중시대의 문학』, 창작과비평사, 1979.
오형엽, 「풍경의 배음과 존재의 감춤」, 『한국 근대시와 시론의 구조적 연구』, 태학사, 1999.

유종호, 「시와 토착어지향」, 『동시대의 시와 진실』, 민음사, 1995.
정병욱, 「고전과 현대문학의 제과제」, 『사상계』, 1956.12.
조영복, 「1950년대 시 연구와 이론의 모색」, 『한국현대시와 언어의 풍경』, 태학사, 1999.
_____, 「1950년대 모더니즘 문학 논의를 위한 비판적 검토」, 『외국문학』, 열음사, 1993 겨울.
조윤제, 「현대문학의 전통론」, 『자유문학』, 1958.5.
조지훈, 「전통의 입상」, 『조지훈전집』 3, 일지사, 1973.
진순애, 「김종삼 시의 현대적 자아와 현대성」, 『泮矯語文硏究』 10호, 1999.
천상병, 「나는 거부하고 반항할 것이다 ― 내일의 작가와 시인」, 『문예』, 1953.2.
최일수, 「현대시의 순수감각비판」, 『문학예술』, 1956.4.
_____, 「문학상의 세대의식 ― 오늘 우리 문학의 현실에서」, 『지성』, 1958 가을.
_____, 현대시의 순수감각비판」, 『문학예술』, 1956.4.
홍용희, 「꿈과 평화의 시학」, 『高鳳論集』 제16집, 1995.

제6부/ 제2장

참고문헌

강석경, 「문명의 배에서 침몰하는 토끼」, 『김종삼 전집』(장석주 편), 청하, 1998.
고석규, 「現代詩의 深淵」, 『예술집단』, 1955.12.
_____, 「현대시와 비유」, 『여백의 존재성』, 지평, 1990.
_____, 「시인의 역설」, 『문학예술』, 1957.6.25.
고형진, 「김종삼의 시 연구」, 『상허학보』 제12집, 상허학회, 2004.
권명옥, 「적막의 미학」, 『김종삼 전집』, 나남, 2001.
김윤식, 『韓國近代文學思想批判』, 일지사, 1978.
_____, 『일제말기 한국작가의 일본어 글쓰기론』, 서울대 출판부, 2003.
김현, 「테러리즘의 문학 ― 50년대 문학의 소고(小考)」, 『문학과지성』, 1971 여름.
_____, 김윤식, 『한국문학사』, 민음사, 1973.
_____, 「전봉건을 찾아서」, 『김현 문학전집』 3권, 문학과지성사, 1991.
_____, 「김종삼을 찾아서」, 『김종삼 전집』(장석주 편), 청하, 1989.
김현승, 「인생파와 모더니즘」, 『현대문학』, 1956.2.
_____, 「우리말의 특질과 현대시의 과제」, 『현대문학』, 1956.11.
남진우, 『미적 근대성과 순간의 시학』, 소명출판, 2001.
유종호, 「모더니즘의 공과」, 『20세기의 문예』, 박우사, 1964.
_____, 「시와 토착어지향」, 『동시대의 시와 진실』, 민음사, 1995.
윤정룡, 「1950년대 한국 모더니즘 시 연구」, 서울대 박사논문, 1992.
이남호, 「1950년대와 전후 세대 시인들의 성격」, 『1950년대의 시인들』(송하춘 외편), 나남, 1994.
이봉래, 「한국의 모더니즘」, 『현대문학』, 1956.5.
이봉래, 「現代詩와 言語 ― 11월의 創作評」, 『조선일보』, 1956.11.23.
이승훈, 「현대시의 종언과 미학」, 『시와사상』, 2006 가을.
임화, 「말을 의식한다」, 『경성일보』, 1939.8.16~20.
전봉건, 「現代詩의 衣裳」, 『현대문학』, 1955.5.
조영복, 「1950년대 시 연구와 이론의 모색」, 『한국 현대시와 언어의 풍경』, 태학사, 1999.
_____, 「1950년대 모더니즘 문학 논의를 위한 비판적 검토」, 『외국문학』, 열음사, 1993 겨울.
진순애, 「김종삼 시의 현대적 자아와 현대성」, 『泮矯語文硏究』 10호, 1999.

최일수, 「현대시의 순수감각비판」, 『문학예술』, 1956.4.

_____, 「문학상의 세대의식 – 오늘 우리 문학의 현실에서」, 『지성』, 1958 가을.

_____, 「현대시의 순수감각비판」, 『문학예술』, 1956.4.

홍용희, 「꿈과 평화의 시학」, 『高鳳論集』 제16집, 1995.

황동규, 「殘像의 美學」, 『김종삼 전집』(장석주 편), 청하, 1998.

미하일 바흐쩐, 송기한 역, 『마르크스주의와 언어철학』, 한겨레, 1988.

찾아보기